Voor altijd

Voor altijd

Maggie Stiefvater

Vertaald door Lia Belt

full moon

Lees ook van Maggie Stiefvater:
Huiver
Fluister

Oorspronkelijk titel *Forever*
Copyright © 2011 Maggie Stiefvater. All rights reserved. Published by arrangement with Scholastic Inc., 557 Broadway, New York, NY 10012, USA
Nederlandse vertaling © 2011 Lia Belt en Moon, Amsterdam
Omslagontwerp Scholastic Press
Zetwerk ZetSpiegel, Best

ISBN 978 90 488 1192 2
NUR 284

www.moonuitgevers.nl

Moon is een imprint van Dutch Media Uitgevers bv.

MIX
Papier van
verantwoorde herkomst
FSC
www.fsc.org   FSC® C023842

moon
Dit boek is ook leverbaar als e-book:
ISBN 978 90 488 1193 9

Voor hen die 'ja' kozen

Ach der geworfene, ach der gewagte Ball,
füllt er die Hände nicht anders mit Wiederkehr:
rein um sein Heimgewicht ist er mehr.

En de geworpen, de gewaagde bal,
vult hij je handen niet anders bij zijn terugkeer?
Zuiver door thuis te komen is hij meer geworden.

Rainer Maria Rilke

Proloog

Shelby

Ik kan zo, zo stil zijn.

Haast verpest de stilte. Ongeduld verspilt de jacht.

Ik neem de tijd.

Ik ben stil terwijl ik door het donker loop. Er hangt stof in de lucht in het nachtelijke bos; het maanlicht maakt sterrenstelsels van de stofjes waar het door de takken boven me kruipt.

Het enige geluid is mijn ademhaling, langzaam naar binnen gezogen door mijn ontblote tanden. De kussentjes onder mijn poten zijn geruisloos op de vochtige bosbodem. Mijn neusgaten sperren zich open. Ik luister naar het bonzen van mijn hart, dat het gedempte klateren van een beekje in de buurt overstemt.

Een droge tak begint te breken onder mijn poot.

Ik blijf staan.

Ik wacht.

Ik neem de tijd. Ik doe er heel lang over om mijn poot van de tak te tillen. Ik denk: *stil*. Mijn adem voelt koud op mijn hoektanden. Ik hoor een levend, ruisend geluid vlakbij; het vangt mijn aandacht en houdt hem vast. Mijn maag voelt strak en leeg aan.

Ik loop verder door het donker. Mijn oren gaan rechtop staan; het bange dier is dichtbij. Een hert? Een insect vult een lang ogenblik met klikkende geluiden voordat ik weer doorloop. Mijn hart slaat snel tussen het klikken door. Hoe groot is dat dier? Als het gewond is, zal het niet uitmaken dat ik alleen jaag.

Iets strijkt langs mijn schouder. Zacht. Teder.

Ik wil ineenkrimpen.

Ik wil me omdraaien en ernaar happen.

Maar ik ben te stil. Ik verstijf een lang, lang moment, en dan draai ik mijn kop om te zien wat er nog steeds, zachtjes als een veer, langs mijn oor strijkt.

Het is iets wat ik niet kan benoemen, zwevend in de lucht, wapperend op de bries. Het raakt mijn oor weer aan, en weer, en weer. Mijn gedachten gloeien en buitelen, proberen het te benoemen.

Papier?

Ik begrijp niet waarom het daar hangt, als een boomblad aan een tak terwijl het geen boomblad is. Het maakt me onrustig. Erachter, verspreid op de grond, liggen dingen met een onbekende, vijandige geur. De huid van een gevaarlijk beest, afgeworpen en achtergelaten. Ik deins er met opgetrokken lip voor terug en daar, plotseling, is mijn prooi.

Alleen is het geen hert.

Het is een meisje; ze ligt kronkelend op de grond en graait jammerend met haar handen in het zand.

Waar het maanlicht haar raakt, steekt ze spierwit af tegen de zwarte aarde. De angst slaat in golven van haar af. Mijn neus is er vol van. Ik was toch al slecht op mijn gemak, maar nu voel ik het haar in mijn nek kriebelen en rechtovereind gaan staan. Ze is geen wolf, maar ze ruikt wel als een wolf.

Ik ben zo stil.

Het meisje ziet me niet aankomen.

Als ze haar ogen opent, sta ik recht voor haar, met mijn neus bijna tegen haar aan. Ze hijgde net nog zacht en warm in mijn gezicht, maar wanneer ze me ziet, houdt dat op.

We kijken elkaar aan.

Elke seconde dat haar ogen in de mijne blijven kijken, gaan er meer haren in mijn nek en op mijn rug overeind staan.

Haar vingers krullen om in het zand. Wanneer ze beweegt, ruikt ze minder naar wolf en meer naar mens. Het gevaar sist in mijn oren.

Ik toon haar mijn tanden en ga langzaam achteruit. Het enige waaraan ik kan denken, is achteruitgaan, zorgen dat er alleen nog bomen om me heen zijn, bij haar wegkomen. Ineens herinner ik me het papier dat in de boom hing en de afgeworpen huid op de grond. Ik voel me ingesloten: dat vreemde meisje voor me, dat boomblad dat hier niet hoort achter me. Mijn buik raakt het mos als ik met mijn staart tussen mijn poten in elkaar duik.

Mijn gegrom begint zo langzaam dat ik het op mijn tong voel voordat ik het hoor.

Ik zit vast tussen haar en de dingen die naar haar ruiken, bewegend in de takken en liggend op de grond. De ogen van het meisje kijken nog steeds in de mijne, dagen me uit, houden me vast. Ik ben haar gevangene en kan niet ontsnappen.

Zodra ze gilt, dood ik haar.

1

Grace

Dus nu was ik een weerwolf en een dievegge.

Ik was mens geworden aan de rand van Boundary Wood. Welke rand, dat wist ik niet; het was een enorm bos dat zich kilometers ver uitstrekte. Als wolf gemakkelijk te doorkruisen. Als meisje wat minder makkelijk. Het was een warme, aangename dag; een geweldige dag naar de maatstaven van lente in Minnesota. Als je niet verdwaald en naakt was, althans.

Ik had pijn. Mijn botten voelden alsof ze waren uitgerold tot slangen van klei, toen weer tot botten, en daarna weer tot slangen. Mijn huid jeukte, vooral bij mijn enkels, ellebogen en knieën. Mijn ene oor suisde. Mijn hoofd voelde wazig en onscherp. Ik had een merkwaardig déjà vu-gevoel.

Wat mijn ongemak erger maakte, was het besef dat ik niet alleen verdwaald en naakt in het bos was, maar naakt in het bos in de buurt van de beschaving.

Terwijl er een paar vliegen om mijn hoofd zoemden, stond ik op om mijn omgeving te bekijken. Vlak achter de bomen zag ik de achterkant van een paar kleine huizen. Aan mijn voeten lag een gescheurde zwarte vuilniszak, de inhoud ervan uitgespreid op de grond. Het leek er verdacht veel op dat dat misschien mijn ontbijt was geweest. Daar wilde ik niet te lang bij stil blijven staan.

Ik wilde eigenlijk nergens al te lang bij stil blijven staan. Mijn gedachten kwamen met horten en stoten terug en werden langzaam helderder, als halfvergeten dromen. En terwijl mijn gedachten terugkeerden, herinnerde ik me dat ik dit moment – dit verdwaasde moment van pas mens zijn – steeds opnieuw had meegemaakt. In tien verschillende omgevingen. Langzaam begon ik me te herinneren dat het niet de eerste keer was dit jaar dat ik was veranderd. En ik was alles ertussen vergeten. Nou, bijna alles.

Ik kneep mijn ogen dicht. Ik zag zíjn gezicht, zijn goudkleurige ogen, zijn donkere haar. Ik herinnerde me nog hoe mijn hand in die van hem paste. Ik herinnerde me dat ik naast hem had gezeten in een voertuig waarvan ik dacht dat het niet meer bestond.

Maar ik wist zijn naam niet meer. Hoe kon ik zijn náám nou vergeten?

In de verte hoorde ik autobanden over straat rijden.

Het geluid vervaagde langzaam toen de auto langsreed, een herinnering aan hoe dichtbij de echte wereld was.

Ik opende mijn ogen weer. Ik kon niet aan hem denken. Dat moest ik gewoon niet doen.

Het zou wel bij me terugkomen. Het zou allemaal bij me terugkomen. Ik moest me richten op het hier en nu.

Ik had een paar mogelijkheden. Een ervan was om me terug te trekken in deze warme lentebossen en hopen dat ik snel weer zou terugveranderen in een wolf. Het grootste probleem met dat idee was dat ik me op het ogenblik ontzettend en volkomen mens voelde. Dan bleef mijn tweede idee over, namelijk mezelf overleveren aan de genade van de mensen die in dat blauwe huisje daar woonden. Het leek er immers op dat ik mezelf toch al had voorzien van hun afval en, zo te zien, ook van het afval van de buren. Bij dat idee kwamen wel een hoop problemen kijken. Zelfs al voelde ik me nu volkomen mens, wie weet hoelang dat zou duren? En ik kwam naakt het bos uit. Ik wist niet hoe ik dat moest uitleggen zonder in het ziekenhuis of op het politiebureau te belanden.

Sam.

Zijn naam keerde heel plotseling terug, en daarbij ook duizend andere dingen: gedichten, aarzelend in mijn oor gefluisterd, een gitaar in zijn handen, de vorm van de schaduw onder zijn sleutelbeen, hoe hij met zijn vingers de bladzijden gladstreek wanneer hij een boek las. De kleur van de muren in de boekwinkel, hoe zijn stem klonk als hij fluisterde over het kussen op mijn bed, een lijst van voornemens die we ieder hadden opgeschreven. En de rest ook: Rachel, Isabel, Olivia. Tom Culpeper die een dode wolf voor mij en Sam en Cole neersmeet.

Mijn ouders. O, god. Mijn ouders. Ik herinnerde me dat ik bij hen in de keuken stond, de wolf uit mijn lijf voelde klimmen, met hen ruziede over Sam. Ik herinnerde me dat ik mijn rugzak met kleren inpakte en wegliep naar het huis van Beck. Ik herinnerde me dat ik stikte in mijn eigen bloed...

Grace Brisbane.

Dat was ik als wolf allemaal vergeten. En ik zou het allemaal opnieuw vergeten.

Ik hurkte neer, want plotseling kostte staan me moeite, en sloeg mijn armen om mijn blote benen. Een bruine spin kroop over mijn tenen voordat ik de kans had om te reageren. Boven me bleven de vogels zingen. Gevlekt zonlicht, warm op de plekken waar het in volle kracht naar beneden kwam, bewoog over de bosbodem. Een zwoele lentebries bracht de nieuwe groene bladeren aan de takken aan het zoemen. Het bos om me heen zuchtte steeds opnieuw.

Terwijl ik was weggeweest, was de natuur doorgegaan zoals altijd, maar hier was ik, een kleine, onmogelijke realiteit, en ik wist niet meer waar ik thuishoorde of wat ik moest doen.

Toen tilde een warme vlaag lucht, die bijna ondraaglijk lekker naar kaaskoekjes rook, mijn haar op en bood me een mogelijkheid. Kennelijk had iemand een optimistisch gevoel gehad over het mooie weer en een waslijn vol kleding opgehangen bij de klimroos achter het huis. Mijn blik werd getrokken door de kledingstukken die door de wind werden opgeklopt. Een rij netjes opgehangen mogelijkheden. Wie daar ook woonde, ze was duidelijk een paar kledingmaten groter dan ik, maar een van die jurken zag eruit alsof er een koord om het middel zat. Wat betekende dat het een mogelijkheid kon zijn. Behalve dan, natuurlijk, dat het ook betekende dat ik iemands kleren zou stelen.

13

Ik had veel dingen gedaan die volgens een hoop mensen strikt genomen niet hoorden, maar stelen had ik nog nooit gedaan. Niet zo. Iemands mooie jurk, die ze waarschijnlijk met de hand moest wassen en dan moest ophangen om te drogen.

En er hingen ook ondergoed, sokken en kussenslopen aan de waslijn, wat betekende dat die mensen waarschijnlijk geen geld hadden voor een wasdroger. Was ik echt bereid om iemands zondagse jurk te stelen, zodat ik een kans had om terug te komen naar Mercy Falls? Was dat echt wie ik nu was?

Ik zou hem terugbrengen. Zodra ik hem niet meer nodig had.

Ik sloop langs de rand van het bos en voelde me onbeschut en bleek terwijl ik probeerde een betere blik te werpen op mijn prooi. De geur van kaaskoekjes – waarschijnlijk was ik daardoor als wolf hierheen gelokt – gaf me het idee dat er iemand thuis moest zijn. Niemand kon weglopen van die geur. Nu ik hem in mijn neus had, kon ik amper nog aan iets anders denken.

Ik dwong mezelf om me te richten op het huidige probleem. Keken de makers van de kaaskoekjes naar buiten? Of de buren? Ik kon bijna de hele tijd uit het zicht blijven als ik het slim aanpakte.

De achtertuin van mijn ongelukkige slachtoffer was typerend voor de huizen in de buurt van Boundary Wood, met de gebruikelijke dingen erin: tomatenkassen, een zelf gegraven barbecuekuil, een televisieantenne met draden die nergens heen leidden. Een grasmaaier, half bedekt met een stuk zeil. Een gebarsten plastic kinderzwembadje met goor uitziend zand erin, en een setje tuinmeubels voorzien van plasticachtige dekjes met zonnebloemenprint. Een heleboel spullen, maar niets ervan echt nuttig als dekking.

Aan de andere kant hadden ze het niet eens gemerkt toen een wolf hun vuilnis van het terras pikte. Hopelijk zaten ze echt te suffen en kon een naakt schoolmeisje een jurk van hun waslijn pikken.

Ik haalde diep adem en wenste één heel sterk moment dat ik iets gemakkelijks kon doen, zoals een onverwachte wiskunderepetitie of een pleister van een ongeschoren been trekken, en toen rende ik de tuin in.

Ergens begon een hondje te keffen. Ik greep de jurk beet.

Het was al voorbij voordat ik het in de gaten had. Op de een of andere manier was ik terug in het bos, met het gestolen kledingstuk opgepropt in mijn handen, hijgend en verborgen in een struik die me mogelijkerwijs uitslag zou bezorgen.

Bij het huis schreeuwde iemand tegen de hond: 'hou je kop, anders zet ik je bij het afval!'

Ik wachtte tot mijn hartslag was bedaard. Toen, met een schuldig en tegelijkertijd triomfantelijk gevoel, trok ik de jurk over mijn hoofd. Het was een mooi blauw geval met bloemen, eigenlijk nog te luchtig voor dit weer, en nog een beetje vochtig. Ik moest de achterkant een beetje insnoeren om hem te laten passen. Het kon er net mee door.

Een kwartier later had ik een paar klompen gepikt bij de achterdeur van een andere buur (onder de hak van een ervan zat hondenpoep, waarschijnlijk de reden dat de drager ze buiten had laten staan) en liep ik nonchalant over de weg, alsof ik daar woonde. Toen ik eraan toegaf zoals Sam me zo lang geleden had geleerd, kon ik met mijn wolfinstincten in mijn hoofd een veel gedetailleerder plaatje van de omgeving maken dan met mijn ogen. Zelfs met al die informatie had ik niet echt een idee waar ik was, maar één ding wist ik: ik was ver verwijderd van Mercy Falls.

Ik had een plan, zeg maar. Eerst moest ik deze buurt uit, voordat iemand haar jurk of klompen herkende. Een bedrijf of een landschapskenmerk zoeken om me te oriënteren, hopelijk voordat ik een blaar kreeg van die klompen. En dan: op de een of manier terugkomen bij Sam.

Het was niet zo'n heel geweldig plan, maar meer had ik niet.

2

Isabel

Ik mat de tijd af door dinsdagen te tellen.

Drie dinsdagen totdat de zomervakantie begon.

Zeven dinsdagen sinds Grace uit het ziekenhuis was verdwenen.

Negenenvijftig dinsdagen tot ik mijn diploma zou halen en eindelijk weg kon uit Mercy Falls, Minnesota.

Zes dinsdagen sinds ik Cole St. Clair voor het laatst had gezien.

De dinsdag was de rotste dag van de week in huize Culpeper.

Ruziedag. Alhoewel, elke dag kon ruziedag worden bij mij thuis, maar op dinsdag kon je erop wachten. Het was bijna een jaar geleden dat mijn broer Jack was overleden, en na een twee uur durende schreeuwmarathon van het hele gezin, verspreid over drie verdiepingen en met één keer het dreigement van een echtscheiding door mijn moeder, was mijn vader warempel weer met ons mee gegaan naar groepstherapie.

Wat betekende dat elke woensdag hetzelfde was: mijn moeder droeg parfum, mijn vader hing zowaar een keer de telefoon op, en ik zat in de reusachtige blauwe suv van mijn vader en deed net alsof de achterbak niet nog steeds naar dode wolf stonk.

Op woensdag zette iedereen zijn beste beentje voor. De paar uur na de therapie – uit eten in St. Paul, een beetje zinloos shoppen of naar een familiefilm – waren mooi en perfect. En dan begon iedereen uur na uur verder af te dwalen van dat ideaal, totdat er op dinsdag weer explosies klonken en vuistgevechten uitbraken op de filmset.

Ik probeerde meestal afwezig te zijn op dinsdag.

Op deze dinsdag werd ik het slachtoffer van mijn eigen besluiteloosheid. Toen ik na school was thuisgekomen, had ik me er niet toe kunnen zetten Taylor of Madison te bellen om iets te gaan doen. Vorige week was ik met die twee en een paar jongens die zij kenden naar Duluth gegaan en had tweehonderd dollar uitgegeven aan schoenen voor mijn moeder, honderd dollar aan een shirt voor mezelf, en de jongens nog eens dertig dollar laten uitgeven aan ijs dat we niet opaten. Ik had er toen al niet echt de zin van ingezien, behalve om Madison te choqueren door zo ridderlijk met mijn creditcard te zwaaien. En ik zag er nu de zin ook niet van in, terwijl de schoenen aan het voeteneinde van mijn moeders bed stonden, het shirt niet lekker zat nu ik het eenmaal thuis had liggen, en ik niet meer wist hoe die jongens hadden geheten, behalve een vage herinnering dat een van hen een naam had die begon met een J.

Ik kon dus voor mijn andere tijdverdrijf gaan: in mijn eigen SUV stappen en ergens op een overwoekerde oprit parkeren om muziek te luisteren, weg te suffen en te doen alsof ik ergens anders was. Meestal kon ik zo voldoende tijd doden om terug te komen net voordat mijn moeder naar bed ging en de ergste ruzies achter de rug waren. Ironisch genoeg waren er in Californië duizend keer meer redenen geweest om op pad te gaan, maar toen had ik ze niet nodig gehad.

Wat ik echt wilde, was Grace bellen en met haar door het centrum lopen of bij haar thuis op de bank zitten terwijl zij haar huiswerk maakte. Ik wist niet of dat ooit weer zou kunnen.

Ik bleef zo lang mijn mogelijkheden afwegen dat ik mijn kans om te ontsnappen voorbij liet gaan. Ik stond in de hal, mijn telefoon in de aanslag, wachtend tot ik hem bevelen zou geven, toen mijn vader de trap af kwam draven net op het moment dat mijn moeder de deur van de woonkamer uit stapte. Ik zat klem tussen twee botsende weersfronten. Er zat niets anders op dan de

17

storm te trotseren en te hopen dat de tuinkabouter niet zou weg-
waaien.

Ik zette me schrap.

Mijn vader gaf me een klopje op mijn hoofd. 'Hé, moppie.'

Moppie?

Ik knipperde met mijn ogen terwijl hij langsliep, soepel en
sterk, een reus in zijn kasteel. Het leek wel alsof ik een jaar terug
in de tijd was gereisd.

Ik staarde naar hem toen hij in de deuropening bij mijn moeder bleef staan en wachtte tot ze rotopmerkingen tegen elkaar
gingen maken. In plaats daarvan gaven ze elkaar een kus.

'Wat hebben jullie met mijn ouders gedaan?' vroeg ik.

'Ha!' reageerde mijn vader op een toon die je zou kunnen omschrijven als *joviaal*. 'Ik zou het op prijs stellen als je iets aantrok
wat je navel bedekt voordat Marshall komt, als je niet op je kamer
blijft om je huiswerk te maken.'

Ma wierp me een blik toe die *Ik zei het toch* uitstraalde, hoewel
ze niets over mijn shirt had gezegd toen ik uit school kwam.

'Je bedoelt *congreslid* Marshall?' vroeg ik. Mijn vader had meerdere vrienden van de universiteit die op hoge functies waren terechtgekomen, maar hij ging niet veel meer met hen om sinds
Jack was overleden. Ik had verhalen over hen gehoord, vooral als
ze eenmaal alcohol begonnen te schenken. 'Je bedoelt "*Mushroom*
Marshall"? Je bedoelt de Marshall die vóór jou met ma de koffer
in is gedoken?'

'Voor jou is hij meneer Landy,' zei mijn vader, maar hij was al
op weg de gang uit en klonk niet eens zo geërgerd. Hij voegde
eraan toe: 'Wees niet zo onbeleefd tegen je moeder.'

Ma draaide zich om en liep achter mijn vader aan de woonkamer weer in. Ik hoorde ze praten, en op een gegeven moment
hoorde ik mijn moeder zelfs lachen. Op dinsdag. Het was dinsdag,
en zij lachte.

'Wat komt hij hier doen?' vroeg ik argwanend terwijl ik hen van
de woonkamer naar de keuken volgde. Ik keek naar het aanrecht.
De ene helft lag vol met chips en groenten en de andere helft met
clipboards, mappen en notitieblokken met aantekeningen.

'Je hebt je nog niet omgekleed,' zei ma.

'Ik ga zo weg,' antwoordde ik. Dat had ik net besloten. Alle vrienden van mijn vader dachten dat ze ontzettend grappig waren en waren dat ontzettend niet, dus mijn besluit was genomen. 'Waar komt Marshall voor?'

'Meneer Landy,' corrigeerde mijn vader me. 'We moeten gewoon even over een paar juridische dingen praten en bijkletsen.'

'Een zaak?' Ik zwierf naar de met papieren bedekte kant van het aanrecht toen iets mijn blik trok. En ja hoor, het woord dat ik dacht te hebben gezien – 'wolven' – stond overal.

Ik voelde een onbehaaglijke tinteling terwijl ik ze vluchtig bekeek. Vorig jaar, voordat ik Grace kende, zou dit gevoel de zoete tinteling van de wraak zijn geweest, omdat de wolven hun verdiende loon zouden krijgen na hun moord op Jack. Nu, hoe onvoorstelbaar ook, had ik alleen maar de zenuwen. 'Dit gaat over de beschermde status van de wolven in Minnesota.'

'Misschien niet lang meer,' zei mijn vader. 'Landy heeft een paar ideeën. Misschien kunnen we de hele roedel afgeknald krijgen.'

Was hij daarom zo blij? Omdat hij, Landy en ma plannen gingen smeden om de wolven te doden? Onvoorstelbaar dat hij dacht dat dat de dood van Jack minder erg zou maken. Grace zat in die bossen, op dit moment. Hij wist het niet, maar hij had het erover dat hij haar wilde vermoorden.

'Fantastico,' zei ik. 'Ik ben weg.'

'Waar ga je heen?' vroeg ma.

'Madisons huis.'

Ma stopte halverwege het openscheuren van een zak chips. Ze hadden genoeg in huis om het hele Amerikaanse Congres te eten te geven. 'Ga je écht naar Madison, of zeg je alleen maar dat je naar Madison gaat omdat je weet dat ik het toch te druk heb om het te controleren?'

'Best,' zei ik. 'Ik ga naar Kenny, en ik weet nog niet wie er met me mee wil. Ben je nu blij?'

'Opgetogen,' zei ma. Ik zag ineens dat ze de schoenen aanhad die ik voor haar had gekocht. Dat gaf me om de een of andere reden een raar gevoel. Ma en pa die stonden te lachen, zij met haar nieuwe schoenen aan, terwijl ik me afvroeg of ze mijn vriendin gingen afknallen met een zwaar kaliber geweer.

Ik griste mijn tas mee en liep naar buiten, naar mijn suv. Ik bleef in de hete auto zitten, zonder de contactsleutel om te draaien of weg te rijden maar met mijn telefoon in mijn handen, en vroeg me af wat ik moest doen. Ik wist wat ik zóú moeten doen; ik wist alleen niet of ik het wilde. Zes dinsdagen sinds ik hem had gesproken. Misschien zou Sam de telefoon opnemen. Met Sam kon ik wel praten.

Nee, ik móést met Sam praten. Want congreslid Marshall Landy en mijn vader zouden misschien echt iets bedenken tijdens hun strijdoverlegje onder het genot van chips. Ik had geen keus.

Ik beet op mijn lip en belde het nummer van Becks huis.

'Da.'

De stem aan het andere eind van de lijn was eindeloos vertrouwd, en de fluistering van zenuwen in mijn maag veranderde in gejank.

Niet Sam.

Mijn eigen stem klonk onbedoeld ijzig. 'Cole, met mij.'

'O,' zei hij, en hij hing op.

3

Grace

Mijn knorrende maag hield de tijd voor me bij, dus leek het een eeuw te duren voordat ik bij een bedrijfje aankwam. Het eerste wat ik tegenkwam was Bens Visbenodigdheden, een groezelig, grijs gebouwtje dat een stukje van de weg tussen de bomen stond en eruitzag alsof het vanzelf uit de modderige grond was komen groeien. Om bij de deur te komen moest ik me een weg zoeken over een parkeerplaats met grind, vol kuilen, gesmolten sneeuw en plassen regenwater. Een bordje boven de deurknop meldde dat als ik de sleutels voor mijn sleeptruck kwam inleveren, de afgifte-box ervoor aan de zijkant van het gebouw hing. Een ander bordje meldde dat ze beagle-puppy's te koop hadden: twee reutjes en een teefje.

Ik legde mijn hand op de deurklink. Voordat ik die naar beneden duwde, oefende ik in gedachten mijn verhaal nog een keer. Er bestond altijd een kans dat ze me zouden herkennen; met een schok besefte ik dat ik geen idee had hoe lang het geleden was dat ik voor het eerst in een wolf was veranderd of hoe nieuwswaardig mijn verdwijning was geweest. Ik wist wel dat het in Mercy Falls al in de krant kwam als er ergens een toilet verstopt raakte.

Ik stapte naar binnen en duwde de deur achter me dicht. Ik grimaste; het was er verschrikkelijk heet en het stonk er naar oud zweet. Ik navigeerde tussen de schappen met visgerei, rattengif en bubbeltjesplastic door totdat ik bij de toonbank achterin aankwam. Een klein oud mannetje stond voorovergebogen achter de toonbank, en meteen was me duidelijk dat hij en zijn gestreepte overhemd de bron van de zweetlucht waren.

'Ben je hier voor de trucks?' De man rechtte zijn rug en tuurde naar me door een vierkante bril. Rijen inpaktape hingen aan de gatenplaat achter zijn hoofd. Ik probeerde door mijn mond te ademen.

'Hallo,' zei ik. 'Nee, ik ben hier niet voor de trucks.' Ik haalde diep adem, zette een treurig gezicht op en begon te liegen. 'Weet u, mijn vriendin en ik hebben net ontzettende ruzie gehad en ze heeft me uit de auto gezet. Erg, hè? Ik sta hier dus mooi. Mag ik hier misschien even bellen?'

Hij keek me fronsend aan en ik vroeg me heel even af of ik misschien onder de modder zat, met mijn haar in de war. Ik voelde eraan.

Toen vroeg hij: 'Wat zeg je nou?'

Ik herhaalde mijn verhaal, waarbij ik ervoor zorgde dat ik hetzelfde vertelde en er treurig bij bleef kijken. Ik vóélde me vrij treurig. Dat was niet zo moeilijk. Hij leek nog steeds te twijfelen, dus voegde ik eraan toe: 'Telefoon? Zodat iemand me komt halen?'

'Hm ja,' zei hij. 'Interlokaal?'

De hoop gloorde. Ik had geen idee of het interlokaal was of niet, dus antwoordde ik: 'Mercy Falls.'

'Huh,' zei hij, en dat was geen antwoord op mijn vraag. 'Hm ja.'

Ik wachtte een folterend lange minuut. Ergens achter hoorde ik iemand blaffend lachen.

'Mijn vrouw is aan de telefoon,' zei hij. 'Maar zodra ze ophangt, mag jij bellen.'

'Dank u,' zei ik. 'Waar zijn we eigenlijk, trouwens? Zodat ik mijn vriendje kan vertellen waar hij me moet komen halen?'

'Hm ja,' zei hij weer. Ik geloof niet dat het wat hem betrof iets betekende; hij zei het gewoon terwijl hij nadacht. 'Zeg maar dat we drie kilometer van Burntside af zitten.'

Burntside. Dat was bijna een halfuur rijden vanaf Mercy Falls, over kronkelige tweebaanswegen. Het was een verontrustende gedachte dat ik dat hele eind had afgelegd zonder het te beseffen, als een slaapwandelaar.

'Bedankt,' zei ik.

'Ik denk dat je hondenstront onder je schoenen hebt,' zei hij vriendelijk. 'Ik ruik het.'

Ik keek zogenaamd verbaasd naar mijn schoenzolen. 'O, het lijkt er wel op. Ik vroeg het me al af.'

'Ze zal nog wel een tijdje bezig zijn,' waarschuwde hij me. Het duurde even voor ik besefte dat hij het over zijn vrouw aan de telefoon had.

Ik snapte wat hij bedoelde. Ik zei: 'Ik kijk wel even rond,' en hij leek opgelucht, alsof hij zich gedwongen had gevoeld me te vermaken zolang ik bij de toonbank stond.

Zodra ik wegdwaalde om bij een wandrek vol lokaas te kijken, hoorde ik hem aan de toonbank verdergaan met schuiven met waar hij dan ook mee had staan schuiven.

En zijn vrouw bleef praten en dat rare blaffende lachje lachen, en de winkel bleef naar zweet stinken.

Ik keek naar de vishengels, een hertenkop met een roze honkbalpet op en nepuilen om vogels mee uit je tuin te verjagen. Er stonden bakjes met levende meelwormen in de hoek. Terwijl ik daarnaar staarde en mijn maag draaide van teergevoeligheid of de verre belofte van de verandering, ging de deur weer open en kwam er een man binnen met een John Deere-pet op. Hij en de zweterige oude man begroetten elkaar. Ik voelde aan een feloranje hondenhalsband, maar concentreerde me vooral op mijn lichaam en probeerde te bepalen of ik vandaag nog zou terugveranderen.

Plotseling werd mijn aandacht naar het gesprek tussen de twee mannen getrokken. De man met de John Deere-pet zei: 'Ik bedoel, er moet wat gebeuren. Ze hebben vandaag een vuilniszak van mijn veranda getrokken. Moeder de vrouw dacht dat het een hond was, maar ik heb een pootafdruk gevonden, en die was te groot voor een hond.'

Wolven. Ze hadden het over de wolven.

Over mij.

Ik kromp ineen en hurkte neer alsof ik de zakken hondenvoer op de onderste metalen plank wilde bekijken.

De oude man zei: 'Culpeper probeert wat te regelen, heb ik gehoord.'

John Deere maakte een geluid dat grommend uit zijn beide neusgaten en mond kwam. 'Wat, zoals vorig jaar? Dat haalde geen zak uit. Kietelde ze een beetje, meer niet. Hé, moet een visvergunning dit jaar echt zoveel kosten?'

'Ja,' zei de oude man. 'Maar daar heeft hij het nu niet over. Hij probeert het zo te regelen als ze in Idaho hebben gedaan. Met helikopters en... huurmoordenaars. Dat is niet het woord dat ik zoek. Scherpschutters. Dat is het. Hij probeert het legaal te maken.'

Mijn maag draaide weer om. Het leek wel alsof het altijd weer uitkwam bij Tom Culpeper. Hij had op Sam geschoten. Toen op Victor. Wanneer zou het eens genoeg voor hem zijn?

'Dat wil ik hem nog weleens bij die boomknuffelaars gedaan zien krijgen,' zei John Deere. 'Die wolven zijn beschermd of zoiets. Mijn neef heeft een heleboel gelazer gekregen toen hij er een paar jaar geleden een aanreed. En zijn halve auto ook nog es aan gort. Culpeper kan z'n borst wel natmaken.'

De oude man wachtte een hele tijd voordat hij reageerde; hij maakte een knisperend geluid achter de toonbank. 'Wil je ook? Nee? Ja, goed, maar hij is zelf een hotemetoot van een advocaat in de grote stad. En zijn zoon was die jongen die door de wolven is doodgebeten. Als iemand het kan regelen, is hij het wel. Ze hebben die hele roedel afgemaakt in Idaho. Of misschien was het Wyoming. Ergens daarzo.'

De hele roedel.

'Niet omdat ze vuilniszakken openscheurden,' zei John Deere. 'Schapen. Maar mij lijkt het een stuk erger als wolven kinderen aanvallen in plaats van schapen. Dus misschien krijgt hij het erdoor. Wie weet?' Hij zweeg even. 'Hé, meisje? Meisje? De telefoon is vrij.'

Mijn maag draaide weer. Ik stond op, sloeg mijn armen over elkaar en hoopte vurig dat John Deere de jurk niet herkende, maar hij keek alleen heel vluchtig naar me voordat hij zich afwendde. Hij leek me sowieso niet het soort man dat normaal gesproken de details opmerkte van wat vrouwen aanhadden. Ik schuifelde langs hem en de oude man gaf me de telefoon.

'Ik ben zo klaar,' zei ik. De oude man scheen me niet eens ge-hoord te hebben, dus trok ik me terug in de hoek van de winkel. De mannen bleven praten, maar niet meer over wolven.

Met de telefoon in mijn hand besefte ik dat er drie nummers waren die ik kon bellen. Sam. Isabel. Mijn ouders.

Ik kon mijn ouders niet bellen.

Wilde dat niet.

Ik toetste Sams nummer in. Heel even, voordat ik de telefoon verbinding liet maken, haalde ik diep adem, sloot mijn ogen en liet mezelf denken hoe ontzettend graag ik wilde dat hij opnam; meer dan ik kon toegeven. Mijn ogen prikten van de tranen en ik knipperde als een gek.

De telefoon ging over. Twee keer. Drie keer. Vier. Vijf. Zes. Zeven.

Ik moest me gaan neerleggen bij het idee dat hij misschien niet zou opnemen.

'Hallo?'

Bij die stem werden mijn knieën week. Ik moest me ineens op mijn hurken laten zakken en mezelf met één hand ondersteunen tegen het metalen schap naast me. Mijn gestolen jurk bolde op op de vloer.

'Sam,' fluisterde ik.

Het bleef stil. Het bleef zo lang stil dat ik bang werd dat hij had opgehangen. Ik vroeg: 'Ben je er nog?'

Hij lachte, min of meer, met een raar, beverig geluid. 'Ik... Ik ge-loofde niet dat jij het echt was. Je bent... Ik geloofde niet dat jij het echt was.'

Toen liet ik de gedachte toe: dat hij zijn auto stopte en zijn armen om me heen sloeg, dat ik veilig was, dat ik míj weer was, dat ik zou doen alsof ik hem later niet weer zou verlaten. Ik wilde het zo graag dat ik er pijn van in mijn buik kreeg. Ik vroeg: 'Kom je me halen?'

'Waar ben je?'

'Bens Visbenodigdheden. Burntside.'

'Jezus.' Toen zei hij: 'Ik ben al onderweg. Ik sta er over twintig minuten. Ik kom eraan.'

'Ik wacht wel op de parkeerplaats,' zei ik. Ik veegde een traan weg die over mijn wang liep zonder dat ik het had gemerkt.

25

'Grace...' Hij ging niet verder.
'Ik weet het,' zei ik. 'Ik ook.'

Sam

Zonder Grace leefde ik in honderd andere momenten dan waar-in ik me nu bevond. Elke seconde was gevuld met de muziek van iemand anders of boeken die ik nooit had gelezen. Werken. Brood bakken. Alles om mijn gedachten bezig te houden. Ik hield de schijn van normaliteit op, deed alsof het gewoon een dag zonder haar was, alsof ze morgen weer naar binnen zou stappen en het leven zou doorgaan alsof het niet was onderbroken.

Zonder Grace was ik een perpetuum mobile, gedreven door mijn onvermogen om te slapen en de angst dat mijn gedachten zich zouden opbouwen in mijn hoofd. Elke nacht was een kopie van elke dag daarvoor, en elke dag was een kopie van elke nacht. Alles voelde helemaal verkeerd: het huis tot de nok toe vol met Cole St. Clair en niemand anders; mijn herinneringen omlijst door beelden van Grace die besmeurd met haar eigen bloed ver-anderde in een wolf; terwijl ik onveranderd bleef, mijn lichaam ongevoelig voor het jaargetijde. Ik wachtte op een trein die nooit kwam.

Maar ik kon niet ophouden met wachten, want wie zou ik dan worden? Ik keek naar mijn wereld in een spiegel.

Rilke schreef: *'Dit is wat het lot betekent: tegengesteld zijn, tegenge-steld aan alles en niets anders dan tegengesteld en altijd tegengesteld.'*

Zonder Grace had ik alleen de liedjes over haar stem en de lied-jes over de echo die achterbleef als ze stopte met praten.

En toen belde ze.

Op het moment dat de telefoon ging, profiteerde ik van de warme dag om de Volkswagen een wasbeurt te geven, de laatste resten zout en zand eraf te schrobben die erop waren geschilderd door een eeuwigheid aan winterse sneeuw. Ik had de raampjes voorin omlaaggedraaid zodat ik de radio kon horen terwijl ik bezig was. Er was een beukend gitaarnummer bezig, met harmonieën en een opzwepende melodie die ik voor altijd zou blijven verbinden aan de hoop van dat moment, het moment dat ze belde en zei: *Kom je me halen?*

De auto en mijn armen zaten onder het zeepsop, maar ik nam niet de moeite me af te drogen. Ik gooide gewoon mijn telefoon op de passagiersstoel en draaide de sleutel in het contact. Terwijl ik achteruitreed, had ik zoveel haast dat ik gas gaf, gas, gas, gas, en terwijl ik van de achteruit naar de één schakelde, gleed mijn voet van de koppeling. Het gierende motorgeluid kwam overeen met mijn hartslag.

Boven me was de hemel enorm en blauw en gevuld met witte wolken vol ijle ijskristallen die te ver boven de aarde hingen om hier op de warme grond gevoeld te worden. Ik was al tien minuten onderweg voor ik merkte dat ik vergeten was de raampjes dicht te draaien; door de wind was het zeepsop op mijn armen in witte strepen opgedroogd. Ik kwam een andere auto tegen en haalde hem in op een plek waar dat niet mocht.

Binnen tien minuten zou Grace hier op de passagiersstoel zitten.

Alles zou weer goed zijn. Ik kon haar vingers al in mijn hand voelen, haar wang tegen mijn nek gedrukt. Het leek jaren geleden dat ik mijn armen om haar heen had geslagen, mijn handen tegen haar ribben had gelegd. Eeuwen sinds ik haar had gekust. Een heel leven sinds ik haar had horen lachen.

Het gewicht van mijn hoop deed pijn. Ik fixeerde me op het ongelooflijk onbeduidende feit dat Cole en ik twee maanden lang hadden geleefd op maaltijden bestaande uit boterhammen met jam of tonijn uit blik en diepvriesburrito's.

Als Grace eenmaal terug was, zouden we beter ons best doen. Ik dacht dat we nog ergens een pot spaghettisaus en wat gedroogde pasta hadden. Het leek ineens ontzettend belangrijk dat we een fatsoenlijke maaltijd hadden voor haar thuiskomst.

Met de minuut kwam ik dichter bij haar. In mijn achterhoofd knaagden dringende zorgen, en de belangrijkste draaiden om Grace' ouders. Zij waren ervan overtuigd dat ik iets te maken had gehad met haar verdwijning, aangezien ze vlak voordat ze veranderde ruzie met hen had gemaakt over mij. In de twee maanden dat ze nu weg was, had de politie mijn auto doorzocht en me ondervraagd. Grace' moeder zocht smoezen om langs de boekwinkel te lopen wanneer ik aan het werk was, en ze staarde naar binnen terwijl ik deed alsof ik het niet zag. Er stonden artikelen over de verdwijning van Grace en Olivia in de plaatselijke krant, en ze zeiden alles over me, behalve mijn naam.

Diep vanbinnen wist ik dat dit – Grace als wolf, haar ouders als vijanden, ik in Mercy Falls in dit nieuw gemaakte lichaam – een gordiaanse knoop was, onmogelijk te ontwarren. Maar als ik Grace terughad, zou het vast wel goed komen.

Ik reed Bens Visbenodigdheden bijna voorbij, een onopvallend gebouwtje dat grotendeels schuilging achter borstelige dennen. De Volkswagen zwalkte toen ik de parkeerplaats op reed; de gaten in het grind waren diep en stonden vol modderig water dat ik tegen het chassis hoorde spatten.

Turend over de parkeerplaats minderde ik vaart. Er stonden een paar sleeptrucks achter het gebouwtje geparkeerd. En daar, naast de wagens, vlak bij de bomen...

Ik reed tot aan de rand van de parkeerplaats, liet de motor draaien en stapte uit. Ik sprong over een houten biels en bleef staan. Aan mijn voeten, in het vochtige gras, lag een bloemetjesjurk. Een stukje bij me vandaan zag ik een klomp liggen, en nog een meter verderop, op zijn zijkant, de andere. Ik haalde diep adem en hurkte neer om de jurk op te rapen. Als prop in mijn hand had de stof de zachte geur van de herinnering aan Grace. Ik ging staan en slikte.

Van hieraf zag ik de zijkant van de Volkswagen, helemaal smerig van het opgespatte water. Ik had hem net zo goed niet kunnen wassen.

Ik stapte weer achter het stuur, gooide de jurk op de achterbank, legde mijn handen over mijn neus en mond en ademde steeds opnieuw dezelfde lucht in, met mijn ellebogen op het stuur.

Ik bleef daar een tijdje zitten en keek over het dashboard naar de achtergelaten klompen.

Het was zoveel gemakkelijker geweest toen ík de wolf was.

4

Cole

Dit was wie ik was, als weerwolf: ik was Cole St. Clair, en vroeger was ik NARKOTIKA.

Ik had gedacht dat er niets van me zou overblijven als je eenmaal de bonkende bas van NARKOTIKA, het gegil van een paar honderdduizend fans en de kalender vol tourdatums weghaalde. Maar hier was ik, maanden later, en het bleek dat er nieuwe huid zat onder het korstje dat ik eraf had gepeuterd. Nu was ik een fan van de simpele genoegens in het leven: kaastosti's zonder zwarte korst, spijkerbroeken die niet knelden in mijn kruis, een beetje wodka, tien tot twaalf uur slaap per nacht.

Ik wist niet helemaal hoe Isabel in dat plaatje paste.

Het punt was dat ik gerust een hele week niet aan tosti's en wodka kon denken. Maar datzelfde leek niet op Isabel van toepassing te zijn. En dat was dan geen soort van fantastische dagdroom, geen aangename plagerij. Het was meer als een schimmelinfectie in je lies. Als je heel druk bezig was, kon je het bijna vergeten, maar zodra je even stilzat, werd je gek.

Bijna twee maanden zonder één kik van haar, ondanks een aantal bijzonder vermakelijke voicemails van mijn kant.

Voicemail 1: 'Hé, Isabel Culpeper. Ik lig in bed en kijk naar het plafond. Ik ben grotendeels naakt. Ik denk aan... je moeder. Bel me.'

En nu belde ze?

Ja, de groeten.

Ik kon niet in huis blijven terwijl de telefoon me zo aankeek, dus pakte ik mijn schoenen en liep naar buiten. Sinds ik Grace uit het ziekenhuis had weggehaald, was ik verder gaan spitten om te ontdekken waardoor we wolven werden. Hier in de bushbush had ik geen mogelijkheid om iets onder de microscoop te leggen en echte antwoorden te vinden. Maar ik had een paar experimenten voorbereid waarvoor ik geen lab nodig had; alleen maar geluk, mijn eigen lichaam en een beetje lef. En een van die voornoemde experimenten zou echt een stuk beter gaan als ik een van de andere wolven te pakken kon krijgen. Dus had ik uitstapjes naar het bos gemaakt. Of eigenlijk verkenningsmissies. Zo noemde Victor onze tochtjes naar avondwinkels altijd, wanneer we een snelle hap gingen halen die bestond uit plastic met kaassmaak. Ik voerde verkenningsmissies uit in Boundary Wood, in naam der wetenschap. Ik voelde me genoodzaakt om af te maken waar ik aan begonnen was.

Voicemail 2: De eerste anderhalve minuut van 'I've Gotta Get a Message to You' van de Bee Gees.

Vandaag was het warm en ik rook alles, maar dan ook echt alles, wat ooit in het bos had gepiest. Ik volgde mijn gebruikelijke route.

Cole, met mij.

God, ik werd gek. Als het de stem van Isabel niet was, was het die van Victor wel, en het werd een beetje druk in mijn hoofd. Als ik me niet voorstelde dat ik Isabel haar beha uitdeed, zat ik wel te wachten tot de telefoon zou gaan, en als ik dat niet deed, dacht ik wel aan Isabels vader die Victors dode lijf op de oprit smeet. Met hen en Sam erbij leefde ik met drie geesten.

Voicemail 3: 'Ik verveel me. Ik moet vermaakt worden. Sam loopt te mokken. Misschien vermoord ik hem wel met zijn eigen gitaar. Dan heb ik wat te doen, en misschien zegt hij dan wat. Twee vliegen in één klap! Ik vind al die oude uitdrukkingen onnodig agressief. Net zoals die oude liedjes als "Altijd is Kortjakje ziek". Dat gaat over de pest, wist je dat? Natuurlijk wist je dat. De pest is zeg maar jouw oudere neef. Hé, praat Sam wél tegen jou? Tegen mij zegt hij niks. God, ik verveel me. Bel me.'

Strikken. Ik kon beter aan mijn experimenten denken.

Het bleek ongelooflijk ingewikkeld om een wolf te vangen. Met voorwerpen die ik in de kelder van Becks huis had gevonden, had ik een enorm aantal strikken, vallen, kratten en lokkisten gemaakt en een al net zo enorm aantal dieren gevangen. Alleen niet één lid van de soort *Canis lupus*. Ik zou niet kunnen zeggen wat irritanter was: alweer een nutteloos beest vangen, of iets bedenken om het vervolgens uit de val of strik te bevrijden zonder dat ik daarbij een hand of oog kwijtraakte.

Ik begon wel heel snelle reflexen te ontwikkelen.

Cole, met mij.

Ik kon niet geloven dat ze na al die tijd eindelijk had teruggebeld en dat haar eerste woorden niet een of andere verontschuldiging waren geweest. Misschien zou dat deel erna zijn gekomen en had ik het gemist door op te hangen.

Voicemail 4: 'Hotel California' van de Eagles, in zijn geheel, met daarin elke keer het woord 'California' vervangen door 'Minnesota'.

Ik schopte tegen een verrotte boomstam en zag hem ontploffen in tien zwarte scherven op de kletsnatte bosbodem. Goed, ik had geweigerd met Isabel naar bed te gaan. Mijn eerste fatsoenlijke daad in jaren. Geen enkele goede daad blijft onbestraft, zei mijn moeder altijd. Het was haar motto. Waarschijnlijk keek ze nu ook zo terug op het feit dat ze ooit mijn luiers had verschoond.

Ik hoopte dat Isabel nog steeds naar haar telefoon zat te staren. Ik hoopte dat ze honderd keer had teruggebeld sinds ik naar buiten was gegaan. Ik hoopte dat ze zich besmet voelde, net als ik.

Voicemail 5: 'Hé, met Cole St. Clair. Zal ik je eens twee ware dingen vertellen? Eén, jij neemt nooit je telefoon op. Twee, ik hou nooit meer op met lange berichten inspreken. Het is een soort therapie. Ik moet toch met íemand praten? Hé, weet je wat vandaag tot me doordrong? Victor is dood. Dat drong trouwens gisteren ook al tot me door. Elke dag dringt het weer opnieuw tot me door. Ik weet niet wat ik hier doe. Het voelt alsof er niemand is die ik kan...'

Ik controleerde mijn valstrikken. Alles zat onder de modder van de regen die me al een paar dagen binnen hield. De grond was blubber onder mijn voeten en mijn strikken waren nutteloos. Niets in die op de richel. Een wasbeer in de val bij de weg. Niets in die in het ravijn. En de val bij de schuur, een nieuw soort strik, was helemaal gemold. De staken waren uit de grond gerukt, overal lagen struikeldraden, boompjes waren geknapt en al het aas was opgegeten. Het leek wel alsof ik had geprobeerd een monster te vangen.

Wat ik moest doen, was denken als een wolf, maar dat bleek opmerkelijk lastig wanneer ik geen wolf was.

Ik raapte de brokstukken van mijn strik op en liep terug naar de schuur om te kijken of ik daar kon vinden wat ik nodig had om hem weer op te zetten. Er was niets in het leven wat je niet kon repareren met een draadschaar.

Cole, met mij.

Ik ging haar niet terugbellen.

Ik rook iets doods. Het rotte nog niet, maar dat zou niet lang meer duren.

Ik had niets verkeerd gedaan. Isabel had mij ook kunnen bellen, na de twintig keer dat ik haar had gebeld.

Voicemail 6: 'Oké, sorry daarvoor. Dat laatste bericht ging een beetje de mist in. Weet je, ik heb een theorie: ik denk dat Sam eigenlijk een overleden Britse huisvrouw is, gereïncarneerd in het lichaam van een Beatle. Ik kende vroeger een band die voor hun show een nep Brits accent opzette. Man, wat waren die gasten slecht, en het waren ook nog eens eikels. Ik weet niet meer hoe ze heetten. Ik begin ofwel seniel te worden, of ik heb al zoveel met mijn hersens uitgevreten dat er nu dingen uitvallen. Niet eerlijk van me om dit zo eenzijdig te maken, hè? Ik heb het altijd over mezelf in deze berichten. Dus hoe gaat het met jou, Isabel Rosemary Culpeper? Lach je nog weleens? Hot Toddies. Zó heette die band. De Hot Toddies.'

Ik vloekte toen een stuk ijzerdraad van de strik in mijn handpalm sneed. Het duurde even voor ik mijn handen had bevrijd uit de chaos van metaal en hout. Ik liet alles op de grond vallen en staarde ernaar. Met dat stuk schroot zou ik niet snel wat vangen. Ik kon gewoon weglopen. Niemand had me gevraagd om de wetenschapper uit te hangen. Niemand zei dat ik niet gewoon weg kon gaan. Ik zou pas weer wolf worden in de winter, en tegen die tijd kon ik honderden kilometers ver weg zijn. Ik kon zelfs teruggaan naar huis. Maar mijn huis was alleen maar de plek waar mijn zwarte Mustang geparkeerd stond. Ik hoorde daar net zomin thuis als hier bij Becks wolven.

Ik dacht aan de gemeende glimlach van Grace. Aan Sams vertrouwen in mijn theorie. Aan de wetenschap dat Grace was blijven leven dankzij mij. Het was eigenlijk best geweldig om weer een doel te hebben.

Ik zoog op de bloedende snee in mijn hand. Toen bukte ik en raapte alle stukken weer op.

Voicemail 20: 'Ik wou dat je eens opnam.'

5

Grace

Ik keek naar hem.

Ik lag in de vochtige struiken, met mijn staart dicht tegen me aan, verward en behoedzaam, maar ik scheen hem niet te kunnen achterlaten. Het licht kroop omlaag en verguldde de onderkant van de bladeren om me heen, maar toch bleef hij nog. Zijn geroep en de felheid van mijn fascinatie bezorgden me de rillingen. Ik legde mijn kin op mijn voorpoten, mijn oren plat tegen mijn kop. De wind droeg zijn geur naar me toe. Ik kende die geur. Alles in mij kende die geur.

Ik wilde dat hij me vond.

Ik moest vluchten.

Zijn stem was verder weg, toen dichterbij, toen weer verder weg. Af en toe was de jongen zo ver weg dat ik hem bijna niet meer hoorde. Ik kwam half overeind met het idee om te volgen. Maar toen naderde hij weer en ik zakte snel terug in de bladeren waartussen ik me verborg. Ook de vogels werden rustiger.

Elke keer wanneer hij langskwam was hij verder weg, werd de tijd tussen zijn komen en gaan langer. En ik werd alleen maar onrustiger.

Kon ik hem volgen?

Hij kwam weer terug na een lange tijd van bijna-stilte. Deze keer was de jongen zo dichtbij dat ik hem kon zien vanaf de plek waar ik roerloos verborgen lag. Ik dacht even dat hij me zag, maar zijn blik bleef op een punt ergens achter me gericht. Door de vorm van zijn ogen begon mijn maag onzeker te draaien. Iets binnen in me trok aan me en deed pijn. Hij legde zijn handen om zijn mond en riep het bos in.

Als ik opstond, zou hij me beslist zien. De drang om gezien te willen worden, om naar hem toe te gaan, maakte me zachtjes aan het janken. Ik wist bijna wat hij wilde. Ik wist bijna...

'Grace?'

Dat woord doorboorde me.

De jongen zag me nog steeds niet. Hij had zijn stem gewoon de leegte in gegooid, en wachtte op antwoord.

Ik was te bang. Mijn instinct pinde me vast op de grond. *Grace.* Dat woord echode binnen in me en verloor betekenis bij elke herhaling.

Hij draaide zich met gebogen hoofd om en liep langzaam bij me weg, naar het schuin invallende licht dat de rand van het bos aangaf. Een soort paniek welde in me op. *Grace.* Ik verloor de vorm van het woord.

Ik verloor iets. Ik was verloren. Ik...

Ik stond op. Als hij zich omdraaide, viel ik nu niet over het hoofd te zien, een donkergrijze wolf afgetekend tegen de zwarte bomen. Hij moest blijven. Als hij bleef, zou dat misschien dit verschrikkelijke gevoel binnen in me verlichten. De kracht van het hier staan, vol in het zicht, zo dicht bij hem, maakte mijn poten aan het trillen. Hij hoefde zich alleen maar om te draaien.

Maar dat deed hij niet.

Hij bleef gewoon doorlopen, het iets met zich mee dragend wat ik was verloren, de betekenis van dat woord – *Grace* – zonder te weten hoe dichtbij hij was geweest.

En ik bleef staan, stilletjes toekijkend hoe hij me achterliet.

6

Sam

Ik leefde in een oorlogsgebied.

Toen ik de oprit op reed, sloeg de muziek met zijn handen tegen de autoruiten. Rondom het huis bonkte de lucht van een keiharde baslijn; het hele huis was een speaker. De dichtstbijzijnde buren zaten een kilometer verderop, dus werden hun de symptomen bespaard van de ziekte die Cole St. Clair heette. Coles hele wezen was zo groot dat het niet tussen vier muren kon worden binnengehouden. Het bloedde langs de kieren van de ramen, knetterde de stereo uit, schreeuwde plotseling midden in de nacht.

Als je het podium weghaalde, bleef de rockster over.

Sinds hij in Becks huis – nee, míjn huis – was komen wonen, had Cole het veranderd in een buitenaards landschap. Het leek wel alsof hij er niets aan kon doen dat hij dingen stukmaakte; chaos was gewoon een bijverschijnsel van zijn aanwezigheid. Hij spreidde alle cd-doosjes die in huis waren over de vloer van de woonkamer uit, liet de televisie aanstaan op het teleshoppingkanaal, verbrandde kleverige troep in de koekenpan en liet die dan op het fornuis staan.

De vloerplanken in de gang beneden, van Coles kamer naar de badkamer en weer terug, zaten vol diepe deuken en klauwsporen, als een soort wolvenalfabet. Om onverklaarbare reden had hij alle glazen uit de kast gehaald en ze op grootte op het aanrecht gesorteerd, waarbij hij alle kastdeurtjes had laten openstaan. Hij had met een schuin oog naar tien films uit de jaren tachtig gekeken en de videobanden zonder ze terug te spoelen op de vloer laten liggen bij de videorecorder, die hij ergens in de kelder had gevonden.

De eerste keer dat ik thuiskwam in zo'n rotzooi, maakte ik de fout het persoonlijk op te vatten. Het duurde weken voor ik snapte dat het niets met mij te maken had.

Het draaide om hem. Voor Cole draaide het altijd om hem.

Ik stapte uit de Volkswagen en liep naar het huis. Ik was niet van plan er lang genoeg te blijven om me druk te maken over Coles muziek. Ik had een heel specifieke lijst van dingen op te halen voordat ik weer vertrok. Zaklantaarn. Benadryl. Het ijzeren krat uit de garage. Ik zou wel bij een winkel langsgaan om gehakt te kopen waar ik de medicijnen in kon stoppen.

Ik probeerde te bedenken of je als wolf nog een vrije wil had. Of ik een slecht mens was omdat ik van plan was mijn vriendin te drogeren, mee te slepen naar huis en in de kelder op te sluiten. Het punt was... Er waren zoveel manieren om als wolf moeiteloos aan je einde te komen: één tel te lang op de weg, een paar dagen zonder succesvolle jacht, één poot te ver in de achtertuin van een dronken kerel met een geweer.

Ik voelde dat ik haar ging verliezen.

Ik kon niet nog een nacht doorgaan met dat idee in mijn hoofd.

Toen ik de achterdeur opende, ging de baslijn over in muziek. De zanger, zijn stem vervormd door het volume, schreeuwde me toe: 'Stik stik stik.' Het timbre van die stem klonk bekend en opeens besefte ik dat dit NARKOTIKA was, zo luid gespeeld dat ik het bonkende elektronische drumritme had aangezien voor mijn hartslag. Mijn borstbeen trilde mee.

Ik nam niet de moeite hem te roepen; hij zou me toch niet horen. De lichten die hij aan had gelaten, vertoonden de historie van zijn komen en gaan: door de keuken, door de gang naar zijn kamer, naar de badkamer beneden en naar de woonkamer waar de stereo stond. Even overwoog ik hem op te zoeken, maar ik had geen tijd om zowel op hem als op Grace te jagen. Ik vond een zaklantaarn in het kastje bij de koelkast en een banaan op het keukeneiland en liep naar de gang. Prompt struikelde ik over Coles schoenen, besmeurd met modder, die slordig op de drempel van de keuken naar de gang lagen. Ik zag nu ook dat de keukenvloer vol zand lag, en de matgele lichten onthulden waar Cole met zijn geijsbeer voor de kastjes een spoor van vuile voetstappen had achtergelaten.

Ik haalde mijn hand door mijn haar. Ik dacht aan een scheldwoord, maar zei het niet hardop. Wat zou Beck met Cole hebben gedaan?

Ik moest opeens denken aan de hond die Ulrik een keer van zijn werk mee naar huis had genomen, een bijna volgroeide rottweiler met de onverklaarbare naam Chauffeur. Hij woog evenveel als ik, was een beetje schurftig bij de heupen en had een heel vriendelijk karakter. Ulrik was een en al glimlach, praatte over waakhonden en *Schutzhund* en dat ik van Chauffeur zou gaan houden als van een broer. Binnen een uur na aankomst at Chauffeur twee kilo gehakt, kauwde het kaft van een biografie van Margaret Thatcher – en ik geloof ook het grootste deel van het eerste hoofdstuk – en liet een dampende berg poep op de bank achter. Beck zei: 'Breng dat vraatzuchtige monster weg.'

Ulrik noemde Beck een *Wichser* en vertrok met de hond. Beck zei dat ik geen Wichser moest zeggen, omdat het een term was die onwetende Duitse mannen bezigden als ze wisten dat ze fout zaten, en een paar uur later keerde Ulrik terug zonder Chauffeur. Ik was nooit meer op die kant van de bank gaan zitten.

Maar ik kon Cole er niet uitschoppen. Hij kon nergens anders heen dan naar de goot. En trouwens, het ging er niet zozeer om dat Cole op zich onhoudbaar was. Het ging erom dat Cole onverdund en puur, als niets zijn luidruchtigheid dempte, onhoudbaar was.

Dit huis was zo anders geweest toen het was gevuld met mensen.

Het werd twee seconden stil in de woonkamer toen het nummer afgelopen was, en toen knetterde er een volgend nummer van NARKOTIKA uit de speakers. Coles stem galmde door de gang, luider en driester dan in het echt:

Breek me in stukken
zo klein dat ze passen
in de palm van je hand
Nooit gedacht dat jij me zou redden
breek een stuk af
voor je vrienden
breek een stuk af
het brengt geluk
breek een stuk af
en verkoop het
breek me breek me

Mijn gehoor was niet zo gevoelig als toen ik een wolf was, maar het was nog altijd beter dan van de meeste mensen. De muziek leek wel een aanval, iets waar je je fysiek langs moest duwen.

De woonkamer was verlaten – ik zou de muziek wel afzetten als ik weer beneden kwam – en ik draafde erdoorheen naar de trap. Ik wist dat er een verzameling medicijnen in het badkamerkastje beneden stond, maar daar kon ik niet bij komen. De badkamer beneden, met de badkuip, bevatte te veel herinneringen. Gelukkig had Beck, die altijd rekening hield met mijn verleden, een extra voorraadje medicijnen in de badkamer boven aangelegd, waar geen badkuip stond.

Zelfs hierboven voelde ik de bas dreunen onder mijn voeten. Ik sloot de deur achter me en stond mezelf de kleine luxe toe om de opgedroogde zeepsopsporen van het autowassen van mijn armen te spoelen voordat ik het spiegelkastje opende. Het kastje lag vol met de vagelijk wansmakelijke sporen van andere mensen, zoals in de meeste gedeelde badkamerkastjes het geval is. Zalfjes en andermans tandpasta en pillen voor kwalen en aandoeningen die niet langer van toepassing waren, haarborstels met haar in een andere kleur dan het mijne erin en mondwater dat waarschijnlijk al twee jaar niet meer goed was. Ik zou het eens moeten uitmesten.

Ik pakte voorzichtig de Benadryl eruit, en terwijl ik het kastje dichtdeed, ving ik een glimp van mezelf op in de spiegel. Mijn haar was langer dan ik het ooit eerder had laten groeien, mijn goudkleurige ogen lichter dan ooit boven de donkere wallen.

Maar het was niet mijn haar of de kleur van mijn ogen die mijn aandacht had getrokken. Er was iets in mijn gezichtsuitdrukking wat ik niet herkende, iets wat tegelijkertijd hulpeloos oogde en ontbrak; wie deze Sam ook was, ik kende hem niet.

Ik griste de zaklantaarn en de banaan van de wastafel.

Elke minuut dat ik hier langer bleef, kon Grace verder weg komen.

Ik rende met twee treden tegelijk de trap af en de keiharde muziek in. De woonkamer was nog steeds verlaten, dus liep ik door de kamer om de stereo af te zetten. Het was een vreemde plek, de lampen bij de geruite banken wierpen schaduwen in alle richtingen en er was hier niemand om de woede te horen die uit de speakers knalde. Het waren eerder de lampen dan de verlatenheid die me een onbehaaglijk gevoel gaven. Ze waren niet helemaal hetzelfde, met donkere houten poten en beige lampenkappen; Beck had ze een keer meegebracht en Paul had verklaard dat het huis nu officieel op dat van zijn oma leek. Misschien wel daarom waren de lampen nooit gebruikt; we deden altijd de fellere plafondlamp aan, waardoor het verbleekte rood in de bank minder droevig leek en de nacht buiten bleef. Maar nu deden de twee cirkels van lamplicht me denken aan de schijnwerpers op een podium.

Ik bleef naast de bank staan.

De woonkamer was toch niet verlaten.

Buiten de kring van licht lag een wolf naast de bank, schokkend en stuiptrekkend, met zijn bek open zodat zijn tanden te zien waren. Ik herkende de kleur van zijn vacht, zijn starende groene ogen: Cole.

Hij veranderde. Ik wist logischerwijs dat hij aan het veranderen moest zijn – of hij van wolf naar mens ging of andersom wist ik niet – maar toch voelde ik me slecht op mijn gemak. Ik keek even toe en wachtte af of ik de deur zou moeten opendoen om hem naar buiten te laten.

De bonkende muziek ging over in stilte toen het nummer afgelopen was; ik bleef fluisterend de spookachtige echo's van het ritme in mijn oren horen. Ik liet mijn spullen zachtjes op de bank naast me vallen, en de haren achter in mijn nek kwamen over-

40

eind. Bij de andere bank lag de wolf nog steeds te stuiptrekken, en zijn kop ging steeds met een ruk opzij, doelloos heftig en mechanisch. Zijn poten staken kaarsrecht voor hem uit.

Er droop speeksel uit zijn open kaken.

Dit was geen verandering. Dit was een toeval.

Ik schrok op toen er een traag pianoakkoord naast mijn oor klonk, maar het was alleen maar het volgende nummer op de cd.

Ik sloop om de bank heen en hurkte neer bij Coles lichaam. Er lag een broek op de vloer naast hem, en een stukje verderop een half ingedrukte injectienaald.

'Cole,' zei ik zachtjes, 'wat heb je jezelf aangedaan?'

De kop van de wolf ging met een ruk naar zijn schouder toe, steeds opnieuw.

Cole zong uit de speakers. Zijn stem klonk langzaam en onzeker bij de karige begeleiding van alleen een piano; een andere Cole dan ik ooit had gehoord:

Als ik Hannibal ben,
waar zijn dan mijn Alpen?

Ik kon niemand bellen. Kon het alarmnummer niet bellen. Beck was ver buiten bereik. Het zou te lang duren om te proberen alles aan Karyn, mijn baas bij de boekwinkel, uit te leggen, zelfs als ik haar kon vertrouwen met ons geheim. Grace zou misschien weten wat ze moest doen, maar zelfs zij was in het bos, verstopte zich voor me. Het gevoel van naderend verlies werd scherper, alsof mijn longen bij elke ademteug langs schuurpapier wreven.

Coles lichaam ging door de ene stuiptrekking na de andere, en zijn kop bleef maar heen en weer slaan. De stilte ervan had iets diep verontrustends; het enige geluid dat al die abrupte beweging begeleidde, was het sissen van zijn kop die langs de vloerbedekking streek terwijl een stem die hij niet langer bezat uit de speakers zong.

Ik graaide in mijn achterzak en pakte mijn telefoon. Ik kon maar één iemand bellen. Ik tikte hard op de knoppen.

'Romulus,' zei Isabel nadat de telefoon slechts twee keer was overgegaan. Ik hoorde autogeluiden. 'Ik wilde je net bellen.'

'Isabel,' zei ik. Om de een of andere reden kon ik mijn stem niet serieus genoeg laten klinken. Het klonk alsof we het over het weer hadden. 'Ik geloof dat Cole een toeval heeft. Ik weet niet wat ik moet doen.'

Ze aarzelde geen moment. 'Rol hem op zijn zij, zodat hij niet stikt in zijn eigen spuug.'

'Hij is een wolf.'

Op de grond voor me was Cole nog steeds in de greep van zijn toeval, in oorlog met zichzelf. Er waren spatjes bloed in zijn speeksel verschenen. Ik vermoedde dat hij op zijn tong had gebeten.

'Natuurlijk,' zei ze. Ze klonk pissig, en ik begon in de gaten te krijgen dat dat betekende dat het haar daadwerkelijk iets kon schelen. 'Waar ben je?'

'Thuis.'

'Nou, dan zie ik je zo.'

'Ben je...'

'Ik zei al,' zei Isabel, 'dat ik je net wilde bellen.'

Al na twee minuten stopte haar suv op de oprit.

Twintig seconden later besefte ik dat Cole niet meer ademde.

7

Sam

Isabel was aan de telefoon toen ze de woonkamer binnen kwam. Ze smeet haar tas op de bank en keek amper naar mij en Cole. Ze zei in haar telefoon: 'Zoals ik al zei, mijn hond heeft een toeval. Ik heb geen auto. Wat kan ik híér voor hem doen? Nee, dit is niet voor Chloe.'

Terwijl ze naar het antwoord luisterde, keek ze naar mij. Even staarden we elkaar aan. We hadden elkaar twee maanden niet gezien en Isabel was veranderd; haar haar was ook langer, maar net als bij mij zat het verschil in haar ogen. Ze was een vreemde. Ik vroeg me af of ze hetzelfde over mij dacht.

Aan de telefoon stelden ze haar een vraag. Ze gaf hem aan mij door.

'Hoe lang duurt het al?'

Ik keek op mijn horloge. Mijn handen waren koud. 'Eh... zes minuten sinds ik hem vond. Hij ademt niet meer.'

Isabel likte langs haar kauwgomroze lippen. Ze keek langs mij naar Cole die nog steeds lag te stuiptrekken, hoewel zijn borstkas niet bewoog, alsof hij een bewegend lijk was. Toen ze de injectiespuit naast hem zag liggen, knipperde ze heel snel met haar ogen. Ze hield de telefoon een eindje bij haar mond vandaan. 'Probeer een zak ijs, zeggen ze. Onder in zijn rug.'

Ik haalde twee zakken diepvriespatat uit de vriezer. Tegen de tijd dat ik terug was, had Isabel opgehangen en zat ze op haar hurken bij Cole, een wankele houding met haar hoge hakken. Haar positie had iets aparts; het was iets aan de stand van haar hoofd. Ze was net een mooi en eenzaam kunstwerk, schitterend maar onbereikbaar.

Ik knielde aan de andere kant van Cole neer en drukte met een nogal onmachtig gevoel de zakken tegen zijn schouderbladen. Ik streed tegen de dood, en dit waren alle wapens die ik had.

'Nu,' zei Isabel, 'met dertig procent minder zout.'

Het duurde even voor ik in de gaten had dat ze voorlas van een van de zakken patat.

Coles stem kwam uit de speakers vlak bij ons, sexy en sarcastisch: *Ik ben vervangbaar.*

'Wat heeft hij gedaan?' vroeg ze. Ze keek niet naar de spuit.

'Weet ik niet. Ik was er niet bij.'

Isabel stak haar hand uit om me te helpen met de zakken. 'Stomme eikel.'

Ik werd me ervan bewust dat het trillen langzamer ging.

'Het houdt op,' zei ik. Toen, omdat ik dacht dat ik de goden zou verzoeken als ik te optimistisch was, vervolgde ik: 'Of hij is dood.'

'Hij is niet dood,' zei Isabel. Maar ze klonk niet overtuigd.

De wolf lag stil, met zijn kop in een rare hoek slap achterover. Mijn vingers waren knalrood van de ijskoude diepvriespatat. We zwegen allebei. Inmiddels zou Grace wel ver weg zijn van de plek waar ze me had gebeld. Het leek me nu een stom plan, net zo onwaarschijnlijk als proberen Coles leven te redden met een zak patat.

De borst van de wolf bewoog niet; ik wist niet hoe lang hij al geen adem meer had gehaald.

'Nou,' zei ik zachtjes. 'Verdomme.'

Isabel balde haar handen tot vuisten op schoot.

Ineens maakt het lijf van de wolf weer een heftige beweging. Zijn poten schaarden en trappelden.

'Het ijs,' snauwde Isabel. 'Sam, wakker worden!'

Maar ik kwam niet in beweging. Ik stond versteld van mijn grote opluchting toen Coles lichaam schokte en trilde. Deze nieuwe pijn herkende ik: de verandering. De wolf rukte en schokte, en op de een of andere manier schoof zijn vacht van hem af en rolde weg. Poten werden vingers, schouders golfden en werden breder, de rug vervormde. Alles beefde. Het lichaam van de wolf rekte zich onmogelijk ver uit, spieren bolden op onder de huid, botten knarsten hoorbaar langs elkaar.

En toen was het Cole, hijgend en met blauwe lippen, zijn vingers trillend en graaiend in de lucht. Met elke bevende ademhaling rekte zijn huid verder uit en vormde zich langs zijn ribben. Zijn groene ogen waren geloken, elke knippering ervan bijna te langgerekt om een knippering te zijn.

Ik hoorde dat Isabel haar adem naar binnen zoog en besefte dat ik haar had moeten waarschuwen niet te kijken. Ik legde mijn hand op haar arm. Ze schrok.

'Gaat het?' vroeg ik.

'Best,' antwoordde ze, te snel om het te menen. Niemand bleef onaangedaan bij die aanblik.

Het volgende nummer op de cd begon, en toen de drums het openingsritme sloegen van een van de bekendste nummers van NARKOTIKA, lachte Cole zachtjes, met een lach die nergens humor in zag, nooit.

Isabel stond op, plotseling woedend, alsof zijn lach een klap was. 'Mijn werk hier zit erop. Ik ga.'

Coles hand schoot uit en omklemde haar enkel. Hij sprak met dubbele tong. 'IshbelCulprepr.' Hij sloot zijn ogen; deed ze weer open. Het waren spleetjes. 'Jeweethoehetmoet.' Hij zweeg even. 'Na de piep. Piep.'

Ik keek Isabel aan. Op de achtergrond roffelden Victors handen postuum op de drums.

Ze zei tegen Cole: 'Pleeg de volgende keer buiten zelfmoord. Dan hoeft Sam minder op te ruimen.'

'Isabel,' zei ik scherp.

Maar Cole scheen onbewogen.

'Wilde alleen...' zei hij, en hij stopte. Zijn lippen waren minder blauw, nu hij al een tijdje weer ademhaalde. 'Wilde alleen iets vinden...' Hij zweeg nu helemaal en sloot zijn ogen. Er trilde nog steeds een spier boven zijn schouderblad.

Isabel stapte over hem heen en griste haar tas van de bank. Ze staarde naar de banaan die ik ernaast had laten liggen, met haar wenkbrauwen laag boven haar ogen alsof die banaan het meest onverklaarbare was van alles wat ze vandaag had gezien.

Het idee om alleen in huis achter te blijven met Cole – met Cole zoals hij nu was – was ondraaglijk.

'Isabel,' zei ik. Ik aarzelde. 'Je hoeft niet te gaan.'

Ze keek om naar Cole en haar mond werd een smalle, harde streep. Er zat iets nats in haar lange wimpers. Ze zei: 'Sorry, Sam.'

Toen ze vertrok, sloeg ze de achterdeur zo hard dicht dat de glazen die Cole op het aanrecht had laten staan ervan rammelden.

8

Isabel

Zolang ik de naald van de snelheidsmeter boven de honderd hield, zag ik alleen de weg.

De smalle wegen rondom Mercy Falls zagen er in het donker allemaal hetzelfde uit. Dikke bomen, dan dunne bomen, dan koeien, dan dikke bomen, dan dunne bomen, dan weer koeien. Steeds hetzelfde liedje. Ik gooide mijn suv bochten met afbrokkelende randen door en scheurde over identieke rechte stukken. In één bocht ging ik zo hard dat mijn lege koffiebeker uit de bekerhouder vloog. De beker kletterde tegen het portier aan de passagierskant en rolde rond op de vloer terwijl ik met gierende banden een volgende bocht nam.

Het ging me nog steeds niet snel genoeg.

Wat ik wilde, was sneller rijden dan de vraag: wat als je was gebleven?

Ik had nog nooit een bekeuring voor te hard rijden gehad. Mijn vader de superadvocaat was met zijn korte lontje een fantastisch afschrikmiddel; meestal hoefde ik me alleen maar zijn gezicht voor te stellen als hij erover zou horen en bleef ik veilig onder de snelheidslimiet. Bovendien had hardrijden hier eigenlijk niet zoveel zin. Het was Mercy Falls, aantal inwoners: acht. Als je te hard reed, was je Mercy Falls alweer voorbij voordat je het in de gaten had.

Maar op dit moment leek een potje schreeuwen tegen een politieagent wel te passen bij mijn huidige gemoedstoestand.

Ik reed niet naar huis. Ik wist al dat ik van hieraf binnen tweeentwintig minuten thuis kon zijn. Dat was niet lang genoeg.

Het probleem was dat hij onder mijn huid zat. Ik was weer dicht bij hem gekomen en was besmet geraakt met Cole. Hij leverde een heel specifiek stel symptomen op. Prikkelbaarheid. Stemmingswisselingen. Kortademigheid. Geen eetlust. Lusteloze, glazige ogen. Vermoeidheid. Hierna kwamen builen en zwellingen, zoals bij de pest. En daarna de dood.

Ik had echt gedacht dat ik over hem heen was. Maar het bleek alleen maar een tijdelijke remissie te zijn geweest.

Het kwam niet alleen door Cole. Ik had Sam niet verteld over mijn vader en Marshall. Ik probeerde mezelf wijs te maken dat mijn vader toch niets aan de beschermde status van de wolven kon veranderen. Zelfs niet samen met het congreslid. Ze stelden allebei heel wat voor in hun eigen stadje, maar dat betekende nog niet dat ze wat voorstelden in de staat Minnesota. Ik hoefde me niet schuldig te voelen omdat ik Sam vanavond niet meteen had gewaarschuwd.

Ik ging zo in mijn gedachten op dat ik niet in de gaten had dat mijn hele achteruitkijkspiegel werd gevuld door flitsende rode en blauwe lichten. Een sirene gilde. Niet lang, alleen even een kort jankgeluid om me te laten weten dat hij er was.

Ineens leek een potje schreeuwen tegen een politieagent me niet meer zo'n goed idee.

Ik stopte. Pakte mijn rijbewijs uit mijn tas. Kentekenbewijs uit het dashboardkastje. Draaide het raampje omlaag.

Toen de agent naar mijn auto kwam lopen, zag ik dat hij een bruin uniform droeg, en de grote, raar uitziende pet die aangaf dat hij van de staatspolitie was, niet van de gemeentepolitie. De staatspolitie gaf nooit waarschuwingen.

Ik was de sigaar.

Hij scheen met zijn zaklantaarn op me. Ik trok een gezicht en deed de interieurverlichting aan zodat hij dat ding uit zou doen.

'Goedenavond, jongedame. Rijbewijs en kentekenbewijs, alsjeblieft.' Hij keek een beetje pissig. 'Wist je dat ik achter je reed?'

'Ja, uiteraard,' zei ik. Ik gebaarde naar de versnellingspook en zette hem in zijn vrij.

De agent glimlachte vreugdeloos, zoals mijn vader weleens deed als hij aan de telefoon was. Hij pakte mijn papieren aan zonder ernaar te kijken. 'Ik zat al twee kilometer achter je voordat je stopte.'

'Ik was afgeleid,' zei ik.

'Dat is niet goed, achter het stuur,' bromde de agent. 'Ik ga een bekeuring uitschrijven omdat je honderdtien reed waar je tachtig mocht, oké? Ik kom zo terug. Blijf alsjeblieft hier staan.'

Hij liep terug naar zijn auto. Ik liet het raampje openstaan, ook al begonnen er beestjes tegen de weerkaatsing van de zwaailichten in mijn spiegels te botsen. Ik stelde me voor hoe mijn vader zou reageren op de bekeuring, zakte achterover in mijn stoel en deed mijn ogen dicht. Ik zou huisarrest krijgen. Hij zou mijn creditcard afpakken. En mijn mobiele telefoon. Mijn ouders hadden allerlei martelmethoden bedacht toen we nog in Californië woonden.

Ik hoefde me er niet druk over te maken of ik nog een keer naar Sam of Cole zou gaan, want ik zou de rest van het jaar thuis worden opgesloten.

'Jongedame?'

Ik opende mijn ogen en ging rechtop zitten. De agent stond weer naast mijn auto, nog steeds met mijn rijbewijs en kentekenpapieren, en nu met een bonnenboekje erbij.

Zijn stem klonk ineens anders. 'Volgens je rijbewijs heet je Isabel R. Culpeper. Ben je toevallig familie van Thomas Culpeper?'

'Dat is mijn vader.'

De agent tikte met zijn pen tegen zijn bonnenboekje.

'Aha,' zei hij. Hij gaf me mijn papieren terug. 'Dat dacht ik al. Je reed te hard, jongedame. Laat me je daar niet nog eens op betrappen.'

Ik staarde naar mijn rijbewijs in mijn handen. Ik keek hem weer aan. 'En hoe zit het...'

De agent tikte tegen de klep van zijn pet. 'Rij voorzichtig, mevrouw Culpeper.'

9

Sam

Ik was een generaal. Ik bleef bijna de hele nacht zitten broeden op kaarten en strategieën waarmee ik Cole kon aanpakken. Ik draaide heen en weer in Becks stoel, die mijn fort was, krabbelde flarden van mogelijke dialogen op Becks oude kalender en probeerde besluiten te nemen door potjes patience te spelen.

Als ik dit potje won, zou ik Cole de regels vertellen waar hij zich aan te houden had als hij in dit huis wilde blijven wonen. Als ik verloor, zou ik niets zeggen en afwachten wat er ging gebeuren. Naarmate de nacht verstreek, maakte ik steeds ingewikkeldere regels: als ik won, maar pas na twee minuten, dan zou ik Cole een briefje schrijven en dat op zijn slaapkamerdeur plakken. Als ik won en als eerste de hartenkoning neerlegde, zou ik hem vanaf mijn werk bellen en hem een lijst van reglementen voorlezen.

Tussen potjes patience door probeerde ik zinnen uit in mijn hoofd. Ergens bestonden er woorden die mijn zorgen aan Cole zouden overbrengen zonder dat ik neerbuigend klonk. Woorden die tactisch maar onbewogen klonken. Alleen was dat 'ergens' een plek die ik waarschijnlijk niet zou kunnen vinden.

Af en toe sloop ik Becks werkkamer uit en ging door de schemerige grijze gang naar de deur van de woonkamer, en dan bleef ik naar Cole staan kijken, die nog uitgeput van de toeval op de grond lag, tot ik zeker wist dat ik hem had zien ademhalen. Daarna dreven de frustratie en woede me terug naar Becks werkkamer voor nog meer zinloze voorbereidingen.

Mijn ogen brandden van uitputting, maar ik kon niet slapen. Als Cole wakker werd, ging ik misschien met hem praten. Als ik net een potje patience had gewonnen. Ik kon niet het risico nemen dat hij wakker werd en ik niet meteen met hem praatte. Ik wist niet zeker waarom ik dat niet kon riskeren; ik wist alleen dat ik niet zou kunnen slapen terwijl hij intussen wakker kon worden.

Toen de telefoon ging, schrok ik zo dat Becks stoel ervan draaide. Ik liet de stoel zijn draai afmaken en nam toen behoedzaam op.

'Hallo?'

'Sam,' zei Isabel. Haar stem klonk kordaat en afstandelijk. 'Heb je even tijd om te kletsen?'

Kletsen. Ik had grondig de pest aan de telefoon als medium om te kletsen. Hij liet geen ruimte voor stiltes of ademhalingen. Het was praten of niets, en dat voelde voor mij onnatuurlijk. Op mijn hoede zei ik: 'Ja.'

'Ik had daarstraks niet de kans om het je te vertellen,' zei Isabel. Ze praatte nog steeds scherp en duidelijk, zoals iemand van de crediteurenafdeling bij de telefoonmaatschappij. 'Mijn vader voert overleg met een congreslid om de wolven van de lijst van beschermde dieren te krijgen. En dan heb ik het over helikopters en scherpschutters.'

Ik zei niets. Dit was niet waarover ik had gedacht dat ze wilde kletsen. Becks stoel had nog een beetje vaart, dus liet ik hem nog een rondje draaien. Mijn vermoeide ogen voelden aan alsof ze in mijn oogkassen ronddreven. Ik vroeg me af of Cole al wakker was. Ik vroeg me af of hij nog ademde. Ik herinnerde me een kleine jongen met een muts op die door wolven in een berg sneeuw werd geduwd. Ik dacht aan hoe ver weg Grace inmiddels moest zijn.

'Sam. Heb je me gehoord?'

'Helikopters,' zei ik. 'Scherpschutters. Ja.'

Haar stem klonk kil. 'Grace, door het hoofd geschoten van driehonderd meter afstand.'

Dat stak me, maar op de manier van verre, hypothetische verschrikkingen, als rampen waarover je hoorde op het journaal. 'Isabel,' zei ik, 'wat wil je van me?'

'Wat ik altijd wil,' antwoordde ze. 'Ik wil dat je iets doet.'

En toen miste ik Grace, meer dan op enig ander moment in de afgelopen twee maanden. Ik miste haar zo erg dat mijn adem ervan stokte, alsof haar afwezigheid iets was wat vastzat achter in mijn keel. Niet omdat die problemen opgelost zouden zijn als zij hier was, of omdat Isabel me dan met rust zou laten. Maar om de scherpe, egoïstische reden dat als Grace hier was, zij die vraag anders zou hebben beantwoord. Zij zou weten dat als ik het vroeg, ik geen antwoord wilde hebben. Ze zou zeggen dat ik moest gaan slapen, en dan zou ik dat kunnen. En dan zou deze lange, verschrikkelijke dag afgelopen zijn, en als ik morgen wakker werd, zou alles er geloofwaardiger uitzien. De ochtend verloor zijn geneeskracht als hij begon terwijl je er al met wijd open ogen op zat te wachten.

'Sam. God, zit ik hier alleen maar tegen mezelf te kletsen?' Over de lijn hoorde ik het pingeltje van een autoportier dat werd geopend. En een scherpe inademing terwijl het portier dichtging.

Ik besefte dat ik ondankbaar deed. 'Sorry, Isabel. Alleen... Het is een heel lange dag geweest.'

'Wat je zegt.' Haar schoenen knerpten over grind. 'Is alles goed met hem?'

Ik liep met de telefoon door de gang. Ik moest even wachten voordat mijn ogen gewend waren aan het licht van de lampen – ik was zo moe dat elke lamp werd omringd door een stralenkrans en spookachtige sporen op mijn netvliezen achterliet – en ik het vereiste rijzen en dalen van Coles borst zag.

'Ja,' fluisterde ik. 'Hij slaapt.'

'Meer dan hij verdient,' vond Isabel.

Ik besefte dat het tijd werd om op te houden met doen alsof ik niks in de gaten had. Waarschijnlijk hoog tijd. 'Isabel,' vroeg ik, 'wat is er tussen jullie gebeurd?'

Isabel zei niets.

'Jij bent mijn zorg niet.' Ik aarzelde. 'Maar Cole wel.'

'O, Sam, het is wel een beetje laat om nu op je strepen te gaan staan.'

Ik dacht niet dat ze het wreed bedoelde, maar het deed wel pijn. Alleen doordat ik terugdacht aan wat Grace me over Isabel had verteld – dat ze Grace erdoorheen had gesleept toen ik vermist werd, toen Grace dacht dat ik dood was – bleef ik aan de telefoon. 'Zeg het nou maar gewoon. Is er iets gaande tussen jullie twee?'

'Nee,' snauwde Isabel.

Ik hoorde de werkelijke betekenis, en misschien was dat ook wel haar bedoeling. Het was een *nee* die *niet op dit moment* betekende. Ik dacht terug aan hoe ze had gekeken toen ze die injectienaald bij Cole had zien liggen en vroeg me af hoe groot de leugen van dat *nee* was. Ik zei: 'Hij heeft een heleboel dingen uit te zoeken. Hij is voor niemand goed, Isabel.'

Ze gaf niet meteen antwoord. Ik drukte mijn vingers tegen mijn hoofd en voelde het spook van de hoofdpijn uit de periode dat ik hersenvliesontsteking had gehad. Kijkend naar de kaarten op het scherm van de computer zag ik dat er geen zetten meer mogelijk waren.

De timer zei dat het me zeven minuten en eenentwintig seconden had gekost om door te krijgen dat ik had verloren.

'Jij eerst ook niet,' zei Isabel.

53

10

Cole

Thuis op de planeet die New York heette, was mijn vader, dokter George St. Clair, M.D., PphD, Mensa, Inc., een fan van het wetenschappelijke proces. Hij was een behoorlijk gestoorde wetenschapper. Voor hem telde het waarom. Voor hem telde het hoe. Wat het met de proefpersoon deed, kon hem niet schelen. Het ging hem erom een formule zodanig op te stellen dat je het experiment kon herhalen.

Voor mij telden de resultaten.

En voor mij was het ook van groot belang dat ik op geen enkele manier op mijn vader leek. In feite waren de meeste beslissingen in mijn leven gebaseerd op de filosofie dat ik niet dokter George St. Clair wilde zijn.

Dus zat het me niet lekker om het met hem eens te moeten zijn over iets wat zo belangrijk voor hem was, ook al zou hij het nooit weten. Maar toen ik mijn ogen opendeed, met het gevoel alsof mijn ingewanden waren platgeslagen, tastte ik als eerste naar mijn notitieboek op het nachtkastje naast me. Ik was eerder al wakker geworden, had gemerkt dat ik nog leefde en op de vloer in de woonkamer lag – dat was een verrassing – en was naar mijn slaapkamer gekropen om te slapen of het doodgaan af te maken.

Nu voelden mijn ledematen aan alsof ze in elkaar waren gezet in een fabriek met een waardeloze kwaliteitscontrole. Turend in het grijze licht, dat elk uur van dag of nacht had kunnen zijn, sloeg ik mijn boekje open met vingers die aanvoelden als levenloze voorwerpen. Ik moest langs pagina's met Becks handschrift bladeren om bij mijn eigen deel aan te komen, en toen schreef ik de datum op en gebruikte dezelfde indeling als in voorgaande dagen. Mijn handschrift op de bladzijde ertegenover was wat vaster dan de letters die ik nu neerkrabbelde.

epinefrine/pseudo-efedrine mix 4

methode: intraveneuze injectie

resultaat: succesvol

(bijverschijnselen: toeval)

Ik sloeg het boekje dicht en liet het op mijn borst rusten. Ik zou zodra ik wakker kon blijven wel een fles champagne opentrekken om mijn ontdekking te vieren. Als mijn vooruitgang niet langer zo ontzettend als een ziekte aanvoelde.

Ik deed mijn ogen weer dicht.

11

Grace

Toen ik pas wolf begon te worden, wist ik helemaal niets over overleven.

Als nieuweling bij de roedel waren er ontzettend veel meer dingen die ik niet wist dan die ik wel wist: hoe ik moest jagen, hoe ik de andere wolven kon vinden als ik verdwaalde, waar ik kon slapen. Ik kon niet met de anderen praten. Ik begreep hun talloze signalen en uitgezonden beelden niet.

Ik wist echter één ding: als ik toegaf aan de angst, zou ik doodgaan.

Als eerste leerde ik hoe ik de roedel kon vinden. Dat ging per ongeluk.

Alleen en hongerig en met een leegte vanbinnen die ik met voedsel nooit zou kunnen vullen, gooide ik wanhopig mijn kop in mijn nek en huilde de koude duisternis in. Het was meer jammeren dan huilen, puur en eenzaam. Het geluid weerkaatste tegen de rotsen om me heen.

Niet lang erna hoorde ik ineens een antwoord. Een blaffend gehuil dat niet lang duurde. Toen nog eens. Het duurde even voor ik snapte dat ze wachtten op mijn reactie. Ik huilde opnieuw, en meteen antwoordde de andere wolf. Ik was niet nog klaar met huilen toen er een andere wolf begon, en nog een. Als hun gehuil echode, dan kon ik dat niet horen; ze waren ver weg.

Maar ver weg stelde niets voor. Dit lichaam werd nooit moe.

Zo leerde ik hoe ik de andere wolven kon vinden. Het duurde dagen voordat ik erachter was hoe alles in de roedel werkte. Er was een grote zwarte wolf die duidelijk de baas was. Zijn belangrijkste wapen waren zijn ogen: één scherpe blik van hem en de andere roedelleden doken meteen op hun buik. Iedereen behalve de grote grijze wolf, die bijna evenzeer werd gerespecteerd: hij legde alleen zijn oren plat en liet zijn staart zakken, met maar een heel klein beetje onderdanigheid.

Van hen leerde ik de taal van de dominantie. Tanden om de snuit van de ander. Lippen weggetrokken. Nekhaar overeind.

En van de laagste leden van de roedel leerde ik onderworpenheid. Met de buik omhoog, de blik naar beneden gericht, je hele lichaam laten zakken om klein te lijken.

Elke dag werd de laagste wolf, een ziekelijk schepsel met een tranend oog, herinnerd aan zijn plaats. Er werd naar hem gehapt, hij werd tegen de grond gedrukt en gedwongen om als laatste te eten. Het leek me verschrikkelijk om de laagste te zijn, maar er was iets nog ergers: genegeerd worden.

Er was een witte wolvin die rondhing langs de rand van de roedel. Ze was onzichtbaar. Ze werd niet uitgenodigd bij spelletjes, ook niet door de grijsbruine clown van de roedel. Hij speelde zelfs met vogels, maar niet met haar. Ze werd niet betrokken bij de jacht, niet vertrouwd, genegeerd.

Haar behandeling door de roedel was niet geheel ongerechtvaardigd; net als ik scheen ook zij niet te weten hoe ze de taal van de roedel moest spreken. Of misschien was ik te mild. Eigenlijk leek het wel alsof ze niet wilde gebruiken wat ze wist.

Ze had geheimen in haar ogen.

De enige keer dat ik haar zag omgaan met een andere wolf was toen ze grauwde naar de grijze wolf en hij haar aanviel.

Ik dacht dat hij haar zou doden.

Maar ze was sterk; er brak een vechtpartij uit tussen de varens en uiteindelijk kwam de clown tussenbeide door zijn lijf tussen de twee vechtende wolven te gooien. Hij hield van vrede. Maar toen de grijze wolf zichzelf uitschudde en wegdraafde, draaide de grijsbruine clown zich om naar de witte wolvin en liet zijn tanden zien; hij had dan wel een einde gemaakt aan het gevecht, maar wilde haar niet bij zich in de buurt hebben.

Na dat moment besloot ik dat ik niet wilde zijn zoals zij. Zelfs de omegawolf werd beter behandeld. Er was geen plaats voor een buitenstaander in deze wereld. Dus sloop ik naar de zwarte alfa-wolf toe. Ik probeerde aan alles te denken wat ik had gezien, en mijn instinct fluisterde me de delen toe die ik me niet helemaal kon herinneren. Mijn oren plat, mijn kop weggedraaid, ineengedoken. Ik likte aan zijn kin en smeekte om te worden toegelaten tot de roedel. De clown keek naar die uitwisseling; ik wierp een blik op hem en grijnsde een wolvengrijns, net lang genoeg zodat hij het zou zien. Ik richtte mijn gedachten en kreeg het voor elkaar een beeld door te sturen: dat ik meerende met de roedel, meedeed met de spelletjes, hielp bij de jacht.

Het welkom was zo uitbundig en onmiddellijk dat het erop leek dat ze hadden gewacht tot ik toenadering zou zoeken. Ik wist toen dat de witte wolvin alleen maar werd buitengesloten omdat ze daar zelf voor koos.

Mijn lessen begonnen. Terwijl de lente rondom ons uitbarstte, er bloemen opengingen die zo zoet roken dat ze wel verrot leken en de grond zacht en vochtig werd, werd ik het project van de roedel. De grijze wolf leerde me hoe ik prooien moest besluipen, eromheen moest rennen en een hert bij de neus moest grijpen terwijl de andere zich op zijn flanken stortten. De zwarte alfa leerde me geursporen langs de rand van ons territorium te volgen. De clown leerde me hoe ik voedsel moest begraven en een opgegeten voorraad kon markeren. Ze schenen veel vreugde te beleven aan mijn onwetendheid. Zelfs toen ik allang de uitnodigingen om te spelen herkende, nodigden zij me uit met overdreven speelhoudingen, met hun ellebogen tegen de grond en hun kwispelende staart hoog in de lucht. Toen ik zo'n honger had dat ik niet meer wist wat ik deed en het voor elkaar kreeg op eigen houtje een muis te vangen, buitelden ze om me heen en vierden het zo uitbundig dat je zou denken dat ik een eland had gevangen. Als ik hen niet kon bijhouden tijdens de jacht, kwamen ze terug met een stuk vlees, zoals ze voor een welp zouden doen; lange tijd bleef ik alleen dankzij hun grootmoedigheid in leven.

Als ik me oprolde op de grond, zachtjes jankend terwijl mijn lijf trilde en mijn binnenste aan flarden werd gescheurd door het meisje dat binnen in me woonde, waakten de wolven over me en beschermden me, hoewel ik niet eens wist waar ik tegen beschermd moest worden. Wij waren de grootste dieren in het bos, op de herten na, en zelfs die waren uren rennen van ons verwijderd.

En rennen deden we. Ons territorium was uitgestrekt; in het begin leek het eindeloos.

Maar hoe ver we onze prooi ook achtervolgden, we keerden altijd terug naar hetzelfde deel van het bos, een langgerekt, glooiend terrein vol bomen met een lichte bast. *Thuis. Vind je het mooi?*

Ik huilde 's nachts als we daar sliepen. Een honger die ik nooit kon stillen, welde in me op terwijl mijn geest graaide naar gedachten die niet in mijn kop leken te passen. Mijn gehuil stak de anderen aan, en samen zongen we dan om anderen te waarschuwen dat we er waren en huilden we om roedelleden die er niet waren.

Ik bleef op hem wachten.

Ik wist dat hij niet zou komen, maar ik huilde toch, en als ik dat deed, dan stuurden de andere wolven beelden naar me toe van hoe hij eruit had gezien: lenig, grijs, met gouden ogen. Ik stuurde dan mijn eigen beelden terug, van een wolf aan de rand van het bos, stil en behoedzaam, kijkend naar mij. De beelden, zo duidelijk als de bomen met hun slanke bladeren die voor me stonden, gaven me de indruk dat ik hem dringend moest vinden, maar ik wist niet waar ik moest beginnen met zoeken.

En ik werd geplaagd door meer dan alleen zijn ogen. Ze waren een doorgang naar andere bijna-herinneringen, bijna-beelden, bijna-versies van mezelf die ik niet kon vangen, ongrijpbaarder dan het snelste hert. Ik dacht dat ik zou verhongeren door het gebrek aan wat dat ook was.

Ik leerde overleven als wolf, maar ik had nog niet geleerd te leven als wolf.

12

Grace

Ik veranderde vroeg op een middag. Ik zeg 'een' middag, omdat ik absoluut geen besef van tijd had. Ik had geen idee hoe lang het geleden was dat ik voor het laatst volledig mezelf was geweest, bij Bens Visbenodigdheden.

Het enige wat ik wist, was dat ik bijkwam op het overwoekerde terrasje in de buurt van Isabels huis. Ik lag met mijn gezicht op de vochtige aarde die het kleurrijke mozaïek bedekte dat ik een paar maanden geleden voor het eerst had gezien. Ik lag er al een tijdje, want er zaten deuken van de tegeltjes in mijn wang. Vlakbij voerden eenden op de vijver korte gesprekken met elkaar. Ik stond op, probeerde mijn benen uit en klopte zo veel mogelijk aarde en plakkerige stukjes blad van me af.

Ik zei: 'Grace.' De eenden stopten met kwaken.

Ik was ongelooflijk blij dat ik me mijn naam kon herinneren.

Het wolf-zijn had drastische invloed op mijn ideeën over wat wonderbaarlijk was. Bovendien bewees ik, door mijn naam hardop te zeggen, dat ik stevig mens was en het risico wel kon nemen om naar het huis van de Culpepers te gaan. De zon zocht me op tussen de takken van de bomen door en warmde mijn rug terwijl ik naar de rand van het bos sloop.

Ik controleerde snel of de oprit verlaten was – ik was immers naakt – en rende de tuin door naar de achterdeur.

De laatste keer dat ik hier met Isabel was gekomen, was de achterdeur niet op slot geweest; ik wist nog dat ik er iets van had gezegd. Isabel had geantwoord: *Ik vergeet hem altijd op slot te doen.*

Vandaag was ze het ook weer vergeten.

Behoedzaam stapte ik naar binnen en zocht in de smetteloze roestvrijstalen keuken de telefoon op. De geur van voedsel was zo verlokkelijk dat ik even alleen maar bleef staan, met de telefoon in mijn hand, voor ik eraan dacht een nummer te draaien.

Isabel nam meteen op.

'Hoi,' zei ik. 'Met mij. Ik ben bij jou thuis. Er is hier niemand.'

Mijn maag knorde. Ik keek naar de broodtrommel; er stak een bagelverpakking uit.

'Blijf daar,' zei Isabel. 'Ik kom eraan.'

Een halfuur later trof Isabel me in de beestenzaal van haar vader, waar ik gehuld in haar oude kleren een bagel stond te eten. Die kamer was eigenlijk best fascinerend, op een weerzinwekkende manier. Ten eerste was hij reusachtig: twee verdiepingen hoog, schemerig als een museum en ongeveer net zo lang als het huis van mijn ouders breed was. Het stond er vol met tientallen opgezette beesten. Ik nam aan dat Tom Culpeper die allemaal had geschoten. Mocht dat wel, op elanden schieten? Hadden we eigenlijk wel elanden in Minnesota? Het leek me dat als iemand ze had gezien, ik dat moest zijn. Misschien had hij ze wel gekocht. Ik dacht aan mannen in overalls die dieren met piepschuim om de geweien uitlaadden.

De deur viel achter Isabel dicht, luid en galmend als in een kerk, en haar hakken tikten op de vloer. De echo van haar voetstappen in de stilte versterkte het gevoel dat ik in een kerk was alleen maar.

'Kijk jij even blij,' zei Isabel, aangezien ik nog steeds glimlachend naar de eland keek. Ze kwam naast me staan. 'Ik ben zo snel mogelijk gekomen. Ik zie dat je mijn kast hebt gevonden.'

'Ja,' antwoordde ik. 'Bedankt daarvoor.'

Ze plukte aan de mouw van het t-shirt dat ik droeg, een oud geel shirt met SANTA MARIA ACADEMY erop. 'Dat shirt brengt verschrikkelijke herinneren bij me boven. Ik was toen Isabel C., omdat mijn beste vriendin ook Isabel heette. Isabel D. Wauw, was me dát even een kreng.'

'Voor het geval ik verander. Ik wilde geen mooie kleren van je verpesten.' Ik keek haar aan; ik was verschrikkelijk blij om haar te zien. Mijn andere vriendinnen zouden me misschien hebben omhelsd nadat ik zo lang was weggeweest. Maar ik dacht niet dat Isabel ooit iemand omhelsde, onder geen enkele voorwaarde. Mijn maag verdraaide: een waarschuwing dat ik misschien niet zo lang Grace zou blijven als ik hoopte. Ik vroeg: 'Heeft je vader die allemaal geschoten?'

Isabel trok een gezicht. 'Niet allemaal. Sommige heeft hij waarschijnlijk doodgepreekt.'

We liepen een stukje verder en ik bleef voor een wolf met glazen ogen staan. Ik wachtte tot het afgrijzen in me zou opkomen, maar dat gebeurde niet. Ronde raampjes lieten smalle bundels zonlicht binnen en wierpen cirkels van licht aan de poten van de opgezette wolf. De wolf was verschrompeld, stoffig en mat, en zag er niet uit alsof hij ooit had geleefd. Zijn ogen waren ergens in een fabriek gemaakt en zeiden me niets over wie de wolf was geweest: een dier of een mens.

'Canada,' zei Isabel. 'Ik heb het hem gevraagd. Het is geen wolf uit Mercy Falls. Je hoeft er niet naar te blijven staren.'

Ik wist niet of ik dat wel geloofde.

'Mis je Californië?' vroeg ik. 'En Isabel D.?'

'Ja,' antwoordde Isabel, maar ze weidde niet uit. 'Heb je Sam gebeld?'

'Hij neemt niet op.' Zijn telefoon was meteen doorgeschakeld naar de voicemail; hij was waarschijnlijk weer vergeten om de batterij op te laden. En bij hem thuis had er niemand opgenomen. Ik probeerde mijn teleurstelling niet te laten zien. Isabel zou het niet begrijpen, en ik had net zomin zin om mijn verdriet te tonen als zij het hare.

'Bij mij ook niet,' zei Isabel. 'Ik heb een boodschap achtergelaten op zijn werk.'

'Bedankt,' zei ik. Eerlijk gezegd voelde ik me niet zo heel stevig Grace.

De laatste tijd bleef ik langer mens, gestrand midden in onbekende stukken van het bos, maar ik kon nog steeds niet langer dan ongeveer een uur mens blijven. Af en toe was ik niet eens lang genoeg mens om mijn verandering te laten doordringen tot mijn hersens, die even daarvoor nog die van een wolf waren geweest. Ik had geen idee hoeveel tijd er was verstreken.

Al die dagen, die stilletjes langs me heen marcheerden...

Ik aaide over de neus van de wolf. Hij voelde stoffig en hard, alsof ik een boekenplank aaide. Ik wilde dat ik in Becks huis was, in Sams bed sliep. Of zelfs in mijn eigen huis, om me voor te bereiden op mijn laatste maand op school.

Maar bij de dreiging van het feit dat ik elk moment in een wolf kon veranderen, verbleekten alle andere zorgen in mijn leven.

'Grace,' zei Isabel. 'Mijn vader heeft een vriend in het congres ingeschakeld om te proberen de wolven van de lijst met beschermde dieren te laten halen. Hij wil een jachtpartij vanuit de lucht organiseren.'

Mijn maag draaide weer. Ik liep over de schitterende hardhouten vloer naar het volgende dier, een ongelooflijk grote haas, voor altijd verstijfd halverwege een sprong. Er zat een spinnenweb tussen zijn achterpoten. Tom Culpeper... Móést hij achter de wolven aan blijven zitten? Kon hij daar niet mee ophouden? Maar ik wist dat hij dat niet kon. In zijn optiek was het geen wraak, het was preventie. Gerechtvaardigd geweld. Om te voorkomen dat anderen hetzelfde overkwam als zijn zoon. Als ik heel, heel erg mijn best deed, kon ik het vanuit zijn oogpunt bekijken, en dan kon ik twee seconden ophouden hem als een monster te zien, omwille van Isabel.

'Eerst Sam, en nu jij!' snauwde Isabel. 'Het lijkt wel alsof je er niet eens mee zit. Geloof je me niet?'

'Ik geloof je wel,' antwoordde ik. Ik keek naar onze weerspiegeling in het glanzende hout. Het stelde me opmerkelijk tevreden om de vage, wazige vorm van mijn menselijke gedaante te zien. Ineens kreeg ik heimwee naar mijn lievelingsspijkerbroek. Ik zuchtte. 'Ik ben het allemaal alleen een beetje beu. Er is zoveel om tegelijkertijd aan te denken.'

'Maar we moeten er toch over nadenken. Het maakt niet uit of je het leuk vindt of niet. En Sam heeft de praktische geest van een...' Isabel liet haar stem wegsterven. Kennelijk kon ze niets bedenken wat onberekenbaarder was dan Sam.

'Ik weet dat we er iets mee moeten doen,' zei ik vermoeid. Mijn maag maakte weer een draai. 'Wat we moeten doen is ze verhuizen, maar ik kan nu niet bedenken hoe.'

'Verhuizen?'

Ik liep langzaam naar het volgende dier. Een soort gans, rennend met gespreide vleugels. Misschien moest dit zijn landing voorstellen. Het schuin van boven invallende middaglicht speelde met mijn zicht en gaf me de indruk dat het zwarte oog van de gans naar me knipoogde. 'Uiteraard zullen we ze moeten weghalen bij je vader. Hij stopt hier niet mee. Er moet een veiligere plek zijn.'

Isabel lachte, een kort lachje dat meer een sis dan geamuseerdheid was. 'Grappig dat jij binnen twee seconden met een idee komt, terwijl Sam en Cole in twee maanden tijd niks hebben bedacht.'

Ik keek haar aan. Ze grijnsde een beetje naar me, met één wenkbrauw opgetrokken. Waarschijnlijk was het bewonderend bedoeld. 'Nou, misschien lukt het niet. Ik bedoel, een roedel wilde dieren verhuizen...'

'Ja, maar het is in elk geval een idee. Het is fijn om te zien dat iemand haar hersens gebruikt.'

Ik trok een gezicht. We keken naar de gans. Hij knipoogde niet nog een keer.

'Doet het pijn?' vroeg Isabel.

Ik kreeg in de gaten dat ze naar mijn linkerhand keek, die helemaal vanzelf omhoog was gekomen en tegen mijn zij drukte. 'Een beetje,' loog ik. Ze liet niet merken dat ze wist dat ik loog.

We schrokken allebei toen Isabels telefoon ging.

'Dat is voor jou,' zei Isabel al voordat ze het toestel had gepakt. Ze keek op het schermpje en gaf mij de telefoon.

Mijn maag maakte een sprongetje; ik wist niet of dat door de wolf binnen in me kwam of door de plotselinge, onverklaarbare zenuwen.

Isabel sloeg op mijn arm, en ik kreeg kippenvel van haar aanraking.

'Zeg iets.'

'Hoi,' zei ik. Of kraste ik, eigenlijk.

'Hoi,' zei Sam, amper luid genoeg om te verstaan. 'Hoe gaat het?'

Ik was me bewust van Isabel die naast me stond. Ik draaide me om naar de gans. Hij knipoogde weer naar me. Mijn huid voelde aan alsof hij niet van mij was.

'Beter nu.'

Ik wist niet wat ik in die twee minuten moest zeggen nadat we elkaar twee maanden niet hadden gezien. Ik wilde niet praten. Ik wilde tegen hem aan kruipen en in slaap vallen. Het liefst van alles wilde ik hem weer zien, in zijn ogen zien dat wat wij hadden gehad, echt was en dat hij geen vreemde was. Ik wilde geen groots gebaar, geen ingewikkeld gesprek; ik wilde alleen maar weten dat er nog iets hetzelfde was gebleven terwijl al het andere was veranderd. Ik was ineens kwaad op de ontoereikende telefoon, op mijn onzekere lichaam, op de wolven die me hadden gemaakt en gebroken.

'Ik kom eraan,' zei hij. 'Tien minuten.'

Acht minuten te laat. Mijn botten deden pijn. 'Ik wil echt...' Ik zweeg even en klemde mijn tanden op elkaar tegen het rillen. Dit was het rotste deel, als het echt pijn begon te doen, maar ik wist dat het later nog meer pijn ging doen. '... Echt graag chocolademelk gaan drinken als ik terug ben. Ik mis chocolademelk.'

Sam maakte een zacht geluid. Hij wist het, en dat deed meer pijn dan het veranderen, dat hij het wist.

'Ik weet dat het moeilijk is. Denk aan de zomer, Grace. Denk eraan dat het ophoudt,' zei hij.

Mijn ogen gloeiden. Ik trok mijn schouders op om Isabel buiten te sluiten.

'Ik wil dat het nú ophoudt,' fluisterde ik, en ik vond het vreselijk om toe te geven.

Sam zei: 'Je...'

'Grace!' siste Isabel, die de telefoon uit mijn hand rukte. 'Je moet hier weg. Mijn ouders zijn thuis!'

Ze klapte het toestel dicht net toen ik in de kamer ernaast stemmen hoorde.

'Isabel!' Het was de stem van Tom Culpeper in de verte. Mijn lichaam rekte zich uit en scheurde vanbinnen. Ik wilde me dubbelvouwen.

Isabel duwde me naar een deur; ik liep struikelend een andere kamer in.

'Ga daar naar binnen. Hou je stil! Ik regel het wel,' zei ze.

'Isabel,' hijgde ik, 'ik kan niet...'

Het enorme oude slot aan de andere kant van de zaal werd met een knal als van een geweerschot opengedraaid, en tegelijkertijd sloeg Isabel de deur voor mijn neus dicht.

13

Isabel

Heel even wist ik niet zeker of mijn vader Grace had gezien.

Zijn normaal zo keurige haar zat helemaal in de war en zijn ogen waren vol schok of verbazing of iets anders onbedacht-zaams. Hij had de deur met zoveel kracht opengegooid dat die tegen de muur erachter knalde en terugstuiterde. De eland rammelde; ik wachtte af of hij zou omvallen. Ik had er nooit aan gedacht wat een ontzagwekkende aanblik dat zou zijn, als al die dieren zouden omvallen als dominostenen. Mijn vader beefde nog steeds, ook toen de eland weer stilstond.

Ik keek mijn vader kwaad aan om mijn ongemak te verbergen. 'Nou, dat was nogal dramatisch.' Ik leunde tegen de deur naar de pianokamer en hoopte maar dat Grace daar niets zou stukmaken.

'Godzijdank,' zei mijn vader alsof ik niets had gezegd. 'Waarom nam je verdomme je telefoon niet op?'

Ik keek hem ongelovig aan. Ik liet telefoontjes van mijn ouders heel vaak doorschakelen naar de voicemail. Ik belde hen terúg. Uiteindelijk. Het feit dat ik vandaag ook niet had opgenomen toen ze belden, had hem geen maagzweer moeten bezorgen.

Ma kwam achter hem aan de kamer in, met bloeddoorlopen ogen en haar make-up een kleine ramp. Aangezien tranen bij haar doorgaans eerder een accessoire leken, was ik onder de indruk. Ik had even de gedachte gehad dat dit ging om de politieagent die me had aangehouden, maar ik kon me niet voorstellen dat ma daarom door het lint zou gaan.

'Waarom huilt ma?' vroeg ik argwanend.

De stem van mijn moeder was bijna een grauw. 'Isabel, we hebben je die mobiele telefoon niet voor niks gegeven!'

Ik was dubbel onder de indruk. Goed gedaan, ma. Meestal kreeg mijn vader alle goede teksten.

'Heb je hem bij je?' vroeg mijn vader.

'Jemig,' antwoordde ik. 'Hij zit in mijn tas.'

Mijn vader wierp mijn moeder een blik toe. 'Van nu af aan verwacht ik dat je opneemt,' zei hij. 'Behalve als je op school zit of een arm mist, wil ik dat je die telefoon opneemt en tegen je oor houdt als je ziet dat wij je bellen. Anders kun je hem wel gedag zeggen. Een telefoon is een...'

'Privilege. Ja, ik weet het.' Ik hoorde gedempt gestommel in de pianokamer achter me; om het geluid te verhullen begon ik door mijn tas te zoeken. Toen het weer stil was, pakte ik mijn telefoon om te bewijzen dat ik hem bij me had. Op het schermpje stond dat ik twaalf oproepen van mijn ouders had gemist. En niet één van Cole, wat vreemd aanvoelde nadat ik een maand lang bijna voortdurend minstens één gemiste oproep van hem had gehad. Ik fronste mijn voorhoofd. 'Wat is er eigenlijk aan de hand?'

'Travis belde,' zei mijn vader. 'Hij zei dat de politie een dode had gevonden in het bos. Een meisje, en ze hebben haar nog niet geïdentificeerd.'

Dit was niet goed. Ik was blij dat ik wist dat Grace hier zat, in de pianokamer waar ze rare, krabbelende geluiden maakte. Ik besefte dat ma nog steeds veelbetekenend naar me keek; ik moest nu reageren.

'En jullie namen meteen aan dat ik die dode moest zijn?' vroeg ik.

'Het was niet ver van het terrein rondom ons huis, Isabel,' snauwde ma.

Toen zei mijn vader wat ik op de een of andere manier had geweten dat hij zou zeggen. 'Ze is gedood door wolven.'

68

Ik werd ineens vervuld van een onvoorstelbare woede op Sam, Cole en Grace, omdat ze niets deden terwijl ik hun had verteld dat ze iets moesten doen.

Er kwam nog meer lawaai uit de pianokamer. Ik praatte eroverheen. 'Nou, ik was de hele dag op school of hier. Op school zal me niet veel overkomen.' Toen ik besefte dat ik ernaar moest vragen omdat ik anders schuldig overkwam, vroeg ik: 'Wanneer weten ze wie het is?'

'Weet ik niet,' zei mijn vader. 'Ze zeiden dat ze er niet best aan toe was.'

'Ik ga even wat anders aantrekken,' zei ma abrupt.

Even kon ik niet bedenken waarom ze ineens zo snel weg wilde. Toen besefte ik dat ze waarschijnlijk aan de dood van mijn broer dacht, zich voorstelde hoe Jack was verscheurd door wolven. Ik was daar ongevoelig voor; ik wist hoe Jack echt was gestorven.

Op dat moment klonk er een bons in de pianokamer, zo duidelijk dat mijn vader zijn ogen tot spleetjes kneep.

'Sorry dat ik mijn telefoon niet opnam,' zei ik luid. 'Het was niet mijn bedoeling om ma ongerust te maken. Trouwens, op weg naar huis bonsde er iets tegen de onderkant van mijn auto. Kun jij daar even naar kijken?'

Ik wachtte tot hij zou weigeren, tot hij de andere kamer in zou stormen en daar Grace zou zien terwijl ze in een wolf veranderde. Maar hij zuchtte en knikte, al op weg terug naar de andere deur.

Natuurlijk zou hij niets onder mijn auto vinden. Maar hij was zo lang bezig met zijn onderzoek dat ik tijd had om snel in de pianokamer te kijken of Grace de Steinway had gemold. Het enige wat ik aantrof was een open raam; een van de horren lag in de tuin. Ik boog me naar buiten en ving een glimp op van iets geels: mijn Santa Maria Academy-shirt dat was blijven hangen aan een struik.

Grace had geen slechter moment kunnen kiezen om weer wolf te worden.

14

Sam

Ik was haar dus weer misgelopen.

Na dat telefoontje was ik meerdere uren druk met... niets. Volkomen in beslag genomen door het horen van Grace' stem renden mijn gedachten achter elkaar aan, met steeds dezelfde vragen. Of ik Grace had kunnen zien als ik haar boodschap eerder had gekregen, als ik niet naar de schuur was gegaan om te kijken of daar tekenen van leven waren, als ik niet verder het bos in was gelopen en door de boomtakken naar de lucht had geschreeuwd, gefrustreerd door Coles toeval en Grace' afwezigheid en door de last dat ik was wie ik was.

Ik verdronk in de vragen totdat het begon te schemeren. Uren verdwenen, net als toen ik nog veranderde, maar nu had ik mijn eigen huid niet verlaten. Het was jaren geleden dat ik mijn besef van tijd zo was kwijtgeraakt.

Ooit was dat mijn leven. Ik keek soms urenlang uit het raam, tot mijn benen onder me in slaap vielen. Dat was toen ik pas bij Beck was; ik moet een jaar of acht zijn geweest, niet lang nadat mijn ouders me mijn littekens hadden bezorgd. Ulrik tilde me soms op en nam me mee naar de keuken en een leven bevolkt door andere mensen, maar ik was een zwijgende, bevende deelnemer.

Uren, dagen, maanden weg, verloren aan een andere plek waar noch Sam noch wolf toegang toe kreeg. Het was Beck die uiteindelijk de betovering doorbrak.

Hij bood me een zakdoekje aan; dat was een zo vreemd geschenk dat het me terughaalde naar het heden. Beck zwaaide er nog een keer mee. 'Sam. Je gezicht.'

Ik raakte mijn wangen aan; ze waren niet zozeer vochtig, als wel plakkerig van de herinnering aan tranen. 'Ik huilde niet,' zei ik tegen hem.

'Dat weet ik wel,' antwoordde Beck.

Terwijl ik het zakdoekje tegen mijn gezicht drukte, zei Beck: 'Zal ik je eens wat vertellen? Er zitten een heleboel lege dozen in je hoofd, Sam.'

Ik keek hem verwonderd aan. Opnieuw was het concept vreemd genoeg om mijn aandacht vast te houden.

'Er zitten daarbinnen een heleboel lege dozen, en daar kun je dingen indoen.' Beck gaf me nog een zakdoekje voor de andere kant van mijn gezicht.

Ik vertrouwde Beck op dat punt nog niet volkomen; ik weet nog dat ik dacht dat hij een heel slechte grap maakte die ik niet snapte. Mijn stem klonk zelfs in mijn eigen oren behoedzaam. 'Wat voor dingen?'

'Droevige dingen,' zei Beck. 'Heb je veel droevige dingen in je hoofd?'

'Nee,' zei ik.

Beck zoog zijn onderlip naar binnen en liet hem langzaam weer naar buiten komen. 'Nou, ik wel.'

Dat was schokkend. Ik stelde geen vraag, maar boog me een stukje naar hem toe.

'En die dingen maakten me aan het huilen,' vervolgde Beck. 'Ik moest er vroeger de hele dag om huilen.'

Ik herinnerde me nog dat ik dacht dat hij waarschijnlijk loog. Ik kon me niet voorstellen dat Beck huilde. Hij was een rots. Zelfs toen, met zijn vingers duwend tegen de vloer om zichzelf te ondersteunen, zag hij er beheerst, zelfverzekerd en onveranderlijk uit.

'Geloof je me niet? Vraag maar aan Ulrik. Hij moest ermee om

71

zien te gaan,' zei Beck. 'En weet je wat ik met die droevige dingen heb gedaan? Ik heb ze in dozen gestopt. Ik heb de droevige dingen in de dozen in mijn hoofd gestopt, en die heb ik dichtgedaan, er tape overheen geplakt, ze opgestapeld in een hoek en er een laken overheen gegooid.'

'Hérsentape?' opperde ik met een grijnsje. Ik was acht, moet je bedenken.

Beck glimlachte, een raar, vertrouwelijk lachje dat ik destijds niet begreep. Nu wist ik dat het opluchting was omdat hij me zo ver had gekregen dat ik een grapje maakte, hoe sneu ook. 'Ja, hersentape. En een hersenlaken eroverheen. Nu hoef ik niet meer naar die droevige dingen te kijken. Ik zou die dozen wel een keer kunnen openmaken, denk ik, als ik wilde, maar meestal laat ik ze gewoon dichtzitten.'

'Hoe heb je die hersentape gebruikt?'

'Je moet het je inbeelden. Stel je voor dat je die droevige dingen in de dozen stopt en stel je voor dat je ze dichtmaakt met hersentape. Stel je dan voor dat je ze naar de zijkant van je hersens duwt, waar je er niet over kunt struikelen als je normaal nadenkt, en gooi er dan een laken overheen. Heb je droevige dingen, Sam?'

Ik zag het stoffige hoekje van mijn hersens waar de dozen stonden. Het waren allemaal kledingdozen, want dat was het interessantste soort doos – groot genoeg om een hut van te maken – en er lagen hele stapels rollen hersentape bovenop. Er lagen ook stanleymessen bij, om de dozen en mij weer open te snijden.

'Mama,' fluisterde ik.

Ik keek niet naar Beck, maar vanuit mijn ooghoek zag ik dat hij slikte.

'Wat nog meer?' vroeg hij, nauwelijks luid genoeg om te verstaan.

'Het water,' zei ik. Ik sloot mijn ogen. Ik zag het, recht voor me, en ik moest het volgende woord naar buiten forceren. 'Mijn...'

Mijn vingers lagen op mijn littekens.

Beck stak aarzelend zijn hand naar mijn schouder uit. Toen ik niet achteruitdeinsde, legde hij zijn arm om mijn rug en leunde ik tegen zijn borst, en ik voelde me klein en acht en gebroken.

'Ik,' zei ik.

Beck zweeg een hele tijd en omhelsde me. Met mijn ogen dicht leek het alsof zijn hartslag door zijn wollen trui het enige in mijn wereld was. Toen zei hij: 'Stop alles in dozen behalve jezelf, Sam. Jóú willen we houden. Beloof me dat jij hierbuiten bij ons blijft.'

Zo bleven we een hele tijd zitten, en toen we opstonden, zaten al mijn droevige dingen in dozen en was Beck mijn vader.

Nu ging ik naar buiten, naar de grote, stokoude boomstronk in de achtertuin, waar ik op ging liggen om naar de sterren te kijken. Toen sloot ik mijn ogen en stopte langzaam mijn zorgen in dozen, een voor een, en plakte ze dicht.

Coles zelfvernietiging in de ene, Tom Culpeper in een andere. Zelfs Isabels stem kreeg een doos, omdat ik die nu gewoon niet aankon.

Bij elke doos voelde ik me een stukje lichter, een beetje beter in staat om adem te halen. Ik kon me er alleen niet toe zetten om mijn bedroefdheid omdat ik Grace miste, weg te stoppen. Die hield ik. Die verdiende ik. Die had ik verdiend.

En toen bleef ik gewoon op de stronk liggen.

Ik moest de volgende morgen werken, dus ik had eigenlijk moeten gaan slapen, maar ik wist wat er dan zou gebeuren: elke keer als ik mijn ogen sloot, zouden mijn benen pijn doen alsof ik had hardgelopen, zouden mijn oogleden trillen alsof ze open zouden moeten zijn, zou ik eraan denken dat ik namen moest toevoegen aan de telefoonnummers in mijn mobieltje en zou ik denken dat ik binnenkort toch echt een keer de was moest opvouwen die ik een week geleden uit de droger had gehaald.

En ik zou eraan denken dat ik echt met Cole moest praten.

De boomstronk was zo groot dat mijn benen maar een centimeter of dertig buiten de rand uitstaken; de boom – of eigenlijk twee aan elkaar gegroeide bomen – moest ooit reusachtig zijn geweest. Er zaten zwarte plekken op de stronk van toen Paul en Ulrik hem als platform hadden gebruikt om vuurwerk af te steken.

Ik had vroeger weleens de jaarringen geteld. Hij had langer geleefd dan ieder van ons.

Boven mijn hoofd draaiden de sterren eindeloos, een ingewikkelde mobile gemaakt door reuzen. Ze trokken me tussen hen in, naar de ruimte en de herinneringen. Op mijn rug liggen deed me denken aan toen ik werd aangevallen door de wolven, lang geleden, toen ik nog iemand anders was. Het ene moment was ik alleen en strekten mijn ochtend en mijn leven zich voor me uit als beeldjes in een film, elke seconde maar een heel klein beetje anders dan de vorige, als een wonder van een naadloze, ongemerkte metamorfose. En het volgende moment waren er wolven.

Ik zuchtte. Boven me bewogen satellieten en planeten zich moeiteloos tussen de sterren; een wolkendek waarin bliksems werden gemaakt, kwam langzaam aandrijven vanuit het noordwesten. Mijn geest fladderde rusteloos heen en weer tussen het heden – de oude boomstronk die hard aanvoelde onder mijn schouderbladen – en het verleden – mijn rugzak die onder me werd geplet toen de wolven me in een berg sneeuw duwden die door een ploeg was achtergelaten. Mijn moeder had me gepantserd in een blauwe winterjas met witte strepen op de mouwen en wanten zo dik dat je je vingers niet meer kon bewegen.

In mijn herinnering kon ik mezelf niet horen. Ik zag alleen mijn mond bewegen en de magere armen van mijn zevenjarige zelf naar de snuit van de wolven slaan. Ik keek naar mezelf alsof ik me buiten mijn lichaam bevond, een blauw met witte jas vastgepind onder een zwarte wolf. Onder zijn gespreide poten leek dat kledingstuk onecht en leeg, alsof ik al was verdwenen en alle attributen van mijn menselijke leven had achtergelaten.

'Moet je dit eens horen, Ringo.'

Mijn ogen schoten open. Het duurde even voor ik Cole zag, die in kleermakerszit naast me op de stronk was komen zitten. Hij was een donkere omtrek tegen een grijze hemel, en hij hield mijn gitaar in zijn handen alsof er stekels op zaten.

Hij speelde een D-majeurakkoord, slecht, met een hoop gezoem, en zong met zijn lage, knarsende stem: *Ik viel voor haar in de zomer...'* – een onhandige verandering van akkoord en een melodramatische klank in zijn stem – *'mijn mooie zomermeisje.'*

Mijn oren gloeiden toen ik mijn eigen tekst herkende.

'Ik heb je cd gevonden.' Cole staarde lange tijd naar de gitaarhals voordat hij een ander akkoord kon vinden. Hij had zijn vingers echter verkeerd op de fretten gezet, dus klonk het meer als percussie dan als een melodie. Hij gromde goedmoedig, verbijsterd, en keek me aan. 'Toen ik in je auto rondsnuffelde.'

Ik schudde alleen maar mijn hoofd.

'Van blubber is ze gemaakt, mijn mooie blubbermeisje,' voegde Cole eraan toe, met nog een zoemend D-akkoord. Hij zei op sympathieke toon: 'Ik denk dat ik misschien veel op jou had kunnen gaan lijken, Ringo, als ik ijskoffie uit de tiet van mijn moeder had gedronken en weerwolven me victoriaanse gedichten hadden voorgelezen voor het slapengaan.' Hij zag mijn gezicht. 'O, wind je niet op.'

'Ik ben alweer afgewonden,' antwoordde ik. 'Heb je gedronken?'

'Ik geloof,' zei hij, 'dat ik alles in huis al heb opgedronken. Dus: nee.'

'Waarom zat je in mijn auto?'

'Omdat jij er niet in zat,' antwoordde Cole. Hij sloeg nog eens hetzelfde akkoord aan. 'Het blijft in je kop zitten, had je dat gemerkt? *Graag bracht ik een zomer door met mijn mooie zomermeisje, maar ik ben nooit mans genoeg voor mijn dikke zomerijsje...'*

Ik keek naar een vliegtuig dat met knipperende lichtjes langs de hemel kroop. Ik herinnerde me nog toen ik dat liedje had geschreven, de zomer voordat ik Grace echt leerde kennen. Het was zo'n liedje dat heel snel naar buiten was gekomen, in één stroom, waarbij ik ineengedoken over mijn gitaar op het voeteneind van mijn bed zat, in een poging akkoorden bij de tekst te vinden voordat de melodie me ontglipte. Ik had het gezongen onder de douche om het stevig in mijn geheugen te verankeren. Had het geneuried terwijl ik beneden de was opvouwde, omdat ik niet wilde dat Beck me hoorde zingen over een meisje. Al die tijd had ik het onmogelijke gewild, wat wij allemaal wilden: langer meegaan dan de zomer.

Cole brak zijn onbeduidende gezang af en zei: 'Al vind ik die met dat mineurakkoord natuurlijk leuker, maar dat kon ik niet spelen.' Hij deed een poging een ander akkoord aan te slaan. De gitaar zoemde tegen hem.

'De gitaar,' zei ik, 'gehoorzaamt alleen aan zijn meester.'

'Ja,' beaamde Cole, 'maar Grace is hier niet.' Hij grijnsde sluw. Sloeg hetzelfde D-akkoord nog eens aan. 'Dat is het enige wat ik kan spelen. Moet je dat nou zien. Tien jaar pianolessen, Ringo, maar geef me een gitaar en ik ben een kwijlende peuter.'

Hoewel ik hem piano had horen spelen op het NARKOTIKA-album, kon ik me verbazingwekkend moeilijk voorstellen dat Cole pianoles had gehad. Als je een muziekinstrument wilde leren bespelen, moest je een zekere tolerantie hebben voor saaiheid en mislukking. En stil kunnen zitten was ook wel handig.

Ik zag bliksems van wolk naar wolk springen; de lucht begon dat zware gevoel te krijgen dat voor een onweersbui uit komt. 'Je zet je vingers te dicht bij de fret. Daarom zoem je. Zet ze verder achter de fret en duw harder. Alleen je vingertoppen, niet het vlakke gedeelte.'

Ik geloof niet dat ik het erg goed beschreef, maar Cole verplaatste zijn vingers en speelde een perfect akkoord, zonder gezoem of dode snaren.

Cole keek dromerig naar de lucht en zong: *'Alleen maar een knappe kerel, zittend op een stronk...'* Hij keek mij aan. 'Nu moet jij dus de volgende regel zingen.'

Het was een spelletje dat Paul en ik ook weleens hadden gespeeld. Ik overwoog of ik me te zeer aan Cole ergerde om mee te doen, omdat hij mijn muziek belachelijk maakte.

Na een iets te lange aarzeling voegde ik eraan toe, grotendeels op dezelfde toon en halfhartig: *'Kijkend naar de sterrenklont.'*

'Leuk bedacht, gevoelige knul,' zei Cole. In de verte rommelde de donder. Hij speelde weer een D-akkoord en zong: *'Ik heb een enkeltje naar het bejaardenhonk...'*

Ik richtte me op mijn ellebogen op. Cole sloeg zijn akkoord weer aan en ik zong: *'Ik verander namelijk elke nacht in een hond.'*

Toen vroeg ik: 'Ga je voor elke regel datzelfde akkoord spelen?'

'Waarschijnlijk wel. Die kan ik het beste. Ik ben een *one hit wonder*.'

Ik reikte naar de gitaar en voelde me een lafbek. Dat ik dit spelletje met hem speelde, gaf me het gevoel dat ik het goedkeurde: de gebeurtenissen van de vorige avond, wat hij elke week met het huis deed, wat hij elke minuut van elke dag met zichzelf deed. Maar terwijl ik de gitaar van hem overnam en zachtjes over de snaren streek om te kijken of ze gestemd moesten worden, voelde dat als een veel vertrouwdere taal dan enige taal die ik zou gebruiken om een serieus gesprek met Cole te voeren.

Ik speelde een F-majeur.

'Dat lijkt er meer op,' zei Cole. Maar hij zong geen volgende regel. In plaats daarvan ging hij, nu ik rechtop zat met de gitaar, op mijn plek op de stronk liggen en staarde naar de hemel. Hij zag er knap en beheerst uit, alsof hij in die pose was gezet door een ondernemende fotograaf, alsof de toeval van gisteravond hem totaal niet van zijn stuk had gebracht.

'Speel dat nummer met dat mineurakkoord eens.'

'Welk...'

'Over afscheid.'

Ik keek naar het zwarte bos en speelde een A-mineur. Even klonk er geen ander geluid dan een soort insect dat tsjirpte in het bos.

Toen zei Cole: 'Nee, ik wil dat liedje horen.'

Ik dacht aan de ietwat spottende toon in zijn stem toen hij mijn tekst over het zomermeisje had gezongen en zei: 'Nee. Ik... Nee.'

Cole zuchtte alsof hij voorbereid was geweest op een teleurstelling. Boven ons rommelde de donder, kennelijk vooruitlopend op de donderwolk die zich over de toppen van de bomen kromde als een hand die een geheim verborg. Afwezig tokkelend op de gitaar omdat het me kalmeerde, keek ik omhoog. Het was fascinerend hoe de wolk, zelfs tussen de bliksemflitsen door, van binnenuit leek te worden verlicht, alsof hij het gereflecteerde licht opving van alle huizen en steden waar hij overheen kwam. Hij zag er kunstmatig uit tegen de zwarte hemel: paarsachtig grijs en met scherpe randen. Het leek onmogelijk dat zoiets in de natuur kon bestaan.

'Arme drommels,' zei Cole, nog steeds met zijn blik op de sterren gericht. 'Ze zullen het wel behoorlijk beu zijn om ons steeds maar dezelfde stomme fouten te zien maken.'

Ineens voelde ik me een ontzettende mazzelaar omdat ik zat te wachten. Hoe dat ook aan me vrat, mijn waakzaamheid opeiste, mijn gedachten stal, aan het eind van dit eindeloze wachten was Grace. Waar wachtte Cole op?

'Nu?' vroeg Cole.

Ik stopte met spelen. 'Nu wat?'

Cole duwde zich op en leunde achterover op zijn handen, nog steeds omhoogkijkend. Hij zong volkomen zonder gêne; maar natuurlijk, waarom ook niet? Ik was een publiek van ongeveer twee-duizend man minder dan waaraan hij gewend was.

'Duizend manieren om afscheid te nemen, duizend manieren om te wenen...'

Ik sloeg het A-mineurakkoord aan waarmee het nummer begon en Cole glimlachte vol zelfspot toen hij besefte dat hij op de verkeerde toonhoogte was begonnen. Ik speelde het akkoord nog eens, en deze keer zong ik het, en ik geneerde me ook niet, want Cole had me al door de speakers in mijn auto gehoord en kon dus niet worden teleurgesteld:

Duizend manieren om afscheid te nemen
Duizend manieren om te wenen
Duizend manieren om je jas op te hangen voor je naar buiten gaat
Ik zeg vaarwel vaarwel vaarwel
Ik schreeuw het zo luid dat het pijn doet
Want de volgende keer dat ik mijn stem vind
weet ik misschien niet meer hoe het moet.

Terwijl ik *vaarwel vaarwel vaarwel* zong, begon Cole de harmonieën te zingen die ik op mijn demo had opgenomen. De gitaar was een beetje vals – alleen de B-snaar, het was altijd de B-snaar – en wij zongen ook een beetje vals, maar het had wel iets vertrouwds en kameraadschappelijks.

Het was één gerafeld touw dat over de kloof tussen ons was geworpen. Niet genoeg om de overkant te halen, maar misschien net genoeg om te zien dat de kloof toch niet zo breed was als ik oorspronkelijk had gedacht.

Aan het einde maakte Cole een sissend *haaaa haaaaa haaaa*-geluid om het lawaai van een uitzinnig publiek na te bootsen. Toen stopte hij ineens en keek me aan, met zijn hoofd schuin. Luisterend kneep hij zijn ogen tot spleetjes.

En toen hoorde ik ze.

De wolven huilden. Hun verre stemmen klonken vloeiend en melodieus, werden even dissonant en toen weer harmonieus. Vanavond klonken ze rusteloos maar mooi; wachtend, net als wij allemaal, op iets wat we net niet konden benoemen.

Cole keek me nog steeds aan, dus zei ik: 'Dat is hun versie van het lied.'

'Nog een beetje ruw,' antwoordde Cole. Hij keek naar mijn gitaar. 'Maar niet gek.'

We bleven zwijgend zitten en luisterden naar de wolven die huilden tussen de uitbarstingen van donderslagen door. Ik probeerde tevergeefs de stem van Grace ertussenuit te pikken, maar hoorde alleen de stemmen waarmee ik was opgegroeid. Ik probeerde mezelf eraan te herinneren dat ik die middag nog haar échte stem aan de telefoon had gehoord. Het betekende niets dat haar stem nu afwezig was.

'Die regen kunnen we niet gebruiken,' zei Cole.

Ik keek hem fronsend aan.

'Terug naar de barak dan maar.' Cole sloeg op zijn arm en schoot met behendige vingers een onzichtbaar insect van zijn huid. Hij stond op, haakte zijn duimen in zijn achterzakken en keek naar het bos. 'In New York had Victor...'

Hij stopte. Binnen hoorde ik de telefoon overgaan. Ik nam me voor om hem te vragen: *Wat was er in New York?* maar toen ik binnenkwam, was Isabel aan de lijn, en zij vertelde dat de wolven een meisje hadden gedood en dat het niet Grace was maar dat ik de televisie aan moest zetten.

Ik zette hem aan en Cole en ik bleven voor de bank staan. Hij sloeg zijn armen over elkaar terwijl ik langs de zenders zapte.

De wolven waren inderdaad weer op het nieuws. Ooit was er een meisje aangevallen door de wolven van Mercy Falls. Toen was dat kort en bespiegelend gemeld. Destijds hadden ze het over een *ongeluk*.

Nu waren we tien jaar verder en was er een ander meisje dood en werd het eindeloos besproken.

Nu hadden ze het over *uitroeien*.

15

Grace

Dit was de nachtmerrie.

Alles om me heen was massief zwart. Niet het met omtrekken gevulde zwart van mijn slaapkamer 's nachts, maar het absolute, peilloze duister van een plek zonder licht. Water spetterde op mijn blote huid met het geprik van door de wind opgezweepte regen en vervolgens het zwaardere spetteren van regen die van ergens boven me droop.

Overal om me heen hoorde ik het geluid van regen in een bos.

Ik was mens.

Ik had geen idee waar ik was.

Ineens werd het heel licht om me heen. Ineengedoken en trillend had ik net genoeg tijd om de gevorkte slang van een bliksemschicht achter de zwarte takken boven me te zien inslaan, en mijn natte, vuile vingers die ik voor me had uitgestrekt, en de paarse schimmen van boomstammen om me heen.

Toen zwart.

Ik wachtte. Ik wist dat het kwam, maar toch schrok ik nog toen...

De knetterende bliksem klonk alsof hij van ergens binnen in mij kwam. Het was zo luid dat ik mijn handen tegen mijn oren sloeg en mijn kin tegen mijn borst drukte voordat mijn logische kant het overnam. Het was donder. De donder kon me niet deren.

Maar mijn hartslag klonk luid in mijn oren.

Ik stond daar in het zwart – het was zo donker dat het pijn deed – en sloeg mijn armen om mijn lichaam. Elk instinct dat ik had, zei dat ik beschutting moest zoeken, mezelf in veiligheid moest brengen.

En toen nog eens: bliksem.

Een flits van purperen hemel, een knoestige hand van takken, en ogen.

Ik hield mijn adem in.

Het was weer donker.

Zwart.

Ik sloot mijn ogen en zag nog steeds in negatief de gedaante: een groot dier, een paar meter verderop. De ogen strak op mij gericht.

Nu begonnen de haartjes op mijn armen langzaam te tintelen, in een trage, geruisloze waarschuwing. Ineens kon ik alleen nog maar aan die dag denken toen ik elf was. Toen ik op de autobandschommel had zitten lezen. Toen ik opkeek en ogen zag, en van de schommel werd gesleurd.

Een donderslag, oorverdovend.

Ik spande me in om het geluid van naderende voetstappen te horen.

De bliksem verlichtte de wereld weer. Twee seconden van licht, en daar waren ze. Ogen, kleurloos toen ze de bliksem weerspiegelden. Een wolf.

Drie meter bij me vandaan.

Het was Shelby.

De wereld werd donker.

Ik zette het op een lopen.

16

Sam

Ik werd wakker.

Ik knipperde met mijn ogen, verwonderd over hoe fel het licht in mijn slaapkamer was, zo midden in de nacht. Langzaam ordenden mijn gedachten zich en herinnerde ik me dat ik het licht aan had gelaten omdat ik dacht dat ik toch niet zou kunnen slapen.

Maar hier lag ik, met ogen die onzeker voelden van de slaap, en mijn bureaulamp wierp scheve schaduwen vanaf één kant van de kamer. Mijn notitieblok was een stukje van mijn borst gegleden en alle woorden erop stonden schuin. Boven me draaiden de papieren kraanvogels aan hun touwtjes in heftige, ongelijkmatige cirkels, tot leven gebracht door het luchtrooster in het plafond. Het leek alsof ze wanhopig graag aan hun individuele werelden wilden ontkomen.

Toen duidelijk werd dat ik niet weer in slaap zou vallen, strekte ik mijn been en zette met mijn blote voet de cd-speler aan het voeteneinde van mijn bed aan. Er klonk gitaargetokkel door de speakers, elke noot in het ritme van mijn hart. Slapeloos in bed liggen deed me denken aan nachten vóór Grace, toen ik hier woonde met Beck en de anderen.

Destijds had de bevolking van papieren kraanvogels boven me, volgekrabbeld met herinneringen, nog niet het gevaar gelopen hun habitat te ontgroeien terwijl ik langzaam aftelde naar mijn uiterste houdbaarheidsdatum, de dag waarop ik mezelf zou verliezen aan het bos. Dan bleef ik tot diep in de nacht wakker, verdwaald in het verlangen.

Dat verlangen was toen nog abstract. Ik had iets gewild waarvan ik wist dat ik het niet kon krijgen: een leven na september, een leven na de twintig, een leven met meer tijd als *Sam* dan als *wolf*.

Maar nu was dat waar ik naar verlangde geen denkbeeldige toekomst. Het was een concrete herinnering aan mezelf, onderuit hangend in de leren stoel in de werkkamer van de Brisbanes met een boek in mijn hand – *The Children of Men* – terwijl Grace achter het bureau zat, op een potlood beet en haar huiswerk deed. We zeiden niets, omdat dat niet hoefde, en ik voelde me aangenaam bedwelmd door de leergeur van de stoel om me heen, de vage geur van gegrilde kip in de lucht en het zuchten van Grace die haar stoel heen en weer draaide. Naast haar het geneurie van de radio met popliedjes, top 40-hits die naar de achtergrond vervaagden totdat Grace toonloos een refrein meezong.

Na een tijdje verloor ze de belangstelling voor haar huiswerk en kroop naast me op de stoel. *Schuif eens op* zei ze, hoewel daar helemaal geen ruimte voor was. Ik protesteerde toen ze in mijn bovenbeen kneep en zich bij me in de stoel probeerde te persen. *Sorry dat ik je pijn heb gedaan,* zei ze in mijn oor, maar het was niet echt een verontschuldiging, omdat je niet in iemands oor bijt om sorry te zeggen. Ik kneep haar terug en zij lachte terwijl ze haar gezicht tegen mijn sleutelbeen drukte. Haar hand groef tussen de stoel en mijn rug, tegen mijn schouderbladen. Ik deed alsof ik doorlas en zij deed alsof ze tegen me aan rustte, maar ze bleef in mijn schouderblad knijpen en ik bleef haar kietelen met mijn vrije hand, totdat ze lachte terwijl we elkaar kusten en nog eens kusten.

Een lekkerdere smaak bestaat niet: de lach van iemand anders in je mond.

Na een tijdje viel Grace echt in slaap tegen mijn borst en probeerde ik tevergeefs om haar te volgen. Toen pakte ik mijn boek weer op, streelde over haar haar en las verder, begeleid door de soundtrack van haar ademhaling. Haar gewicht pinde mijn vluchtige gedachten vast op de grond, en op dat moment was ik meer in de wereld dan ooit tevoren.

Dus nu, kijkend naar de papieren kraanvogels die heftig aan hun touwtjes trokken, wist ik precies wat ik wilde, omdat ik het gehád had. Ik kon niet meer slapen.

17

Grace

Ik kon een wolf niet voorblijven.

We zagen geen van beiden heel erg goed in het donker, maar Shelby had de reukzin van een wolf en het gehoor van een wolf. Ik had blote voeten die verstrikt raakten in doornstruiken, mijn nagels waren te bot en te kort om mee aan te vallen, en mijn longen leken niet genoeg lucht te kunnen krijgen. Ik voelde me machteloos in dit stormachtige bos.

Het enige waaraan ik kon denken was de herinnering van tanden in mijn sleutelbeen, hete adem in mijn gezicht, sneeuw die mijn bloed uit mijn lichaam trok.

De donder rommelde weer en liet het pijnlijk snelle bonken van mijn hart achter.

Paniek zou niet helpen.

Rustig, Grace.

Ik liep struikelend verder tussen de bliksemflitsen door, met mijn handen voor me uit. Deels om te voorkomen dat ik ergens tegenaan botste, en deels in de hoop dat ik een boom tegenkwam met een paar lage takken, zodat ik erin kon klimmen. Dat was het enige voordeel dat ik had ten opzichte van Shelby: mijn vingers. Maar alle bomen hier waren ofwel dunne dennenbomen, of enorme eiken met pas op tien of vijftien meter hoogte de eerste takken.

En ergens achter me: Shelby.

Shelby wist dat ik haar had gezien en probeerde niet langer geruisloos te doen. Hoewel zij in het donker niet meer zag dan ik, hoorde ik toch dat ze me opspoorde tussen de bliksemflitsen door, geleid door haar reukzin en gehoor.

Ik was banger als ik haar niet hoorde dan als ik haar wel hoorde.

Het bliksemde weer. Ik dacht te zien...

Ik verstijfde stilletjes, wachtend. Ik hield mijn adem in. Mijn haar plakte in mijn gezicht en over mijn schouders; een natte lok zat tegen mijn mondhoek. Het was gemakkelijker om mijn adem in te houden dan de verleiding te weerstaan dat haar opzij te vegen. Terwijl ik stilstond, kon ik alleen maar aan de kleine ongemakken denken: mijn voeten deden pijn. De regen prikte op mijn met modder besmeurde benen; ik moest me hebben opengehaald aan doornstruiken die ik niet had gezien. Mijn maag voelde ontzettend leeg.

Ik probeerde niet aan Shelby te denken. Ik hield mijn blik gericht op de plek waar ik dacht de sleutel tot mijn veiligheid te hebben gezien, zodat ik er een route heen zou kunnen bepalen wanneer de bliksem weer flitste.

Bij de volgende bliksemschicht zag ik beslist wat ik eerder al meende te hebben gezien. Ik zag hem amper, maar hij was er wel: de zwarte omtrek van de schuur waar de spullen van de roedel lagen. Hij stond enkele tientallen meters rechts van mij, een stukje hoger, alsof hij op een richel stond. Als ik daarheen kon komen, dan kon ik die deur voor Shelby's neus dichtgooien.

Het bos werd zwart, en toen spleet de donder de stilte. De klap was zo luid dat alle andere geluiden een paar seconden erna nog uit de wereld leken te zijn gezogen.

In dat geluidloze donker begon ik te rennen, met mijn handen voor me uit, en ik probeerde een rechte lijn naar de schuur te volgen. Achter me, vlak achter me, hoorde ik Shelby, en er brak een tak toen ze naar me toe sprong. Ik voelde haar nabijheid meer dan dat ik haar hoorde.

Haar vacht streek langs mijn hand. Ik krabbelde weg en toen
viel ik
mijn handen grepen lucht
eindeloos zwart
vallen

Ik besefte pas dat ik gilde toen al mijn adem gestolen was en
het geluid afbrak. Ik raakte iets ijskouds en hards en mijn longen
waren in één klap leeg. Pas een tel later besefte ik dat ik water
had geraakt, maar toen zat mijn mond er al vol mee.

Er bestond geen boven of beneden, alleen maar zwart. Alleen
maar water dat mijn mond en huid bedekte. Het was koud. Ontzettend koud. Er ontploften kleuren voor mijn ogen, alleen maar
een symptoom in al dit zwart: mijn hersens die schreeuwden om
zuurstof. Ik klauwde me naar het wateroppervlak en hapte naar
adem. Mijn mond zat vol korrelige, vloeibare modder. Ik voelde
het uit mijn haar over mijn wangen druipen.

Boven me gromde de donder, en het geluid leek van ver weg te
komen; ik had het gevoel dat ik me midden in de aarde bevond.
Hoewel ik bijna te hevig rilde om te staan, strekte ik mijn benen
en tastte naar de bodem.

Zo. Als ik stond, kwam het water tot het puntje van mijn kin.
Het was ijskoud en smerig, maar nu kon ik in elk geval mijn
hoofd boven water houden zonder moe te worden. Mijn schouders schokten van de onwillekeurige rillingen. Ik had het zo verschrikkelijk koud.

Maar toen, staand in dat ijskoude water, voelde ik het. Een traag,
traag pad van misselijkheid dat in mijn maag begon en naar mijn
keel kroop. De kou. Hij trok aan me, vertelde mijn lichaam dat
het moest veranderen.

Ik mocht niet veranderen. Als wolf zou ik moeten zwemmen
om mijn kop boven water te houden. En ik kon niet eeuwig blijven zwemmen.

Misschien kon ik eruit klimmen. Ik bewoog me half zwem-
mend, half struikelend door het ijzige water, tastend. Er moest
een uitweg zijn. Mijn vingers prikten in een oneffen muur van
zand die volledig verticaal was, en hoger dan ik kon reiken. Mijn
maag draaide om.

Nee, zei ik tegen mezelf. *Nee, je verandert niet. Niet nu.*

Ik verplaatste me langs de wand, tastend naar een mogelijke uitweg. De zijkanten strekten zich uit, eindeloos hoog. Ik probeerde er houvast in te krijgen, maar mijn vingers konden niet in de keiharde aarde komen en de boomwortels begaven het onder mijn gewicht, zodat ik weer in de modder terugzakte. Mijn huid trilde, zowel van de kou als van de naderende verandering. Ik zoog mijn bevroren onderlip naar binnen om het trillen te laten ophouden.

Ik kon wel om hulp roepen, maar niemand zou me horen.

Maar wat moest ik anders? Zo stonden de zaken ervoor: als ik in een wolf veranderde, zou ik doodgaan. Ik kon maar een beperkte tijd blijven zwemmen. Ineens leek het me een afschuwelijke manier om dood te gaan, helemaal alleen, in een lichaam dat niemand ooit zou herkennen.

De kou trok aan me, vloeide mijn aderen binnen, ontsloot de ziekte binnen in me. *Nee, nee, nee.* Maar ik kon het niet meer tegenhouden; ik voelde de hartslag in mijn vingers bonken terwijl mijn huid bobbelend een andere vorm aannam.

Het water klotste om me heen toen mijn lichaam zichzelf begon te verscheuren.

Ik schreeuwde Sams naam de duisternis in totdat ik niet meer kon praten.

18

Sam

'Dus hier vindt de magie plaats,' zei Cole. 'Ga je nu je gympakje aantrekken?'

We stonden bij de achterdeur van de Crooked Shelf, de boekwinkel waar ik soms woonde. Ik had slecht geslapen door het onweer en na het nieuws van gisteravond had ik niet naar mijn werk willen gaan, maar ik kon er op zo korte termijn niet onderuit. Dus ging ik naar binnen.

Ik moest toegeven dat de normaliteit van naar mijn werk gaan mijn ongerustheid een beetje verminderde. Afgezien van het feit dat Cole er was dan. Om de dag had ik Cole thuis achtergelaten als ik naar mijn werk ging en daar verder niet zo bij stilgestaan. Maar vanochtend had ik omgekeken terwijl ik mijn spullen pakte om te vertrekken, had ik hem zwijgend zien staan kijken en gevraagd of hij mee wilde. Ik had er nog geen spijt van dat ik hem mee had gevraagd, maar de ochtend was nog jong.

Cole tuurde naar me van onder aan het trappetje, met zijn armen op de leuningen en zijn haar zorgvuldig in de war. Door het ongecompliceerde ochtendlicht zag hij er ontwapenend en op zijn gemak uit.

Camouflage.

'Mijn gympakje?' herhaalde ik.

'Ja, je superheldenpak,' zei Cole. 'Sam Roth, weerwolf bij nacht, gespecialiseerd boekverkoper bij dag. Heb je daar geen cape voor nodig?'

'Ja,' antwoordde ik terwijl ik de deur openmaakte. 'Het analfabetisme in dit land is afschrikwekkend; je hebt al een cape nodig als je een kookboek wilt verkopen. Jij blijft achterin als er iemand binnenkomt, hè?'

'Niemand zal me herkennen in een bóékwinkel,' zei Cole. 'Ziet de voorkant van de winkel er net zo beroerd uit als de achterkant?'

Alle winkels langs de hoofdstraat kwamen aan de achterkant op dezelfde steeg uit, waar het vol stond met containers vol graffiti, onkruid dat eruitzag als halfvolgroeide boompjes en plastic zakken die aan de dood waren ontsnapt en die onder aan trappen bij elkaar klitten. Er kwam hier niemand, behalve winkeleigenaren en personeel; ik hield wel van de wanorde, want het was hier zo ver heen dat ik niet het gevoel had dat ik zou moeten opruimen.

'Niemand ziet deze kant ooit,' zei ik. 'Het hoeft hier niet mooi te zijn.'

'Een soort van track zes op een album,' zei Cole. Hij grijnsde om een of ander privégrapje. 'Goed, dus wat is het plan, man?'

Ik duwde de achterdeur open. 'Plan? Ik moet tot twaalf uur werken. Isabel moet als het goed is ergens voor die tijd langskomen om te vertellen wat ze sinds gisteravond heeft ontdekt. Daarna trek ik misschien een papieren zak over je hoofd en gaan we ergens lunchen.'

De achterkamer was een chaos van papieren en dozen die wachtten tot ze in de container zouden worden gegooid. Ik had geen aanleg voor netheid en Karyn, de eigenaresse, had een mysterieus archiefsysteem dat niemand snapte behalve zij. De eerste keer dat Grace de wanorde had gezien, was ze zichtbaar van afgrijzen vervuld. Cole keek alleen maar peinzend naar een stanleymes en een stapel boekenleggers met een elastiekje eromheen, terwijl ik de lichten aandeed.

'Leg terug,' zei ik.

Terwijl ik voorbereidingen trof om de winkel te openen, beende Cole achter me aan, met zijn handen op zijn rug als een jochie dat had gehoord dat hij nergens aan mocht komen. Hij leek hier totaal niet op zijn plaats, als een gestroomlijnd, agressief roofdier tussen zonverlichte boekenplanken die er in vergelijking met hem gezellig uitzagen. Ik vroeg me af of het een bewust besluit was, dat air dat hij uitstraalde, of dat het een bijverschijnsel was van de persoon binnenin. En ik vroeg me af hoe iemand als hij kon overleven in een plaatsje als Mercy Falls.

Met Coles aandachtige blik op me gericht voelde ik me opgelaten toen ik de voordeur van het slot draaide, de kassa opstartte en de winkelmuziek aanzette. Ik dacht niet dat hij de esthetiek van de winkel op prijs zou stellen, maar ik voelde een klein beetje felle trots toen ik om me heen keek. Hier lag zoveel van mij.

Coles aandacht was gericht op de met vloerbedekking beklede trap achter in de winkel. Hij vroeg: 'Wat is er boven?'

'Poëzie en een paar speciale uitgaven.' En herinneringen aan mij en Grace die te indringend waren om nu opnieuw te beleven.

Cole trok een dikke chicklit van een plank, keek er vluchtig naar en zette hem weer terug. Hij was hier pas vijf minuten en werd nu al rusteloos.

Ik keek op mijn horloge hoelang ik nog moest totdat Karyn aankwam om me af te lossen. Vier uur leek me plotseling heel erg lang. Ik probeerde me te herinneren welke filantropische impuls me ertoe had gedreven Cole mee te nemen.

Op dat moment, net toen ik me omdraaide naar de kassa, ving ik vanuit mijn ooghoeken iets op. Het was zo'n korte blik die je naderhand versteld doet staan dat er zoveel tot je is doorgedrongen tijdens die korte flits van oogcontact. Zo'n blik die eigenlijk een vergeten waas zou moeten zijn, maar die in plaats daarvan een foto was. En dit was de foto: Amy Brisbane, de moeder van Grace, die langs de grote etalage van de boekwinkel in de richting van haar kunstatelier liep. Ze hield één arm voor haar borst langs en omklemde de riem van haar tas alsof die met elke rukkerige stap van haar schouder kon glijden. Ze droeg een gaasachtige, lichtgekleurde sjaal en had de lege uitdrukking op haar gezicht die mensen opzetten als ze onzichtbaar willen zijn. En ik wist op dat moment, door dat gezicht, dat ze had gehoord over het dode meisje in het bos en zich afvroeg of het Grace was.

Ik zou haar moeten vertellen dat het niet zo was.

O, de Brisbanes hadden vele kleine misdaden begaan. Ik kon de herinnering aan Lewis Brisbanes vuist in mijn gezicht in een ziekenhuiskamer nog heel gemakkelijk bovenhalen. Aan toen ik midden in de nacht hun huis uit werd gegooid. Aan kostbare dagen dat ik Grace niet mocht zien omdat zij ineens ouderlijke principes hadden ontdekt. Ik had zo weinig gehad, en dat hadden ze me afgenomen.

Maar dat gezicht van Amy Brisbane; ik zag het nog steeds voor me, ook al hadden haar marionettenpassen haar al voorbij de etalage gevoerd.

Ze hadden tegen Grace gezegd dat ik maar een verliefdheid was.

Ik stompte met mijn vuist in mijn handpalm, steeds opnieuw, verscheurd. Ik was me ervan bewust dat Cole naar me keek.

Dat lege gezicht; ik wist dat ik tegenwoordig net zo'n gezicht droeg.

Ze hadden haar laatste dagen als mens, als Grace, tot één grote ellende gemaakt.

Vanwege mij.

Ik vond dit vreselijk. Ik vond het vreselijk om te weten wat ik wilde en wat juist was, en te weten dat die twee niet hetzelfde waren.

'Cole,' zei ik, 'hou de winkel in de gaten.'

Cole draaide zich om en trok zijn wenkbrauw op.

God, ik wilde dit niet doen. Een deel van me wilde dat Cole weigerde en me zo het besluit uit handen nam. 'Er komt niemand binnen. Ik blijf maar heel even weg, beloofd.'

Cole haalde zijn schouders op. 'Doe waar je zin in hebt.'

Ik aarzelde nog één seconde, wensend dat ik gewoon kon doen alsof het iemand anders was geweest die langs was komen lopen. Het was immers maar een gezicht geweest, half verborgen achter een sjaal, binnen één tel weer voorbij. Maar ik wist wat ik had gezien.

'Brand de boel niet plat!' Ik duwde de voordeur open en stapte de stoep op. Ik moest mijn ogen afwenden van het plotseling scherpe licht; de zon had alleen maar schuin door de etalageruit van de winkel naar binnen kunnen gluren, maar buiten kwamen de stralen lang en schel de straat door. Knijpend met mijn ogen zag ik dat Grace' moeder al bijna de straat uit was.

Ik haastte me over het scheve trottoir achter haar aan, moest afremmen voor twee dames van middelbare leeftijd die met dampende bekers koffie in hun hand stonden te lachen, toen voor een oude vrouw met een gelooid gezicht die stond te roken voor de tweedehandswinkel en daarna voor een vrouw achter een dubbele kinderwagen die de hele stoep in beslag nam.

Toen moest ik rennen, me maar al te zeer bewust van Cole die in mijn afwezigheid op de winkel lette. Grace' moeder was niet eens gestopt voordat ze de straat overstak. Ik bleef ademloos even op de hoek staan om een pick-uptruck voorbij te laten, voordat ik haar inhaalde in de beschaduwde portiek van haar paarsgeschilderde atelier. Van dichtbij was ze een papegaai in de rui; haar haar ontsnapte kroezend aan een haarband, de ene kant van haar blouse zat niet recht in haar rok gestopt, en de sjaal die ik eerder al had opgemerkt was losgekomen, zodat het ene eind veel langer was dan het andere.

'Mevrouw Brisbane,' zei ik, en mijn stem sloeg over terwijl mijn longen adem naar binnen zogen. 'Wacht.'

Ik wist niet zeker wat voor uitdrukking ik op haar gezicht had verwacht als ze zag dat ik het was. Ik had me voorbereid op walging of boosheid. Maar ze keek me alleen maar aan alsof ik... niets was. Een ergernis, misschien.

'Sam?' zei ze na een korte stilte, alsof ze moest nadenken over hoe ik ook alweer heette. 'Ik heb het druk.' Ze prutste met de sleutel en kreeg hem niet in het slot. Even later gaf ze het op en begon in haar tas te zoeken naar een andere sleutel. Het was een reusachtige tas, een opzichtig ding van patchwork, vol met rommel; als ik al bewijs had gezocht dat Grace haar moeder niet was, dan zou die tas voldoende zijn geweest. Mevrouw Brisbane keek niet naar mij terwijl ze erin groef. Door haar volkomen afwijzing – alsof ik niet eens meer woede of argwaan waard was – begon ik er spijt van te krijgen dat ik de winkel uit was gegaan.

Ik zette een stap achteruit. 'Ik dacht alleen dat u het misschien niet wist. Het is Grace niet.'

Ze draaide haar hoofd met zo'n scherpe ruk naar me toe dat de sjaal nu helemaal van haar hals gleed.

'Ik hoorde het van Isabel,' zei ik. 'Culpeper. Het is Grace niet, dat meisje dat ze hebben gevonden.'

Het voelde als een minder goed idee om genadig te zijn toen ik besefte dat een argwanende geest binnen een paar tellen niets van mijn verhaal heel zou laten.

'Sam,' zei mevrouw Brisbane op heel gelijkmatige toon, alsof ze het tegen een jongetje had dat bekendstond als jokkebrok. Haar hand zweefde boven haar tas, met de vingers gespreid en bewegingloos als een etalagepop. 'Weet je dat zeker?'

'Isabel zal u hetzelfde vertellen,' zei ik.

Ze sloot haar ogen. Ik voelde een steek van tevredenheid bij het overduidelijke verdriet dat ze had gehad om Grace' afwezigheid, en toen voelde ik me daar vreselijk om. Grace' ouders hadden dat altijd voor elkaar gekregen: me het gevoel geven dat ik een slechtere versie van mezelf was. Slecht op mijn gemak bukte ik snel om haar sjaal op te rapen en gaf hem haar aan. 'Ik moet terug naar de winkel.'

'Wacht,' zei ze. 'Kom even binnen. Je hebt toch wel een paar minuten?'

Ik aarzelde.

Zij antwoordde voor me. 'O, je bent aan het werk. Natuurlijk. Kwam... Ben je achter me aan gekomen?'

Ik keek naar mijn voeten. 'U zag eruit alsof u het niet wist.'

'Dat klopt,' zei ze. Ze zweeg even; toen ik naar haar keek, had ze haar ogen dicht en wreef ze met de punt van de sjaal over haar kin. 'Het vreselijke, Sam, is dat de dochter van een andere moeder dood is, en dat ik alleen maar blij kan zijn.'

'Ik ook,' zei ik zachtjes. 'Als u vreselijk bent, dan ben ik dat ook, want ik ben heel, heel blij.'

Mevrouw Brisbane keek toen naar me; ze keek echt naar me, liet haar handen zakken en staarde recht in mijn gezicht. 'Je zult me wel een slechte moeder vinden.'

Ik zei niets, want ze had gelijk. Ik verzachtte het met een schouderophalen. Dichter bij liegen kon ik niet komen.

Ze keek naar een passerende auto. 'Natuurlijk weet je dat we knallende ruzie hebben gehad met Grace voor ze... voor ze ziek werd. Over jou.' Ze keek me even aan om te zien of het waar was. Toen ik niet antwoordde, vatte ze dat op als een ja. 'Ik heb een heleboel stomme vriendjes gehad voordat ik trouwde. Ik ging veel met jongens om. Ik was niet graag alleen. Ik neem aan dat ik dacht dat Grace net zo was als ik, maar ze is heel anders, hè? Want het is serieus tussen jullie twee, of niet?'

Ik bleef roerloos staan. 'Heel serieus, mevrouw Brisbane.'

'Weet je zeker dat je niet wilt binnenkomen? Ik vind het niet zo prettig om zielig te doen waar iedereen me kan zien.'

Het feit dat Cole in de winkel was, gaf me een onbehaaglijk gevoel. Ik dacht aan de mensen die ik was gepasseerd op de stoep. Twee dames met koffie. Een rokende winkelierster. Een vrouw met baby's. De kans dat Cole in de problemen zou komen, leek me vrij minimaal.

'Even dan,' zei ik.

19

Cole

Een boekwinkel was niet de meest onderhoudende plek om ge-strand te zijn. Ik dwaalde een paar minuten rond, op zoek naar boeken waarin ik genoemd werd, veegde tegen de vleug van de vloerbedekking op de trap in zodat mijn naam er in een lichtere kleur stond, en zocht naar iets minder weerzinwekkend gezelligs op de radio. Het rook hier naar Sam; of misschien rook hij naar de winkel. Naar inkt en oud gebouw en iets kruidigers dan koffie maar minder interessant dan wiet. Het was allemaal heel... eru-diet. Ik voelde me omringd door conversaties waaraan ik niet wenste deel te nemen.

Uiteindelijk vond ik een boek over hoe je de vreselijkste om-standigheden kunt overleven, ging op de kruk achter de toonbank zitten en legde mijn voeten naast de kassa terwijl ik het boek doorbladerde. *Weerwolf zijn* stond er niet bij. En *Afkicken van een verslaving* of *Leven met jezelf* ook niet.

Het belletje boven de deur klingelde, maar ik keek niet op, in de verwachting dat het Sam was die terugkwam.

'O, wat doe jíj hier?'

Ik herkende haar al aan de verachting in haar stem en de rozengeur van haar luchtje voordat ik opkeek. God, wat was ze mooi. Haar lippen zagen eruit alsof ze naar snoepjes smaakten. Haar mascara was dik als verf en haar haar langer dan voorheen; ik zou het ijzige blond ervan twee keer om mijn pols kunnen draaien. Niet dat ik me zulke dingen voorstelde. Terwijl ze de deur langzaam achter zich liet dichtzwaaien, gingen die eetbare lippen vaneen.

'Welkom in de Crooked Shelf,' zei ik, en ik trok mijn wenkbrauw op. 'Kan ik u ergens mee van dienst zijn? Onze afdeling zelfhulp is zeer uitgebreid.'

'O, jij kunt het weten,' zei Isabel. Ze had twee papieren bekers vast die ze met kracht op de toonbank zette, uit de buurt van mijn voeten. Ze keek naar mijn gezicht met iets van minachting. Of misschien angst. Bezat Isabel Culpeper die emotie? 'Wat haalt Sam zich in godsnaam in zijn hoofd? Iedereen kan hier langs-lopen en jouw gezicht zien als ze naar binnen kijken. Dat weet je toch wel?'

'Mooi uitzicht voor ze,' zei ik.

'Moet fijn zijn, als je je daar niet druk om maakt.'

'Moet fijn zijn, als je je zo druk kunt maken over andermans problemen.'

Er bewoog zich iets traags en onbekends door mijn aderen. Ik was tegelijkertijd verbaasd en onder de indruk toen ik besefte dat het boosheid was. Ik kon me de laatste keer dat ik boos was ge-weest niet meer herinneren – het was ongetwijfeld iets tussen mij en mijn vader geweest – en ook niet meer wat ik daaraan zou moeten doen.

'Ik speel geen psychologische spelletjes met jou,' zei ze.

Ik keek naar de koffiebekers die ze bij zich had. Een voor haar, een voor Sam. Dergelijke grootmoedigheid leek me niet te passen bij de Isabel die ik kende. 'Zou je wel psychologische spelletjes spelen met Sam?' vroeg ik.

Isabel staarde me een tijdje aan, maar toen schudde ze haar hoofd. 'God, kun je nóg onzekerder zijn?'

Het antwoord op die vraag was altijd ja, maar ik stelde het niet op prijs dat ze over mijn minder bekende zwakke punten begon. Ik boog me naar voren om naar de twee bekers te kijken, terwijl Isabel naar mij keek met trage dood in haar ogen. Ik haalde de deksels van de bekers en bekeek de inhoud. In een ervan zat iets wat verdacht gezond rook. Groene thee, misschien, of mogelijk paardenpis. Het andere was koffie. Ik nam een slok van de koffie. Het smaakte bitter en ingewikkeld, met net genoeg suiker en melk om het drinkbaar te maken.

'Dat,' zei ze, 'was de mijne.'

Ik glimlachte breed naar haar. Ik was niet in de stemming om te lachen, maar dat verborg ik door nog breder te lachen. 'Nu is hij van mij. Wat betekent dat we bijna quitte staan.'

'God, Cole, wat nu weer? Waarvóór staan we quitte?'

Ik keek naar haar en wachtte tot het bij haar op zou komen. Vijftig punten als ze het binnen dertig seconden doorhad. Twintig punten als het een minuut duurde. Tien punten als ze het in... Isabel sloeg alleen haar armen over elkaar en keek uit het raam alsof ze wachtte tot de paparazzi op ons zouden neerdalen. Onvoorstelbaar genoeg was ze zo kwaad dat ik het kon rúíken. Mijn wolvenzintuigen brandden ervan; mijn huid tintelde. Begraven instincten droegen me op te reageren. Te vechten. Te vluchten. Ze leken me geen van beide geschikt. Toen ze niets zei, schudde ik mijn hoofd en maakte een gebaar van een telefoon bij mijn oor.

'O,' zei Isabel, en ze schudde haar hoofd. 'Meen je dat nou? Nog stééds? Die telefoontjes? Kom op, Cole. Daar zou ik niet aan beginnen met jou. Je bent giftig.'

'Giftig?' herhaalde ik. Eigenlijk zou ik liegen als ik zei dat ik niet gevleid was. Dat woord had een zekere verleidelijke kracht. *Giftig.* 'Ja, giftigheid. Het is een van mijn betere eigenschappen. Is dit omdat ik niet met je naar bed ging? Grappig. Normaal gesproken schreeuwen meisjes tegen me omdat ik ze wél heb genaaid.'

Ze lachte haar harde lachje. *Ha. Ha. Ha.* Haar hakken tikten toen ze om de toonbank heen stapte en pal naast me kwam staan. Haar adem voelde warm in mijn gezicht; haar woede was luider dan haar stem. 'Deze uitdrukking op mijn gezicht is omdat ik twee dagen geleden zó dicht bij je stond, te kijken hoe je lag te stuiptrekken en te kwijlen door wat het ook was dat je in je aderen had gespoten. Ik heb je al een keer uit dat gat getrokken. Ik sta zelf ook al op de rand, Cole. Ik kan niet omgaan met iemand anders die ook zo is. Je sleurt me mee omlaag. Ik probeer er juist uit te komen.'

En dit was hoe Isabel alweer haar magie op me gebruikte. Dat kleine beetje eerlijkheid van haar – en zoveel was het niet – haalde me de wind uit de zeilen. De woede die ik even daarvoor nog voelde, was merkwaardig lastig vast te houden. Ik haalde mijn voeten van de toonbank, langzaam, een voor een, en toen draaide ik me om op de kruk zodat ik naar haar toe zat. In plaats van achteruit te gaan om me meer ruimte te geven, bleef ze daar gewoon tussen mijn benen staan. Een uitdaging. Of misschien een capitulatie.

'Dat,' zei ik, 'is een leugen. Je vond mij alleen maar in dat konijnenhol omdat je zelf ook al beneden was.'

Ze stond zo dicht bij me dat ik haar lippenstift kon ruiken. Ik was me er maar al te zeer van bewust dat haar heupen slechts twee centimeter van mijn bovenbenen vandaan waren.

'Ik ben niet van plan toe te kijken terwijl jij zelfmoord pleegt,' zei Isabel. Er verstreek een lange minuut, waarin niets te horen was dan het gebrul van een vrachtwagen die buiten over straat langsreed. Ze keek naar mijn mond, en toen wendde ze plotseling haar blik af. 'God, ik kan hier niet blijven. Zeg maar tegen Sam dat ik hem wel bel.'

Ik stak mijn handen uit en legde ze op haar heupen toen ze zich wilde omdraaien.

'Isabel,' zei ik. Mijn ene duim raakte de blote huid boven de band van haar spijkerbroek. 'Ik probeerde geen zelfmoord te plegen.'

'Wilde je alleen maar high worden?' Ze probeerde zich weer om te draaien; ik hield vast. Ik hield haar niet zo stevig vast dat ze niet weg kon, maar zij trok niet hard genoeg om weg te komen, dus bleven we zo staan.

'Ik probeerde ook niet high te worden. Ik probeerde wolf te worden.'

'Het zal wel. Het komt op hetzelfde neer.' Isabel wilde me nu niet aankijken.

Ik liet haar los en ging staan zodat we op gelijke hoogte waren. Lang geleden had ik al geleerd dat mijn vermogen om iemands persoonlijke ruimte binnen te dringen een van de beste wapens in mijn arsenaal was. Ze keek me aan, haar ogen vonden mijn ogen, en ik kreeg een toenemend gevoel van juistheid: van het juiste zeggen, op het juiste ogenblik, tegen de juiste persoon. Dat maar al te zeldzame gevoel dat je weet wat je moet zeggen en het zelf ook gelooft. 'Ik zeg dit maar één keer, dus je kunt me maar beter meteen geloven. Ik zoek een remedie.'

20

Sam

Ze – *Amy*, ik probeerde haar te zien als *Amy* in plaats van *Grace'*
moeder – worstelde de deur open en ging me voor door een schemerige voorkamer in een zachtere kleur paars dan de voorgevel,
en toen een opvallend lichte ruimte in die vol hing met schilderijen. Het licht stroomde naar binnen door de achterpui vol
ramen, die uitkeken op een rommelig plein waar oude tractoren
geparkeerd stonden. Als je het uitzicht negeerde, was de ruimte
zelf zakelijk en elegant; lichtgrijze muren als in een museum en
posterkabels die omlaag hingen van witte lijsten langs het plafond. Schilderijen hingen aan de muren en stonden tegen de hoeken; sommige zagen eruit alsof ze nog nat waren.

'Water?' vroeg ze.

Ik bleef midden in de kamer staan en probeerde niets aan te
raken.

Het duurde even voor ik het woord *water* in de context kon
plaatsen: om te drinken, niet om in te vérdrinken.

'Nee, dank u,' zei ik.

De vorige keer dat ik Amy's werk had gezien, had het vreemd
en zonderling geleken: dieren in stadsomgevingen, mensen in
merkwaardige kleuren. Maar alle doeken die ik nu zag, waren

ontdaan van leven. Zelfs de schilderijen van plekken – stegen en schuren – hadden de sfeer van levenloze planeten. Er waren geen dieren, geen mensen. Geen richtpunt. Het enige doek met een persoon erop was het schilderij dat momenteel op haar schilders-ezel stond. Het was een enorm doek, bijna even hoog als ik, en helemaal wit, op een heel kleine gestalte in de linkerbeneden-hoek na. Het meisje zat met de rug naar me toe, met haar schou-ders opgetrokken en donkerblond haar over haar rug. Zelfs afge-wend was het onmiskenbaar Grace.

'Ga je gang, geef maar een psychoanalyse,' zei Amy terwijl ik naar de schilderijen keek.

'Ik probeer te stoppen,' zei ik. En dat grapje maken voelde als vals spelen, net als gisteravond toen ik het spelletje zing-de-vol-gende-regel had gespeeld met Cole terwijl ik hem eigenlijk had moeten uitfoeteren. Ik heulde met de vijand.

'Zeg dan wat je denkt,' zei ze. 'Ik word zenuwachtig van je, Sam. Heb ik je dat weleens verteld? Misschien had ik dat moeten doen. Goed, ik zal het zeggen. Je zei nooit iets toen je met Grace omging, en ik wist niet wat ik daarmee aan moest. Iedereen zegt iets tegen me. Ik kan iedereen laten praten. Hoe langer je door-ging met niets zeggen, hoe meer ik me afvroeg wat het probleem was.'

Ik keek haar aan. Ik wist dat ik alleen maar haar gelijk bewees, maar ik had echt geen idee wat ik moest zeggen.

'O, nu plaag je me gewoon,' vervolgde ze. 'Waar denk je aan?'

Ik dacht een heleboel dingen, maar de meeste moesten gedach-ten blijven en geen woorden worden. Allemaal waren ze boos, be-schuldigend. Ik keek naar de Grace op het doek, met haar rug naar me toe, een effectieve barrière.

'Ik dacht dat dát niet de Grace is die ik ooit heb gekend.'

Ze liep het atelier door en kwam naast me staan. Ik stapte bij haar weg. Ik deed het subtiel, maar ze merkte het. 'Ik snap het. Nou, dit is de enige Grace die ik ken.'

Ik zei langzaam: 'Ze ziet er eenzaam uit. Koud.' Ik vroeg me af waar ze was.

'Onafhankelijk. Koppig.' Amy slaakte een plotselinge zucht en wervelde bij me weg, waardoor ik schrok. 'Ik dacht niet dat ik een verschrikkelijke moeder was. Mijn ouders gaven me nooit enige privacy. Ze lazen alle boeken die ik las. Gingen naar alle sociale gelegenheden waar ik naartoe ging. Ik moest altijd op tijd thuis zijn. Ik leefde onder een microscoop tot ik naar de universiteit ging, en toen ben ik nooit meer naar huis teruggegaan. Ik praat nog steeds niet met ze. Ze kijken nog steeds naar mij door die enorme loep.'

Ze maakte een gebaar alsof ze door een vergrootglas keek. 'Ik dacht dat we het geweldig deden, Lewis en ik. Zodra Grace zelf dingen wilde gaan ondernemen, lieten wij dat toe. Ik zal niet liegen, ik was ook echt blij om mijn sociale leven terug te hebben. Maar het ging geweldig met haar. Onze kennissen zeiden dat hun kinderen zo dwars waren of dat ze het slecht deden op school. Als dat bij Grace ook was gebeurd, zouden we onze aanpak hebben veranderd.'

Het klonk niet als een bekentenis. Het klonk als de verklaring van een kunstenaar. Conflict gedestilleerd in uitspraken voor de pers. Ik keek Amy niet aan. Ik keek alleen maar naar de Grace op het doek. 'Jullie lieten haar helemaal alleen.'

Er viel een stilte. Ze had misschien niet verwacht dat ik iets zou zeggen. Of misschien had ze gewoon niet verwacht dat ik haar zou tegenspreken.

'Dat is niet waar,' zei ze.

'Ik geloof wat zij me vertelde. Ik heb haar om jullie zien huilen. Dat was echt. Grace is niet theatraal.'

'Ze heeft nooit om meer gevraagd,' zei Amy.

Nu keek ik haar aan, pinde haar vast met mijn goudkleurige ogen. Ik wist dat ze er ongemakkelijk van werd; iedereen werd er ongemakkelijk van. 'Echt?'

Amy hield mijn blik een paar seconden vast en keek toen weg. Ze wenste waarschijnlijk dat ze me op de stoep had laten staan. Maar toen ze me weer aankeek, waren haar wangen vochtig en begon haar neus rood te worden. 'Oké, Sam. Geen bullshit, oké? Ik weet dat ik soms egoïstisch was. Dat ik soms alleen maar zag wat ik wilde zien. Maar het gaat twee kanten op: Grace was ook niet de hartelijkste dochter ter wereld.' Ze wendde zich af en veegde haar neus af aan haar blouse.

'Hou je van haar?' vroeg ik.

Ze legde haar wang tegen haar schouder. 'Meer dan zij van mij houdt.'

Ik antwoordde niet. Ik wist niet hoeveel Grace van haar ouders hield. Ik wilde dat ik bij haar was in plaats van hier in dit atelier, niet wetend wat ik moest zeggen.

Amy liep naar het toilet. Ik hoorde dat ze luidruchtig haar neus snoot voordat ze terugkwam. Ze bleef een stukje van me af staan en depte haar neus met een tissue. Ze had die vreemde uitdrukking op haar gezicht die mensen krijgen wanneer ze op het punt staan iets serieuzers te zeggen dan ze gewend zijn.

'Hou jíj van haar?' vroeg ze.

Ik voelde mijn oren gloeien, hoewel ik me niet schaamde voor mijn gevoel.

'Ik ben hier,' zei ik.

Ze beet op haar lip en keek naar de vloer. Toen, zonder me aan te kijken, vroeg ze: 'Waar is ze?'

Ik bewoog me niet.

Na een tijdje keek ze me aan. 'Lewis denkt dat je haar vermoord hebt.'

Het voelde naar niets. Nog niet. Op dat moment waren het slechts woorden.

'Vanwege je verleden,' zei ze. 'Hij zei dat je te stil en vreemd was en dat je ouders je verziekt hadden. Dat het onbestaanbaar was dat je daardoor niet verknipt was geraakt, en dat je Grace hebt vermoord toen je erachter kwam dat hij niet wilde dat je haar nog zag.'

Mijn handen wilden zich tot vuisten ballen langs mijn lichaam, maar dat leek me de verkeerde indruk wekken, dus dwong ik ze los te blijven hangen. Ze voelden als dode gewichten langs mijn lichaam, opgezwollen en alsof ze niet bij mij hoorden. Al die tijd keek Amy naar me, schatte mijn reactie in.

Ik wist dat ze woorden wilde horen, maar ik had geen woorden die ik wilde zeggen. Ik schudde alleen mijn hoofd.

Ze glimlachte een beetje droevig. 'Ik denk ook van niet. Maar dan... Waar is ze, Sam?'

Een onbehaaglijk gevoel bloeide langzaam in me op. Ik wist

niet of het door het gesprek kwam, of de verfdampen, of Cole die in zijn eentje in de winkel zat, maar het was er toch.

'Ik weet het niet,' zei ik naar waarheid.

Grace' moeder raakte mijn arm aan. 'Als jij haar eerder vindt dan wij,' zei ze, 'zeg dan dat ik van haar hou.'

Ik dacht aan Grace en die lege jurk, opgepropt in mijn hand. Grace, ver, ver weg en onbereikbaar in het bos.

'Ongeacht wat er gebeurd is?' vroeg ik, hoewel ik niet dacht dat ze zou kunnen antwoorden op een manier die mij zou overtuigen. Ik liet mijn handen los; ik besefte dat ik met mijn duim over het litteken op mijn pols had staan wrijven.

Amy's stem klonk overtuigd. 'Ongeacht wat er is gebeurd.'

En ik geloofde haar niet.

21

Isabel

Het punt met Cole St. Clair was dat je alles kon geloven wat hij zei, en ook dat je niks kon geloven van wat hij zei. Omdat hij gewoon zo pompeus was dat je eenvoudig kon geloven dat hij het onmogelijke voor elkaar kon krijgen. Maar hij was ook zo'n onvoorstelbare rotzak dat je eigenlijk geen woord van wat hij zei kon vertrouwen.

Het probleem was dat ik hem wílde geloven.

Cole haakte zijn vingers in zijn achterzakken, alsof hij wilde bewijzen dat hij me niet zou aanraken als ik niet de eerste stap zette. Met al die boeken achter hem leek hij wel zo'n poster die je weleens in bibliotheken ziet hangen, waarop beroemdheden zich inzetten voor de bestrijding van het analfabetisme. Cole St. Clair zegt ALTIJD BLIJVEN LEZEN! Hij zag eruit alsof hij zich wel vermaakte terwijl hij de moraalridder uithing.

En hij zag er verrekte goed uit.

Ik moest ineens denken aan een zaak waar mijn vader aan had gewerkt. Ik herinnerde me de details niet echt goed; waarschijnlijk haalde ik meerdere zaken door elkaar. Een of andere loser die in het verleden ergens voor veroordeeld was en nu van iets anders werd beschuldigd. En mijn moeder had zoiets gezegd als *Geef hem het voordeel van de twijfel.* Ik was de reactie van mijn vader nooit vergeten, want het was het eerste en enige slimme dat hij volgens mij ooit had gezegd: *Mensen zijn zoals ze zijn. Ze kunnen alleen veranderen wat ze daarmee doen.*

Dus als mijn vader gelijk had, dan betekende het dat daar achter die ernstige groene ogen die in de mijne keken, dezelfde oude Cole was, volkomen in staat de persoon te zijn die hij voorheen was geweest, straalbezopen op de grond terwijl hij probeerde moed te verzamelen om zelfmoord te plegen. Ik wist niet of ik dat aankon.

Uiteindelijk zei ik: 'En jouw remedie tegen het weerwolf-zijn was... epilepsie?'

Cole maakte een ongeïnteresseerd geluid. 'O, dat was maar een bijverschijnsel. Dat fiks ik wel.'

'Je had dood kunnen gaan.'

Hij glimlachte; die brede, prachtige glimlach waarvan hij maar al te goed wist dat hij breed en prachtig was. 'Maar dat is niet gebeurd.'

'Volgens mij telt dat niet als niet-suïcidaal zijn,' zei ik.

Coles toon was laatdunkend. 'Risico's nemen is niet hetzelfde als suïcidaal zijn. Anders hebben parachutespringers dringend hulp nodig.'

'Parachutespringers hebben een parachute!'

Cole haalde zijn schouders op. 'En ik had jou en Sam.'

'We wisten niet eens dat je...' Ik brak mijn zin af, want mijn telefoon ging. Ik stapte bij Cole weg om op het schermpje te kijken. Mijn vader. Als er ooit een goed moment was geweest om hem te laten doorschakelen naar de voicemail, dan was dit het, maar na de tirade van mijn ouders van gisteren moest ik wel opnemen. Ik was me bewust van Coles blik terwijl ik het toestel openklapte. 'Ja, wat?'

'Isabel?' De stem van mijn vader klonk verbaasd en tegelijkertijd... vrolijk.

'Behalve als je nog een andere dochter hebt,' antwoordde ik. 'Wat veel zou verklaren.'

Mijn vader deed alsof hij me niet had gehoord. Hij klonk nog altijd verdacht goedgehumeurd. 'Ik heb jouw nummer per ongeluk gedraaid. Ik wilde eigenlijk je moeder bellen.'

'Nou, en nu heb je mij aan de lijn. Waarom belde je haar? Je klinkt high,' zei ik. Coles wenkbrauwen gingen omhoog.

'Even dimmen,' antwoordde mijn vader automatisch. 'Marshall belde net. Dat meisje was de laatste druppel. Hij heeft het nieuws gekregen dat onze wolvenroedel van de beschermde lijst wordt gehaald en dat ze een jacht vanuit de lucht gaan organiseren. De staat gaat het doen; deze keer geen boeren met geweren. We hebben het over helikopters. Ze gaan het nu fatsoenlijk aanpakken, zoals in Idaho.'

'Dus het gaat zeker door?' vroeg ik.

'Het is alleen nog maar een kwestie van planning,' zei mijn vader. 'De middelen en mankracht verzamelen en zo.'

Op de een of andere manier maakte die laatste uitspraak het voor mij echt: 'middelen en mankracht' was typisch zo'n afgezaagde term van Marshall dat ik me kon voorstellen dat mijn vader woorden herhaalde die hij minuten eerder aan de telefoon had gehoord.

Dat was het dan.

Coles gezicht droeg niet langer de lome, knappe uitdrukking van daarnet. Iets in mijn stem of gezicht moest hem een hint hebben gegeven, want hij keek me aan op een scherpe, intense manier, waardoor ik me bloot voelde. Ik wendde mijn blik af.

Ik vroeg aan mijn vader: 'Heb je enig idee wanneer? Ik bedoel, een schatting?'

Hij praatte met iemand anders. Achter hem werd gelachen, en hij lachte mee. 'Wat? O, Isabel, ik kan nu niet praten. Een maand misschien, zeiden ze. We proberen het te versnellen; het is een kwestie van een helikopterpiloot vinden en het gebied afbakenen, denk ik. Ik zie je wel als ik thuiskom. Hé, waarom ben je niet op school?'

'Ik ben op het toilet,' loog ik.

'O, nou, je hoefde niet op te nemen op school,' zei mijn vader. Ik hoorde een man op de achtergrond zijn naam zeggen. 'Ik moet ophangen. Dag, moppie.'

Ik klapte mijn telefoon dicht en staarde naar de boeken voor me.

Er stond een biografie van Teddy Roosevelt, met het kaft naar voren.

'Moppie,' zei Cole.

'Hou op.'

Ik draaide me om en we keken elkaar alleen maar aan. Ik wist niet hoeveel hij had opgevangen. Voor de grote lijnen was niet veel nodig. In Coles gezicht zag ik nog steeds iets wat me een raar gevoel gaf. Voorheen had hij altijd gekeken alsof het leven een grap was die hij wel lollig, maar voornamelijk afgezaagd vond. Maar op dit moment, met deze nieuwe informatie, was deze Cole... *onzeker*. Twee seconden lang leek het alsof ik helemaal bij hem naar binnen kon kijken, en toen klingelde het belletje van de deur en was die Cole weg.

Sam kwam binnen en de deur zwaaide langzaam achter hem dicht.

'Slecht nieuws, Ringo,' zei Cole, en hij was weer dezelfde oude Cole. 'We gaan eraan.'

Sam keek mij aan, met vragende ogen.

'Mijn vader heeft het voor elkaar,' zei ik. 'De jacht gaat door. Ze wachten alleen nog op een helikopterpiloot.'

Sam bleef een hele tijd bij de voordeur staan en zijn mond bewoog geluidloos. Er was iets vreemds en resoluuts op zijn gezicht te zien. Achter hem las ik de achterkant van het bordje OPEN, en daarop stond GESLOTEN.

De stilte hield zo lang aan dat ik op het punt stond iets te zeggen, en toen zei Sam op een vreemde, formele toon: 'Ik haal Grace uit dat bos. De anderen ook, maar zij is mijn prioriteit.'

Cole keek op. 'Daar kan ik je denk ik wel bij helpen.'

22

Sam

Het bos was slijmerig en stil na dagen van regen. Cole ging voorop, en de zekerheid waarmee hij liep, bewees hoe vaak hij deze paden al had gevolgd. Isabel was met tegenzin naar school gegaan, en toen Karyn was aangekomen om me af te lossen waren Cole en ik zo snel mogelijk naar Becks huis gereden.

Onderweg had Cole me zijn briljante idee verteld om Grace te vangen: strikken.

Ik kon niet geloven dat Cole had geprobeerd dieren – wolven – te vangen, terwijl ik al die tijd had gedacht dat hij de hele dag alleen maar bezig was om het huis af te breken. Al was eigenlijk alles aan Cole zo onvoorspelbaar dat ik niet verbaasd had moeten zijn.

'Hoeveel van die dingen heb je?' vroeg ik terwijl we ons een weg zochten door het bos. Ik had kunnen nadenken over Isabels nieuws, de naderende jacht, maar ik richtte me op tussen de bomen door lopen. Het was zo vochtig dat het behoorlijk wat concentratie vergde. Het water van de onweersbui van gisteravond droop op me neer terwijl ik takken gebruikte om me voort te trekken en mijn voeten onder me weg glibberden.

'Vijf,' zei Cole, die stopte om met zijn schoen tegen een boom-

110

stam te schoppen; klompen modder vielen uit het profiel. 'Zoiets.'
'Zoiets?'

Cole liep door. 'Hierna maak ik er een voor Tom Culpeper,' zei hij zonder om te kijken.

Ik kon niet zeggen dat ik het er niet mee eens was.

'En wat ben je van plan te doen als je er een vangt?'

Cole maakte een overdreven walgend geluid terwijl hij over een berg hertenpoep stapte. 'Uitzoeken waardoor we veranderen. En uitzoeken of jij echt genezen bent.'

Ik was verbaasd dat hij me nog niet om een buisje bloed had gevraagd.

'Misschien,' zei Cole peinzend, 'heb ik jou nog nodig voor wat milde experimenten.'

Kennelijk begon ik hem beter te leren kennen dan ik dacht.

'Misschien niet,' kaatste ik terug.

Onder het lopen ving ik ineens een vlaag op van iets wat me aan Shelby deed denken. Ik bleef staan, draaide in een trage cirkel rond en stapte behoedzaam over een zweepachtige, felgroene doorntak aan mijn voeten.

'Wat doe je, Ringo?' vroeg Cole, die bleef staan.

'Ik dacht iets te ruiken...' Ik maakte mijn zin niet af. Ik wist niet hoe ik het moest uitleggen.

'De witte wolf? Die overal pist?'

Ik keek hem aan, en zijn gezicht stond uitgekookt.

'Ja. Shelby,' zei ik. Ik kon de geur die ik eerder had opgevangen niet meer vinden. 'Ze is een rotte appel. Heb je haar de laatste tijd nog gezien?'

Cole knikte kort. Ik voelde een knoop van teleurstelling, koud en onverteerd, in mijn maag zakken. Ik had Shelby al in geen maanden gezien en had optimistisch gehoopt dat ze uit het bos was weggegaan. Het gebeurde vaker dat een wolf de roedel verliet. De meeste roedels hadden wel een zondebok die werd gepest en weggejaagd bij het voedsel, buiten de hiërarchie van de roedel werd geduwd, en die reisde soms kilometers om een andere roedel te beginnen, ergens ver weg van de plaaggeesten.

Ooit was Salem, een oudere wolf die ik nooit als mens had gekend, de omega van de roedel in Boundary Wood geweest. Maar ik had toen ik me een weg omhoog klauwde uit de hersenvliesontsteking voldoende van Shelby gezien om te weten dat ze diep was gezonken in de ogen van Paul, en dus in de ogen van de roedel. Het was alsof hij op de een of andere manier wist wat Shelby mij en Grace had aangedaan.

'Hoezo?' vroeg Cole.

Ik wilde het hem niet vertellen. Als ik over Shelby praatte, moest ik de herinneringen uit de dozen halen waar ik ze zo zorgvuldig in had weggestopt, en ik dacht niet dat ik dat wilde. Ik zei behoedzaam: 'Shelby is het liefst een wolf. Ze... heeft een slechte jeugd gehad, ergens, en ze is niet helemaal goed.' Zodra ik die woorden zei, haatte ik ze, want het was hetzelfde als wat de moeder van Grace pas nog over mij had gezegd.

Cole gromde. 'Precies hoe Beck ze het liefste heeft.' Hij draaide zich om en liep verder, min of meer langs het spoor dat Shelby had achtergelaten, en even later liep ik mee, hoewel ik in gedachten verzonken was. Ik herinnerde me nog dat Beck Shelby mee naar huis had genomen. Dat hij tegen ons allemaal zei dat we haar tijd moesten geven, en ruimte, en iets wat ze nodig had maar wat wij niet konden bieden. Er waren maanden verstreken, en toen kwam er een warme dag zoals deze. Beck had gezegd: *Kun jij even gaan kijken wat Shelby uitspookt?* Hij dacht niet echt dat ze iets uitspookte, anders zou hij zelf wel zijn gegaan.

Ik had haar buiten aangetroffen, op haar hurken bij de oprit. Ze schrok toen ze me hoorde naderen, maar toen ze zag dat ik het was, draaide ze zich onbezorgd weer om. Ik was lucht voor haar: niet goed, niet slecht. Gewoon aanwezig. Dus reageerde ze niet toen ik recht op haar af liep, en bleef ze gehurkt zitten met haar witblonde haar voor haar gezicht.

Ze had een potlood in haar hand en daarmee poerde ze in ingewanden, strekte lussen van darmen uit met de punt van het potlood. Het leken wel wormen. Ertussen lag een of ander metalig groen en olieachtig uitziend orgaan. Aan het andere eind van de ingewanden, een paar centimeter eronder, schokte en fietste een spreeuw met zijn poten, rechtop op zijn borst en dan weer op zijn zij, vastgehouden aan Shelby's potlood door zijn eigen ingewanden.

'Dit is wat we met ze doen als we ze opeten,' had Shelby gezegd.

Ik weet nog dat ik daar gewoon stond en probeerde een spoortje emotie in haar stem te horen. Ze wees naar de gemangelde borstopening van de vogel met nog een potlood dat ze in haar andere hand vasthield. Ik zag dat het mijn potlood was, uit mijn kamer. Batman. Net geslepen. Het idee dat ze in mijn kamer was geweest voelde echter en afgrijselijker dan het gefolterde beest dat het stof langs de rand van de betonnen oprit omhoog trapte.

'Heb jij dat gedaan?' vroeg ik. Ik wist al dat het zo was.

Alsof ik niets had gezegd, zei Shelby: 'Hier zitten de hersens. Het oog van een struisvogel is groter dan zijn hersens.'

Ze wees naar het oog van de spreeuw. Ik zag de punt van het potlood recht op het glanzende zwarte oppervlak ervan rusten en iets in me kromp ineen en zette zich schrap. De spreeuw lag helemaal stil. Zijn hartslag was te zien in zijn blootliggende ingewanden.

'Nee...' zei ik.

Shelby stak mijn Batmanpotlood door het oog van de spreeuw. Ze glimlachte ernaar, een mijmerende glimlach die niets met vreugde te maken had. Haar blik ging mijn kant op, hoewel ze haar hoofd niet draaide.

Ik bleef daar maar staan, en mijn hart ging tekeer alsof ik degene was die was aangevallen. Mijn ademhaling kwam in ongelijkmatige, misselijkmakende horten en stoten. Terwijl ik naar Shelby en de spreeuw keek, zwart en wit en rood, kon ik me nauwelijks herinneren hoe geluk voelde.

Ik had het nooit aan Beck verteld.

De schande maakte een gevangene van me. Ik had haar niet tegengehouden. Het was mijn potlood geweest. En als boetedoening was ik dat beeld nooit meer kwijtgeraakt. Ik droeg het met me mee, en het was duizend keer zwaarder dan het lijf van dat vogeltje.

En welk ruig beest, zijn uur eindelijk geslagen, sloft naar Bethlehem om te worden geboren? Ik wenste dat Shelby dood was. Ik wenste dat die geur die Cole en ik volgden alleen maar een fantoom van haar was, een relikwie in plaats van een belofte. Ooit zou het wat mij betreft goed genoeg zijn geweest als ze het bos had verlaten en op zoek was gegaan naar een andere roedel, maar die Sam was

113

ik niet meer. Nu hoopte ik dat ze ergens was vanwaar ze nooit meer kon terugkeren.

Maar haar geur, die in de vochtige ondergroei hing, was te sterk. Ze leefde nog. Ze was hier geweest. Pasgeleden nog.

Ik bleef staan en luisterde.

'Cole,' zei ik.

Hij stopte meteen; iets in mijn stem waarschuwde hem.

Even was er niets. Alleen maar de grommende, levende geur van het bos dat ontwaakte terwijl het opwarmde. Vogels die van de ene boom naar de andere schreeuwden. Ver weg, buiten het bos, een hond die blafte alsof hij jodelde. En toen een ver, zwak, bang geluid. Als we niet waren blijven staan, had het geluid van onze voetstappen het overstemd. Maar nu hoorde ik duidelijk het fluitende gejank van een wolf in nood.

'Een van je vallen?' vroeg ik zachtjes aan Cole.

Hij schudde zijn hoofd.

We hoorden het nog een keer. Een voorgevoel trok aan mijn maag. Ik dacht niet dat het Shelby was.

Ik legde mijn vinger op mijn lippen, en hij gaf een ruk met zijn kin ten teken dat hij me begreep. Als er een dier gewond was, wilde ik het niet verjagen voordat we konden helpen.

Plotseling waren we zelf wolven, in menselijke huid; geruisloos en waakzaam. Net als wanneer ik op jacht was, waren mijn stappen lang en laag, kwamen mijn voeten amper van de grond. Mijn geruisloosheid was niet iets wat ik me bewust voor de geest moest halen. Ik legde gewoon mijn mens-zijn aan de kant en daar was het, vlak eronder, wachtend tot ik het weer naar boven riep.

De grond onder mijn voeten was glad en slijmerig van de natte klei en zand. Terwijl ik afdaalde in een ondiep ravijn, met mijn armen uitgestoken om mijn evenwicht te bewaren, gleden mijn schoenen weg en liet ik misvormde sporen achter. Ik bleef staan. Luisterde. Ik hoorde Cole sissen terwijl hij zich achter me in evenwicht probeerde te houden. We hoorden het zachte gejank van de wolf weer. De ellende ervan trok aan iets diep binnen in me. Ik sloop dichterbij.

Mijn hartslag klonk luid in mijn oren.

Hoe dichterbij ik kwam, hoe slechter het voelde. Ik hoorde het gefluit van de wolf, maar ook het geklots van water, en dat snapte ik niet. Er liep geen rivier door de bodem van dit ravijn en we waren niet in de buurt van het meer. Maar toch: gespetter.

Boven ons zong luid een vogel, en een windvlaag tilde de bladeren rondom me op en toonde me de bleke onderkanten. Cole keek naar me, maar niet helemaal naar mij, hij luisterde. Zijn haar was langer dan toen ik hem net had leren kennen, zijn kleur gezonder. Vreemd genoeg zag hij eruit alsof hij hier hoorde, alert en gespannen in dit woud. De wind liet bloemblaadjes opdwarrelen, hoewel er geen bloeiende boom in zicht was. Het was een heel gewone, mooie lentedag in dit bos, maar mijn adem was oppervlakkig en het enige wat ik kon denken was: ik zal dit moment nooit meer vergeten.

Ineens kreeg ik een heel helder, heel duidelijk gevoel van verdrinken. Van water, koud en slijmerig, dat zich boven mijn kruin sloot, van water dat prikkend in mijn neusgaten liep, dat mijn longen stevig in de greep hield. Het was een gefragmenteerde herinnering, helemaal niet op zijn plaats. Hoe wolven communiceerden.

En toen wist ik waar de wolf was. Ik liet mijn voorzichtigheid varen en rende de laatste paar meter.

'Sam!' riep Cole.

Ik stopte nog net op tijd. Onder mijn rechtervoet kalfde de grond af en viel met een plons omlaag. Ik trok me terug op veiligere afstand en keek omlaag.

Beneden me was de klei schokkend geel, een kras met een onecht lijkende kleur onder de donkere bladeren. Het was een zinkgat. Het zat er nog niet lang, te zien aan de pas ontblote boomwortels die als kromme heksenvingers uit de gladde zijkant staken. De rand van het gat was gekarteld ingestort; de regen moest te veel zijn geworden voor het dak van een ondergrondse holte. Het resulterende gat was tweeënhalf of drie of misschien wel vijf meter diep, dat viel moeilijk te zien. De bodem lag vol met iets wat leek op geeloranje water of modder, dik genoeg om aan de zijkanten te blijven kleven, dun genoeg om in te verdrinken.

In het water dreef een wolf met een kleverige vacht die in pieken stond van de modder. De wolf jankte nu niet, maar dreef

115

alleen maar op het water. Zonder te trappelen. De vacht was te smerig om te zien wie het was.

'Leef je nog?' fluisterde ik.

Bij het horen van mijn stem begon de wolf spastisch te trappelen en keek moeizaam omhoog.

Grace.

Ik was een radio die tegelijkertijd op alle zenders was afgestemd, met zoveel gedachten in mijn hoofd dat geen ervan ertoe deed.

Nu zag ik de sporen van haar worsteling: klauwsporen in de zachte klei langs de waterlijn, klonten aarde die uit de zijwand van het gat waren gegraven, een glad spoor waar ze in het water terug was gegleden. Ze was hier al een tijdje, en toen ze naar me keek, kon ik zien dat ze het vechten moe was. Ik zag ook dat haar ogen wetend waren, nadenkend, vol begrip. Als ze niet in dat koude water had gelegen, dat haar lichaam in zijn wolvenvorm hield, zou ze waarschijnlijk mens zijn geweest.

Dat maakte het zoveel erger.

Naast me zoog Cole zijn adem naar binnen.

'Iets waar hij op kan klimmen? Iets waardoor hij in elk geval...'

Hij maakte zijn zin niet af, want ik speurde al rondom het zinkgat, op zoek naar iets waar we wat aan hadden. Maar wat kon ik doen, met Grace in haar wolvengestalte? Het water bevond zich minstens twee meter onder me, en zelfs al vond ik iets wat lang genoeg was om in de kuil te laten zakken – misschien lag er iets in de schuur – dan zou het iets moeten zijn waar ze op kon lopen, aangezien ze niet kon klimmen. Kon ik haar wel overhalen om ergens op te lopen? Als ze haar handen had gehad, haar vingers, dan zou dit nog steeds niet gemakkelijk zijn geweest, maar in elk geval niet onmogelijk.

'Dit is zinloos,' zei Cole, die met zijn voet tegen een tak porde.

Het enige hout in de buurt van de kuil waren een paar vermolmde, verrotte dennen die door een storm of ouderdom waren omgevallen, maar niets nuttigs. 'Ligt er thuis niks?'

'Een ladder,' zei ik. Maar het zou me minstens een halfuur kosten om heen en terug te komen. Ik dacht niet dat Grace nog een halfuur had. Het was koud hier in de schaduw van de bomen, en het zou nog kouder zijn daar in het water. Hoe koud moest het zijn voordat je onderkoeld raakte? Ik hurkte weer aan de rand van de kuil en voelde me machteloos. Ik werd langzaam vergiftigd door dezelfde angst die ik had gevoeld toen ik Cole had zien stuiptrekken. Grace was naar de kant van de kuil het dichtst bij mij gezwommen en ik zag dat ze probeerde houvast te krijgen met poten die trilden van vermoeidheid. Ze wist zich nog geen twee centimeter uit het water te tillen voordat haar poten weer langs de wand omlaag gleden. Haar kop kwam nog net boven het water uit, haar trillende oren hingen half slap. Alles aan haar oogde uitgeput, koud, verslagen.

'Hij houdt het niet vol totdat we de ladder hebben gehaald,' zei Cole. 'Zoveel kracht heeft hij niet meer.'

Ik voelde me misselijk om de waarschijnlijkheid van haar dood. Ellendig zei ik: 'Cole, dat is Grace.'

Toen keek hij naar mij in plaats van naar haar, met een ingewikkelde uitdrukking op zijn gezicht.

Beneden ons draaide de wolf haar ogen naar me toe en hield even mijn blik vast, en haar bruine ogen keken in mijn goudkleurige.

'Grace,' zei ik. 'Niet opgeven.'

Dat leek haar kracht te geven: ze begon weer te zwemmen, deze keer naar een ander deel van de wand. Het deed me pijn om Grace te herkennen in die grimmige vastberadenheid. Weer probeerde ze te klimmen, met haar ene schouder in de modder gedrukt en de andere poot boven water, krabbend langs de steile wand. Haar achterpoten had ze schrap gezet tegen iets onder water. Ze strekte zich uit naar boven, met trillende spieren, duwde tegen de wand van klei en deed haar ene oog dicht tegen de modder. Rillend keek ze me aan met haar ene open oog. Het was zo gemakkelijk om langs de modder, langs de wolf, langs al het andere, via dat oog recht in Grace te kijken.

En toen begaf de wand het. Te midden van een lawine van modder en kiezels plonsde ze terug in het water. Haar kop verdween onder de smurrie. Een oneindig moment lang bleef het bruine water volkomen vlak.

In de seconden die ze nodig had om zich een weg terug naar boven te vechten, nam ik mijn besluit.

117

Ik trok mijn jas uit, ging op de rand van het zinkgat staan en, voor ik kon nadenken over de talloze verschrikkelijke gevolgen, sprong ik erin.

Ik hoorde Cole mijn naam zeggen; te laat.

Half glijdend, half vallend ging ik het water in. Mijn voet raakte iets glads, en voor ik de kans had om te bepalen of het de bodem van de kuil was of alleen maar een boomwortel, werd ik opgeslokt. Het korrelige water prikte even in mijn ogen voor ik ze dichtdeed. In het moment van die duisternis verdween de tijd, werd tijd een willekeurig concept, en toen kreeg ik mijn voeten onder me en tilde mijn hoofd boven water.

'Sam Roth, klootzak,' zei Cole. Er klonk bewondering in zijn stem, wat waarschijnlijk betekende dat ik een stom besluit had genomen.

Het water kwam net tot mijn sleutelbeen. Het was slijmerig en bitter, bitter koud. Het voelde alsof ik geen huid had, staand daar in die kuil. Alleen mijn botten en dit ijskoude water dat eromheen spoelde.

Grace drukte zich tegen de andere wand, met haar kop tegen de modder, haar uitdrukking verscheurd tussen behoedzaamheid en iets wat haar wolvengezicht niet kon overbrengen. Nu ik wist hoe diep het zinkgat was, besefte ik dat ze op haar achterpoten moest staan, leunend tegen de muur om haar krachten te sparen.

'Grace,' zei ik, en bij het horen van mijn stem verhardden haar ogen angstig. Ik probeerde het niet persoonlijk op te vatten; haar wolveninstincten namen het over, ongeacht de menselijkheid die ik eerder in haar ogen dacht te hebben gezien.

Toch moest ik mijn plan om haar naar de rand van het gat te tillen nu herzien. Ik kon me moeilijk concentreren, want ik had het zo koud dat mijn kippenvel pijn deed. Al mijn oude instincten zeiden me dat ik eruit moest voordat ik zou veranderen.

Het was zo ontzettend koud.

Boven me zat Cole gehurkt op de rand van de kuil. Ik voelde zijn rusteloosheid en hoorde de vraag die hij niet stelde, maar ik wist niet wat ik moest antwoorden.

Ik ging een stukje naar haar toe, gewoon om te zien hoe ze zou reageren. Ze ging met een ruk achteruit en verloor haar houvast.

Ze verdween in het water, en deze keer bleef ze een paar tellen onder. Toen ze weer bovenkwam, probeerde ze tevergeefs haar vorige plek terug te vinden, maar de wand hield haar niet. Ze peddelde zwakjes, met haar puffende neusgaten boven het water. We hadden niet veel tijd.

'Moet ik naar beneden komen?' vroeg Cole.

Ik schudde mijn hoofd. Ik had het zo koud dat mijn woorden meer lucht dan stem waren. 'Te... koud. Dan... verander je.'

Vlakbij floot de wolf, heel zachtjes, angstig.

Grace, dacht ik terwijl ik mijn ogen sloot. *Weet alsjeblieft weer wie ik ben.* Ik opende mijn ogen.

Ze was weg. Ik zag alleen een trage, brede rimpeling naar me toe komen vanaf het punt waar ze was ondergegaan.

Ik dook naar voren, terwijl mijn schoenen wegzonken in de zachte blubber op de bodem, en schepte met mijn armen door het water. Folterend lange seconden verstreken en ik voelde alleen maar blubber op mijn armen en wortels langs mijn vingertoppen strijken. De plas water die van bovenaf klein had geleken, leek nu enorm en bodemloos.

Ik kon alleen maar denken: ze gaat dood voordat ik haar kan vinden. Ze gaat dood, op een paar centimeter afstand van mijn vingertoppen, zuigt water in haar neus en ademt modder in. Ik zal dit moment elke dag van mijn leven steeds opnieuw beleven.

Toen, eindelijk, raakten mijn vingers iets massiefs. Ik voelde haar natte vacht. Ik haakte mijn armen onder haar door om haar op te tillen en haar kop boven water te krijgen.

Ik had niet bang hoeven zijn dat ze zou bijten. In mijn armen was ze een slap ding, een lichtgewicht door de opwaartse kracht van het water, zielig en gebroken. Ze was een pop van takken en modder, koud als een lijk doordat ze al uren in het water lag. Bruin water borrelde uit haar neusgaten. Mijn armen bleven maar trillen. Ik legde mijn voorhoofd tegen haar modderige wang; ze bewoog zich niet. Ik voelde haar ribben tegen mijn huid drukken. Ze ademde nog, kwijlde kleverig, vuil water.

'Grace,' fluisterde ik. 'Zo gaat dit niet eindigen.'

Haar adem klonk vochtig en raspend. Mijn hoofd liep om van de ideeën en plannen – als ik haar verder uit het water kon houden, als ik haar warmer kon krijgen, als ik haar boven water kon houden tot ze weer wat op krachten was, als Cole de ladder kon gaan halen – maar ik kon me nergens op concentreren. Ik hield haar snuit boven de vloeibare modder en liep langzaam opzij, tastend met mijn voeten naar waar ze eerder op had gestaan.

Ik keek naar de rand van de kuil. Cole was weg.

Ik wist niet wat ik moest denken.

Langzaam bewegend vond ik een gladde, dikke wortel die mijn gewicht kon dragen, en ik zette me schrap tegen de muur, met Grace' wolvenlichaam in mijn armen. Ik drukte haar tegen me aan totdat ik haar vreemde, snelle hartslag tegen mijn borst voelde. Ze rilde nu, maar of het van angst of uitputting was, wist ik niet. Ik wist ook niet hoe ik ons hieruit moest krijgen.

Ik wist één ding wel: ik zou niet loslaten.

23

Cole

Als wolf ging rennen moeiteloos. Al je spieren waren erop gebouwd. Alle delen van een wolvenlichaam werkten samen voor een vloeiende, constante beweging, en de wolvengeest wilde gewoon niet aan het idee denken dat hij ergens in de toekomst moe zou worden. Dus bestond er alleen rennen alsof je nooit zou stoppen, en dan: stoppen.

Als mens voelde ik me lomp en traag. Mijn voeten waren nutteloos in deze modder, en er bleef zoveel troep onder mijn schoenen hangen dat ik ze tussendoor steeds moest afkloppen om verder te kunnen. Tegen de tijd dat ik mijn bestemming had bereikt, de schuur, was ik buiten adem en deden mijn knieën pijn van het tegen de helling op rennen. Maar ik had geen tijd om te rusten. Ik had min of meer een idee over wat ik uit de schuur kon pakken, behalve als er zich een betere mogelijkheid voordeed. Ik duwde de deur open en keek naar binnen. Spullen die ontzettend praktisch hadden geleken toen ik ze de vorige keer had gezien, kwamen me nu nutteloos en bizar voor. Bakken met kleding. Bakken met voedsel. Flessen water. Een televisie. Dekens.

Ik trok de deksels van de bakken met spullen, op zoek naar wat ik echt wilde hebben: een soort kabel, dik elastiek, touw, voor mijn part een python. Als ik het maar aan de handgreep van zo'n bak kon vastbinden om er een soort wolvenlift van te maken. Maar er lag niets. Dit leek wel een crèche voor weerwolven. Dingen om te snacken en te pitten.

Ik vloekte in de verlaten schuur.

Misschien had ik de extra tijd moeten wagen om naar het huis te rennen voor de ladder.

Ik dacht aan Sam, rillend in die kuil met Grace in zijn armen.

Ineens herinnerde ik me iets: Victors koude lichaam onder in een gat, met aarde over hem heen. Het was alleen maar een truc van mijn geest, en een onware ook nog – Victor zat ingepakt in een laken toen we hem begroeven – maar het was genoeg. Ik was niet van plan nog een wolf te begraven samen met Sam.

Vooral Grace niet.

Iets wat ik begon te begrijpen over Sam en Grace, het feit dat Sam zonder haar niet zou kunnen functioneren, was dat dat soort liefde alleen werkt als je zeker wist dat beide mensen er altijd voor elkaar zouden zijn. Als één helft van het stel vertrok, of doodging, of iets minder perfect was in zijn of haar liefde, dan werd het het meest tragische, meelijwekkende verhaal dat er was, lachwekkend absurd. Zonder Grace was Sam een mop zonder clou.

Denk na, Cole. Wat is het logische antwoord?

De stem van mijn vader.

Ik sloot mijn ogen, zag de zijkanten van de kuil, Grace, Sam, mezelf bovenaan. Simpel. Soms was de simpelste oplossing de beste. Ik opende mijn ogen, greep twee bakken, kieperde ze om en smeet de inhoud op de vloer van de schuur, en liet alles liggen behalve een handdoek. Ik stapelde de bakken in elkaar, propte de handdoek erin en stak de deksels onder mijn arm. Het leek wel alsof de beste wapens in mijn leven altijd de meest onopvallende waren geweest: lege plastic bakken, een lege cd, een injectiespuit zonder opschrift, mijn glimlach in een donkere kamer.

Ik sloeg de deur van de schuur achter me dicht.

Grace

Ik was dood, drijvend in water dieper dan ik en breder dan ik.
　Ik was borrelende ademhaling
　klei in mijn bek
　zwarte vlekken voor mijn ogen
　een moment
　toen een moment
　en toen was ik
　Grace.
　Ik dreef, dood in water kouder dan ik en sterker dan ik.
　Wakker blijven.
　De warmte van zijn lichaam trok aan mijn huid
　scheurde
　Alsjeblieft, als je me begrijpt
　Ik was binnenstebuiten
　alles was geel, goud, uitgesmeerd over mijn huid
　Wakker blijven
　Ik
　was
　wakker
　Ik
　was

Cole

Het was spookachtig stil in de kuil toen ik terugkwam, en om de
een of andere reden verwachtte ik half dat ik Sam en Grace allebei dood zou aantreffen. Ooit zou ik dat gevoel hebben gestolen
en er een nummer over hebben geschreven, maar die tijd lag ver
achter me.

En ze waren niet dood. Sam keek omhoog toen ik naar de rand
van het gat kroop. Zijn haar zat tegen zijn hoofd geplakt in het
soort ongekunstelde wanorde dat je handen normaal gesproken
zonder nadenken herstellen, maar natuurlijk had Sam geen hand

vrij. Zijn schouders beefden van de kou en hij trok rillend zijn kin tegen zijn borst. Als ik niet had geweten wat hij in zijn armen hield, zou ik nooit hebben geraden dat die kleine, donkere vorm een levend dier was.

'Van onderen,' zei ik.

Sam keek op net toen ik de twee bakken liet vallen. Hij grimaste toen er water opspatte, en er belandden koude druppels op mijn huid. Ik voelde de wolf binnen in me bewegen bij dat gevoel, maar het trok vrijwel meteen weer weg. Het was een geheugensteuntje dat ik uiteindelijk weer in een wolf zou veranderen, en niet omdat ik een naald in mezelf had gestoken of anderszins op mezelf had geëxperimenteerd. Uiteindelijk zou ik veranderen omdat ik er niets tegen kon doen.

'C-cole?' vroeg Sam. Hij klonk onthutst.

'Ga op de bakken staan. Eén is misschien genoeg. Hoe zwaar is ze?'

'N-niet.'

'Dan kun je haar naar mij overhevelen.' Ik wachtte terwijl hij stijfjes door het water naar de dichtstbijzijnde bak waadde. De bak dreef op het oppervlak; Sam zou hem onder moeten duwen en op de kop moeten krijgen om er een opstapje van te maken. Hij probeerde zich naar voren te buigen en de rand ervan te pakken terwijl hij Grace vasthield; haar kop zakte slap weg van zijn borst, zonder reactie. Het was duidelijk dat hij niets met die bak kon zonder Grace los te laten, en als hij Grace losliet, verdronk ze.

Sam bleef staan staren naar de drijvende bak, met zijn armen trillend om Grace heen. Hij stond volkomen roerloos. Met zijn hoofd een beetje schuin keek hij naar het water of naar iets daarachter. Allebei zijn schouders hingen omlaag en wezen naar de grond. Victor had me geleerd te herkennen wat dat betekende. Opgeven was in elke taal hetzelfde.

Er zijn tijden dat je achteruitstapt om anderen hun solo te laten spelen, en er zijn tijden dat je de controle moet nemen over de muziek. En eigenlijk heeft stilzitten me nooit zo goed gelegen.

Ik zei: 'Wacht!' Zonder Sam de kans te geven om te reageren, kwam ik half glijdend, half vallend het gat in. Er volgde een kort moment van duizeling, toen mijn lichaam niet zeker wist hoeveel verder ik nog ging vallen of wanneer ik me moest schrap zetten, en toen stootte ik mijn arm tegen de zijkant net voordat ik onder de vloeibare modder verdween. 'Kolére,' zei ik ademloos, omdat het water koud, koud, koud was.

Achter een laag zand was Sams gezicht onzeker, maar hij snapte wat mijn bedoeling was. 'Schiet m-maar op.'

'Zou je denken?' zei ik. Maar Sam had gelijk; het koude water rukte en draaide en porde in me, zoekend naar de wolf binnenin. Ik kantelde de eerste bak, het water stroomde erin en het gewicht daarvan trok de bak onder water. Op de tast, terwijl ik probeerde mijn draaiende maag stil te houden, draaide ik de bak om en drukte hem in de blubber op de bodem. Ik reikte naar de volgende, liet hem vollopen met water en zette hem er op zijn kant bovenop. Greep het drijvende deksel en drukte het erop.

'H-hou vast,' zei Sam. 'Ik n-neem haar mee en...'

Hij maakte zijn zin niet af, maar dat hoefde ook niet. Hij verplaatste haar een beetje in zijn armen en stapte op de eerste bak. Ik stak mijn hand uit om hem te ondersteunen. Zijn arm had precies dezelfde temperatuur als de modder. Grace leek wel een dode hond in zijn armen toen hij op de volgende bak stapte. De bakken wankelden hachelijk; ik was het enige wat voorkwam dat ze omvielen.

'Snel,' siste ik. God, het water was koud; ik kon er niet aan wennen. Ik ging in een wolf veranderen, maar néé, dat ging niet gebeuren, niet nu; ik greep de rand van de bakken. Sam stond met Grace op de bak en zijn schouder kwam tot de rand van de kuil. Hij sloot zijn ogen heel even. Hij fluisterde *sorry*, en toen smeet hij het lichaam van de wolf omhoog de kuil uit, op de droge grond. Het was maar een klein stukje, maar ik zag dat het hem moeite kostte. Hij draaide zich naar mij toe. Hij trilde nog steeds van de kou.

Ik was bijna wolf; ik proefde het in mijn mond.

'Jij eerst,' zei Sam, met zijn kiezen op elkaar om niet te klappertanden. 'Ik wil niet dat je verandert.'

Ik was niet degene die echt belangrijk was, ik was niet degene die absoluut uit dit gat moest klimmen, maar Sam gaf me niet de kans om te protesteren. Hij stapte van de bakken en plonsde zwaar in het water naast me. Er zat een knoop zo groot als een hoofd in mijn maag, samenballend en weer ontspannend. Het voelde alsof er vingers in mijn buik zaten die omhoog trippelden naar mijn keel.

'Klimmen,' zei Sam.

Mijn hoofdhuid huiverde en kriebelde. Sam stak zijn hand uit en greep mijn kin vast, zo hard dat zijn vingers pijnlijk in mijn kaak groeven. Hij staarde in mijn ogen, en ik voelde de wolf binnen in me reageren op die uitdaging, dat onuitgesproken instinct dat kracht gaf aan zijn bevel. Deze Sam kende ik niet.

'*Klimmen,*' herhaalde hij. 'Eruit!'

En toen hij het zo zei, moest ik. Ik stapte met trillende benen op de bakken en mijn vingers vonden de rand van het zinkgat. Elke seconde uit het water voelde ik me meer mens en minder wolf, hoewel ik mijn eigen stank van de bijna-verandering rook. Het spoelde over me heen elke keer als ik mijn hoofd draaide. Na een kort moment om me te oriënteren schoof ik op mijn buik de kuil uit. Het was niet de meest sexy beweging die ik ooit had uitgevoerd, maar toch was ik onder de indruk. Een stukje verderop lag Grace op haar zij. Ze bewoog zich niet, maar ze ademde nog.

Beneden me klom Sam wankel op de eerste bak en wachtte even tot hij zijn evenwicht had hervonden.

'Ik... Ik heb maar een seconde voordat dat ding valt,' zei Sam. 'Kun jij...'

'Hebbes,' antwoordde ik.

Hij had het mis; hij had minder dan een seconde. Hij was nog maar net ineengedoken op de tweede bak gestapt toen die onder hem begonnen te kantelen. Hij stak zijn hand omhoog en bijna op hetzelfde moment greep ik zijn arm. De bakken vielen om in het water, met een gedemptere plons dan ik had verwacht, terwijl Sam zijn andere arm omhoogzwaaide zodat ik die kon grijpen. Ik zette me schrap tegen de kletsnatte rand van het zinkgat en ging achteruit. Het was maar goed dat Sam een slungelige vent was met armen en benen als stokjes, anders waren we allebei weer in de kuil beland.

Toen was het voorbij. Ik leunde achterover op mijn ellebogen, buiten adem. Ik zat van top tot teen onder de slijmerige modder van het zinkgat. Sam zat naast Grace, balde en ontspande zijn vuisten en keek naar de bolletjes klei die zich in zijn handen vormden. De wolf lag stil naast hem en ademde snel en hijgerig.

'Je had niet naar beneden hoeven komen,' zei Sam.

'Jawel,' zei ik.

Ik keek op en zag dat hij al omkeek. In het donkere bos zagen zijn ogen er heel bleek uit. Zo opvallend wolfachtig. Ik dacht terug aan hoe hij mijn kin had gegrepen en had gezegd dat ik moest klimmen, sprekend tot mijn wolveninstincten. De laatste keer dat iemand me zo had aangestaard, me had bevolen te luisteren en me te concentreren tijdens de verandering, was de eerste keer dat ik veranderde. De stem was die van Geoffrey Beck geweest.

Sam raakte Grace' zij aan; ik zag zijn vingers bewegen terwijl hij over de ribben onder haar vacht streek. 'Er is een gedicht, en dat gaat als volgt,' zei hij. *'Wie lange braucht man jeden Tag, bis man sich kennt.'*

Hij bleef de ribben van de wolf aanraken, met gefronste wenkbrauwen, totdat de wolf onbehaaglijk haar kop een stukje optilde. Sam legde zijn handen in zijn schoot. 'Het betekent *"hoe lang kost het ons elke dag om elkaar te kennen"*. Ik heb je niet bepaald eerlijk behandeld.'

Dat Sam dat zei, maakte niet uit, maar aan de andere kant ook een beetje wel. 'Spaar je moffengedichten voor Grace,' zei ik. 'Niet zo maf tegen me gaan doen.'

'Ik meen het,' zei Sam.

Zonder hem aan te kijken zei ik: 'Ik meen het ook. Zelfs nu je genezen bent, ben je echt ongelooflijk abnormaal.'

Sam lachte niet. 'Neem mijn verontschuldiging aan, Cole, dan zal ik er niks meer over zeggen.'

'Best,' zei ik, en ik stond op en gooide hem de handdoek toe. 'Verontschuldiging aanvaard. Maar ik moet je wel nageven dat ik niet echt "eerlijkheid" verdiend had.'

Sam stopte zorgvuldig de handdoek om het lijf van de wolf. Ze deinsde terug van zijn aanraking, maar ze was te moe om echt te reageren. 'Zo ben ik niet opgevoed,' zei hij uiteindelijk. 'Vriendelijkheid hoef je niet eerst te verdienen. Wreedheid wel.'

Ik dacht ineens aan hoe anders dit gesprek zou zijn verlopen als Isabel erbij was geweest. Zij zou het er niet mee eens zijn geweest. Maar dat was omdat wreedheid en vriendelijkheid bij Isabel soms hetzelfde waren.

'Maar goed,' zei Sam. Verder zei hij niets. Hij tilde Grace op, stevig ingepakt in de handdoek zodat ze zich niet kon bewegen, zelfs al had ze er de kracht voor gehad. Hij begon naar huis te lopen.

In plaats van hem te volgen, liep ik terug naar de rand van het zinkgat en keek erin. De bakken dreven nog steeds in de dunne modder beneden, zo besmeurd met de smerige pasta dat de oorspronkelijke kleur niet meer te zien was. Er was geen beweging op het wateroppervlak, niets wat de diepte ervan verraadde.

Ik spuugde in het gat. De modder was zo dik dat er niet eens rimpelingen ontstonden waar mijn spuug landde. Het zou de hel zijn geweest om daar te sterven. Het schoot me te binnen dat alle mogelijke manieren waarop ik had geprobeerd te sterven, gemakkelijke manieren waren geweest. Zo had het destijds niet geleken, toen ik op de vloer lag en *genoeggenoeggenoeggenoeghaal-mehierweg* had gezegd, al was er niemand bij. Ik had er nooit echt bij stilgestaan dat het een privilege was om te sterven als Cole en niet als iets anders.

24

Isabel

Er was iets wat mijn ouders deden bij mij en Jack, voordat Jack overleed. Ze kozen een moment waarop we hoogstwaarschijnlijk iets deden wat we wilden doen, soms huiswerk maar meestal plannen met vrienden – de premièreavond van een film die je dolgraag wilde zien was altijd een goed tijdstip – en dan ontvoerden ze ons.

Dan namen ze ons mee naar Il Pomodoro. Dat betekent 'De tomaat' voor degenen onder jullie die net als ik geen Italiaans spreken. Il Pomodoro lag anderhalf uur bij Mercy Falls vandaan te midden van niets, en dat zei nogal wat, want Mercy Falls lag zelf ook te midden van niets. Waarom zou je van de ene non-bestemming naar de andere reizen? De meeste mensen kenden mijn vader als keiharde advocaat die zijn tegenstanders uitbeende met het gemak van een tyrannosaurus aan de speed, maar ik kende de waarheid, en die was dat mijn vader in een smeltend jong katje veranderde als Italiaanse mannen hem knoflookbrood voorzetten terwijl op de achtergrond een tenor zoetjes kweelde.

Dus aangezien ik me net door een dag op school had gesleept, ongeduldig wachtend tot hij voorbij was zodat ik naar Becks huis kon rijden om te kijken wat Sam en Cole uitvoerden, met een miljoen andere dingen aan mijn hoofd, had ik moeten beseffen dat dit het ideale moment was voor een kidnap door mijn ouders. Maar het was meer dan een jaar geleden. Ik was onvoorbereid en had mijn verdediging niet klaar.

Ik was de deur van school nog niet uit of mijn telefoon ging. Natuurlijk was het mijn vader, dus moest ik opnemen of anders zijn rechtschapen woede over me afroepen. Ik klapte mijn telefoon open en zwaaide naar Mackenzie; ze wiebelde met haar vingers over haar schouder zonder naar me om te kijken.

'Ja, wat?' zei ik, drukkend op de knop van mijn autosleutel om te kijken van hoe veraf ik mijn portiersloten nog kon openen.

'Kom meteen naar huis als je klaar bent,' zei mijn vader. Ik hoorde het geruis van stromend water achter hem en de klik van een make-updoosje. 'We gaan vanavond naar Il Pomodoro en we vertrekken zodra je thuis bent.'

'Méén je dat nou?' vroeg ik. 'Ik heb huiswerk en moet morgen vroeg weer op. Gaan jullie maar zonder mij; dat is romantischer.'

Mijn vader lachte met meedogenloze vreugde. *Ha. Ha. Ha.* 'We gaan met een heel stel, Isabel. Een soort feestje, zeg maar. Iedereen wil je zien. Het is lang geleden.' Mijn moeder mompelde iets op de achtergrond. 'Je moeder zegt dat als je meegaat, zij betaalt voor een olieverversing voor je auto.'

Ik rukte het portier van mijn suv open en keek kwaad naar de plas waar ik in stond. Alles was deze week zompig. Warme lucht kwam de auto uit, een teken dat het lente was; het was warempel warm genoeg geweest om de binnenkant van de auto op te warmen terwijl hij afgesloten was. 'Dat had ze me al beloofd omdat ik laatst haar kleren bij de stomerij heb opgehaald.'

Mijn vader gaf die informatie aan mijn moeder door. Het bleef even stil. 'Ze zegt dat ze je meeneemt naar Duluth voor iets wat ze highlights of lowlights noemt. Wacht even, gaat dat over je haar? Ik ben niet zo'n fan van...'

'Ik wil eigenlijk echt niet mee,' viel ik hem in de rede. 'Ik had plannen.' Toen schoot me iets te binnen. 'Wat vieren jullie eigenlijk? Gaat dit om de wolvenjacht?'

'Nou, ja, maar daar hebben we het heus niet de héle avond over,' zei mijn vader. 'Het wordt leuk. We...'

'Mooi. Best. Ik ga wel mee. Zeg maar tegen ma dat ik meer behoefte heb aan knippen dan kleuren. En ik wil niet naar die sukkel die zij zo goed vindt. Die kan alleen maar tuttige huisvrouwenkapsels knippen. Volgens mij heeft hij dat geleerd van comedyseries uit de jaren negentig.'

Ik stapte in mijn auto en startte de motor, waarbij ik probeerde niet te denken aan de avond die voor me lag. De dingen die ik toch voor Grace en Sam deed die ik nooit voor iemand anders zou doen...

'Daar word ik blij van, Isabel,' zei mijn vader. Ik keek fronsend naar het stuur. Maar eigenlijk geloofde ik hem.

Elke keer als we naar Il Pomodoro gingen, vroeg ik me af hoe dat restaurant ooit mijn ouders had weten te strikken. We kwamen uit Californië, nota bene, en zouden een hoogstaande culinaire ervaring moeten herkennen als we die zagen. En toch zaten we hier, aan een rood met wit geblokt tafelkleedje, luisterend naar een of andere arme universiteitsstudente die opera zong aan het uiteinde van onze tafel terwijl wij het menu bekeken en vier verschillende soorten brood aten, die er geen van alle Italiaans uitzagen maar allemaal uit Minnesota leken te komen. Het restaurant was donker en het plafond was laag en gemaakt van plafondtegels. Het was een Italiaans-Amerikaanse tombe met een beetje pesto erbij.

Ik had mijn best gedaan om bij mijn vader te blijven terwijl iedereen een plekje zocht, omdat er ongeveer vijftien mensen waren, want de enige reden dat ik had toegezegd mee te gaan was zodat ik dicht genoeg bij hem kon gaan zitten om te kunnen verstaan wat hij zei.

Toch zat er uiteindelijk ene Dolly tussen ons in. Haar zoon, die eruitzag alsof hij zijn haar had gedaan door achterstevoren in een windtunnel te gaan staan, zat aan mijn andere zij. Ik peuterde aan de punt van mijn soepstengel en probeerde mijn ellebogen niet met mijn buren in aanraking te laten komen.

Ik zag iets door de lucht vliegen wat recht in de kraag van mijn shirt belandde en op mijn borsten bleef liggen. Aan de overkant zat nog een overlevende van de windtunnel – een broertje, misschien – te grijnzen en blikken te werpen op mijn buurman. Dolly merkte niets en praatte langs mijn vader met mijn moeder, aan zijn andere zijde.

Ik boog me over tafel naar de broodwerper toe. 'Doe dat nog eens,' zei ik, zo luid dat ik boven de operazangeres, Dolly, mijn moeder en de geur van soepstengels uit kwam, 'en ik verkoop je eerstgeboren kind aan de duivel.'

Toen ik achterover ging zitten, zei de jongen naast me: 'Hij is irritant. Sorry.'

Maar wat hij eigenlijk bedoelde was: *Wat een mooie gespreksstarter, bedankt, broertje!* Natuurlijk zou Grace hebben gezegd: *Misschien bedoelde hij het wel gewoon aardig*, want Grace dacht altijd aardige dingen over mensen. Jack zou het echter met mij eens zijn geweest.

Eigenlijk was het heel moeilijk om niet te denken aan de vorige keer dat ik hier was geweest, toen Jack tegenover me aan tafel had gezeten met de vele rijen wijnflessen achter hem, net als de jongen die nu tegenover me zat. Jack was die avond een eikel geweest, ook al probeerde ik daar niet bij stil te staan. Het voelde alsof ik hem niet fatsoenlijk miste als ik erbij stilstond hoe verschrikkelijk ik hem soms had gevonden. In plaats daarvan probeerde ik me voor de geest te halen hoe hij eruitzag toen hij grijnzend en vuil op de oprit had gestaan, hoewel het tegenwoordig meer leek alsof ik me een herinnering aan een herinnering van zijn glimlach herinnerde in plaats van de glimlach zelf. Als ik daar te diep over nadacht, kreeg ik een gewichtloos en losgekoppeld gevoel.

De operazangeres hield op met zingen, nam beleefd het applaus in ontvangst en liep naar het podiumpje aan de zijkant van het restaurant, waar ze overlegde met een andere persoon in een al even afgezaagd kostuum. Mijn vader maakte van de gelegenheid gebruik om met zijn lepel tegen zijn glas te tikken.

'Een toost, voor diegenen van ons die vanavond drinken,' zei hij. Hij stond niet echt rechtop, maar hing half boven zijn stoel. 'Op Marshall, vanwege zijn vertrouwen dat dit haalbaar was. En op Jack, die vanavond niet bij ons kan zijn...' Hij zweeg even en vervolgde: '...maar die zou zeuren om een eigen glas als hij hier was geweest.'

132

Ik vond het een waardeloze toost, ook al was het waar, maar ik liet Dolly en de jongen naast me hun glas tegen mijn waterglas tikken. Ik grijnsde minachtend naar de jongen aan de overkant van de tafel en trok mijn glas terug voordat hij met me kon proosten. Ik haalde dat stuk brood straks wel uit mijn shirt.

Marshall zat aan het hoofd van de tafel en zijn stem galmde, anders dan die van mijn vader. Hij had een ver dragende stem die leek thuis te horen in een congres, het soort stem dat goed klonk als je dingen zei als *Minder belastingdruk op de middenklasse* en *Dank u voor uw donatie* of *Liefje, kun je mijn trui even meenemen, die met die eend erop?* Hij zei, op gesprekstoon en galmend: 'Wist je dat jullie hier de gevaarlijkste wolven van Noord-Amerika hebben?' Hij glimlachte breed, blij deze informatie met ons te kunnen delen. Zijn stropdas hing los alsof hij hier onder vrienden was, en niet aan het werk. 'Totdat de roedel van Mercy Falls actief werd, waren er nog maar twee dodelijke aanvallen door wolven in Noord-Amerika geweest. In totaal. Op mensen, natuurlijk. In het westen is behoorlijk wat vee aangevallen, dat staat vast, en daarom hebben ze in Idaho dat quotum van tweehonderdtwintig wolven vastgesteld.'

'Was dat het aantal wolven dat de jagers mochten schieten?' vroeg Dolly.

'Inderdaad,' zei Marshall, en hij bleek onverwachts een accent uit Minnesota te hebben; ik stond er versteld van.

'Dat is wel veel,' antwoordde Dolly. 'Hebben we hier wel zoveel wolven?'

Soepeltjes mengde mijn vader zich erin; vergeleken met Marshall klonk hij eleganter, beschaafder. Al zaten we natuurlijk nog steeds bij Il Pomodoro, dus hoe beschaafd kon hij nou helemaal zijn, maar toch. 'O nee, ze schatten dat de roedel in Mercy Falls maar uit twintig tot maximaal dertig dieren bestaat.'

Ik vroeg me af hoe Sam dit gesprek zou opvatten. Ik vroeg me af wat hij en Cole hadden besloten te doen, als ze al iets hadden besloten. Ik herinnerde me die vreemde, vastberaden uitdrukking op Sams gezicht in de boekwinkel, en ik kreeg er een hol en incompleet gevoel van.

'Maar wat maakt onze roedel dan zo gevaarlijk?' vroeg Dolly, die met haar vingers een cirkel vormde en daar haar kin op legde. Ze paste een truc toe die ik zelf vaak genoeg had gebruikt om hem te herkennen. De geïnteresseerde onwetendheid die ze speelde, werkte uitstekend voor het afdwingen van aandacht.

'Vertrouwdheid met mensen,' antwoordde mijn vader. Hij gebaarde naar een van de obers: *We zijn klaar.* 'Het belangrijkste wat wolven weghoudt is angst, maar als ze eenmaal geen angst meer hebben, dan zijn het alleen nog maar grote, territoriale roofdieren. In het verleden zijn er in Europa en India wolvenroedels geweest die beruchte mensendoders waren.' Ik hoorde geen spoortje emotie in zijn stem: toen hij *mensendoders* zei, dacht hij niet *Jackdoders*. Mijn vader had nu een doel, een missie, en zolang hij zich daarop richtte, had hij nergens last van. Dit was de oude pa, sterk en frustrerend, maar uiteindelijk wel iemand op wie je trots kon zijn en van wie je onder de indruk kon raken. Ik had deze versie van mijn vader sinds Jacks dood niet meer gezien. Ik besefte bitter dat als Sam, Grace en Cole niet op het spel hadden gestaan, ik nu heel blij zou zijn geweest, zelfs bij Il Pomodoro. Mijn vader en moeder die lachten en kletsten net als vroeger. Er was maar een kleine prijs voor dit alles. Ik kon mijn ouders terugkrijgen, maar daarvoor moest ik dan wel al mijn echte vrienden kwijtraken.

'O nee, ze hebben grote populaties in Canada,' legde mijn vader aan de man tegenover hem uit.

'Het gaat niet om aantallen,' voegde Marshall eraan toe, omdat anders niemand het zou zeggen.

Niemand ging daar echt op in. We schrokken allemaal toen de zangeres weer begon. Ik zag Marshalls mond duidelijk *Mijn god* zeggen, maar hij was niet te horen boven de sprankelende sopraanstem uit.

Op hetzelfde moment dat ik mijn telefoon tegen mijn been voelde trillen, kriebelde er iets langs de kraag van mijn shirt. Ik keek op en zag dat de muppet aan de overkant van de tafel stom naar me zat te grijnzen omdat hij weer een stukje brood in mijn shirt had gegooid. De muziek was deze keer te luid om iets tegen hem te zeggen, en dat was maar goed ook, want er kwamen alleen maar zeer onaardige dingen in me op. Bovendien moest ik elke keer als ik naar zijn kant van de tafel keek weer denken aan

Jack die hier bij ons had gezeten, en dat we allemaal zaten te praten over de dieren die hem hadden gedood en niet over het feit dat hij nooit meer in dit restaurant zou komen. Ik schrok toen weer iets me raakte, deze keer mijn haar. Het was de jongen naast me, met zijn vingers bij mijn slaap.

'... zit iets in je haar,' schreeuwde hij boven het gezang uit. Ik stak mijn hand op: *Kappen, gewoon kappen*.

Mijn vader zat over de tafel naar Marshall toe gebogen, bezig met een goedmoedig potje schreeuwen om zich verstaanbaar te maken boven de muziek uit, zo te horen iets van Bizet. Ik hoorde hem brullen: 'Vanuit de lucht kun je alles zien.'

Ik pakte mijn telefoon en klapte hem open. Toen ik Sams nummer zag, kreeg ik een vreemde knoop van zenuwen in mijn maag. Hij had me een sms gestuurd, vol fouten.

wd hebbn haar geonden. was erg mar cole was een held. d8 dat je wilfde weten. s

Grace' naam stond er niet in. Sam kon wel slim zijn als hij wilde. Maar ik vond de woorden *Cole* en *held* in één zin wat lastig te verwerken. *Held* scheen te wijzen op iets van ridderlijkheid. Ik probeerde terug te sms'en onder de tafel, uit het zicht van de hulpvaardige jongen naast me en Dolly aan de andere kant, met de mededeling dat ik bij een etentje zat om details te horen en dat ik later zou bellen. Of langs zou komen. Toen ik *langskomen* typte, voelde ik meteen weer die knoop in mijn maag en een ademloze vlaag van schuldgevoel, al kon ik daarvoor niet meteen een reden benoemen.

Toen stopte het gezang en werd er om me heen geklapt – Dolly had haar handen voor haar gezicht en applaudisseerde vlak naast mijn oor – maar mijn vader en Marshall bleven praten, over de tafel naar elkaar toe gebogen alsof er helemaal geen muziek was geweest.

De stem van mijn vader was duidelijk: '...ze uit de bossen drijven, zoals de vorige keer, maar met meer mankracht en de zegen van de staat, van Wildbeheer en zo, en zodra ze ten noorden van Boundary Wood op open terrein zijn, nemen de helikopters en scherpschutters het over.'

'Negentig procent succes in Idaho, zei je?' vroeg Marshall. Hij hield zijn vork boven zijn voorgerecht in de lucht alsof hij er aantekeningen mee maakte.

'Dan maakt de rest niet uit,' zei mijn vader. 'Zonder de roedel kunnen ze in hun eentje niet overleven. Er zijn meer dan twee wolven nodig om genoeg wild te vangen.'

Mijn telefoon trilde in mijn handen en ik klapte hem open. Sam weer.

ik d8 dat ze doodgimg isabel. ben zo opgelueht dat het pijn doet.

Ik hoorde de jongen aan de overkant van de tafel lachen en wist dat hij weer iets naar me toe had gegooid wat ik niet had gevoeld. Ik wilde niet naar hem kijken, want dan zou ik alleen maar weer zijn gezicht zien voor de muur waar Jack had gezeten. Ineens wist ik dat ik moest overgeven. Niet in de toekomst, niet als stellige mogelijkheid, maar als in: ik moest nu weg, voordat ik mezelf voor schut zette.

Ik schoof mijn stoel achteruit en stootte Dolly aan, die bezig was een stomme vraag te stellen. Ik zocht me een weg langs tafels, zangers en voorgerechten bestaande uit zeedieren die niet eens uit de buurt van Minnesota kwamen.

Ik bereikte het toilet – één ruimte, geen hokjes, helemaal ingericht als een toilet in een woonhuis in plaats van een restaurant – en dook naar binnen. Ik leunde met mijn rug tegen de muur en sloeg mijn hand voor mijn mond. Maar ik hoefde niet over te geven. Ik begon te huilen.

Dat had ik niet moeten laten gebeuren, want ik zou straks weer naar buiten moeten, en dan zou ik een dikke rode neus en rode ogen hebben en zou iedereen het zien... Maar ik kon niet ophouden. Het leek wel alsof ze me verstikten, die tranen. Ik zoog tussen de snikken door hijgend adem naar binnen. Mijn hoofd was vol van Jack die aan tafel zat en zich gedroeg als een eikel, de stem van mijn vader die praatte over scherpschutters in helikopters, het idee dat Grace bijna was doodgegaan zonder dat ik het zelfs maar had geweten, stomme jongens die troep in mijn shirt gooiden, waarvan het decolleté waarschijnlijk toch te diep was voor een familiediner, Cole die naar me keek op het bed, en dat wat me over het randje had geholpen: Sams openhartige, gebroken sms over Grace.

Jack was weg, mijn vader kreeg altijd zijn zin, ik wilde en haatte Cole St. Clair, en niemand, niemand zou ooit voor mij voelen wat Sam voor Grace voelde toen hij die sms stuurde.

Ik zat nu op de vloer van het toilet, met mijn rug tegen het kastje onder de wastafel. Ik herinnerde me nog hoe vernietigend ik was geweest toen ik Cole kapot op de vloer van Becks huis aantrof; niet de laatste keer, maar toen hij zei dat hij uit dat lichaam weg moest of anders zelfmoord zou plegen. Ik had hem zo zwak, zo egoïstisch, zo vol van zichzelf gevonden. Maar nu snapte ik het. Als op dat moment iemand had gezegd: *Isabel, ik kan het laten ophouden, neem deze pil...* dan had ik hem misschien genomen.

Er werd aangeklopt.

'Bezet,' zei ik, boos dat mijn stem dik en niet naar mezelf klonk.

'Isabel?' Het was mijn moeder.

Ik had zo gehuild dat mijn adem hortend klonk. Ik probeerde normaal te praten. 'Ik kom zo.'

De deurknop draaide. In mijn haast had ik de deur niet op slot gedaan.

Mijn moeder stapte naar binnen en deed de deur achter zich dicht. Ik keek beschaamd omlaag. Haar voeten waren het enige wat ik zag, een stukje voor de mijne. Ze droeg de schoenen die ik voor haar had gekocht. Daardoor wilde ik weer gaan huilen, en toen ik probeerde mijn snik weg te slikken, maakte dat een vreselijk, verstikt geluid.

Mijn moeder kwam naast me op de vloer zitten, ook met haar rug tegen het kastje. Ze rook naar rozen, net als ik. Ze zette haar ellebogen op haar knieën en wreef met haar hand over haar beheerste dokter Culpeper-gezicht.

'Ik zag wel dat je moest overgeven,' zei mijn moeder.

Ik sloeg mijn handen voor mijn gezicht.

'Ik heb drie glazen wijn gedronken, dus ik kan niet rijden.' Ze pakte de autosleutel en hield hem zo laag dat ik hem tussen mijn vingers door kon zien. 'Maar jij wel.'

'En pa dan?'

'Pa kan met Marshall meerijden. Ze zijn een mooi stel.'

Toen keek ik op. 'Dan zien ze me.'

Ze schudde haar hoofd. 'We gaan via de deur aan deze kant naar buiten. We hoeven niet langs de tafel. Ik bel hem wel.' Met een tissue uit haar tas depte ze mijn kin. 'Ik haat dit stomme restaurant.'

'Oké,' zei ik.

'Oké?'

'Oké.'

Ze stond op, en ik pakte haar hand zodat ze me overeind kon trekken. 'Maar je moet niet op de vloer gaan zitten; het is smerig, en je kunt wel rotavirus of MRSA of zoiets oplopen. Waarom zit er een stuk brood in je shirt?'

Ik plukte nuffig de stukjes brood uit mijn shirt. Terwijl we naast elkaar voor de spiegel stonden, zagen mijn moeder en ik er spookachtig identiek uit, alleen was mijn gezicht een betraande, uitgelopen bende en dat van haar niet. Precies het tegenovergestelde van hoe het was in de twaalf maanden die voorafgingen aan dit moment.

'Oké,' zei ik. 'Laten we maar gaan voordat ze weer beginnen te zingen.'

25

Grace

Ik herinnerde me niet dat ik werd gewekt. Ik herinnerde me alleen maar dat ik wás. Ik ging zitten, knipperend met mijn ogen in het felle licht, met mijn handen tegen mijn gezicht en wrijvend over mijn huid. Ik had pijn; niet zoals na een verandering, maar alsof ik in een aardverschuiving was meegesleurd. Onder me bestond de vloer uit koude, meedogenloze tegels. Er waren geen ramen en een rij verblindend fellé lampen boven de wastafel hulde alles permanent in daglicht.

Het duurde even voor ik mezelf voldoende in de hand had om om me heen te kijken, en toen nog even voor ik had verwerkt wat ik zag. Een badkamer. Een ingelijste ansichtkaart met bergen erop naast de wastafel. Een douche met glazen douchewand, geen bad. Een gesloten deur. De herkenning drong in één klap tot me door: dit was de badkamer boven, in Becks huis. *O.* Wat dat betekende, drong ook in één keer tot me door: ik was weer in Mercy Falls. Ik was terug bij Sam.

Te verdwaasd om het fatsoenlijk te waarderen krabbelde ik overeind. Onder mijn voeten waren de tegels besmeurd met modder en aarde. De kleur ervan – een ziekelijk geel – maakte me aan het hoesten, stikkend in water dat er niet was.

Mijn blik ving beweging op en ik verstijfde met mijn hand tegen mijn mond. Maar ik was het zelf alleen maar: in de spiegel stond een naakte versie van Grace met een heleboel ribben, grote ogen en haar hand voor haar mond geslagen. Ik liet mijn hand zakken om aan mijn onderste ribben te voelen, en meteen begon mijn maag te knorren.

'Je ziet er een beetje verwilderd uit,' fluisterde ik mezelf toe, alleen maar om mijn mond te zien bewegen. Ik klonk nog steeds als mezelf. Dat was mooi.

Op de hoek van de wastafel lag een stapeltje kleding, opgevouwen met de extreme netheid van iemand die ofwel vaak een heleboel kleding opvouwt, of helemaal nooit. Ik herkende de spullen uit de rugzak die ik had meegebracht toen ik naar Becks huis kwam, hoeveel maanden geleden dat ook was. Ik trok mijn favoriete witte longsleeve en een blauw T-shirt aan; het leken wel oude vrienden. Vervolgens een spijkerbroek en sokken. Geen beha of schoenen; die lagen allebei nog in het ziekenhuis, of waar dingen die door bloedende meisjes in ziekenhuizen worden achtergelaten dan ook naartoe gaan.

Waar het op neerkwam was dit: ik was een meisje dat in een wolf was veranderd, en ik was bijna doodgegaan, en het enige wat me de hele dag zou blijven dwarszitten, was dat ik zou moeten rondlopen zonder beha.

Onder de kleren lag een briefje. Ik voelde een vreemd gekriebel in mijn buik toen ik Sams vertrouwde handschrift herkende, krabbelig en amper leesbaar.

Grace, dit is waarschijnlijk het ergste wat ik ooit heb gedaan, mijn vriendin in de badkamer opsluiten. Maar we wisten niet wat we anders met je moesten doen totdat je terugveranderde. Ik heb je kleren klaargelegd. De deur zit niet op slot, dus die kun je gewoon openmaken zodra je vingers hebt. Ik kan niet wachten om je te zien. S

Blijdschap. Dat was dat kriebelige gevoel. Ik hield het briefje in mijn handen en probeerde me de gebeurtenissen te herinneren waar hij het over had. Ik probeerde me te herinneren dat ik hier was opgesloten, dat ik uit het bos was opgehaald. Het was net als proberen je de naam van een acteur te herinneren als je zijn vaag

140

bekende gezicht zag. Mijn gedachten dansten gekmakend net buiten mijn bereik rond.

Niets, niets, en toen... Ik stikte in de herinnering aan duisternis en modder. Shelby. Ik herinnerde me Shelby. Ik moest slikken, moeizaam, en keek weer naar mezelf in de spiegel. Mijn gezicht stond bang, mijn hand was tegen mijn keel gedrukt.

Het beviel me niet hoe mijn gezicht eruitzag als het bang stond; het leek wel een ander meisje dat ik niet kende. Ik stond daar en vermande me net zolang totdat de Grace in de spiegel de Grace was die ik kende, en toen voelde ik aan de deurknop. Zoals Sam had beloofd was hij niet op slot, dus ik stapte de gang in.

Ik stond ervan te kijken dat het nacht was. Ik hoorde het gezoem van apparaten beneden, het gefluister van lucht door verwarmingsroosters, de geluiden die een bewoond huis maakte als het dacht dat er niemand luisterde.

Ik herinnerde me dat Sams kamer links van mij was, maar de deuropening was donker. Rechts van mij aan het einde van de gang stond een andere deur open, en er stroomde licht de gang op. Ik koos die kant en liep langs foto's van Beck en glimlachende anderen, en vreemd genoeg een verzameling sokken die in een artistiek patroon tegen de muur waren gepind.

Ik gluurde door de verlichte deuropening en zag Becks kamer. Na een halve seconde besefte ik dat ik eigenlijk niet echt reden had om aan te nemen dat het Becks kamer was. Hij was helemaal ingericht in diepgroen en blauw, met donker hout en eenvoudige patronen. Een leeslamp op het nachtkastje verlichtte een stapel biografieën en een leesbril. Er was niets bijzonder persoonlijks aan. Het was gewoon een heel comfortabele en eenvoudige kamer, net zoals Beck comfortabel en eenvoudig op me was overgekomen.

Maar het was niet Beck die op het bed lag; het was Cole. Hij lag schuin over het bed uitgestrekt, met over de rand bungelende voeten, zijn schoenen nog aan, en zijn tenen wezen naar de vloer. Een leren boekje lag op de kop naast hem. Aan de andere kant lag een stapel losse papieren en foto's.

Cole leek te slapen tussen de rommel. Ik wilde achteruitgaan, maar toen mijn voet een krakend deel van de vloer raakte, maakte hij op het blauwe dekbed een geluid.

'Ben je wakker?' vroeg ik.

'Da.'

Hij draaide zijn hoofd om toen ik naar het voeteneinde van het bed liep. Ik had ineens het gevoel alsof ik op een hotelkamer was; deze mooie, nette, onbekende kamer met zijn bescheiden kleurenpalet, gloeiende nachtlamp en gevoel van verlatenheid. Het was kouder bij de vloer en mijn tenen verlangden naar sokken.

Cole keek me aan. Zijn gezicht was altijd een schok: zo knap. Ik moest me bewust inspannen om dat van me af te zetten zodat ik tegen hem kon praten als tegen een echte persoon. Hij kon er niets aan doen hoe zijn gezicht eruitzag. Ik wilde hem vragen waar Sam was, maar bij nader inzien leek het me nogal onbeleefd om Cole alleen maar als wegwijzer te gebruiken.

'Is dit Becks kamer?' vroeg ik.

Cole strekte zijn arm over het dekbed naar me uit en stak zijn duim op.

'Waarom slaap jij hier?'

'Ik slaap niet,' zei Cole. Hij draaide zich op zijn rug. 'Sam slaapt nooit. Ik probeer zijn geheimen te ontrafelen.'

Ik leunde met mijn achterwerk tegen het voeteneinde van het bed, niet helemaal staand, niet helemaal zittend. Het idee dat Sam niet sliep, maakte me een beetje droevig. 'Staan zijn geheimen in die papieren?'

Cole lachte. Zijn lach was kort en dreunend en leek op een rockalbum thuis te horen. Ik vond het nogal eenzaam klinken.

'Nee, dit zijn Becks geheimen.' Hij graaide rond tot zijn hand het leren boekje vond. 'Becks dagboek.' Hij legde zijn andere hand op wat losse papieren. Ik zag nu dat er onder hem nog meer lagen. 'Hypotheken en testamenten en papieren over een fonds en gebitsgegevens en recepten voor medicijnen waarmee Beck heeft geprobeerd de roedel te genezen.'

Ik was een beetje verbaasd te horen dat dergelijke dingen bestonden, maar dat had ik niet moeten zijn. Het waren geen dingen waar Sam doorgaans naar op zoek zou gaan – feiten waren voor hem niet het meest interessante – en mogelijkerwijs was het informatie die hij al kende en waarvan hij wist dat ze er niets aan hadden. 'Denk je dat Beck blij zou zijn dat je in zijn spullen snuffelt?' Ik verzachtte die vraag met een glimlach.

Cole zei: 'Hij is hier niet.' Maar toen scheen hij zich te bedenken over zijn korte antwoord, want hij vervolgde op ernstige toon: 'Beck wilde dat ik het van hem overnam. Toen ging hij weg. Dit is de enige manier die ik kan bedenken om iets te ontdekken. Het is stukken beter dan het wiel opnieuw uitvinden.'

'Ik dacht dat Beck wilde dat Sam het van hem overnam?' Toen beantwoordde ik mijn eigen vraag. 'O... Hij dacht natuurlijk dat Sam niet meer zou terugveranderen. Daarom had hij jou gerekruteerd.'

Of althans, daarom had hij íemand gerekruteerd. Waarom hij specifiek Cole had gekozen, was minder duidelijk. Op enig moment moest hij die vent die hier lag hebben gezien en hebben gedacht dat hij een goede roedelleider zou zijn. Op enig moment moest hij iets van zichzelf in Cole hebben herkend. Ik dacht dat ik het ook kon zien, misschien. Sam had Becks gebaren, maar Cole had... de kracht van Becks persoonlijkheid? Het zelfvertrouwen? Er zat iets van de kracht van Becks karakter in Cole; waar Sam vriendelijk was, was Cole gedreven.

Weer liet Cole datzelfde cynische lachje horen. En weer hoorde ik de bravoure erin, maar het was net als bij Isabel. Bij haar had ik geleerd dat als je dat cynische weghaalde, je de waarheid hoorde: de vermoeidheid en de eenzaamheid. Ik miste nog steeds veel van de nuances die Sam wel oppikte, maar het was niet zo moeilijk te horen als je erop lette.

'Rekruteren is zo'n nobel klinkend werkwoord,' zei Cole. Hij ging zitten en trok zijn benen in indianenstijl naar zich toe. 'Het doet me denken aan mannen in uniform en grote zaken en je opwerpen om de Amerikaanse levensstijl te beschermen. Beck wilde niet dat ik doodging. Daarom koos hij mij. Hij dacht dat ik zelfmoord zou plegen, en hij dacht dat hij me kon redden.'

Dat liet ik niet over mijn kant gaan.

'Er plegen elke dag mensen zelfmoord,' zei ik. 'Iets van dertigduizend Amerikanen per jaar of zoiets. Denk je nou echt dat hij je daarom heeft gekozen? Ik niet. Dat is gewoon niet logisch. Van iedereen ter wereld heeft hij overduidelijk jou gekozen om een heel specifieke reden, vooral als je nagaat dat je beroemd bent en dus een risico vormt. Ik bedoel, logica. *Logica.*'

Cole glimlachte naar me, een plotselinge, brede glimlach die zo echt was dat ik er blij van werd. 'Ik mag jou wel,' zei hij. 'Je mag blijven.'

'Waar is Sam?'

'Beneden.'

'Bedankt,' zei ik. 'Hé... Is Olivia hier al geweest?'

Zijn gezichtsuitdrukking veranderde niet, wat even duidelijk als woorden aangaf dat die naam hem niets zei. De moed zonk me een klein beetje in de schoenen. 'Wie?' vroeg hij.

'Een van de andere wolven,' zei ik. 'Een vriendin van me die vorig jaar is gebeten. Van mijn leeftijd.'

Ik moest er niet aan denken dat zij in het bos was en hetzelfde doorstond als ik.

Toen trok er iets merkwaardigs over Coles gezicht, te snel om te interpreteren. Ik was gewoon niet zo goed in het lezen van gezichten. Hij wendde zijn blik af, schoof een paar papieren bij elkaar, stapelde ze op tegen zijn voet en legde ze toen neer op een manier waardoor ze meteen weer door elkaar raakten. 'Niet gezien.'

'Oké,' zei ik. 'Ik ga maar eens op zoek naar Sam.' Ik liep naar de deur en voelde een vreemde bel van zenuwen onder mijn ribbenkast. Sam was hier, ik was hier, ik zat heel stevig in mijn huid. Ik zóú weer bij hem zijn. Ineens was ik onverklaarbaar bang dat als ik hem zou zien, alles op de een of andere manier veranderd zou zijn. Dat wat ik voelde niet zou passen bij wat ik zag, of dat hij niet meer hetzelfde voor mij voelde. Stel dat we helemaal opnieuw moesten beginnen? Tegelijkertijd was ik vervuld van de wetenschap dat mijn angsten volledig ongegrond waren en van het besef dat ze niet weg zouden gaan totdat ik Sam weer zag.

'Grace,' zei Cole toen ik wilde vertrekken.

Ik bleef in de deuropening staan.

Hij haalde zijn schouders op. 'Laat maar.'

Toen ik de gang op liep, lag Cole alweer op het bed, met de papieren onder, over en om hem heen, omringd door alles wat Beck had achtergelaten. Hij had er zo gemakkelijk verloren uit kunnen zien, omringd door al die herinneringen en woorden, maar in plaats daarvan leek hij erdoor ondersteund, afgeschermd door het verdriet dat vóór hem was gekomen.

26

Isabel

Als ik in de auto zat met een van mijn ouders erbij, gebeurde er altijd iets waardoor ik minder goed kon rijden.

Hoe vaak ik ook al met mijn handen aan het stuur had gezeten, zet een van mijn ouders op de passagiersstoel en meteen begin ik te hard te remmen en te vroeg in te sturen en de ruitenwissers aan te zetten terwijl ik de radio wil bedienen. En hoewel ik er nooit het type naar was om te praten tegen mensen die me niet konden horen (Sam Roth bleek daarop de opvallende uitzondering), merkte ik als een van mijn ouders bij me in de auto zat ineens dat ik grauwde over het stom gekozen gepersonaliseerde kenteken van een andere bestuurder. Of ik mopperde over hoe traag ze waren of maakte opmerkingen omdat ze drie kilometer voor de bocht al richting aangaven.

En daarom zei ik, toen mijn koplampen het pick-uptruck-achtige ding beschenen dat half op de weg stond, met zijn neus naar de greppel toe: 'O ja, knap staaltje parkeerkunst.'

Mijn moeder, die slaperig en welwillend was geworden van de wijn en het late uur, kwam ineens bij zinnen. 'Isabel, stop achter hem. Misschien heeft hij hulp nodig.'

Ik wilde alleen maar naar huis, zodat ik Sam of Cole kon bellen

145

om erachter te komen wat er met Grace aan de hand was. We waren nog drie kilometer van ons huis; dit voelde een beetje oneerlijk van het universum. In het verre schijnsel van mijn koplampen zag het stilstaande voertuig er nogal onguur uit. 'Ma, jij zegt altijd dat ik nooit moet stoppen, omdat ik anders het risico loop verkracht te worden, of te worden versierd door een Democraat.'

Ma schudde haar hoofd en haalde een poederdoos uit haar tas. 'Dat heb ik nooit gezegd. Dat klinkt meer als iets van je vader.' Ze klapte de zonneklep omlaag om zichzelf te bekijken in het verlichte spiegeltje. 'Ik zou Vrijheidsgezinde hebben gezegd.'

Ik remde af tot een kruipgang. De wagen – het bleek een truck met zo'n hoge kap boven de achterbak; als je er een wilde kopen, moest je waarschijnlijk eerst bewijzen dat je boven de vijftig was – zag eruit alsof hij toebehoorde aan een zatlap die was gestopt om over te geven.

'En wat moeten we eigenlijk doen? Wij kunnen... geen band verwisselen.' Ik moest moeite doen om te bedenken waarom iemand nog meer zou kunnen stoppen, behalve om te kotsen.

'Er staat een agent bij,' zei ma. En ja hoor, ik zag dat er ook een politiewagen naast de weg geparkeerd stond; de lichten daarvan waren aan het zicht onttrokken door de logge truck. Ze voegde er achteloos aan toe: 'Misschien hebben ze medische bijstand nodig.'

Ma leefde in de hoop dat iemand medische bijstand nodig had. Ze zat er toen ik klein was ook altijd op te wachten tot iemand zich pijn deed in de speeltuin. Ze hield de koks in fastfoodrestaurants in de gaten en wachtte tot er een keukenramp gebeurde. In Californië stopte ze ook altijd bij ongelukken. Als superheldin was haar tekst: *'HEEFT IEMAND EEN DOKTER NODIG? IK BEN DOKTER!'* Mijn vader zei een keer dat ik het haar maar niet kwalijk moest nemen; ze was vanwege familieproblemen met moeite afgestudeerd, en ze vond nog steeds een leuk nieuwtje dat ze iedereen kon vertellen dat ze dokter was. Oké, best, zet jezelf maar op de kaart, maar eigenlijk dacht ik dat ze daar wel overheen was.

Zuchtend stopte ik achter de truck. Ik zette mijn auto netter langs de kant dan hij, maar dat zei niet veel. Mijn moeder sprong kordaat uit de suv, en ik volgde in een lager tempo.

Er zaten drie stickers op de achterkant van de truck: HUP LEGER,

146

HANG OP EN RIJ, en, onverklaarbaar genoeg, IK ZOU LIEVER IN MINNE-SOTA ZIJN.

Aan de andere kant van de truck stond een politieman te praten met een roodharige man die een T-shirt en bretels droeg omdat hij wel een buik had, maar geen kont. Interessanter nog, door het open raam van de truck zag ik een revolver op de bestuurdersstoel liggen.

'Dokter Culpeper,' zei de agent hartelijk.

Mijn moeder zette haar karamelstem op, die zoet om je heen vloeide, maar zo langzaam dat je niet in de gaten had dat je mogelijk verstikt werd.

'Agent Heifort. Ik ben even gestopt om te kijken of u me nodig had.'

'Nou, dat is beslist heel aardig van u,' zei Heifort. Hij stond met zijn duimen achter zijn wapenriem gehaakt. 'Is dit uw dochter? Ze is al even mooi als u, dokter.' Mijn moeder maakte tegenwerpingen. Heifort drong aan. De roodharige man stond van zijn ene voet op de andere te dansen. Ze hadden het even over de muggen in dit jaargetijde. De roodharige man zei dat het nog lang niet zo erg was als het nog zou worden.

'Waar is dat wapen voor?' vroeg ik.

Ze keken me allemaal aan.

Ik haalde mijn schouders op. 'Ik vroeg het me alleen maar af.'

Heifort zei: 'Nou. Het lijkt erop dat meneer Lundgren hier besloot de wolvenjacht in eigen hand te nemen en een beetje nachtelijk te gaan jagen.'

De roodharige meneer Lundgren protesteerde: 'Nou, nou, agent, u weet dat het zo niet is gegaan. Ik kwam hem alleen maar toevallig tegen en heb erop geschoten vanuit de wagen. Dat is niet helemaal hetzelfde.'

'Het zal wel niet,' zei Heifort. 'Maar er ligt hier een dood beest, en niemand heeft toestemming om na zonsondergang wat dan ook af te schieten. Laat staan met een .38 revolver. Ik weet dat u dat ook weet, meneer Lundgren.'

'Wacht,' zei ik. 'Hebt u een wolf gedood?' Ik duwde mijn handen in mijn jaszakken. Hoewel het niet eens zo koud was, rilde ik.

Heifort gebaarde hoofdschuddend naar de voorkant van de truck.

'Mijn man zei dat niemand erop mocht jagen tot de luchtjacht begint,' zei mijn moeder, en haar karamelstem klonk een beetje harder. 'Om te zorgen dat ze zich niet gaan verschuilen.'

'Dat is waar,' zei Heifort.

Ik liep bij hen weg naar de greppel waar Heifort heen had gewezen, me ervan bewust dat de roodharige man somber naar me keek. Nu zag ik een randje vacht van een dier dat op zijn zij in het gras lag.

Lieve God en mogelijk Sint-Antonius, ik weet dat ik om een heleboel stomme dingen vraag, maar dit is belangrijk: laat dat alsjeblieft Grace niet zijn.

Hoewel ik wist dat ze veilig bij Sam en Cole zou moeten zijn, zoog ik een hap adem naar binnen en ging naar hem toe. De gespikkelde vacht bewoog in de wind. Er zat een bloedig gaatje in zijn dij, nog een in zijn schouder, en uiteindelijk een vlak achter de schedel. De bovenkant van zijn kop was een beetje walgelijk, want de kogel was er aan de andere kant weer uitgekomen. Als ik wilde kijken of de ogen me bekend voorkwamen, zou ik me op mijn hurken moeten laten zakken, maar die moeite nam ik niet.

'Dat is een coyote,' zei ik beschuldigend.

'Inderdaad,' antwoordde Heifort joviaal. 'Wel een grote, hè?'

Ik liet mijn adem ontsnappen. Zelfs een stadse meid als ik kon het verschil zien tussen een wolf en een coyote. Ik keerde terug naar mijn eerdere aanname dat meneer Lundgren er eentje te veel ophad, of gewoon graag zijn nieuwe wapen had willen uitproberen.

'U hebt toch niet nog meer van dergelijke problemen gehad?' vroeg ma aan Heifort. Ze vroeg het op de toon die ze gebruikte wanneer ze iets voor mijn vader wilde weten in plaats van voor zichzelf. 'Mensen die het recht in eigen hand nemen? Dat houdt u toch wel binnen de perken?'

'We doen ons best,' antwoordde Heifort. 'De meeste mensen houden zich er heel goed aan. Ze willen het niet vergallen voor die helikopters. Maar ik zou er niet van opkijken als er nog een paar ongelukjes gebeuren voordat het echte werk begint. Jongens blijven jongens.' Dit zei hij met een gebaar in de richting van meneer Lundgren, alsof de man doof was. 'Zoals ik al zei, we doen ons best.'

Mijn moeder keek niet bepaald tevreden. Haar stem klonk een beetje ijzig toen ze zei: 'Dat zeg ik ook tegen mijn patiënten.' Ze keek me fronsend aan. 'Raak dat ding niet aan, Isabel.'

Alsof ik er ook maar enigszins bij in de buurt stond. Ik stapte van het gras af en liep naar haar terug.

'U hebt vanavond toch niet gedronken, of wel, dokter?' vroeg Heifort toen ma zich omdraaide om te gaan. Hij en ma keken allebei met dezelfde blik.

Gesuikerde vijandigheid.

Mijn moeder glimlachte breed naar hem. 'O ja.' Ze zweeg even om dat tot hem te laten doordringen. 'Maar Isabel rijdt. Kom mee, Isabel.'

Toen we weer in de auto zaten en het portier nog maar amper dichtgeslagen was, zei mijn moeder: 'Boerenpummels. Ik heb de pest aan die vent. Dit heeft me misschien wel voorgoed van mijn filantropische inslag genezen.'

Ik geloofde het voor geen meter. De volgende keer dat ze dacht dat ze misschien kon helpen, zou ze weer uit de auto springen voordat die helemaal tot stilstand was gekomen. Of ze nu op haar zaten te wachten of niet.

Ik had het idee dat ik veel op mijn moeder begon te lijken.

'Pa en ik hebben het gehad over terugverhuizen naar Californië,' zei ma. 'Als dit allemaal voorbij is.'

Ik wist nog net te voorkomen dat ik de auto in de prak reed. 'En wanneer waren jullie van plan dat aan mij te vertellen?'

'Als het definitiever werd. Ik heb een paar ijzers in het vuur voor banen daar; het hangt alleen nog van de werktijden af en voor hoeveel we het huis kunnen verkopen.'

'En wederom,' zei ik een beetje ademloos, 'wanneer wilden jullie dat aan mij gaan vertellen?'

Mijn moeder klonk perplex. 'Nou, Isabel, jij gaat straks naar de universiteit, en bijna alle scholen op je lijstje zijn daar. Dan kun je gemakkelijker bij ons op bezoek komen. Ik dacht dat je het hier vreselijk vond.'

'Was ook zo. Is ook zo. Alleen... Ik kan gewoon niet geloven dat jullie niet eens hebben verteld dat jullie dat overwogen voordat...' Ik wist niet zeker hoe ik die zin wilde afmaken, dus stopte ik gewoon.

'Voordat wat?'

Ik gooide mijn hand in de lucht. Ik had ze wel allebei in de lucht willen gooien, maar ik moest er een op het stuur houden. 'Niks. Californië. Geweldig. Joehoe.' Ik dacht erover na; mijn dikke jassen konden in dozen, ik zou een sociaal leven hebben en ergens wonen waar niet iedereen de kwalijke geschiedenis van mijn dode broer kende. Ik zou Grace, Sam en Cole inruilen voor een leven van plannen maken via de mobiele telefoon, dagen van drieëntwintig graden en theorieboeken. Ja, een universiteit in Californië was altijd het plan geweest, in de toekomst. Kennelijk kwam de toekomst alleen eerder dan ik had verwacht.

'Onvoorstelbaar dat die man een coyote aanzag voor een wolf,' mompelde mijn moeder terwijl ik onze oprit op reed. Ik kon me nog herinneren dat we hier pas woonden. Ik vond het huis toen lijken op iets uit een griezelfilm. Nu zag ik dat ik het licht in mijn slaapkamer op de derde verdieping had laten branden en vond ik het huis lijken op iets uit een kinderboek: een groot, uitgestrekt tudorhuis met één geel venster bovenin. 'Ze lijken geen spat op elkaar.'

'Nou,' zei ik, 'sommige mensen zien alleen maar wat ze willen zien.'

27

Grace

Ik trof Sam leunend over de balustrade van de veranda aan, een lange, donkere gestalte die amper zichtbaar was in de nacht. Grappig hoe Sam met alleen de stand van zijn schouders of het intrekken van zijn kin zoveel emotie kon overbrengen. Zelfs voor iemand als ik, iemand die dacht dat een glimlach gewoon een glimlach was, waren de frustratie en bedroefdheid gemakkelijk te zien in de kromming van zijn rug, de knik van zijn linkerknie of de manier waarop zijn smalle voet op de zijkant stond.

Ik werd ineens verlegen, net zo onzeker en vol spanning als de eerste keer dat ik hem had ontmoet.

Zonder het buitenlicht aan te doen ging ik naast hem bij de balustrade staan, niet wetend wat ik moest zeggen. Ik had zin om op en neer te springen, hem om zijn hals te vliegen, op zijn borst te stompen en te grijnzen als een gek, of te huilen. Ik wist niet wat het protocol voor dit soort gelegenheden voorschreef.

Sam draaide zich naar me toe, en in het schamele licht dat door het raam naar buiten viel zag ik dat hij stoppels op zijn kin had. Terwijl ik weg was, was hij ouder geworden. Ik stak mijn hand uit en wreef over zijn stoppels, en hij glimlachte berouwvol.

'Doet dat pijn?' vroeg ik. Ik wreef tegen zijn stoppels in. Ik had het gemist om hem aan te raken.

'Waarom zou dat pijn doen?'

'Omdat het de verkeerde kant op gaat?' opperde ik. Ik was onvoorstelbaar blij om hier te staan, met mijn hand op zijn ongeschoren wang. Alles was verschrikkelijk, maar alles was ook helemaal goed. Ik wilde glimlachen en dacht dat mijn ogen waarschijnlijk lachten, omdat hij ook een beetje lachte, verwonderd, alsof hij niet helemaal zeker wist of hij dat wel moest doen.

'En,' zei ik, 'hoi.'

Toen glimlachte Sam wel, en hij zei zachtjes: 'Hé, engel.' Hij sloeg zijn slungelige armen om mijn hals in een enorme omhelzing, en ik sloeg de mijne om zijn borst en kneep zo hard ik kon.

Ik zou Sam dolgraag kussen, maar geen enkele kus kon ooit zo heerlijk zijn als dit. Gewoon zijn adem tegen mijn haar en mijn oor tegen zijn t-shirt geplet. Het voelde alsof we samen een steviger wezen waren: Grace-en-Sam.

Nog altijd met zijn armen om me heen vroeg Sam: 'Heb je al iets gegeten?'

'Een droge boterham. En ik heb ook een paar klompen gevonden. Niet om op te eten.'

Sam lachte zachtjes. Ik was zo blij dat te horen, hongerde zo naar zijn stem.

Hij zei: 'We zijn niet zo goed in boodschappen doen.'

Tegen zijn shirt – het rook naar wasverzachter – mompelde ik: 'Ik hou niet van boodschappen doen. Het is elke week weer hetzelfde. Ik zou graag op een dag zoveel geld verdienen dat iemand anders dat voor me kon doen. Moet je daar rijk voor zijn? Ik hoef geen duur huis. Alleen maar iemand die de boodschappen voor me doet.'

Sam dacht even na. Hij had me nog niet losgelaten. 'Volgens mij moet je altijd je eigen boodschappen doen.'

'Ik wed dat de koningin van Engeland niet haar eigen boodschappen doet.'

Hij blies zijn adem uit over mijn haar. 'Maar zij eet ook elke dag hetzelfde. Paling in gelei en broodjes schelvis en scones met Marmite.'

'Volgens mij weet jij helemaal niet wat Marmite is,' zei ik.

'Het is iets wat je op je brood smeert, en het smaakt walgelijk. Dat heeft Beck me verteld.' Sam liet zijn armen zakken en leunde op de balustrade. Hij bekeek me. 'Heb je het koud?'

Het duurde even voor tot me doordrong wat hij echt vroeg: *Ga je veranderen?*

Maar ik voelde me goed, echt, stevig mezelf. Ik schudde mijn hoofd en ging naast hem staan. Even bleven we daar gewoon in het donker staan en keken de nacht in. Toen ik opzij keek, zag ik dat Sams handen verstrengeld waren. Met zijn rechterhand kneep hij zo stevig in zijn linkerduim dat die wit en bloedeloos was.

Ik legde mijn hoofd tegen zijn schouder, met alleen zijn T-shirt tussen mijn wang en zijn huid. Bij mijn aanraking zuchtte Sam – geen ongelukkige zucht – en zei: 'Volgens mij is dat het noorderlicht.'

Ik verplaatste mijn blik zonder mijn hoofd op te tillen. 'Waar?'

'Daar. Boven de bomen. Zie je? Waar het een beetje roze is.'

Ik tuurde. Er waren wel een miljoen sterren. 'Het kan ook het licht van het pompstation zijn. Je weet wel, die QuikMart aan de rand van de stad.'

'Dat is een deprimerende en nuchtere gedachte,' zei Sam. 'Ik heb liever dat het iets magisch is.'

'Een aurora borealis is net zomin magisch als de QuikMart,' merkte ik op. Ik had er een keer een opstel over geschreven, dus ik wist meer van de wetenschap die erachter zat dan ik normaal gesproken zou hebben geweten. Hoewel ik moest toegeven dat het idee van zonnewind en atomen die samen speelden om een lichtshow voor ons te maken best een beetje magisch klonk.

'Dat is ook een deprimerende en nuchtere gedachte.'

Ik tilde mijn hoofd op en week iets naar achteren om hem aan te kijken. 'Het blijft mooi.'

'Behalve als het echt de QuikMart is,' zei Sam. Toen keek hij me aan, op een peinzende manier die me een beetje onrustig maakte. Hij zei met tegenzin, alsof hij ineens aan zijn manieren dacht: 'Ben je moe? Ik ga wel met je mee naar binnen als je wilt.'

'Ik ben niet moe,' zei ik. 'Ik wil gewoon een tijdje bij jou zijn. Voordat alles moeilijk en verwarrend wordt.'

Hij keek fronsend de nacht in. Toen, ineens opgewonden, zei hij: 'Laten we gaan kijken of het echt het noorderlicht is.'

'Heb je een vliegtuig?'

'Nee, een Volkswagen,' antwoordde hij moedig. 'We moeten alleen naar een plek waar het donkerder is. Verder weg van de QuikMart. Het woeste binnenland van Minnesota in. Wil je dat?'

Nu had hij die verlegen grijns op zijn gezicht waar ik zo dol op was. Het leek eeuwen geleden dat ik die had gezien.

'Heb je de sleutels bij je?' vroeg ik.

Hij klopte op zijn broekzak.

Ik gebaarde naar boven. 'En Cole dan?'

'Die slaapt, net als ieder ander op dit uur van de nacht,' zei Sam.

Ik vertelde hem niet dat Cole wakker was. Hij zag mijn aarzeling en vatte die verkeerd op. 'Jij bent de nuchtere van ons twee. Is het een slecht idee? Ik weet het niet. Misschien is het wel een slecht idee.'

'Nee, ik wil wel,' zei ik. Ik pakte stevig zijn hand vast. 'We blijven niet lang weg.'

Toen we op de donkere oprit in de Volkswagen stapten en de motor rommelend tot leven kwam, voelde het alsof we samenspanden in iets wat belangrijker was dan het najagen van lichtjes in de lucht. We konden overal naartoe gaan. Achter de belofte van magie aan jagen. Sam zette de verwarming op de hoogste stand terwijl ik mijn stoel naar achteren schoof; iemand had hem helemaal naar voren gezet.

Over de middenconsole heen kneep Sam even in mijn hand voordat hij de versnellingspook beetpakte en achteruit de oprit af reed.

'Klaar?'

Ik grijnsde naar hem. Voor het eerst sinds het ziekenhuis, sinds daarvoor al, voelde ik me de oude Grace, die alles kon doen waar ze zich toe zette. 'Altijd.'

We scheurden de straat door. Sam stak zijn hand uit en streek met zijn vinger over de bovenkant van mijn oor; de auto slingerde er een beetje door. Hij keek haastig terug op de weg en lachte zichzelf zachtjes uit terwijl hij het stuur weer rechttrok.

'Kijk uit het raam,' zei hij. 'Aangezien ik niet meer schijn te kunnen autorijden. Zeg waar ik heen moet. Waar het het helderst is. Ik vertrouw op jou.'

Ik drukte mijn gezicht tegen het raam en tuurde naar de sporen van licht aan de hemel. Eerst was moeilijk te zien van welke kant het licht kwam, dus liet ik Sam over de donkerste wegen rijden, het verst weg van de lichten van huizen en de stad. En nu, terwijl de minuten verstreken, werd het eenvoudiger om een route naar het noorden te vinden. Elke bocht bracht ons verder bij Becks huis, verder bij Mercy Falls en verder bij Boundary Wood vandaan. En toen waren we plotseling kilometers ver weg van ons echte leven, rijdend over een kaarsrechte weg onder een wijde, weidse hemel doorboord met honderden miljoenen sterren, en de wereld was reusachtig groot. Op een nacht als deze was het niet zo moeilijk te geloven dat de mensen nog niet eens zo lang geleden bij sterrenlicht alleen konden zien.

'In 1859,' zei ik, 'was er een zonnestorm waardoor het noorderlicht zo sterk was dat mensen erbij konden lezen.'

Sam twijfelde niet aan mijn feitenkennis. 'Hoezo weet jij dat?'

'Omdat het interessant is,' zei ik.

Zijn glimlach was terug. Het geamuseerde lachje dat betekende dat hij gecharmeerd was door mijn overontwikkelde linkerhersenhelft. 'Vertel nog eens iets interessants.'

'De aurora was vroeger zo sterk dat de mensen van de telegraaf de accu uitzetten en de telegraaf alleen op de kracht van de aurora lieten werken,' zei ik.

'Niet waar,' zei Sam, maar het was duidelijk dat hij me geloofde. 'Vertel nog eens iets interessants.'

Ik reikte naar zijn hand op de versnellingspook. Toen ik met mijn duim over de binnenkant van zijn pols ging, voelde ik kippenvel onder mijn vingers opkomen. Mijn vingertoppen vonden zijn litteken, waar de huid onnatuurlijk glad was terwijl de randen bultig en onregelmatig aanvoelden.

'Ik voel niks op mijn litteken,' zei hij. 'Er zit geen enkel gevoel in.'

Even sloot ik mijn hand om zijn pols, met mijn duim stevig op zijn huid gedrukt. Ik voelde zijn hartslag.

155

'We kunnen ook door blijven rijden,' zei ik.

Sam zweeg, en even dacht ik dat hij niet begreep wat ik bedoelde. Toen zag ik hem in het stuur knijpen. Bij het licht van het dashboard zag ik dat er nog modder onder de nagels aan zijn rechterhand zat. Anders dan ik had hij zijn vuile huid niet achtergelaten.

Ik vroeg: 'Waar denk je aan?'

Zijn stem klonk kleverig toen hij antwoordde, alsof hij de woorden moest loswrikken om ze naar buiten te krijgen. 'Dat ik dat vorig jaar om deze tijd niet zou hebben gewild.' Sam slikte. 'En dat ik het nu zou doen, als het kon. Kun je je dat voorstellen?'

Dat kon ik.

Ik kon me een leven ergens ver weg voorstellen, helemaal opnieuw beginnen, alleen wij tweeën. Maar zodra ik het voor me zag – Sams sokken over de radiator voor het raam gedrapeerd, mijn boeken op een keukentafeltje uitgespreid, vuile koffiemokken ondersteboven in de gootsteen – dacht ik aan wat ik zou achterlaten: Rachel en Isabel en Olivia en, uiteindelijk, mijn ouders. Ik had hen zo beslissend verlaten door het dubieuze wonder van mijn verandering dat mijn oude woede op hen mat en ver weg voelde. Ze hadden nu geen macht meer over mijn toekomst. Niets had die macht nog, behalve het weer.

Toen zag ik ineens, door het raam aan Sams kant, de aurora, helder en fel, overduidelijk geen weerspiegeling van de lichten van wat voor winkel dan ook. 'Sam, Sam! Kijk! Draaien, draaien, draaien, die kant op!'

Aan de hemel links van ons wapperde langzaam een golvend, oneffen roze lint heen en weer. Het pulseerde en gloeide als een levend wezen. Sam sloeg linksaf op een smalle, amper geplaveide weg die door een oneindige zwarte akker leidde. De auto dook kuilen in en zwalkte heen en weer, en los grind spoot ratelend achter ons op. Mijn tanden klapten op elkaar toen we over een bult reden. Sam deed *ahhhhhhhhh*, waarbij zijn stem belachelijk meetrilde met het gehots en gebots van de Volkswagen.

'Stop hier!' droeg ik hem op.

De akker strekte zich in alle richtingen in de verte uit. Sam trok de handrem aan en samen tuurden we door de voorruit.

In de hemel recht boven ons hing de aurora borealis. Als een felroze weg kronkelde hij door de lucht en verdween achter de bomen, met een donkerder, paarse rand aan de ene kant. Het licht trilde en strekte zich uit, groeiend en afnemend, uitdijend en krimpend. Het ene moment was het licht iets enkelvoudigs, een pad naar de hemel, en het volgende moment was het een verzameling, een leger gemaakt van licht dat voortdurend naar het noorden marcheerde.

'Wil je uitstappen?' vroeg Sam. Mijn hand lag al op de portierkruk. De buitenlucht was scherp en koud, maar voorlopig ging het prima met me. Ik liep net als Sam naar de voorkant van de auto, waar we tegen de motorkap leunden. Toen ik naast hem op mijn handen achteroverleunde, was de motorkap warm, een buffer tegen de koude nacht.

Samen keken we omhoog. De vlakke zwarte akker om ons heen maakte de hemel zo groot als een oceaan. Met de wolf binnen in me en Sam naast me, als twee vreemde schepsels naast elkaar, had ik het gevoel dat we op de een of andere manier een wezenlijk onderdeel waren van deze wereld, deze nacht, dit grenzeloze mysterie. Mijn hart ging sneller slaan, om een reden die ik niet kon achterhalen. Ik was me er ineens heel erg van bewust dat Sam slechts een paar centimeter bij me vandaan was, naar me keek, zijn adem in zichtbare wolkjes voor zijn gezicht.

'Van zo dichtbij is moeilijk te geloven,' zei ik, en om de een of andere reden sloeg mijn stem over bij *geloven*, 'dat het geen magie is.'

Sam kuste me.

Zijn kus belandde aan de zijkant van mijn mond omdat ik mijn gezicht nog omhoog gewend had, maar het was een echte kus, geen behoedzame. Ik draaide me naar hem toe zodat we elkaar nog eens konden kussen, maar nu goed. Mijn lippen waren warm van het onbekende gevoel van zijn stoppels, en toen hij mijn arm aanraakte, was ik me hyperbewust van het harde eelt op zijn vingers. Alles binnen in me voelde scherp en hongerig. Ik kon niet begrijpen hoe iets wat we al zo vaak hadden gedaan zo vreemd, nieuw en angstaanjagend kon voelen.

Toen we elkaar kusten, maakte het niet uit dat ik een paar uur eerder nog een wolf was geweest of dat ik weer een wolf zou worden. Het maakte niet uit dat er duizend valstrikken voor ons klaarlagen zodra we dit moment achter ons lieten. Het enige wat ertoe deed, was dit: onze neuzen tegen elkaar, de zachtheid van zijn mond, het verlangen binnen in me.

Sam ging achteruit en drukte zijn gezicht tegen mijn hals. Hij bleef zo staan en omhelsde me stevig. Zijn armen lagen zo strak om me heen dat ze mijn ademhaling belemmerden, en mijn heup drukte zo hard tegen de motorkap dat het pijn deed, maar nooit zou ik tegen hem zeggen dat hij me los moest laten.

Sam zei iets, maar zijn stem was onverstaanbaar tegen mijn huid.

'Wat?' vroeg ik.

Hij liet me los en keek naar mijn hand op de motorkap. Hij drukte met de punt van zijn duim op het topje van mijn wijsvinger en bekeek de vorm van onze vingers samen, alsof het iets fascinerends was.

'Ik heb het gemist, naar je gezicht kijken,' zei hij zachtjes. Maar hij keek op dat moment niet naar mijn gezicht.

Boven ons trilden en veranderden de lichtjes. Ze hadden geen begin of einde, maar het leek erop dat ze ons toch verlieten. Ik dacht weer aan de modder onder zijn nagels, de schaafplek op zijn slaap. Wat was er nog meer gebeurd terwijl ik in het bos was?

'Ik heb het gemist om een gezicht te hébben,' zei ik. In mijn hoofd had het grappig geleken, maar toen ik het uitsprak, lachten we geen van beiden. Sam trok zijn hand terug en keek weer naar de aurora borealis. Hij keek nog altijd de hemel in alsof hij aan niets dacht, en ineens besefte ik dat ik wreed was geweest, omdat ik niets liefs tegen hem had gezegd terwijl hij dat wel had gedaan, niet had gezegd wat hij nodig had nadat ik zo lang was weggeweest. Maar het moment om iets geschikts terug te zeggen was voorbij, en ik wist niet hoe ik iets anders moest zeggen wat niet afgezaagd klonk. Ik overwoog *Ik hou van je* te zeggen, maar zelfs de gedachte om dat hardop te zeggen gaf me een raar gevoel. Ik wist niet waarom dat zo was; ik hield echt van hem, zoveel dat het pijn deed. Maar ik wist niet hoe ik dat moest verwoorden. Dus stak ik mijn hand uit, en Sam pakte hem.

Sam

Buiten de auto was het licht nog verbluffender, alsof de koude lucht om ons heen bewoog en trilde in lichtpaars en roze. Ik strekte mijn vrije hand boven me uit alsof ik de aurora zou kunnen aanraken. Het was koud, maar een prettige kou, het soort dat je het gevoel gaf te leven. Boven ons was de hemel zo helder dat wij alle sterren zagen die ons konden zien. Nu ik Grace had gekust, kon ik niet ophouden te denken dat ik haar wilde aanraken. Mijn hoofd was vol van de plekken die ik nog niet had aangeraakt: de zachte huid aan de binnenkant van haar elleboog, de holte vlak boven haar heup, de lijn van haar sleutelbeen. Ik wilde haar zo graag nog een keer kussen, ik wilde méér, maar in plaats daarvan hielden we elkaars hand vast, met ons hoofd in onze nek, en samen draaiden we langzaam rond en keken op in de oneindigheid. Het was net vallen, of vliegen.

Ik werd verscheurd tussen mijn verlangen om dit moment snel achter me te laten en naar het méér te gaan, en erin willen blijven, te leven in een toestand van aanhoudende verwachting en aanhoudende veiligheid. Zodra we teruggingen, zou de jacht op de wolven weer iets echts worden, en daar was ik nog niet klaar voor.

Ineens vroeg Grace: 'Sam, ga je met me trouwen?'

Ik keek met een ruk haar kant op, maar zij keek nog steeds naar de sterren, alsof ze alleen maar iets over het weer had gevraagd. Rondom haar ogen was echter een harde, turende trek te zien die in tegenspraak was met de nonchalante klank van haar stem.

Ik wist niet wat ze van me verwachtte. Ik had zin om hardop te lachen. Omdat ik opeens besefte dat ze natuurlijk gelijk had; ja, het bos zou haar opeisen in de koude maanden, maar ze ging niet dood. Ik was haar niet voorgoed kwijt. En ik had haar hier en nu. In vergelijking daarmee leek al het andere klein, beheersbaar, van ondergeschikt belang.

Ineens leek de wereld een veelbelovende, vriendelijke plek.

Ineens zag ik de toekomst, en het was een plek waar ik wilde zijn.

Ik besefte dat Grace nog steeds op antwoord wachtte. Ik trok haar naar me toe totdat we neus tegen neus stonden onder het noorderlicht. 'Vraag je me?' vroeg ik.

'Alleen om opheldering,' antwoordde Grace. Maar ze glimlachte, een klein, echt lachje omdat ze mijn gedachten had gelezen. Naast haar slaap zweefden korte blonde haartjes op de bries; het zag eruit alsof het moest kriebelen, maar ze vertrok geen spier. 'Ik bedoel, in plaats van in zonde te leven.'

En toen lachte ik wel, ook al was de toekomst een gevaarlijke plek, omdat ik van haar hield en zij van mij hield, en de wereld mooi was en overspoeld door roze licht.

Ze kuste me heel lichtjes. 'Zeg oké.' Ze begon te rillen.

'Oké,' zei ik. 'Afgesproken.'

Het voelde als een stoffelijk iets dat ik in mijn handen hield.

'Meen je dat echt?' vroeg ze. 'Je moet het niet zeggen als je het niet echt meent.'

Mijn stem klonk niet zo ernstig als ik het voelde. 'Ik meen het echt.'

'Oké,' zei Grace, en plotseling leek ze tevreden en sterk, overtuigd van mijn genegenheid. Ze slaakte een zuchtje en verplaatste onze handen zodat onze vingers verstrengeld waren. 'Nu mag je me naar huis brengen.'

28

Sam

Weer thuis liet Grace zich op mijn bed vallen en sliep vrijwel meteen, en ik benijdde haar om haar gemakkelijke vriendschap met de slaap. Ze lag roerloos in die spookachtige, doodse slaap van uitgeputte mensen. Ik kon niet met haar mee; alles binnen in me was wakker. Mijn geest was continu beelden aan het afspelen, schotelde me steeds opnieuw de gebeurtenissen van die dag voor totdat het één lange creatie leek, onmogelijk op te delen in afzonderlijke minuten.

Dus liet ik haar boven achter en ging zachtjes naar beneden. In de keuken groef ik in mijn zak om mijn autosleutels op het keukeneiland te gooien. Het leek me vreemd dat de keuken er nog hetzelfde uitzag. Alles had er na vanavond eigenlijk anders uit moeten zien. Een televisie die boven bromde, was de enige aanwijzing dat Cole thuis was; ik was blij met de eenzaamheid. Ik was vervuld van zoveel blijdschap en zoveel droefheid dat ik niet eens over praten kon nadenken. Ik voelde nog steeds de vorm van Grace' gezicht tegen mijn hals gedrukt en zag nog steeds haar gezicht terwijl ze opkeek naar de sterren, wachtend op mijn antwoord. Ik was er nog niet klaar voor om dat te verdunnen door hardop te praten.

In plaats daarvan liet ik mijn jas van mijn schouders glijden en ging naar de woonkamer; Cole had deze televisie ook aan laten staan, maar zonder geluid, dus zette ik hem uit en pakte mijn gitaar op, die ik tegen de leunstoel had laten staan. De kast was een beetje vuil omdat hij buiten was geweest; er zat een nieuwe buts in de lak doordat Cole of ik er te onvoorzichtig mee was geweest.

Sorry, dacht ik, omdat ik nog steeds niet hardop wilde praten. Ik plukte zachtjes aan de snaren; de overgang in temperatuur van buiten naar binnen had het instrument een beetje ontstemd, maar niet zoveel als ik had verwacht. Het was nog steeds bespeelbaar, hoewel ik even wat tijd nam om het geluid perfect te maken. Ik legde de riem over mijn hoofd, vertrouwd en gemakkelijk als een lievelingsshirt, en dacht aan de glimlach van Grace.

Toen begon ik te spelen. Variaties op een G-majeurakkoord, het mooiste akkoord dat de mensheid kent, eindeloos blij. Ik zou kunnen wonen in een G-majeurakkoord, samen met Grace, als zij dat ook wilde. Alles wat ongecompliceerd en goed aan me was, kon worden samengevat in dat akkoord.

Het was het tweede akkoord dat Paul me ooit had geleerd, hier op deze oude geruite bank. Het eerste akkoord: E-mineur. 'Omdat,' had Beck gezegd terwijl hij door de kamer liep en uit een van zijn favoriete films citeerde – een herinnering die nu een beetje pijn deed – 'er in elk leven een beetje regen moet vallen.'

'Omdat,' corrigeerde Paul, 'er in elk nummer een bruggetje moet zitten.'

De sinistere E-mineur was eenvoudig voor een beginner zoals ik. Het was veel moeilijker om het rustige G-majeurakkoord te spelen. Maar Paul liet het moeiteloos lijken.

Het was die Paul die ik me nu herinnerde, niet de Paul die me als kind tegen de sneeuw had gepind. Net als het de Grace die boven lag te slapen was die ik me nu herinnerde, niet de wolf met haar ogen die we in het zinkgat hadden aangetroffen.

Ik had zo'n groot deel van mijn leven in angst doorgebracht, of levend met de herinnering aan angst.

Dat was afgelopen.

Ik liet mijn vingers over het hele akkoord wandelen terwijl ik door de gang naar de badkamer liep. Het licht was aan, dus hoefde ik niet op te houden met spelen terwijl ik daar stond te kijken naar de badkuip aan de andere kant van de ruimte.

Duisternis drong zich op aan weerskanten van mijn gezichtsveld, herinneringen duwden tegen me aan. Ik bleef gitaarspelen, tokkelde een nummer over het heden om het verleden weg te duwen. Ik stond daar met mijn blik op de lege badkuip gericht.

Water kantelde en werd weer kalm

doorspoeld met bloed

Het gewicht van de gitaarriem op mijn schouder hield me op de grond. De druk van de snaren tegen mijn vingers hield me in het hier en nu.

Boven lag Grace te slapen.

Ik zette een stap de badkamer in; mijn gezicht in de spiegel maakte me aan het schrikken toen het bewoog. Ik bleef staan om mezelf te bekijken. Was dat nu mijn gezicht?

water dat in de stof van mijn shirt omhoogtrok

dit is sam niet

drie twee

Ik liet mijn vingers naar C-majeur lopen. Vulde mijn hoofd met alles wat ik met dat akkoord kon doen: *Ik viel voor haar in de zomer, mijn mooie zomermeisje.* Ik hield me vast aan de vraag die Grace eerder had gesteld. *Ga je met me trouwen?*

Grace had zoveel gedaan om mij te redden. Nu werd het tijd dat ik mezelf redde.

Mijn vingers vielen geen moment stil terwijl ik naar de badkuip liep, mijn gitaar zong nu ik het niet wilde, en ik bleef bij de badkuip staan en keek erin. Even was het alleen een heel gewoon, aards voorwerp, een droog bad dat erop wachtte te worden gevuld.

Toen begonnen mijn oren te suizen.

Ik zag het gezicht van mijn moeder.

Ik kon dit niet.

Mijn vingers vonden G-majeur en speelden er zonder mij duizend variaties op, liedjes die ze konden spelen terwijl mijn gedachten naar andere dingen gingen. Liedjes die deel uitmaakten van iets wat groter was dan ik, een of ander eindeloos reservoir van geluk waar iedereen uit kon putten.

Ik aarzelde, en mijn akkoorden kaatsten via de tegels naar me terug. De muren stonden dicht om me heen; de deur leek ver achter me. Ik stapte in de badkuip, en mijn schoenen piepten zachtjes op het droge oppervlak. Mijn hart bonsde tegen mijn T-shirt. Bijen zoemden in mijn hoofd. Duizend minuten behalve deze die ik hier beleefde: minuten met scheermessen, minuten waarin alles wat ik was gorgelend door de afvoer verdween, minuten met handen die me vasthielden in het water. Maar Grace was er ook bij en zij hield mijn hoofd boven water, haar stem riep me terug naar mezelf, ze nam me bij de hand.

En belangrijker dan al die andere was déze minuut. De minuut waarin ik, Sam Roth, hier op eigen kracht was gekomen, met mijn muziek in mijn handen, sterk, eindelijk sterk.

Rilke zei:

Want te midden van die winters is er één zo eindeloos winter
dat ons hart alleen zal overleven door hem te doorwinteren.

Dat was hoe Cole me vond, een uur later. In kleermakerszit in de lege badkuip, met mijn gitaar op schoot terwijl mijn vingers een G-majeurakkoord plukten en ik een liedje zong dat ik nooit eerder had gezongen.

29

Sam

maak me wakker
maak me wakker, zei je
maar ik sliep ook
ik droomde
maar nu ben ik bezig te ontwaken
nog steeds bezig te ontwaken
en ik zie de zon

30

Grace

Ik was klaarwakker.

Alles in de kamer was stil en zwart, en ik wist zeker dat ik over precies dit moment had gedroomd, alleen had er toen iemand naast het bed gestaan.

'Sam?' fluisterde ik, denkend dat ik maar een paar minuten had geslapen, dat hij me had gewekt toen hij naar bed kwam. Achter me hoorde ik Sam een zacht slaapgeluid maken. Ik voelde nu dat er geen dekens tegen me aan gedrukt lagen, maar een Sam-deken. Onder normale omstandigheden zou ik dolblij zijn geweest met dit kleine geschenk van zijn aanwezigheid en weer terug zijn gelokt naar de slaap, maar ik was er zo van overtuigd dat er iemand naast mijn bed had gestaan dat het onthutsend was om te beseffen dat hij in plaats daarvan diep in slaap naast me lag. De haartjes achter in mijn nek kriebelden alert. Terwijl mijn ogen langzaam aan het donker wenden, werden Sams papieren kraanvogels zichtbaar, zwaaiend en kantelend, in beweging gezet door een onzichtbare wind.

Ik hoorde iets.

Het was niet helemaal een bons. Het was een onderbroken bons, alsof er iets viel en werd opgevangen. Ik hield mijn adem in en luisterde – het kwam van ergens beneden – en werd beloond met nog een gedempte bons. De woonkamer? Iets wat werd omgestoten in de achtertuin?

'Sam, wakker worden,' zei ik indringend.

Terwijl ik opzij keek, kreeg ik een desoriënterende schok toen ik de glans van Sams ogen in het donker naast me zag; hij was al wakker en lag heel stil. Hij lag te luisteren, net als ik.

'Hoorde je dat?' fluisterde ik.

Hij knikte. Ik zag dat niet zozeer, maar hoorde zijn hoofd over de kussensloop wrijven.

'Garage?' vroeg ik. Hij knikte weer.

Een gedempt schraapgeluid scheen mijn inschatting te bevestigen. Sam en ik tuimelden in slow motion uit bed; we droegen allebei nog de kleding waarin we achter de aurora borealis aan waren gegaan. Sam ging voor, de trap af en de gang door, dus zag ik als eerste Cole uit de gang naar de slaapkamers beneden komen. Zijn haar zat in maffe pieken. Ik had nooit gedacht dat hij er ook maar enige tijd aan besteedde – zorgeloze rocksterren hoefden er vast geen moeite voor te doen om er als zorgeloze rocksterren uit te zien – maar nu was duidelijk dat piekig de natuurlijke toestand van zijn haar was en dat hij er moeite voor moest doen om te zorgen dat het er niet zo uitzag. Hij droeg alleen een joggingbroek. Hij keek eerder geërgerd dan geschrokken.

Op lage toon, nog half slapend, vroeg Cole: 'Wat krijgen we nou?'

We bleven daar met ons drieën staan, op blote voeten, en luisterden nog een paar minuten. We hoorden niets meer. Sam streek met zijn hand door zijn haar en maakte er een komische waaier van. Cole legde zijn vinger tegen zijn lippen en wees door de keuken naar de ingang van de garagedeur.

En ja, als ik mijn adem inhield, kon ik nog steeds geschuifel horen.

Cole wapende zich met de bezem die naast de koelkast stond. Ik koos een mes uit het houten blok op het aanrecht. Sam keek ons allebei verbijsterd aan en ging met lege handen.

We bleven voor de deur staan, wachtend op een volgend geluid. Even later klonk er een knal en gekletter van metaal. Cole keek me aan en trok zijn wenkbrauwen op, en tegelijkertijd opende hij

167

de deur en stak zijn hand naar binnen om het licht in de garage aan te doen.

En er was: niets.

We keken elkaar verwonderd aan.

Ik riep de garage in: 'Is daar iemand?'

Cole klonk verraden, toen hij tegen Sam zei: 'Ongelooflijk dat hier al die tijd nog een auto stond en dat jij daar niks over hebt gezegd.'

De garage was, net als de meeste garages, tot de nok toe gevuld met rare en stinkende dingen die je niet in huis wilde bewaren. De meeste ruimte werd in beslag genomen door een lelijke rode BMW stationcar, stoffig van het stilstaan, maar er stonden ook de verplichte grasmaaier en een werkbank vol metalen soldaatjes, en er hing een kentekenplaat uit Wyoming boven de deur, met BECK 89 erop.

Mijn blik werd teruggetrokken naar de stationcar.

Ik zei: 'Sst. Kijk!'

Er leunde een onkruidwieder schuin tegen de motorkap van de auto. Ik stapte als eerste de garage in om hem rechtop te zetten, en toen zag ik de iets openstaande motorkap. Ik drukte er met mijn hand op. 'Was dit al zo?'

'Ja. Al tien jaar,' zei Sam, die bij me kwam staan. De BMW was niet mooi om te zien, en de garage rook nog steeds naar de vloeistof die er als laatste uit was gelekt. Hij wees naar een omgevallen krat vol gereedschap bij de achterbumper van de BMW. 'Maar dat was nog niet zo.'

'En,' zei Cole, 'luister.'

Ik hoorde wat Cole had gehoord: een soort gescharrel onder de auto.

Ik wilde bukken, maar Sam pakte mijn arm en hurkte zelf neer om te kijken.

'Allemachtig,' zei hij. 'Het is een wasbeer.'

'Arm beest,' zei ik.

'Het kan ook een hondsdolle babymoordenaar zijn,' zei Cole nuffig.

'Hou je kop,' zei Sam op vriendelijke toon terwijl hij onder de auto bleef turen. 'Ik denk na hoe we hem naar buiten moeten krijgen.'

168

Cole stapte langs me heen en hield de bezem vast als een staf. 'Ik wil alleen maar weten hoe hij binnen is gekomen.'

Hij liep langs de achterkant van de auto naar de zijdeur van de garage, die op een kier stond. Hij tikte tegen de open deur. 'Sherlock heeft een aanwijzing gevonden.'

Sam

Ik zei: 'Sherlock zou een manier moeten bedenken hoe we die knul naar buiten krijgen.'

'Of die meid,' zei Cole, en Grace keek hem goedkeurend aan. Met het mes nog in haar hand zag ze er grimmig en sexy uit, als iemand die ik niet associeerde met haar lichaam. Haar gevatte conversatie met Cole had me misschien jaloers moeten maken, maar ik werd er blij van; bovenal was dat het bewijs dat ik Cole als vriend begon te zien. Iedereen koesterde de geheime fantasie dat zijn of haar vrienden ook vrienden van elkaar zouden worden.

Ik liep naar de voorkant van de garage, zand knarste onprettig onder mijn blote voeten, en ik trok de garagedeur open. Hij rolde met een verschrikkelijke knal tegen het plafond en de donkere oprit met mijn Volkswagen erop spreidde zich voor me uit. Het was een spookachtig en eenzaam landschap. De koele nachtlucht met de geur van nieuwe bladeren en boomknoppen beet in mijn armen en tenen, en een krachtige combinatie van de koele bries en de weidse, wijde nacht versnelde mijn bloedsomloop en riep me. Even was ik verloren in de kracht van mijn verlangen.

Met enige moeite draaide ik me weer om naar Cole en Grace. Cole porde al rondom de onderkant van de auto met zijn bezemsteel, maar Grace keek de nacht in met een uitdrukking die de mijne leek te weerspiegelen. Iets van overpeinzing en verlangen. Ze merkte dat ik naar haar keek, maar haar uitdrukking veranderde niet. Ik had het gevoel... Ik had het gevoel dat ze wíst hoe ik me voelde. Voor het eerst in heel lange tijd herinnerde ik me weer hoe ik in het bos had gewacht tot zij zou veranderen, had gewacht tot we allebei tegelijkertijd wolf zouden zijn.

'Kom op, etterbak,' zei Cole tegen het beest onder de auto. 'Ik had een uitstekende droom.'

'Moet ik aan de andere kant gaan staan met iets?' vroeg Grace, die haar blik nog heel even op mij gericht hield voordat ze omkeek.

'Een mes is een beetje overdreven,' opperde ik, wegstappend bij de garagedeur. 'Daar staat nog een bezem.'

Ze keek naar het mes voordat ze het op een vogelbadje legde; nog een mislukte poging van Beck om de tuin te verfraaien.

'Ik heb de pest aan wasberen,' merkte Cole op. 'En dit is de reden dat jouw idee om de wolven te verhuizen enigszins problematisch is, Grace.'

Grace, gewapend met de andere bezem, stak met grimmige efficiëntie de kop ervan onder de auto. 'Ik vind dit nauwelijks een passende vergelijking.'

Ik zag de gemaskerde snuit van de wasbeer onder de BMW uit komen. Met een plotselinge uitbarsting van snelheid rende hij weg van Coles bezemsteel, pal langs de open garagedeur, en verstopte zich achter een gieter aan de andere kant van de auto.

'Allemachtig, wat een stom beest,' zei Cole verwonderd.

Grace liep ernaartoe en duwde zachtjes tegen de gieter. Even aarzelde hij nog, maar toen schoot de wasbeer weer onder de auto. Opnieuw kwam hij daarbij vlak langs de open deur. Grace, een hartstochtelijk aanhanger van de logica, gooide haar vrije hand in de lucht. 'De deur is dáár. Het is de hele muur!'

Cole, die wat enthousiaster keek dan de klus eigenlijk rechtvaardigde, begon weer met zijn bezemsteel onder de auto te rommelen. Van schrik schoot de wasbeer terug naar de gieter. De geur van zijn angst was net zo sterk als de ranzige lucht van zijn vacht en had iets aanstekelijks.

'Dit,' zei Cole, die er met de bezemsteel rechtop naast hem uitzag als Mozes in een joggingbroek, 'is de reden dat wasberen de planeet niet overnemen.'

'Dit,' zei ik, 'is de reden dat ze steeds op ons blijven schieten.'

Grace keek naar de wasbeer die ineengedoken in de hoek zat. Ze trok een medelijdend gezicht. 'Geen gecompliceerde logica.'

'Geen ruimtelijk inzicht,' corrigeerde ik haar. 'Wolven hebben zat gecompliceerde logica. Alleen geen menselijke logica. Geen ruimtelijk inzicht. Geen besef van tijd. Geen besef van grenzen. Boundary Wood is te klein voor ons.'

'Dus verhuizen we de wolven naar een betere plek,' zei Grace. 'Ergens waar minder mensen in de buurt zijn. Ergens waar minder Tom Culpepers zijn.'

'Er zijn altijd Tom Culpepers,' zeiden Cole en ik gelijktijdig, en Grace glimlachte triest naar ons allebei. 'Het zou behoorlijk afgelegen moeten liggen,' vervolgde ik. 'En het zou geen privégrond mogen zijn, behalve als het van ons was, en zo rijk zijn we volgens mij niet. En er mogen niet al wolven leven, anders is de kans groot dat die meteen al een heleboel van ons omleggen. En er moeten prooidieren zijn, anders zouden we toch nog doodgaan van de honger. Bovendien zou ik niet weten hoe je een stuk of twintig wolven moet vangen. Cole heeft het geprobeerd, en hij heeft er nog niet één weten te strikken.'

Grace had haar koppige gezicht opgezet, wat betekende dat zij haar gevoel voor humor ook begon te verliezen. 'Beter idee?'

Ik haalde mijn schouders op.

Cole krabde met het uiteinde van de bezemsteel over zijn blote borst en zei: 'Nou, weet je, ze zijn al eerder verhuisd.'

Nu had hij de onverdeelde aandacht van zowel Grace als mij.

Cole zei op lome toon, gewend om dingen die andere mensen wilden horen langzaam prijs te geven: 'Becks dagboek begint als hij wolf is. Maar het begint niet in Minnesota.'

'Oké,' zei Grace, 'ik zal happen. Waar dan?'

Cole wees met de bezemsteel naar de kentekenplaat boven de deur, BECK 89. 'Toen begon de echte wolvenpopulatie terug te keren en de parttimewolven af te maken, zoals Ringo al concludeerde, en besloot Beck dat hun enige kans was om te verhuizen.'

Ik kreeg een merkwaardig gevoel van verraad. Niet dat Beck ooit tegen me had gelogen over waar hij vandaan kwam; ik wist zeker dat ik hem nooit rechtstreeks had gevraagd of hij altijd hier in Minnesota had gewoond. En niet dat die kentekenplaat niet vol in het zicht hing. Maar... Wyoming. Cole, welwillende indringer die hij was, wist dingen over Beck die ik niet wist.

Een deel van me zei dat het kwam doordat Cole de moed had

gehad om Becks dagboek te lezen. Een ander deel zei dat ik het ook op een andere manier had moeten ontdekken.

'Vertelt hij ook hoe hij het gedaan heeft?' vroeg ik.

Cole wierp me een merkwaardige blik toe. 'Een beetje.'

'Een beetje hoe?'

'Hij zegt alleen dat Hannah hen heel goed heeft geholpen.'

'Ik ken helemaal geen Hannah,' zei ik. Ik was me ervan bewust dat ik behoedzaam klonk.

'Dat kan wel kloppen,' zei Cole. Weer had hij die vreemde blik in zijn ogen. 'Beck zegt dat ze nog niet zo heel lang een wolf was, maar ze kon niet zo lang mens blijven als de anderen. Ze stopte dat jaar na de verhuizing al met veranderen. Hij zegt dat ze beter in staat leek om als wolf menselijke gedachten vast te houden dan de anderen. Niet veel, maar ze herinnerde zich gezichten en keerde als wolf terug naar plekken waar ze als mens was geweest.'

Nu wist ik waarom hij naar mij keek. Grace keek ook naar mij. Ik wendde mijn blik af. 'Laten we eerst die wasbeer maar naar buiten werken.'

We bleven nog even in stilte staan, een beetje dizzy van de slaap, tot ik besefte dat ik dichterbij ook beweging hoorde. Ik aarzelde even, hield mijn hoofd schuin en luisterde waar het vandaan kwam.

'O, hé,' zei ik. Ineengedoken achter een plastic vuilnisbak, pal naast me, zat nog een wasbeer, een grotere, die met behoedzame ogen naar me opkeek. Hij was blijkbaar veel beter in verstoppen dan de eerste, want ik had hem tot nu toe helemaal niet in de gaten gehad. Grace reikhalsde om over de auto te kunnen zien waar ik naar keek.

Ik had niets in mijn handen behalve mijn handen, dus gebruikte ik die. Ik pakte het handvat van de vuilnisbak beet. En heel langzaam duwde ik hem naar de muur, zodat de wasbeer er aan de andere kant achter vandaan moest komen.

Meteen rende de wasbeer langs de muur, de deur uit en de nacht in. Zonder aarzeling. Recht de garagedeur uit.

'Twéé?' vroeg Grace. 'Dat...' Ze stopte toen de eerste wasbeer, geïnspireerd door het succes van de ontsnappende wasbeer, erachteraan rende naar buiten, zonder omweg via de gieter.

'Pff,' zei ze. 'Zolang er maar geen derde is. Nú snapt hij het concept van de deur.'

Ik liep naar de garagedeur om die dicht te doen, maar onderweg ving ik een glimp op van Cole. Hij staarde de wasberen na, en zijn wenkbrauwen waren gefronst op een gezicht dat voor één keer niet was ingesteld om de beste indruk op zijn publiek te maken.

Grace wilde iets zeggen, maar volgde toen mijn blik naar Cole. Ze zei niets.

Een volle minuut zwegen we alle drie. In de verte waren de wolven gaan huilen, en mijn nekharen kriebelden.

'Daar is ons antwoord,' zei Cole. 'Dat is wat Hannah deed. Zo krijgen we de wolven het bos uit.' Hij draaide zich om en keek me aan. 'Een van ons moet ze eruit leiden.'

31

Grace

Het voelde alsof ik op kamp was toen ik de volgende morgen wakker werd.

Toen ik dertien was, had mijn oma me twee weken zomerkamp cadeau gedaan. Camp Blue Sky voor meisjes. Ik had ervan genoten: twee weken waarin elk moment van tevoren vaststond, elke dag was ingedeeld, met een activiteitenrooster geprint op gekleurde vellen A4 die elke morgen uit onze postvakjes staken. Het was het tegenovergestelde van het leven bij mijn ouders, die lachten om het idee van roosters. Het was fantastisch, en de eerste keer dat ik besefte dat er andere wegen naar het geluk mogelijk waren dan die door mijn ouders werden voorgeschreven. Maar het punt met kamp was dat het níét thuis was. Mijn tandenborstel was vuil omdat hij in het kleine vakje van mijn rugzak was gepropt door een moeder die was vergeten plastic zakjes te kopen voordat ik vertrok. Mijn schouder werd onprettig geplet op het stapelbed wanneer ik probeerde te slapen. Het avondeten was lekker, maar te zout, en kwam net iets te lang na het middageten, en anders dan thuis kon ik niet even naar de keuken lopen voor wat lekkers. Het was leuk en anders, en net dat kleine beetje verkeerd, waardoor het verontrustend was.

Dus hier was ik, in Becks huis, in Sams slaapkamer. Het was niet echt thuis; thuis riep nog steeds de herinnering op aan kussens die naar mijn shampoo roken. Aan mijn gehavende exemplaren van de boeken van John Buchan, die ik bij de uitverkoop van de bibliotheek had gekocht, zodat ze me dubbel dierbaar waren. Aan het geluid van scheren bij stromend water van mijn vader wanneer die zich klaarmaakte om naar zijn werk te gaan. Aan de radio die tegen zichzelf praatte op gedempte, ernstige toon in de werkkamer. Aan de eindeloos vertrouwde logica van mijn eigen routine. Bestond dat thuis nog wel voor mij?

Rechtop zittend in Sams bed was ik versuft van de slaap en verbaasd te zien dat hij naast me lag, tegen de muur gerold met zijn vingers gespreid ertegenaan. Ik kon me niet herinneren dat ik ooit eerder wakker was geworden dan hij, en met een ietwat neurotisch gevoel keek ik naar hem totdat ik onder zijn aftandse T-shirt zijn borst zag bewegen.

Ik stapte uit bed, in de verwachting dat hij elk moment wakker zou worden, half hopend dat hij dat zou doen, half hopend van niet, maar hij bleef in die vreemde slaaphouding liggen en zag eruit alsof hij op het bed was gesmeten.

Die giftige combinatie van onvoldoende slaap en te veel waakzaamheid pompte door me heen, dus duurde het langer dan ik had verwacht om in de gang te komen en toen nog even voor ik me herinnerde waar de badkamer was. Toen ik daar aankwam, had ik geen haarborstel en geen tandenborstel, en de enige kleding die ik kon vinden, was een T-shirt van Sam met het logo van een mij onbekende band.

Dus gebruikte ik zijn tandenborstel, hield ik me bij elke poetsbeweging voor dat dit niet walgelijker was dan hem kussen, en ik geloofde het bijna. Zijn haarborstel lag naast een sjofel uitziend scheermes, en ik gebruikte de een maar niet het ander.

Ik keek in de spiegel. Het voelde alsof ik aan de verkeerde kant ervan leefde. Het verstrijken van de tijd betekende hier niets. Ik zei: 'Ik wil Rachel vertellen dat ik nog leef.'

Dat klonk niet onredelijk, tot ik erover ging nadenken hoe fout dat kon gaan.

Ik keek nog even in de slaapkamer – Sam sliep nog steeds – en ging naar beneden. Een deel van me wilde dat hij wakker werd, maar een ander deel hield wel van dit rustige gevoel van alleen, maar niet eenzaam zijn. Het deed me denken aan alle keren dat ik had zitten lezen of huiswerk maken met Sam bij me in de kamer. Samen in stilte, twee manen in een kameraadschappelijke baan om de aarde.

Beneden lag Cole op de bank te slapen, zijn ene arm gestrekt boven zijn hoofd. Omdat ik me herinnerde dat er een koffiepot in de kelder stond, sloop ik de gang door en de trap af.

De kelder was een gezellige maar enigszins desoriënterende plek: geen tocht, geen ramen, al het licht kwam van lampen zodat je er nooit wist hoe laat het was. Het was vreemd om terug te zijn in de kelder en ik voelde een raar, misplaatst gevoel van triest-heid. De laatste keer dat ik hier beneden was geweest, was na het auto-ongeluk, toen ik met Beck had gepraat nadat Sam in een wolf was veranderd. Ik had gedacht dat Sam voor altijd zou wegblijven. Nu was Beck degene die verloren was.

Ik zette koffie en ging in de stoel zitten waar ik ook had geze-ten toen ik met Beck sprak. Achter zijn lege stoel strekten zich de boekenplanken uit met de honderden boeken die hij nooit meer zou lezen. Alle muren waren ermee bedekt; de koffiepot stond op de paar centimeter plank die niet in beslag werden genomen door boeken. Ik vroeg me af hoeveel er stonden. Tien boeken op elke dertig centimeter plank? Misschien wel duizend boeken. Mis-schien nog wel meer. Zelfs van hieraf kon ik zien dat ze netjes ge-ordend waren, non-fictie op onderwerp, sleetse romans op auteur. Ik wilde ook zo'n boekenverzameling tegen de tijd dat ik zo oud was als Beck. Niet déze boekenverzameling, maar een grot van woorden die ik zelf zou bouwen. Ik wist niet of dat nu nog wel mogelijk was.

Zuchtend stond ik op en liep langs de planken tot ik zag dat Beck ook een paar schoolboeken had, en toen ging ik daarmee op de vloer zitten, met mijn beker koffie naast me. Ik wist niet hoe lang ik al zat te lezen toen ik zachtjes de trap hoorde kraken. Ik keek op en zag een paar blote voeten naar beneden komen: Cole, die er onfris en warrig uitzag van de slaap, met een streep op zijn wang van de kussens van de bank.

'Hé, Brisbane,' zei hij.

'Hé,' zei ik. 'St. Clair.'

Cole haalde de stekker uit de koffiepot en nam het hele ding mee naar mijn plek op de vloer. Hij vulde mijn beker bij en schonk voor zichzelf ook een beker in, zwijgend en plechtig tijdens het gehele proces. Toen draaide hij zijn hoofd om de titels te lezen van de boeken die ik van de planken had gepakt.

'Thuisonderwijs? Zware kost zo vroeg op de ochtend.'

Ik trok mijn hoofd in. 'Dit is alles wat Beck had.'

Cole las verder. 'Slagen voor de toelatingstest. Erkende online diploma's. Hoe word je een ontwikkelde weerwolf zonder het comfort van je eigen kelder te verlaten. Je zit ermee, hè? School, bedoel ik.'

Ik keek hem even aan. Ik had niet het idee dat ik ongelukkig had geklonken. Ik had niet het idee dat ik zo ongelukkig wás. 'Nee. Oké, ja. Toch wel. Ik wilde naar de universiteit. Ik wilde mijn school afmaken. Ik hóú van leren.' Toen ik het gezegd had, besefte ik pas dat Cole NARKOTIKA had verkozen boven school. Ik wist niet hoe ik moest uitleggen wat voor spanning ik vroeger voelde als ik nadacht over de universiteit. Ik wist niet hoe ik de voorpret moest omschrijven die cursusoverzichten me gaven – al die mogelijkheden – of alleen maar het fijne gevoel van het openslaan van een nieuw schrift met een nieuw lesboek ernaast. De aantrekkingskracht van ergens zijn met een heleboel andere mensen die ook van leren houden. Van een klein flatje hebben waar ik over kon regeren als een koningin, zoals ik het altijd al wilde. Ik voelde me een beetje voor gek staan en voegde eraan toe: 'Dat zal wel oubollig klinken.'

Maar Cole keek nadenkend in zijn koffie en zei: 'Hm, studeren. Ik ben er zelf ook fan van.' Hij pakte een van de boeken en opende het op een willekeurige bladzijde. De titel van het hoofdstuk luidde 'De wereld bestuderen vanuit je leunstoel' en er stond een tekening bij van een harkpoppetje dat dat deed. 'Herinner je je nog alles wat er in het ziekenhuis is gebeurd?'

Hij vroeg het op een *vraag eens door*-toon, dus deed ik dat. Hij vertelde over de gebeurtenissen van die nacht, dat ik was begonnen bloed op te geven en dat Sam en hij me naar het ziekenhuis

177

hadden gebracht, en dat Cole had uitgedokterd hoe ik gered kon worden. En toen vertelde hij dat mijn vader Sam een oplawaai had gegeven.

Ik dacht dat ik hem verkeerd had verstaan. 'Hij heeft hem toch niet echt geslagen, of wel? Ik bedoel, je bedoelt gewoon dat hij...'

'Nee, hij heeft hem een stomp verkocht,' merkte Cole op.

Ik nam een slok koffie. Ik wist niet wat raarder was: de gedachte dat mijn vader Sam had geslagen of het besef hoeveel me was ontgaan terwijl ik in een ziekenhuisbed lag of bezig was te veranderen. Ineens voelde de tijd die ik als wolf had doorgebracht nog meer als verloren tijd, als uren die ik nooit meer terug zou krijgen. Alsof mijn levensverwachting in feite abrupt was gehalveerd. Ik besloot daar niet bij stil te blijven staan en dacht in plaats daarvan aan mijn vader die Sam sloeg.

'Ik denk,' zei ik, 'dat ik daar boos om ben. Sam heeft zeker niet teruggeslagen?'

Cole lachte en vulde zijn beker bij.

'En ik was dus nooit echt genezen,' zei ik.

'Nee. Je veranderde alleen niet, en dat is iets anders. De St. Clairs – ik hoop dat je het niet erg vindt, maar ik heb het weerwolfgif naar mezelf vernoemd, voor het geval ik er ooit nog eens de Nobelprijs voor de Vrede of de Pulitzer mee kan winnen of zo – hadden zich binnen in je opgehoopt.'

'Dan is Sam ook niet genezen,' zei ik. Ik zette mijn beker neer en schoof de boeken opzij. Dat het allemaal voor niets was geweest – alles wat we hadden gedaan – was gewoon te veel voor me. Het idee van een grote boekenverzameling en een rode koffiepot van mezelf leek nu volkomen onbereikbaar.

'Nou,' antwoordde Cole, 'dat weet ik zo net nog niet. Hij heeft immers wel zichzelf... O, kijk, daar hebben we de wonderboy. Goeiemorgen, Ringo.'

Sam was vrijwel geruisloos de trap af gekomen en stond nu onderaan. Zijn voeten waren felrood van het douchen. Toen ik hem zag, voelde ik me wat minder pessimistisch, hoewel zijn aanwezigheid niets zou oplossen wat niet al opgelost was.

'We hadden het over de remedie,' zei Cole.

Sam liep naar me toe. 'Voor wie?' Hij ging in kleermakerszit naast me zitten. Ik bood hem koffie aan, en zoals verwacht schudde hij zijn hoofd.

'De jouwe. En die waaraan ik heb gewerkt. Ik heb er heel veel over nagedacht hoe jij jezelf laat veranderen.'

Sam trok een gezicht. 'Ik laat mezelf niet veranderen.'

'Niet vaak, Ringo,' gaf Cole toe, 'maar je doet het wel.'

Ik voelde hoop opflakkeren. Als iemand erachter kon komen hoe de wolven van Boundary Wood in elkaar zaten, dan was het Cole. Hij had mij toch ook gered?

'Zoals toen je mij redde van de wolven,' zei ik. 'En die keer in de kliniek toen we je die injectie gaven?' Die avond leek zo ontzettend lang geleden, in de kliniek van Isabels moeder, toen ik vurig had gewenst dat de wolf die Sam was weer mens zou worden. Weer drukte de trieste herinnering op me. 'Heb je er iets over kunnen ontdekken?'

Sam keek nukkig toen Cole begon te praten over adrenaline, St. Clairs in je lichaam en hoe hij probeerde Sams ongebruikelijke veranderingen te benutten als basis voor een remedie.

'Als het door adrenaline kwam, zou je dan niet al veranderen wanneer iemand "boe" riep?' vroeg ik.

Cole haalde zijn schouders op. 'Ik heb het geprobeerd met een EpiPen – dat is pure adrenaline – en dat werkte, maar net.' Sam keek me fronsend aan en ik vroeg me af of hij dacht wat ik dacht: dat 'maar net' klonk gevaarlijk.

Cole vervolgde: 'Het laat mijn hersens alleen niet op de juiste manier reageren; het zet de verandering niet in gang op dezelfde manier als de kou of de opbouw van St. Clairs dat doet. Het is moeilijk na te bootsen als je geen idee hebt wat er eigenlijk gebeurt. Het is net alsof je een tekening moet maken van een olifant, puur op basis van het geluid dat hij maakt in de kooi naast je.'

'Nou, ik vind het al indrukwekkend dat je erachter bent dat het een olifant is,' zei Sam. 'Kennelijk hadden Beck en de rest zelfs de soort niet goed geraden.' Hij stond op en stak zijn hand naar me uit. 'Kom, we gaan iets te eten maken.'

Maar Cole was nog niet klaar. 'O, Beck wilde het alleen niet zien,' zei hij achteloos. 'Hij wilde die tijd als wolf eigenlijk helemaal niet kwijt. Weet je, als mijn vader hierbij betrokken was ge-

weest, zou hij een paar CAT-scans laten maken, een paar MRI's, ongeveer veertienhonderd elektroden pakken, een paar buisjes giftige medicijnen en een autoaccu of twee, en dan zou hij drie of
vier dode weerwolven later een remedie hebben gevonden. Verdomd, hij is goed in wat hij doet.'

Sam liet zijn hand zakken. 'Ik wou dat je niet zo over Beck
praatte.'

'Hoe?'

'Alsof hij net zo...' Sam maakte zijn zin niet af. Hij keek me
fronsend aan, alsof de rest van zijn zin verborgen was in mijn gezichtsuitdrukking. Ik wist dat hij op het punt had gestaan te zeggen: *alsof hij net zo is als jij.* Om Coles mond speelde een heel
flauw, hard glimlachje.

'Wat dacht je hiervan?' zei Cole. Hij gebaarde naar de stoel waar
Beck de vorige keer in had gezeten, wat me het idee gaf dat ook
hij een gesprek met Beck had gehad in deze kelder. Dat was
vreemd om over na te denken: dat Cole een geschiedenis met
Beck had waar wij niets van af wisten. 'Als jij nou eens vertelt wie
Beck voor jou was, dan zal ik vertellen wie hij voor mij was. En
dan, Grace, kun jij vertellen welke versie klinkt als de ware.'

'Ik denk niet...' begon ik.

'Ik heb hem twaalf jaar gekend,' viel Sam me in de rede. 'Jij
hebt hem twaalf seconden gekend. Mijn versie wint.'

'O ja?' vroeg Cole. 'Heeft hij je verteld hoe hij was als advocaat?
Heeft hij je verteld over toen hij in Wyoming woonde? Heeft hij
je verteld over zijn vrouw? Heeft hij je verteld waar hij Ulrik had
gevonden? Heeft hij je verteld wat hij met zichzelf deed toen Paul
hem vond?'

Sam zei: 'Hij heeft me verteld hoe hij wolf is geworden.'

'Mij ook,' zei ik, omdat ik het gevoel had dat ik Sam moest steu-
nen. 'Hij zei dat hij was gebeten in Canada en dat hij Paul ontmoette in Minnesota.'

'Niet dat hij dood wilde toen hij in Canada was, en dat Paul hem
beet om te voorkomen dat hij zelfmoord pleegde?' vroeg Cole.

'Hij heeft jou dat verteld omdat jij dat moest horen,' zei Sam.

'En hij heeft jou dat verhaal verteld over die tocht en dat Paul al
hier in Minnesota was omdat jij dát moest horen,' zei Cole. 'Ver-

180

tel mij maar hoe Wyoming in dat plaatje past, want daar heeft hij ons allebei niet over verteld. Hij is niet van Canada naar Mercy Falls gekomen toen hij ontdekte dat hier al wolven waren, en hij is ook niet gebeten terwijl hij op een wandeltocht was. Hij heeft het verhaal versimpeld zodat jij niet slecht over hem zou denken. Hij heeft het voor mij versimpeld omdat hij dacht dat het niet relevant was om mij te overtuigen. Vertel nou niet dat je niet aan hem hebt getwijfeld, Sam, want dat is onmogelijk. De man heeft geregeld dat jij werd besmet, en vervolgens heeft hij je geadopteerd. Daar moet je over nagedacht hebben.'

Mijn hart ging uit naar Sam, maar hij keek niet omlaag of wendde zijn blik niet af. Zijn gezicht was volkomen uitdrukkingsloos. 'Ja, daar heb ik over nagedacht.'

'En wat dacht je dan?' vroeg Cole.

'Ik weet het niet,' zei Sam.

'Je moet iets denken.'

'Ik weet het niet.'

Cole stond op en ging pal naast Sam staan, en de kracht waarmee hij dat deed was op de een of andere manier intimiderend. 'Wil je hem daar niet naar vragen?'

Sam, dat moest ik hem nageven, leek niet geïntimideerd. 'Dat is niet echt een optie.'

Cole vroeg: 'Stel dat het wel zo was? Stel dat je hem een kwartier lang terug kon krijgen? Ik kan hem vinden. Ik kan hem vinden en ik heb iets wat hem zou moeten dwingen te veranderen. Niet lang, maar lang genoeg om te praten. Ik moet zeggen dat ik zelf ook nog een paar vragen voor hem heb.'

Sam fronste zijn wenkbrauwen. 'Doe wat je wilt met je eigen lijf, maar ik ga niet rotzooien met iemand die geen toestemming kan geven.'

Coles gezicht stond diep gekrenkt. 'Het is adrenaline, geen tienerseks.'

Sams stem klonk stijfjes. 'Ik wil niet het risico lopen dat we Beck vermoorden, alleen om te kunnen vragen waarom hij nooit heeft verteld dat hij in Wyoming heeft gewoond.'

Het was het voor de hand liggende antwoord, waarvan Cole had moeten weten dat Sam het zou geven. Maar Cole had dat harde lachje weer op zijn gezicht, amper zichtbaar. 'Als we Beck vangen en ik hem mens maak,' zei hij, 'dan kan ik hem misschien opnieuw opstarten, net als Grace. Zou je daarvoor zijn leven riskeren?'

Sam antwoordde niet.

'Zeg ja,' zei Cole. 'Zeg dat ik hem moet gaan zoeken, dan doe ik het.'

En dit, dacht ik, was de reden waarom Sam en Cole niet met elkaar konden opschieten. Als puntje bij paaltje kwam, nam Cole slechte beslissingen om goede redenen, en Sam kon dat niet rechtvaardigen. Nu hield Cole Sam die vette worst voor, dat wat hij het liefst van alles wilde, samen met dat wat hij het minst wilde. Ik wist niet zeker welk antwoord ik wilde dat hij gaf.

Ik zag Sam slikken. Hij wendde zich tot mij en vroeg zachtjes: 'Wat moet ik zeggen?'

Ik kon hem niets vertellen wat hij niet al wist. Ik sloeg mijn armen over elkaar. Ik kon duizend redenen voor en tegen bedenken, maar ze begonnen en eindigden allemaal met het verlangen dat ik nu op Sams gezicht zag. 'Jij moet met jezelf kunnen leven,' antwoordde ik uiteindelijk.

'Hij gaat daarbuiten toch dood, Sam,' zei Cole.

Sam wendde zich van ons allebei af en verstrengelde zijn vingers achter zijn hoofd. Hij staarde naar de rijen boeken van Beck. Zonder ons aan te kijken zei hij: 'Best. Ja. Zoek hem maar.'

Ik keek Cole in de ogen en hield zijn blik vast.

Boven begon de fluitketel te gillen, en Sam rende woordeloos de trap op om hem van het vuur te halen; blij met de uitvlucht, dacht ik, om de kelder uit te komen. Er zat een onzekere knoop in mijn maag bij de gedachte Beck te laten veranderen. Ik was te gemakkelijk vergeten hoeveel we riskeerden elke keer als we probeerden meer over onszelf te ontdekken.

'Cole,' zei ik, 'Beck betekent alles voor hem. Dit is geen spelletje. Doe niets waar je niet zeker van bent, oké?'

'Ik ben altijd zeker van wat ik doe,' zei hij. 'Soms was ik er alleen niet zeker van of het ook goed zou moeten aflopen.'

32

Grace

Die eerste dag als mezelf was raar. Ik kon niet wennen aan mijn kleren en mijn routine, wetend dat de wolf in me nog altijd onvoorspelbaar door mijn lijf spookte. Eigenlijk was ik wel blij met de onzekerheid als nieuwe wolf, want ik wist dat ik uiteindelijk zou uitkomen bij dezelfde op temperatuur gebaseerde veranderingen die Sam had ervaren toen ik hem leerde kennen. En ik hield van de kou. Ik wilde er niet bang voor zijn.

In een poging de omstandigheden min of meer normaal te maken, stelde ik voor om een echte maaltijd te koken, en dat bleek moeilijker dan ik had verwacht. Sam en Cole hadden de kasten gevuld met een vreemde combinatie van voedingsmiddelen. De meeste kon je beschrijven als 'te bereiden in de magnetron' en slechts een paar waren 'ingrediënten' te noemen. Maar ik vond de nodige spullen om pannenkoeken en gebakken eieren te maken – altijd een geschikte maaltijd, vond ik – en Sam kwam zwijgend bij me staan terwijl Cole in de woonkamer op de vloer lag en naar het plafond staarde.

Ik keek over mijn schouder. 'Wat doet hij? Mag ik die spatel even?'

Sam gaf me de spatel aan. 'Zijn hersens doen pijn, denk ik.' Hij schoof achter me langs om de borden te pakken, en even drukte zijn lichaam tegen het mijne en lag zijn hand tegen mijn middel om me te ondersteunen. Ik voelde een felle steek van verlangen.

'Hé,' zei ik, en hij draaide zich om met de borden in zijn hand. 'Zet die eens neer en kom hier.'

Sam stapte naar me toe, maar op dat moment ving ik een glimp van beweging op.

'Hé... wat is dat?' vroeg ik fluisterend. 'Stop!'

Hij verstijfde en volgde mijn blik toen ik zag wat mijn aandacht had getrokken: er liep een dier door de donkere achtertuin. Het gras werd verlicht door het licht dat door de twee keukenramen naar buiten viel. Even verloor ik het dier uit het oog en toen, daar bij de overdekte barbecue, zag ik het weer. Een ogenblik lang voelde mijn hart licht als een veertje, omdat het een witte wolf was. Olivia was een witte wolf, en ik had haar al zo lang niet meer gezien.

Toen zei Sam ademloos: 'Shelby,' en ik zag dat hij gelijk had op het moment dat ze weer bewoog. Ze had niets van de lenige gratie die Olivia als wolf had, en toen de witte wolf haar kop ophief, was dat met een schichtige, argwanende beweging. Ze keek naar het huis en haar ogen waren beslist niet die van Olivia. Toen hurkte ze neer en pieste bij de barbecue.

'O, fraai,' zei ik.

Sam fronste zijn voorhoofd.

We keken zwijgend toe terwijl Shelby van de barbecue naar een ander punt midden in de tuin liep en daar weer haar territorium markeerde. Ze was alleen.

'Volgens mij wordt ze erger,' zei Sam. Buiten bleef Shelby een hele tijd stilstaan en naar het huis staren. Ik had het griezelige gevoel dat ze naar ons in de keuken keek, hoewel wij voor haar alleen maar stilstaande omtrekken konden zijn, als we al iets waren. Maar zelfs van deze afstand kon ik zien dat haar nekharen overeind kwamen.

'Ze' – we schrokken allebei toen we Coles stem achter ons hoorden – 'is psychotisch.'

'Hoe bedoel je?' vroeg ik.

'Ik heb haar weleens gezien als ik valstrikken uitzette. Ze is dapper, en zo gemeen als wat.'

'Nou, dat wist ik al,' zei ik. Met een rilling dacht ik zonder genegenheid terug aan de avond dat ze door een ruit was gesprongen om mij aan te vallen. En toen ik haar ogen had gezien in de onweersbui. 'Ze heeft me vaker geprobeerd te vermoorden dan ik me wil herinneren.'

'Ze is bang,' viel Sam me zachtjes in de rede. Hij keek nog steeds naar Shelby, die recht naar hem keek, en naar niemand anders. Het was verschrikkelijk spookachtig. 'Ze is bang, en eenzaam, en kwaad, en jaloers. Op jou Grace, en Cole, en Olivia. De roedel verandert heel snel en zij kan niet veel verder vallen. Ze raakt alles kwijt.'

De laatste pannenkoek die ik had opgezet, begon aan te branden. Ik griste de pan van het vuur. 'Ik vind het niet prettig als ze hier komt.'

'Ik denk niet... Ik denk niet dat je je zorgen hoeft te maken,' zei Sam. Shelby stond nog steeds roerloos naar zijn silhouet te staren. 'Ik denk dat ze het mij kwalijk neemt.'

Ineens schrok Shelby, op hetzelfde moment dat we Coles stem door de achtertuin hoorden schallen: 'Rot op, gestoorde trut!'

Ze gleed de duisternis in toen de achterdeur dichtsloeg.

'Bedankt, Cole,' zei ik. 'Dat was ongelooflijk subtiel.'

'Dat,' antwoordde Cole, 'is een van mijn beste eigenschappen.'

Sam keek nog altijd fronsend uit het raam. 'Ik vraag me af of ze...'

De telefoon op het keukeneiland viel hem in de rede, en Cole nam op. Hij trok een gezicht en gaf zonder zich te melden de hoorn aan mij.

Op het schermpje was Isabels nummer te zien. Ik zei: 'Hallo?'

'Grace.' Ik wachtte op een opmerking over mijn mens-zijn, iets achteloos en sarcastisch. Maar ze zei alleen dat: *Grace.*

'Isabel,' antwoordde ik, gewoon om maar iets te zeggen. Ik wierp een blik op Sam, die verwonderd leek en net zo'n gezicht trok als ik waarschijnlijk trok.

'Is Sam daar bij je?'

'Ja. Wil je... Wil je hem spreken?'

'Nee. Ik wilde alleen zeker weten dat...' Isabel stopte. Er klonk een hoop lawaai achter haar. 'Grace, heeft Sam je verteld dat ze een dood meisje in het bos hebben gevonden? Gedood door wolven?'

Ik keek naar Sam, maar hij kon niet horen wat Isabel zei.

'Nee,' zei ik onbehaaglijk.

'Grace. Ze weten wie het was.'

Alles binnen in me was heel stil.

Isabel zei: 'Het was Olivia.'

Olivia.

Olivia.

Olivia.

Ik zag alles om me heen met perfecte precisie. Er hing een foto op de koelkast van een man die naast een kajak stond en met zijn vingers het vredesteken maakte. Er hing ook een smoezelige magneet in de vorm van een kies met de naam en het telefoonnummer van een tandartsenpraktijk erop. Naast de koelkast was een werkblad met een paar korte krassen helemaal tot op de kleurloze ondergrond. Er stond een oud glazen colaflesje op, met daarin een potlood en zo'n pen die eruitziet als een bloem. De keukenkraan drupte elke elf seconden, en de druppel water liep tegen de wijzers van de klok in langs de rand van de kraan voordat hij voldoende moed had verzameld om in de gootsteen eronder te vallen. Het was me nooit eerder opgevallen dat alles in deze keuken een warme kleur had. Bruin, rood en oranje, allemaal aanwezig op de werkbladen en kastjes en tegels en verkleurde foto's die tegen de kastdeurtjes hingen.

'Wat heb je gezegd?' wilde Sam weten. 'Wat heb je tegen haar gezegd?'

Ik snapte niet waarom hij me dat vroeg terwijl ik niets had gezegd. Ik keek hem fronsend aan en zag dat hij de telefoon in zijn hand had, maar ik herinnerde me niet dat ik die aan hem had gegeven.

Ik dacht: ik ben een verschrikkelijke vriendin, want het doet helemaal geen pijn. Ik sta hier maar naar die keuken te kijken en te denken dat als het mijn keuken was geweest, ik er een kleedje zou neerleggen zodat ik niet van die koude voeten kreeg op de kale vloer. Ik heb vast niet van Olivia gehouden, want ik heb niet eens zin om te huilen. Ik denk aan kleedjes, en niet aan het feit dat zij dood is.

'Grace,' zei Sam. Op de achtergrond zag ik Cole weglopen met de telefoon, pratend. 'Wat kan ik voor je doen?'

Ik vond het een hele vreemde vraag. Ik keek hem alleen maar aan. 'Het gaat wel,' zei ik.

Sam zei: 'Nee, het gaat niet.'

'Jawel,' zei ik. 'Ik huil niet. Ik hoef niet eens te huilen.'

Hij streek mijn haar naar achteren, trok het achter mijn hoofd in een paardenstaart en hield die vast in zijn vuist. 'Dat komt nog wel,' zei hij in mijn oor.

Ik legde mijn hoofd tegen zijn schouder; het voelde ineens ontzettend zwaar, onmogelijk omhoog te houden. 'Ik wil mensen bellen en vragen of het goed met ze gaat. Ik wil Rachel bellen,' zei ik. 'Ik wil John bellen. Ik wil Olivia bellen.' Te laat drong tot me door wat ik had gezegd, en ik deed mijn mond open alsof ik het op de een of andere manier kon terugnemen en er iets logischers voor in de plaats kon zeggen.

'O, Grace,' zei Sam, terwijl hij mijn kin aanraakte, maar zijn medelijden was ver weg.

Aan de telefoon hoorde ik Cole zeggen, met een heel andere stem dan ik van hem kende: 'Nou, nu kunnen we er niet veel meer aan doen, hè?'

33

Sam

Die nacht was Grace degene die wakker lag. Ik voelde me als een lege beker, deinend en kantelend om stroompjes slaap binnen te laten komen; het was slechts een kwestie van tijd voordat ik voldoende gevuld was om helemaal onder getrokken te worden.

Het was donker in mijn kamer, op de rits kerstlampjes na die tegen het plafond waren geniet, als piepkleine sterrenstelsels in een claustrofobische hemel. Ik nam me steeds voor om de stekker naast het bed eruit te trekken zodat het helemaal donker werd, maar de vermoeidheid fluisterde in mijn oor en leidde me af. Ik snapte niet hoe ik zo moe kon zijn nadat ik de vorige nacht eindelijk eens goed had geslapen. Het leek wel alsof mijn lichaam de smaak van het slapen te pakken had gekregen nu ik Grace terug had, en er geen genoeg van kon krijgen.

Grace zat naast me, met haar rug tegen de muur en haar benen verstrikt in de lakens, en ze ging met vlakke hand omlaag en omhoog over mijn borst, wat me niet bepaald een wakkerder gevoel gaf.

'Hé,' mompelde ik, en ik reikte naar haar en kon met mijn vingertoppen net haar schouder raken. 'Kom naar beneden en ga slapen.'

Ze strekte haar vingers en legde ze op mijn lippen; haar gezicht stond weemoedig, wat niet bij haar paste, als een masker van Grace, gedragen door een ander meisje in dit schemerlicht. 'Ik kan niet ophouden met nadenken.' Dat gevoel kwam me bekend voor en ik werkte me op mijn ellebogen overeind; haar vingers gleden van mijn lippen terug naar mijn borst.

'Dan moet je gaan liggen,' zei ik. 'Dat helpt wel.'

Grace' uitdrukking was treurig en onzeker; ze was een klein meisje. Ik ging helemaal rechtop zitten en trok haar naar me toe. Samen rustten we tegen het hoofdeinde van het bed, met haar hoofd op mijn borst op de plek waar net haar hand had gelegen. Ze rook naar mijn shampoo.

'Ik blijf maar aan haar denken,' fluisterde Grace, dapperder nu we elkaar niet meer aankeken. 'En dan ga ik denken aan dat ik nu eigenlijk thuis zou moeten zijn en, Sam, ik wil niet terug.'

Ik wist niet wat ik daarop moest zeggen. Ik wilde ook niet dat ze terugging, maar ik wist dat ze niet hier zou moeten zijn. Als ze mens was geweest, genezen, dan zou ik hebben gezegd dat we met haar ouders moesten gaan praten. We zouden er wel iets op hebben gevonden; we zouden hun hebben laten inzien dat het serieus was tussen ons, en dan zou ik hebben geleefd zonder haar in mijn bed totdat ze op de juiste voorwaarden bij me introk. Ik zou het verschrikkelijk hebben gevonden, maar ik zou het hebben geaccepteerd. Ik zou haar hebben gezegd dat ik het met haar goed wilde aanpakken, en dat wilde ik ook nog steeds.

Maar nu was er geen goede aanpak. Nu was Grace een meisje dat ook een wolf was, en zolang ze zei dat ze niet terug wilde, en zolang ik er onzeker over bleef hoe haar ouders zouden reageren, was dit de plek waar ik haar wilde hebben. Binnenkort zouden we ongetwijfeld moeten boeten voor deze gestolen momenten samen, maar ik dacht niet dat het fout was om ze te hebben. Ik streek met mijn vingers door haar haar tot ik op een klit stuitte en die eruit moest halen om opnieuw te beginnen. 'Ik zal je niet dwingen.'

'We moeten uiteindelijk iets verzinnen,' zei Grace. 'Ik wou dat ik al achttien was. Ik wou dat ik lang geleden al het huis uit was gegaan. Ik wou dat we al getrouwd waren. Ik wou dat ik geen leugen hoefde te bedenken.'

Ik was in elk geval niet de enige die dacht dat haar ouders niet zo goed zouden kunnen omgaan met de waarheid. 'Vanavond,' zei ik met volkomen overtuiging, 'wordt er niets opgelost.' Toen ik het gezegd had, besefte ik met enige ironie dat het Grace' eigen redenering was, de uitspraak die zij ook vele keren had gedaan om mij zover te krijgen dat ik ging slapen.

'Het blijft allemaal maar rond en rond en rond malen,' zei Grace. 'Vertel eens een verhaal.'

Ik haalde mijn hand van haar haar, want de steeds herhaalde beweging maakte me weer slaperig. 'Een verhaal?'

'Zoals toen je vertelde hoe Beck je had leren jagen,' zei ze.

Ik probeerde een anekdote te bedenken, iets waarvoor niet veel uitleg nodig was. Iets wat haar aan het lachen zou maken. Elk verhaal over Beck leek nu aangetast, gekleurd met twijfel. Alles aan hem wat ik niet met eigen ogen had gezien, voelde nu onwaarschijnlijk. Ik zocht naar een andere herinnering en zei: 'Die BMW was niet de eerste auto die Ulrik had. Toen ik hier pas was, had hij een Ford Escort. Hij was bruin. En heel lelijk.'

Grace zuchtte, alsof dit een geruststellend begin was van een verhaaltje voor het slapengaan. Ze greep met haar vuist een handvol van mijn T-shirt beet; daardoor werd ik meteen wakker en dacht schuldbewust aan minstens vier dingen, maar dat waren geen verhaaltjes of onzelfzuchtige manieren om een droevig mee meisje te troosten.

Ik slikte en richtte me weer op mijn herinnering. 'Er was van alles mis mee. Als je over een hobbel reed, schraapte er iets over de grond. De uitlaat, denk ik. Eén keer reed Ulrik in de stad een buidelrat aan en sleepte dat beest de hele weg mee naar huis.'

Grace lachte even, geluidloos, het geluid dat je maakt als je weet dat er een lachje van je wordt verwacht.

Ik ging door. 'Hij rook ook altijd alsof er iets was misgegaan. Alsof de remmen bleven hangen of er rubber verbrandde, of misschien alsof hij niet alle stukken van de buidelrat eraf had gekregen.' Ik zweeg even, terugdenkend aan alle ritjes die ik in die auto had gemaakt, zittend op de passagiersstoel, wachtend in de auto terwijl Ulrik de supermarkt in rende voor bier, of staand langs de weg terwijl Beck schold op de zwijgende motor en aan mij vroeg waarom hij verdomme niet met zijn eigen auto was gegaan. Dat was in de tijd dat Ulrik nog vaak mens was, toen zijn slaapkamer naast de mijne lag en ik vaak wakker werd van de geluiden van een wilde vrijpartij, hoewel ik vrij zeker wist dat Ulrik alleen was. Dat gedeelte vertelde ik Grace niet.

'Het was de auto waarmee ik vroeger naar de boekwinkel reed,' zei ik. 'Ulrik had die BMW overgenomen van een kerel die rozen verkocht langs de weg in St. Paul, dus kreeg ik de Escort. Twee maanden nadat ik mijn rijbewijs had, kreeg ik er een lekke band mee.' Ik was toen zestien in de meest naïeve betekenis van het woord: tegelijkertijd uitgelaten en doodsbang om voor het eerst in mijn eentje naar huis te rijden, en toen de band een ongelooflijk geluid maakte, dat klonk alsof er een geweer afging in mijn hoofd, dacht ik dat ik dood zou gaan.

'Kun je een band verwisselen?' vroeg Grace. Ze stelde die vraag alsof zij het wel kon.

'Vergeet 't maar. Ik moest in de sneeuwblubber langs de weg stoppen en met de mobiele telefoon, die ik pas voor mijn verjaardag had gekregen, Beck opbellen om me te komen helpen. De eerste keer dat ik die telefoon gebruikte, om te zeggen dat ik geen lekke band kon verwisselen. Slappe hap.'

Grace lachte weer zachtjes. 'Slappe hap,' herhaalde ze.

'Slappe hap,' verzekerde ik haar, blij om dat lachje te horen. Ik dacht weer terug. Beck had er lang over gedaan om bij me te komen, afgezet door Ulrik op weg naar zijn werk. Ulrik had mijn sombere gezicht genegeerd en had vrolijk naar me gezwaaid vanuit het raampje van de BMW: 'Later, knul!' Zijn wagen was verdwenen in de invallende schemering, en de achterlichten waren neonrood geweest in de sneeuwgrijze wereld.

'Dus toen was Beck er,' zei ik, me ervan bewust dat het toch een anekdote was geworden met Beck erin, hoewel dat niet mijn bedoeling was geweest. Misschien kwam Beck wel in al mijn anekdotes voor. 'Hij zegt: "Zo, dus je hebt de auto vermoord?" Hij zit helemaal ingepakt in jassen en handschoenen en sjaals, maar staat evengoed te rillen. Hij fluit als hij die komisch platte band ziet. "Dat is een mooie. Heb je een eland aangereden?" vraagt hij.'

'Was dat zo?' vroeg Grace.

'Nee,' zei ik. 'Beck lachte me uit en liet me zien waar de reserveband lag en...'

Ik liet mijn stem wegsterven. Ik had willen vertellen over toen Ulrik de Escort uiteindelijk had verkocht, dat hij twee kilo bacon had gebakken en in de kofferbak had gelegd toen er mensen naar kwamen kijken, omdat hij ergens had gelezen dat makelaars koekjes bakten om huizen aan vrouwen te verkopen. In plaats daarvan was ik op de een of andere manier in mijn versuftheid het spoor bijster geraakt. Het verhaal eindigde er nu mee dat Becks glimlach verdween in de tijd die het duurde dat er koplampen over de heuvel kwamen en aan de andere kant verdwenen. Met een stapel truien en handschoenen op de grond naast de Escort, terwijl ik erbij stond met een nutteloze moersleutel in mijn hand, en de herinnering aan Beck die mijn halve naam zei terwijl hij veranderde.

'En toen?'

Ik probeerde te bedenken of ik op de een of andere manier nog een draai aan het verhaal kon geven, om het vrolijker te maken, maar terwijl ik dat deed, herinnerde ik me iets waaraan ik in jaren niet meer had gedacht. 'Beck veranderde. Ik stond daar met die stomme moersleutel in mijn hand en was nog steeds even ver van huis.' Ik was alleen geweest toen ik zijn jas en talloze truien van de grond opraapte, de korrelige sneeuw eraf klopte en de hele handel achter in de Escort gooide. Ik had mezelf één goede klap met het portier toegestaan. Toen had ik mijn vingers achter mijn hoofd verstrengeld en me afgewend van de weg en de auto. Omdat het verlies van Beck nog niet was gaan steken. Het feit dat ik gestrand aan de kant van de weg stond, was echter wel meteen tot me doorgedrongen.

Grace maakte een zacht, verdrietig geluid, uit medelijden met de Sam van lang geleden, hoewel het die Sam een hele tijd had gekost om te beseffen wat hij in die paar minuten nu echt was kwijtgeraakt.

'Ik bleef daar een hele tijd staan, kijkend naar alle nutteloze

192

troep achterin; Ulrik had bijvoorbeeld een hockeymasker in de kofferbak, en dat bleef me aanstaren met zo'n blik van *Je bent een idioot, Sam Roth*. En toen hoorde ik een auto achter me stoppen – dit gedeelte was ik helemaal vergeten, Grace – en wie denk je dat er kwam kijken of ik hulp nodig had?'

Grace wreef met haar neus langs mijn shirt. 'Weet ik niet. Wie?'

'Tom Culpeper,' zei ik.

'Nee!' Grace week achteruit zodat ze me kon aankijken. 'Echt?'

Nu leek ze meer zichzelf in het schamele licht, met haar haar in de war omdat ze op mijn borst had gelegen en met meer leven in haar ogen. Mijn hand op haar middel wilde dolgraag onder haar shirt schuiven om koers te zetten langs de holte van haar ruggengraat naar haar schouderbladen, zodat ze alleen aan mij zou denken.

Maar dat was geen brug die ik in mijn eentje zou betreden. Ik wist niet waar we stonden. Ik was goed in wachten.

'Ja,' zei ik, in plaats van haar te kussen. 'Ja, het was Tom Culpeper.'

Grace ging weer op mijn borst liggen. 'Waanzinnig.'

'Jij bent die jongen van Geoffrey Beck,' had Tom Culpeper opgemerkt. Zelfs in het schemerlicht had ik gezien dat zijn suv vol zat met ijs, zand en pekel – sneeuwigheid, had Ulrik het altijd genoemd, een combinatie van sneeuw en smerigheid – en dat de koplampen een scheef pad van licht over mij en de Escort wierpen. Hij had er na enig nadenken aan toegevoegd: 'Sam, toch? Zo te zien kun je wel een beetje hulp gebruiken.'

Ik herinnerde me dat ik destijds had gedacht wat een opluchting het was om mijn naam te horen van zo'n gewone stem, om de herinnering weg te wissen aan hoe Beck hem had uitgesproken terwijl hij veranderde.

'Hij hielp me,' vertelde ik nu. 'Hij leek toen anders, denk ik. Dat moet kort nadat ze hierheen verhuisden zijn geweest.'

'Had hij Isabel bij zich?' vroeg Grace.

'Niet dat ik me kan herinneren.' Ik dacht even na. 'Ik doe echt mijn best om hem niet als een slecht mens te zien, Grace. Vanwege Isabel. Ik weet niet hoe ik over hem zou hebben gedacht als de wolven er niet waren geweest.'

'Als de wolven er niet waren geweest,' zei Grace, 'dan zouden we geen van beiden over hem nadenken.'

'Dit verhaal had eigenlijk over bacon moeten gaan,' bekende ik. 'Het had je aan het lachen moeten maken.'

Ze zuchtte diep, alsof het gewicht van de hele wereld de adem uit haar had geperst, en ik wist hoe ze zich voelde.

'Geeft niet. Doe het licht maar uit,' antwoordde ze, en ze trok het dekbed omhoog zodat we er allebei onder lagen. Ze rook een klein beetje naar wolf, en ik dacht niet dat ze de hele nacht door zou komen zonder te veranderen. 'Van mij mag deze dag wel voorbij zijn.'

Veel minder slaperig nu zwaaide ik mijn arm over de rand van het bed om de stekker uit de muur te trekken. Het werd donker in de kamer en even later fluisterde Grace dat ze van me hield, maar ze klonk een beetje droevig. Ik sloeg mijn armen stevig om haar schouders, en het speet me dat van mij houden zo ingewikkeld was.

Haar ademhaling vertraagde al toen ik het naar haar terugfluisterde. Maar ik bleef wakker, denkend aan Tom Culpeper en Beck, aan hoe de waarheid over hen zo diep vanbinnen begraven leek. Ik bleef maar zien hoe Culpeper over de sneeuw naar me toe liep, zijn neus rood van de kou, volkomen bereid een jongen die hij niet kende te helpen een band te verwisselen op een ijskoude avond. En tussen herhaalde flitsen van datzelfde beeld door bleef ik de wolven zien die op die ene ochtend tevoorschijn kwamen en mijn kleine lichaam tegen de grond werkten om voor altijd mijn leven te veranderen.

Beck had dat gedaan. Beck had besloten me te besmetten. Lang voordat mijn ouders hadden besloten dat ze me niet meer wilden, had hij plannen gemaakt om me mee te nemen. Zij hadden het hem alleen maar gemakkelijk gemaakt.

Ik wist niet hoe ik kon leven met die wetenschap zonder dat het me opvrat, zonder dat het elke gelukkige herinnering aan mijn jeugd vergiftigde. Zonder dat het alles verpestte wat Beck en ik hadden gehad. Ik begreep niet hoe iemand zowel God als de duivel kon zijn. Hoe een en dezelfde persoon je kon vernietigen en redden. Als alles wat ik was, goed en slecht, was verweven met draden die hij had gevlochten, hoe moest ik dan weten of ik van hem moest houden of hem moest haten?

Midden in de nacht werd Grace wakker, rillend en met grote ogen. Ze zei mijn naam, net zoals Beck hem al die jaren geleden langs de kant van de weg had gezegd, en toen, net als Beck, liet ze me achter met niets dan een stapeltje lege kleding en duizend onbeantwoorde vragen.

34

Isabel

De volgende morgen om zeven uur kreeg ik een telefoontje vanaf Sams mobiele nummer. Normaal gesproken zou ik om zeven uur al bezig zijn geweest me klaar te maken voor school, maar het was weekend, dus lag ik nog op mijn bed en trok mijn hardloop-schoenen aan. Ik liep hard omdat ik ijdel was en er mooie benen van kreeg.

Ik klapte mijn telefoon open. 'Hallo?' Ik wist eigenlijk niet wat ik verwachtte.

'Ik wist het,' zei Cole. 'Ik wist wel dat je zou opnemen als je dacht dat het Sam was.'

'O, god. Meen je dat nou?'

'Absoluut. Mag ik binnenkomen?'

Ik sprong van mijn bed, liep naar het raam en gluurde om de hoek. Ik zag nog net de achterkant van een nogal lelijke station-car aan het eind van de oprit.

'Ben jij dat, in die enge-mannenwagen?'

'Hij stinkt,' zei Cole. 'Ik zou je wel willen uitnodigen om hier-heen te komen en met me te praten in de privacy van de auto, maar het is behoorlijk sterk spul, wat het ook is dat zo stinkt.'

'Wat wil je, Cole?'

'Je creditcard. Ik moet een visnet, wat gereedschap en een paar verdovingsmiddelen bestellen, die overigens volkomen legaal zijn, kan ik je verzekeren. En ik moet ze met een koerier laten komen.'

'Zeg dat je alleen maar grappig probeert te zijn.'

'Ik heb tegen Sam gezegd dat ik Beck kan vangen. Ik ga een valkuil bouwen in het gat dat Grace zo hulpvaardig heeft gevonden door erin te vallen. Als aas gebruik ik Becks lievelingsvoedsel. Hij was zo behulpzaam dat in zijn dagboek te noemen in een anekdote over een keukenbrandje.'

'Je probeert inderdaad grappig te zijn. Want anders heb ik een gestoorde gek aan de lijn.'

'Geur is de sterkste verbinding met herinneringen.'

Ik zuchtte en ging weer op mijn bed liggen, de telefoon aan mijn oor. 'Wat heeft dit te maken met ervoor zorgen dat jullie niet allemaal door mijn vader worden vermoord?'

Het bleef even stil. 'Beck heeft de wolven al eens eerder verhuisd. Ik wil hem daarnaar vragen.'

'En een visnet, wat gereedschap en medicijnen kunnen je daarbij helpen?'

'Zo niet, dan zijn alle ingrediënten voor dolle pret aanwezig.'

Ik staarde naar het plafond. Lang geleden had Jack een stuk klei tegen het plafond gegooid op de plek waar het lager werd en samenkwam met het schuine dak, en dat zat er nog steeds.

Ik zuchtte. 'Best, Cole, best. Ik kom wel naar de zijdeur, bij dat trapje waar je de vorige keer over bent gekomen. Parkeer dat barrel ergens waar mijn ouders hem niet zien als ze wakker worden. En doe een beetje stil.'

'Ik ben altijd stil,' zei Cole, en de telefoon werd stil in mijn hand op hetzelfde moment dat mijn slaapkamerdeur openging.

Nog steeds op mijn rug liggend, keek ik ondersteboven naar de deur en was niet verbaasd Cole te zien. Hij sloot de deur behoedzaam achter zich. Hij droeg een cargobroek en een effen zwart t-shirt. Hij zag eruit als een beroemdheid, maar ik begon te beseffen dat dat kwam door de manier waarop hij stond, niet door wat hij droeg. In mijn kamer, vol met zwevende, lichte stoffen en kussens die glansden, en spiegels die naar je glimlachten, leek Cole misplaatst. Ook dat kwam door hoe hij was, niet door waar hij was.

'Dus vandaag ben je een marathonbarbie,' zei hij. Ik dacht eraan dat ik mijn hardloopschoenen en short droeg. Hij liep naar het dressoir en spoot een wolkje parfum de lucht in. Een Cole in de spiegel op het dressoir zwaaide met zijn hand door de nevel.

'Vandaag ben ik een humorloze barbie,' antwoordde ik. Cole pakte mijn rozenkrans van het dressoir en streek met zijn duim over een van de kralen. Zoals hij het ding vasthield, leek het een vertrouwd gebaar, hoewel ik me moeilijk kon voorstellen dat Cole St. Clair een kerk kon binnengaan zonder vlam te vatten. 'Ik dacht dat die zijdeur op slot zat.'

'Meestal niet.'

Ik sloot mijn ogen. Kijken naar hem maakte me... moe. Ik voelde hetzelfde gewicht vanbinnen dat ik had gevoeld bij Il Pomodoro. Ik dacht, misschien, dat ik er echt behoefte aan had om naar een plek te gaan waar niemand me kende en overnieuw te beginnen, waarbij geen van mijn vroegere besluiten, gesprekken of verwachtingen met me meeging.

Het bed zuchtte toen Cole erop klom en op zijn rug naast me kwam liggen. Hij rook schoon, naar scheerzeep en het strand, en ik besefte dat hij speciale zorg aan zichzelf moest hebben besteed voordat hij hiernaartoe was gekomen. Dat gaf me ook een raar gevoel.

Ik sloot mijn ogen weer. 'Hoe gaat het met Grace? Vanwege Olivia?'

'Ik zou het niet weten. Ze is vannacht veranderd, dus hebben we haar in de badkamer opgesloten.'

'Ik was niet bevriend met Olivia,' zei ik. Het leek me belangrijk dat hij dat wist. 'Ik kende haar eigenlijk niet.'

'Ik ook niet.' Cole zweeg even. Toen zei hij met een andere stem: 'Ik mag Grace graag.'

Hij zei het alsof het iets heel serieus was, en even dacht ik dat hij bedoelde: ik mág Grace graag, wat ik niet kon bevatten. Toen verhelderde hij: 'Ik zie graag hoe ze is bij Sam. Ik denk niet dat ik ooit in liefde heb geloofd, niet echt. Ik dacht dat het iets was wat James Bond had verzonnen, heel lang geleden, om vrouwen het bed in te krijgen.'

We lagen daar nog een paar minuten zonder te praten. Buiten

werden de vogels wakker. Het was stil in huis; de ochtend was niet koud genoeg om de verwarmingsketel in te schakelen. Het was moeilijk om niet te denken aan Cole, die pal naast me lag, ook al was hij stil, vooral omdat hij zo lekker rook en ik me precies kon herinneren hoe het voelde om hem te kussen. Ik kon me ook nog precies de laatste keer herinneren dat ik Sam en Grace elkaar had zien kussen, en ik herinnerde me vooral hoe Sams hand eruit had gezien, tegen haar aan gedrukt terwijl ze elkaar kusten. Ik dacht niet dat het er zo uit had gezien toen Cole en ik elkaar hadden gekust. Toen ik daaraan dacht, werd alles weer luidruchtig en druk binnen in me, met het verlangen naar Cole en de twijfel of het wel goed was om naar hem te verlangen. Ik voelde me schuldig, vies, uitgelaten, alsof ik al had toegegeven.

'Cole, ik ben moe,' zei ik. Zodra het eruit was, had ik geen idee waarom ik dat had gezegd.

Hij antwoordde niet. Hij bleef gewoon liggen, rustiger dan ik van hem had verwacht.

Geërgerd door zijn zwijgen overwoog ik of ik moest vragen of hij me wel had gehoord.

Eindelijk, in een stilte zo diep dat ik zijn lippen van elkaar hoorde gaan voordat hij sprak, zei hij: 'Soms denk ik erover om naar huis te bellen.'

Ik was eraan gewend dat Cole egocentrisch was, maar dit, vond ik, was een nieuw dieptepunt in onze relatie, dat hij mijn bekentenis kaapte met een bekentenis van zichzelf.

Hij zei: 'Ik denk dat ik gewoon naar huis bel en mijn moeder vertel dat ik niet dood ben. Ik denk dat ik mijn vader ga bellen om hem te vragen of hij even wil kletsen over wat hersenvliesontsteking op celniveau met je doet. Of ik denk dat ik Jeremy ga bellen – dat was mijn bassist – en zeggen dat ik niet dood ben, maar dat ik niet wil dat mensen nog naar me zoeken. Dat ik mijn ouders wil vertellen dat ik niet dood ben, maar dat ik nooit meer thuiskom.' Hij zweeg daarna zo lang dat ik dacht dat hij klaar was. Hij was zo lang stil dat ik het ochtendlicht in mijn luchtige, pastelkleurige kamer wat helderder zag worden naarmate de mist werd weggebrand.

Toen zei hij: 'Maar ik word al moe als ik eraan denk. Het doet me denken aan dat gevoel dat ik had voordat ik wegging. Alsof

mijn longen van lood zijn. Alsof ik er niet eens over kan nadenken ergens om te gaan geven. Alsof ik wou dat ze allemaal dood
waren, of dat ík dat was, omdat ik er niet tegen kan dat ons ge-
zamenlijke verleden zo aan me blijft trekken. En dat is dan nog
voordat ik de telefoon zelfs maar pak. Ik ben zo moe dat ik nooit
meer wakker wil worden. Maar ik ben er inmiddels achter dat het
niet door hen kwam dat ik me zo voelde. Het lag al die tijd alleen
maar aan mij.'

Ik gaf geen antwoord. Ik dacht weer aan de onthulling in de toi-
letruimte bij Il Pomodoro. Dat verlangen om gewoon klaar te zijn,
voor één keer, het gevoel te hebben dat ik klaar was, dat ik niets
wilde. Ik bedacht hoe nauwkeurig Cole de vermoeidheid binnen
in me had beschreven.

'Ik ben een deel van wat jij haat aan jezelf,' zei Cole. Het was
geen vraag.

Natuurlijk was hij een deel van wat ik haatte aan mezelf. Alles
was een deel van wat ik haatte aan mezelf. Het was niet echt
persoonlijk.

Hij ging rechtop zitten. 'Ik ga wel.'

Ik voelde de warmte van de matras op de plek waar hij had
gelegen.

'Cole,' zei ik, 'vind je mij iemand om van te houden?'

Coles blik veranderde niet. Heel even had ik het vreemde idee
dat ik precies kon zien hoe hij was geweest toen hij jonger was,
en precies hoe hij eruit zou zien als hij ouder was. Het was indringend, een geheime blik in zijn toekomst. 'Misschien,' zei hij.
'Maar je geeft niemand de kans om het te proberen.'

Ik sloot mijn ogen en slikte.

'Ik weet het verschil niet tussen niet vechten,' zei ik, 'en opgeven.'

Hoewel mijn oogleden stevig dichtgeknepen waren, liep er één
enkele, hete traan mijn linkeroog uit. Ik was zo kwaad dat hij was
ontsnapt. Zo kwaad.

Onder me bewoog het bed toen Cole dichterbij kwam. Ik voelde
hoe hij zich over me heen boog. Zijn adem, warm en gelijkmatig,
raakte mijn wang. Twee ademhalingen. Drie. Vier. Ik wist niet wat
ik wilde. Toen hoorde ik zijn adem stokken, en een tel later voelde
ik zijn lippen op de mijne.

Het was niet het soort kus dat hij me eerder had gegeven, hongerig, verlangend, wanhopig. Het was niet het soort kus dat ik ooit met iemand had gedeeld. Deze kus was zo zacht dat het net de herinnering aan een kus was, zo behoedzaam op mijn lippen dat het leek alsof iemand er met zijn vingers overheen ging. Mijn lippen weken vaneen en bleven stil; het was zo stil, een fluistering, geen schreeuw. Coles hand raakte mijn nek, zijn duim drukte in de huid naast mijn kaak. Het was geen aanraking die zei *Ik wil meer*. Het was een aanraking die zei *Ik wil dit*.

Het ging allemaal volkomen geluidloos. Ik dacht dat we allebei onze adem inhielden.

Cole ging langzaam weer zitten, en ik opende mijn ogen. Zijn gezicht was zoals altijd uitgestreken, het gezicht dat hij droeg als iets belangrijk voor hem was.

'Zo zou ik je kussen als ik van je hield,' zei hij.

Hij stond op, nu niet met de air van een beroemdheid, en pakte de autosleutels die uit zijn zak op het bed waren gegleden. Hij keek niet naar me toen hij wegliep en sloot de deur achter zich.

Het huis was zo stil dat ik zijn voetstappen op de trap hoorde, de eerste vijf of zo langzaam en aarzelend, de rest veel sneller. Ik legde mijn duim tegen mijn nek waar Cole me had aangeraakt en sloot mijn ogen. Het voelde niet als vechten of als opgeven. Ik had niet beseft dat er nog een derde optie was, en al had ik dat wel geweten, dan zou ik nooit hebben geraden dat het iets met Cole te maken zou hebben.

Ik blies mijn adem uit, lang en lawaaiig over lippen die net waren gekust. Toen ging ik rechtop zitten en pakte mijn creditcard.

35

Sam

Ik had niet bepaald zin om de volgende morgen naar mijn werk te gaan, aangezien het einde van de wereld naderde, maar ik kon geen dwingende en geloofwaardige verklaring bedenken voor Karyn, dus ging ik van huis weg en reed naar Mercy Falls. Ik kon ook niet tegen de geluiden van Grace de wolf, die met haar nagels een rampgebied maakte van de badkamer beneden, dus was het een soort genade om weg te kunnen, hoewel ik me schuldig voelde omdat ik het zo ervoer. Het feit dat ik er niet bij was om te worden herinnerd aan haar paniek betekende nog niet dat ze niet in paniek was.

Het was een mooie dag, voor het eerst in een week tijd zonder teken van regen.

De hemel had die dromerige, felblauwe kleur van de zomer, maanden te vroeg, en de bladeren aan de bomen hadden duizend kleuren groen, van elektrische, plastic tinten tot een fractie lichter dan zwart. In plaats van achter de winkel te parkeren, zoals ik meestal deed, parkeerde ik langs de hoofdstraat, ver genoeg van het centrum om geen geld in de parkeermeter te hoeven doen. In Mercy Falls was dat maar een paar straten ver. Ik liet mijn jas op de passagiersstoel van de Volkswagen liggen, stopte mijn handen in mijn zakken en begon te lopen.

Mercy Falls was niet rijk, maar wel schilderachtig, op zijn eigen manier, dus dankzij die schilderachtigheid deden de winkels in het centrum behoorlijk goede zaken. Die charme en de nabijheid van de prachtige Boundary Waters lokten toeristen, en toeristen brachten geld mee. Mercy Falls had diverse straten met boetiek-achtige winkeltjes om hen van hun geld af te helpen. De winkels waren van het soort waarbij echtgenoten in de auto bleven wach-ten of gingen rondneuzen in de doe-het-zelfzaak aan Grieves Street, maar toch keek ik in de etalages waar ik langsliep. Ik bleef aan de rand van de stoep lopen zodat de aarzelende ochtendzon me kon bereiken. Het voelde goed op mijn huid, een kleine troost-prijs in deze verschrikkelijke en heerlijke week.

Ik was al voorbij een winkel waar ze kleren en prullaria ver-kochten, bleef toen staan en liep terug om in de etalage te kijken. Een etalagepop zonder hoofd droeg een witte zomerjurk. Het was een eenvoudig geval, met dunne schouderbandjes en een los koord om het middel. De stof had kleine gaatjes; ik dacht dat ze die oogjes noemden. Ik stelde me Grace voor in die jurk, de smalle bandjes over haar schouders, een driehoekje blote huid onder haar keel, de zoom tot net boven haar knie. Ik kon me haar heupen voorstellen onder het dunne materiaal, hoe mijn handen de stof omhoog zouden trekken terwijl ik haar tegen me aan trok. Het was een zorgeloze jurk, een jurk die sprak van zomer en en-kelhoog gras en blond haar dat lichter werd gekleurd door de zelf-verzekerde zon.

Ik bleef een hele tijd staan kijken naar de jurk, verlangend naar waar hij voor stond. Het leek me zoiets doms om nu aan te den-ken terwijl er zoveel andere dingen op het spel stonden. Drie keer verplaatste ik mijn gewicht, op het punt achteruit te stappen en mijn weg te vervolgen. En elke keer hield dat beeld van Grace – de wind die de zoom van de jurk optilde, de stof platdrukte tegen haar buik en borsten – me vast voor de etalage.

Ik kocht hem. Ik had vier briefjes van twintig in mijn porte-monnee – Karyn had me vorige week contant uitbetaald – en ik vertrok met één briefje en een tasje met daarin de jurk. Ik ging terug naar mijn auto om hem in de kofferbak te leggen en liep toen naar de Crooked Shelf, met mijn ogen gericht op de stoep die zich voor me uitstrekte. Ik voelde warmte en onzekerheid omdat ik een geschenk had gekocht dat meer kostte dan een dag werken. Stel dat ze hem niet mooi vond? Misschien had ik moeten doorsparen voor een ring. Zelfs als ze het echt meende en met me wilde trouwen – wat al haast onmogelijk was – leek een ring heel ver weg. Ik had geen idee wat een ring kostte; misschien moest ik ervoor gaan sparen. Stel dat ik haar vertelde dat ik een cadeautje voor haar had en ze een ring verwachtte en ik haar teleurstelde? Ik voelde me tegelijkertijd de oudste negentienjarige op de planeet en de jongste; waarom liep ik over ringen na te denken, en waarom had ik er niet eerder aan gedacht? En misschien zou Grace met haar praktische inslag geërgerd zijn dat ik een cadeau voor haar had gekocht in plaats van iets aan de wolvenjacht te doen.

Met die dingen worstelde ik dus terwijl ik naar de boekwinkel liep.

Terwijl mijn geest zo ver weg was van mijn lichaam, voelde de winkel als een eenzame, tijdloze plek toen ik de deur opendeed. Het was zaterdag, dus een uur nadat ik had geopend kwam Karyn door de achterdeur binnen en sloot zich op in het achterkamertje om bestellingen te doen en de administratie op orde te brengen. Karyn en ik hadden een gemakkelijke relatie; het was fijn te weten dat ze in de winkel was, al spraken we niet met elkaar.

Er waren geen klanten en ik was rusteloos, dus liep ik naar de achterkamer. De zon kwam vol en sterk door de ramen aan de voorkant binnen en reikte met lange handen helemaal hierheen. Het warmde mijn lichaam, geruststellend heet, terwijl ik tegen de deurpost leunde.

'Hoi,' zei ik.

Karyn zat achter het bureautje, omringd door stapels facturen en boekencatalogi. Ze keek met een vriendelijke lach op. Voor mij was alles aan Karyn altijd vriendelijk; ze was zo'n vrouw die altijd op haar gemak leek met zichzelf en de wereld, of ze nu een dikke fleecetrui of parels droeg. Als ze anders over me was gaan denken sinds de verdwijning van Grace, dan liet ze dat niet merken. Ik wilde dat ik haar kon vertellen hoe ontzettend ik dat nodig had gehad, die onveranderlijke vriendelijkheid. 'Jij kijkt blij,' zei ze.

'O ja?'

'Blijer,' zei ze. 'Hebben we het druk gehad?'

Ik haalde mijn schouders op. 'Het is rustig geweest. Ik heb geveegd. En wat handafdrukjes van de etalage gehaald.'

'Kinderen... Wat moet je ermee?' vroeg Karyn. Het was een retorische vraag. Peinzend vervolgde ze: 'Als het warm zou worden, kregen we wel mensen binnen. Of als eindelijk die serie van Tate Flaugherty zou uitkomen, dan zouden ze hier naar binnen drommen. Misschien moeten we de etalage er alvast op inrichten. Wat denk je, een Alaska-thema voor *Mayhem in Juneau*?'

Ik trok een gezicht. 'Volgens mij is Minnesota net klaar met zijn eigen Alaska-thema.'

'Aha. Daar zeg je wat.'

Ik dacht aan mijn gitaar, het noorderlicht boven mijn hoofd, de nummers die ik moest schrijven over de afgelopen paar dagen. 'We zouden muziekbiografieën moeten doen,' zei ik. 'Daar kun je een mooie etalage over maken.'

Karyn gebaarde naar me met haar potlood. 'Goed idee.' Ze liet het potlood zakken en tikte ermee op het papier dat voor haar lag, een gebaar dat me ineens aan Grace deed denken. 'Sam, ik weet dat Beck... ziek is, en dat dit misschien geen prioriteit voor je heeft, maar heb je al nagedacht over je studie?'

Ik knipperde verbaasd met mijn ogen en sloeg mijn armen over elkaar. Ze keek naar die over elkaar geslagen armen alsof ze onderdeel waren van het antwoord. Ik zei: 'Ik... heb er nog niet zo over nagedacht.' Ik wilde niet dat ze dacht dat ik ongemotiveerd was, dus zei ik: 'Ik wacht af naar welke school Grace gaat.'

Een halve tel later besefte ik dat die verklaring verkeerd was, om ongeveer drie redenen, de voornaamste daarvan dat Grace officieel vermist werd.

Karyn keek echter niet medelijdend of verwonderd. Ze keek me alleen maar langdurig, peinzend aan, haar lippen vertrokken tot een smalle streep en haar duim enigszins rustend tegen de onderkant van haar kin. Ik kreeg het gevoel alsof ze het wíst, op de een of andere manier, van ons, en dat dit alleen maar een toneelstukje was dat Beck en ik met haar opvoerden.

Niet naar vragen.

'Ik vroeg het me alleen af. Als je niet meteen naar school gaat, wilde ik je vragen om hier fulltime te komen werken,' zei ze.

Dat was niet wat ik had verwacht dat ze zou zeggen, dus reageerde ik niet.

'Ik weet wat je denkt, dat het niet zo goed verdient. Ik kan je uurtarief verhogen met twee dollar,' vervolgde Karyn.

'Dat kun je niet betalen.'

'Jij verkoopt een hoop boeken voor ons. Ik zou er geruster op zijn te weten dat jij altijd achter de toonbank stond. Elke dag dat jij op die kruk zit, hoef ik me geen zorgen te maken over wat hier gebeurt.'

'Ik...' Ik was echt dankbaar voor het aanbod. Niet omdat ik het geld nodig had, maar omdat ik het vertrouwen nodig had. Mijn gezicht voelde warm, alsof er een glimlach aankwam.

Karyn zette door: 'Ik bedoel, ik voel me een beetje schuldig omdat ik probeer je nog een jaar van de universiteit weg te houden, maar als je toch wilt wachten...'

Ik hoorde het belletje van de voordeur. Een van ons zou erheen moeten, en daar was ik blij om. Niet omdat het gesprek onbehaaglijk of verschrikkelijk was, maar juist het tegenovergestelde. Ik had even tijd nodig om dit te verwerken, dit allemaal op armlengte van me af te houden zodat ik zeker kon zijn van mijn gezicht en mijn woorden als ik antwoordde. Ik had het gevoel dat ik te ondankbaar leek, te traag. Ik vroeg: 'Mag ik erover nadenken?'

'Ik zou stomverbaasd zijn als je dat niet zou doen,' zei Karyn. 'Je bent een beetje voorspelbaar, Sam.'

Ik grijnsde naar haar, draaide me om en liep de winkel in. Toen de politieagent me in het oog kreeg, glimlachte ik nog steeds.

Mijn glimlach smolt weg. Of eigenlijk bleef hij nog heel even hangen, mijn lippen omhooggetrokken in een emotie die enkele tellen daarvoor was verdwenen. De politieagent kon voor van alles komen. Hij kon zijn gekomen om met Karyn te praten. Hij kon hier zijn met alleen maar een korte vraag.

Maar ik wist dat het niet zo was.

Ik zag nu dat het agent William Koenig was. Koenig was jong, ingetogen, bekend. Ik wilde graag denken dat onze voorgaande gesprekken zijn mening in mijn voordeel konden bijstellen, maar zijn gezicht vertelde me alles wat ik weten moest. Het was zorgvuldig leeg, de uitdrukking van iemand die spijt begon te krijgen van zijn vroegere vriendelijkheid.

'Je bent lastig te vinden, Sam,' zei Koenig terwijl ik langzaam naar hem toe liep. Mijn handen voelden een beetje nutteloos, bungelend langs mijn lichaam.

'Is dat zo?' vroeg ik. Ik voelde me prikkelbaar, defensief, hoewel zijn toon licht klonk. Ik werd niet graag gevonden. En gezocht worden beviel me ook niet zo.

'Ik had ze al gezegd dat je hier te vinden zou zijn,' zei Koenig.

Ik knikte. 'Dat is een vrij redelijke aanname.' Ik had het gevoel dat ik zou moeten vragen *Wat kan ik voor u doen?* maar eigenlijk wilde ik het niet weten. Ik wilde het liefst met rust worden gelaten om alles te verwerken wat me in de afgelopen drie dagen was overkomen.

'We moeten je een paar vragen stellen,' zei Koenig. Achter hem ging het belletje van de deur toen er een vrouw binnenkwam. Ze had een enorme paarse tas bij zich, en ik kon mijn blik er niet van af houden.

'Waar staan jullie zelfhulpboeken?' vroeg ze aan mij. Het scheen haar totaal te ontgaan dat er een politieagent tegenover me stond. Misschien voerden mensen heel vaak nonchalante gesprekken met politieagenten. Ik kon het me niet goed voorstellen. Als Koenig er niet was geweest, zou ik hebben gezegd dat elk boek dat ooit was geschreven een zelfhulpboek was, en of ze specifieker kon zijn.

En dan zou ze zijn vertrokken met vier boeken in plaats van één, want zo deed ik dat nu eenmaal. Nu Koenig erbij stond, zei ik alleen: 'Daar. Achter u.'

'Op het bureau,' zei Koenig. 'Voor je privacy.'

Voor mijn privacy.

Dit was niet best.

'Sam?' vroeg Koenig.

Ik besefte dat ik nog steeds stond te kijken naar die paarse leren tas die zich langzaam door de winkel bewoog. De mobiele telefoon van de vrouw was gegaan en nu was ze aan het kletsen. 'Oké,' zei ik. 'Ik bedoel, het zal wel moeten, hè?'

'Je moet helemaal niets,' zei Koenig. 'Maar het is een stuk minder onaangenaam zonder arrestatiebevel.'

Ik knikte. Woorden. Ik moest iets zeggen. Maar wat? Ik dacht aan Karyn, die achterin zat en ervan uitging dat alles voorin prima in orde was omdat ik hier was. 'Ik moet even tegen mijn baas zeggen dat ik wegga, goed?'

'Natuurlijk.'

Ik voelde dat hij achter me bleef plakken terwijl ik terugliep naar achteren. 'Karyn,' zei ik, leunend tegen de deurpost. Ik kon mijn stem niet nonchalant laten klinken, maar ik deed mijn best. Het schoot me te binnen dat ik haar normaal gesproken nooit met haar naam aansprak, en het voelde ook verkeerd in mijn mond. 'Sorry, maar ik moet even weg. Eh, agent Koenig... Ze willen graag dat ik naar het politiebureau kom voor een paar vragen.'

Heel even bleef haar gezichtsuitdrukking ongewijzigd, en toen verhardde alles eraan. 'Wát? Zijn ze hier nu?'

Ze zette zich af van haar stoel en ik ging achteruit zodat zij in de deuropening kon gaan staan en met eigen ogen kon zien dat Koenig in de gang stond, starend naar een van de papieren kraanvogels die ik aan het balkon erboven had gehangen.

'Wat is er nu weer aan de hand?' vroeg Karyn. Het was haar ferme, efficiënte stem die ze gebruikte als ze tegen een lastige klant sprak; die maakte duidelijk dat ze geen gesodemieter pikte, en ze hield de emotie erbuiten. Zakelijke Karyn, noemden we die stem allebei. Ze veranderde daarmee in een totaal andere persoon.

'Mevrouw,' zei Koenig verontschuldigend – dit was een natuurlijke reactie op Zakelijke Karyn – 'een van onze rechercheurs heeft een paar vragen voor Sam. Hij vroeg of ik hem wilde ophalen voor een praatje op het bureau, waar wat meer privacy is.'

'Een praatje,' herhaalde Karyn. 'Het soort praatje dat je beter kunt houden in aanwezigheid van een advocaat?'

'Dat is helemaal aan Sam. Maar hij wordt op dit moment nergens van beschuldigd.'

Op dit moment.

Karyn en ik hoorden het allebei. *Op dit moment* was een andere manier om *nog niet* zeggen. Ze keek me aan. 'Sam, wil je dat ik

Geoffrey bel?' Ik wist dat mijn gezicht me verraadde, want ze beantwoordde haar eigen vraag. 'Hij is niet beschikbaar, hè?'

'Ik red me wel,' zei ik.

'Volgens mij is dit pesterij,' zei Karyn tegen Koenig. 'Hij is een gemakkelijk doelwit omdat hij niet net zo is als ieder ander. Zouden we dit gesprek ook hebben als Geoffrey Beck in de stad was?'

'Met alle respect, mevrouw,' zei Koenig, 'maar als Geoffrey Beck in de stad was, dan zou híj waarschijnlijk degene zijn die we wilden verhoren.'

Karyn kneep haar lippen op elkaar en keek ongelukkig. Koenig stapte achteruit op het middenpad en gebaarde naar de voordeur. Nu zag ik een politiewagen dubbel geparkeerd voor de winkel staan. Ik was Karyn ontzettend dankbaar dat ze het voor me had opgenomen. Dat ze deed alsof het haar aanging. Ze zei: 'Sam, bel mc. Als je iets nodig hebt. Als je je niet op je gemak voelt. Wil je dat ik meega?'

'Ik red me wel,' zei ik nog een keer.

'Hij redt zich wel,' zei Koenig. 'We proberen hier niemand in een hoek te drukken.'

'Sorry dat ik weg moet,' zei ik tegen Karyn. Meestal kwam ze op zaterdagochtend een paar uurtjes en liet de winkel dan achter in de handen van wie er dienst had. Nu had ik haar hele dag verpest.

'O, Sam. Je hebt niks verkeerd gedaan,' zei Karyn. Ze kwam naar me toe en gaf me een knuffel, stevig. Ze rook naar hyacint. Terwijl Zakelijke Karyn verdween samen met de beschuldigende klank die in haar stem doordrong, zei ze tegen Koenig: 'Ik hoop dat dit het waard is voor jullie.'

Koenig leidde me door het gangpad naar de voordeur. Ik was me er zeer van bewust dat de vrouw met de grote paarse tas me nakeek, haar mobiele telefoon nog steeds tegen haar oor. De speaker stond zo luid dat we allebei de vrouw aan de andere kant van de lijn konden horen vragen: *'Arresteren ze hem?'*

'Sam,' zei Koenig, 'vertel gewoon de waarheid.'

Hij wist niet waar hij om vroeg.

36

Cole

Toen ik bij het huis van de Culpepers wegging, ging ik gewoon rijden. Ik had Ulriks oude BMW, een beetje geld in mijn zak, en niemand die kon zeggen dat ik niet moest gaan.

Op de radio speelden ze een nummer van een band die een keer in ons voorprogramma had gestaan. Ze waren live zo verschrikkelijk rampzalig geweest dat ik me gewoonweg virtuoos had gevoeld, wat op dat moment een hele prestatie was. Ik had ze moeten bedanken omdat ze ons zo goed deden lijken. De naam van de zanger was Mark of Mike of Mack of Abel of zoiets. Naderhand was hij naar me toe gekomen, ladderzat, en had gezegd dat ik hem het meest had beïnvloed. Ik zag de overeenkomsten.

Nu, een miljoen jaar later, hoorde ik de diskjockey de single beschrijven als de enige hit die de band ooit had gehad. Ik reed door.

Ik had Sams telefoon nog in mijn zak en hij ging niet over, maar voor één keer kon me dat niet schelen. Ik had het gevoel dat ik een boodschap voor Isabel had achtergelaten waarvoor ze niet hoefde terug te bellen. Het was genoeg dat ik het gezegd had.

Ik had de raampjes omlaaggedraaid en mijn arm stak naar buiten, de wind beukte ertegenaan en mijn handpalm was vochtig van de mist. Het landschap van Minnesota strekte zich aan weerskanten van de tweebaansweg uit. Het waren allemaal kleine dennen en willekeurig gestapelde rotsen en platte huizen en meren die plotseling glinsterden achter de bomen. De inwoners van Mercy Falls hadden vast besloten om lelijke huizen te bouwen ter compensatie van al dat natuurschoon. Zodat het hier niet zou ontploffen, of zoiets, door een overdaad aan pittoreskheid.

Ik bleef denken aan wat ik tegen Isabel had gezegd, over dat ik overwoog mijn familie te bellen. Dat was grotendeels waar geweest. Het idee om mijn ouders te bellen voelde onmogelijk en onverteerbaar. In het Venn-diagram met hen en mij erin was de vorm waar onze cirkels overlapten leeg. Ik overwoog nog wel om Jeremy te bellen. Jeremy de huisbassist-yogi. Ik vroeg me af wat hij nu deed, zonder mij en Victor. Ik dacht graag dat hij zijn geld had gebruikt om te gaan rondtrekken in India of zoiets. Het punt met Jeremy, waardoor ik bijna hem wilde bellen en niemand anders, was dat hij en Victor me altijd beter hadden gekend dan wie ook. Dat was alles wat NARKOTIKA eigenlijk was: een manier om Cole St. Clair te leren kennen. Victor en Jeremy hadden er jaren van hun leven aan besteed om te helpen de pijn van mij zijn te beschrijven voor honderdduizenden luisteraars. Ze hadden dat zo vaak gedaan dat ze het ook zonder mij konden. Ik herinnerde me een interview waarbij ze het zo goed deden dat ik nooit meer de moeite nam ook maar één vraag van een interviewer te beantwoorden. We werden geïnterviewd op onze hotelkamer. Het was vroeg in de ochtend omdat we een vlucht moesten halen. Victor had een kater en was chagrijnig. Jeremy zat granenrepen te eten aan het glazen tafeltje. Er was een smal balkon met uitzicht op niets, en ik had de deur opengezet en lag buiten op het beton. Ik had sit-ups gedaan met mijn voeten om de onderste buis van de balustrade gehaakt, en nu lag ik gewoon te kijken naar de vliegtuigsporen in de lucht. De interviewer zat in kleermakerszit op een onopgemaakt bed. Hij was jong en kwiek en gestrest en heette Jan.

'En wie schrijft de meeste nummers?' had Jan gevraagd. 'Of is dat een groepsgebeuren?'

'O, het is een groepsgebeuren,' zei Jeremy op die trage, ontspannen manier van hem. Hij had een zuidelijk accent aangenomen in dezelfde tijd dat hij boeddhist was geworden. 'Cole schrijft de teksten, ik haal koffie voor hem, en dan schrijft Cole de muziek en voorziet Victor hem van zoutjes.'

'Dus jij doet het meeste schrijfwerk, Cole?' Jan verhief zijn stem zodat ik hem op het balkon beter kon horen. 'Waar haal je je inspiratie vandaan?'

Als ik recht omhoogkeek vanaf mijn uitkijkpunt op het balkon had ik twee kijkopties: de bakstenen zijkanten van de gebouwen aan de overkant van de straat, of één vierkantje kleurloze lucht boven me. Alle steden zagen er hetzelfde uit als je op je rug lag.

Jeremy brak een stukje van zijn granenreep; allemaal hoorden we de kruimels over tafel rollen. Vanaf het andere bed, nog steeds op een toon alsof hij ongesteld moest worden, zei Victor: 'Daar geeft hij geen antwoord op.'

Jan klonk oprecht verwonderd, alsof ik de eerste was die hem iets weigerde. 'Waarom niet?'

'Doet hij gewoon niet. Hij heeft de pest aan die vraag,' zei Victor. Hij had blote voeten en knakte de botjes in zijn tenen. 'Het is ook wel een stomme vraag, man. Het leven, ja? Dáár halen we onze inspiratie vandaan.'

Jan krabbelde iets neer. Hij was linkshandig en zag er onhandig uit als hij schreef, alsof hij een Ken-pop was met onderdelen die verkeerd in elkaar waren gezet. Ik hoopte dat hij opschreef *Die vraag nooit meer stellen.* 'Oké. Eh. Jullie album *One/Or the Other* is met stip in de top tien verschenen. Wat vinden jullie van dat onvoorstelbare succes?'

'Ik ga een BMW voor mijn moeder kopen,' zei Victor. 'Nee, ik ga gewoon heel Beieren kopen. Daar worden BMW's toch gemaakt?'

'Succes is een arbitrair concept,' merkte Jeremy op.

'De volgende wordt beter,' zei ik. Ik had het nog niet eerder hardop gezegd, maar nu had ik het gezegd, en dus was het waar.

Nog meer gekrabbel. Jan las de volgende vraag van het papier voor. 'Eh... dat betekent dat jullie het album van Human Parts Ministry uit de top tien hebben gedrukt, waar hij al veertig weken in stond. Sorry, eenenveertig. Ik beloof dat er geen typefouten in het uiteindelijke interview zullen staan. Maar goed, Joey van Human Parts Ministry zei dat hij dacht dat *Looking Up or Down* zo lang in de hitlijsten stond omdat zoveel mensen zich konden verplaatsen in de songtekst. Denk je dat jullie luisteraars zich kunnen verplaatsen in de tekst van *One/Or the Other?*'

One/Or the Other ging over de Cole die ik via de monitor op het podium hoorde tegenover de Cole die 's nachts door de gangen van het hotel ijsbeerde. Dat was *One/Or the Other*: het was de wetenschap dat ik werd omringd door volwassenen met levens waarvan ik me niet kon voorstellen dat ik die ooit ook zou leiden. Het was het zoemende geluid binnen in me dat zei dat ik *iets* moest doen, maar dat niets te doen vond wat enige betekenis had, het stukje van me dat net zo was als een vlieg die steeds weer tegen een ruit botst. Het was de zinloosheid van ouder worden. Het was een pianostuk dat ik in één keer goed had gespeeld. Het was die keer dat ik Angie ging ophalen voor een date en ze een trui droeg waarin ze wel haar moeder leek. Het waren wegen die doodliepen en carrières die eindigden achter bureaus en liedjes die 's nachts in een gymzaal werden geschreeuwd. Het was het besef dat dit het leven was, en dat ik hier niet thuishoorde.

'Nee,' zei ik. 'Ik denk dat het om de muziek draait.'

Jeremy at zijn granenreep op. Victor knakte zijn knokkels.

Ik zag mensen zo groot als bacillen overvliegen in een vliegtuig zo groot als een mier.

'Ik heb gelezen dat je koorknaap bent geweest, Cole,' zei Jan, kijkend in zijn aantekeningen. 'Ben je nog steeds praktiserend katholiek? En jij, Victor? Jeremy, ik weet dat jij dat niet bent.'

'Ik geloof in God,' merkte Victor op. Hij klonk niet overtuigend.

'Jij, Cole?' spoorde Jan me aan.

Ik keek naar de lege lucht en wachtte op een volgend vliegtuig. Het was dat of naar de kale zijkanten van de gebouwen kijken. *One/Or the Other.*

'Ik zal je vertellen wat ik over Cole weet,' zei Jeremy. Hij doorboorde de stilte en klonk alsof hij op een spreekgestoelte stond. 'Coles religie is het aan de kaak stellen van het onmogelijke. Hij gelooft niet in *onmogelijk*. Hij gelooft niet in *nee*. Coles religie is wachten tot iemand zegt dat iets niet kan zodat hij het vervolgens kan doen. Alles. Maakt niet uit wat het is, zolang het maar niet te doen is. Ik zal je een verhaal uit de begindagen vertellen. In het

213

begin was er een oceaan en een leegte, en God vormde de oceaan om in de wereld en vormde de leegte om in Cole.'

Victor lachte.

'Ik dacht dat je zei dat je boeddhist was,' zei Jan.

'Parttime,' antwoordde Jeremy.

Het onmogelijke aan de kaak stellen.

Nu strekten de dennen zich zo hoog aan weerskanten van de weg uit dat ik het gevoel had dat ik door een tunnel naar het midden van de wereld reed. Mercy Falls lag kilometers ver achter me. Ik was weer zestien en de weg strekte zich voor me uit, vol eindeloze mogelijkheden. Ik voelde me schoongeveegd, leeg, vergeven. Ik kon eeuwig blijven doorrijden, waar ik maar naartoe wilde. Ik kon iedereen zijn. Maar ik voelde de trekkracht van Boundary Wood en voor één keer leek het niet meer zo'n vloek om Cole St. Clair te zijn. Ik had een doel, een streven, en het was het onmogelijke: een remedie zoeken.

Ik was er zo dichtbij.

De weg vloog onder de auto door; mijn hand was koud van de wind. Voor het eerst in lange tijd voelde ik me sterk. Het bos had de leegte weggenomen die mij was, datgene waarvan ik had gedacht dat het nooit vol kon zijn, nooit tevreden kon zijn, en het had me alles gekost; dingen waarvan ik niet eens wist dat ik ze had willen houden.

En uiteindelijk was ik Cole St. Clair, uit een nieuwe huid gesneden. De wereld lag aan mijn voeten en de dag strekte zich mijlenver voor me uit.

Ik schoof Sams telefoon uit mijn zak en belde Jeremy's nummer.

'Jeremy,' zei ik.

'Cole St. Clair,' antwoordde hij traag en ontspannen, alsof hij helemaal niet verbaasd was.

Het bleef even stil aan de andere kant van de lijn. En omdat hij me kende, hoefde hij niet te wachten tot ik het zei. 'Je komt niet naar huis, hè?'

37

Sam

Ze verhoorden me in een keuken.

Het politiebureau van Mercy Falls was klein en kennelijk slecht voorbereid op verhoren. Koenig leidde me langs een kamer vol centralisten – ze onderbraken hun gesprek om naar me te kijken – en twee kantoren vol bureaus en mensen in uniform die achter computers zaten, en uiteindelijk een kamertje in met een gootsteen, een koelkast en twee drankenautomaten. Het was lunchtijd en er hing een dikke walm van Mexicaans eten uit de magnetron en braaksel. Het was er verschrikkelijk warm.

Koenig liet me plaatsnemen op een lichte houten stoel aan een klaptafel en haalde er servetten, een bord met een half opgegeten citroenreep en een blikje fris af. Terwijl hij alles in de vuilnisbak gooide, stond hij vlak buiten de deur, met zijn rug naar me toe. Het enige wat ik van hem zag was zijn achterhoofd; de rechte lijn van de korte stoppels achter in zijn nek was angstaanjagend perfect. Hij had een donker litteken van een verbranding langs zijn haargrens; het litteken liep uit in een punt die in de kraag van zijn overhemd verdween. Het schoot me te binnen dat er een verhaal achter dat litteken zat – misschien niet zo dramatisch als het verhaal over mijn polsen, maar toch een verhaal – en het feit dat iedereen wel een verhaal achter een litteken vanbuiten of vanbinnen had, putte me plotseling uit, door het gewicht van al die onuitgesproken verledens.

Koenig sprak op gedempte toon met iemand in de gang. Ik ving alleen flarden op van wat hij zei. 'Samuel Roth... nee... bevel... lichaam... wat hij vindt.'

Ik werd meteen misselijk, alsof mijn maag geplet werd door de warmte. Hij rommelde en draaide, en ineens had ik het afgrijselijke gevoel dat ik ondanks de warmte, of juist vanwége de warmte, hier in dit kamertje zou veranderen en er geen uitweg zou zijn.

Ik legde mijn hoofd op mijn armen; de tafel rook naar oud voedsel maar voelde koel tegen mijn huid. Mijn maag kneep en verkrampte en voor het eerst in maanden voelde ik me onveilig in mijn eigen huid.

Verander alsjeblieft niet. Verander alsjeblieft niet.

Ik herhaalde dat in gedachten bij elke ademhaling.

'Samuel Roth?'

Ik tilde mijn hoofd op. In de deuropening stond een agent met wallen onder zijn ogen. Hij rook naar tabak. Het leek alsof alles in dit keukentje was ontworpen om mijn wolvenzintuigen aan te vallen.

'Ik ben rechercheur Heifort. Vind je het goed als agent Koenig erbij blijft terwijl we praten?'

Ik vertrouwde mijn stem niet, dus knikte ik, met mijn armen nog op tafel. De inhoud van mijn borst voelde gewichtloos en los binnen in me.

Heifort trok de stoel tegenover me naar achteren; hij moest hem een behoorlijk stuk naar achteren schuiven om ruimte te maken voor zijn buik. Hij had een notitieblok en een map bij zich die hij op tafel legde. Achter hem verscheen Koenig in de deuropening, zijn armen over zijn borst geslagen. Koenig zag er veel meer uit als een agent, heel officieel en gespierd, maar toch had de vertrouwdheid van zijn aanwezigheid een kalmerend effect. De rechercheur met zijn dikke buik leek zich er veel te veel op te verheugen om mij te verhoren.

'Wat we gaan doen,' zei hij, 'is je een paar vragen stellen, en jij

216

antwoordt gewoon zo goed je kunt, oké?' Zijn stem had een joviale toon die niet in zijn ogen werd weerspiegeld.

Ik knikte.

'Waar zit je vader tegenwoordig, Sam? We hebben Geoffrey Beck al een hele tijd niet meer gezien,' vroeg Heifort.

'Hij is ziek.' Het was eenvoudiger om de leugen te vertellen die ik al eerder had gebruikt.

'Dat is vervelend,' zei Heifort. 'Wat heeft hij?'

'Kanker,' zei ik. Ik keek naar de tafel en mompelde: 'Hij staat onder behandeling in Minneapolis.'

Heifort schreef dit op. Ik wilde dat hij dat niet had gedaan.

'Wat is het adres van die kliniek? Weet je dat?' vroeg hij.

Ik haalde mijn schouders op. Ik probeerde het droevig te laten overkomen.

'Ik help wel met natrekken,' bood Koenig aan.

Heifort schreef dat ook op.

Ik vroeg: 'Waarom word ik verhoord?' Ik vermoedde dat dit niet echt met Beck te maken had, maar met Grace, en een belangrijk deel van me verzette zich tegen het idee dat ik gearresteerd zou worden voor de verdwijning van iemand die ik gisteravond nog in mijn armen had gehouden.

'Nou, omdat je ernaar vraagt,' zei Heifort, en hij schoof de map onder zijn notitieblok vandaan. Hij haalde er een foto uit en legde die voor me neer. Het was een close-up van een voet. Een meisjesvoet, smal en lang. De voet en het deel van een bloot been dat ik kon zien, lagen op boombladeren. Ik zag bloed tussen de tenen.

Er zat een lange pauze tussen mijn ene ademhaling en de volgende.

Heifort legde nog een foto boven op de eerste.

Ik grimaste en wendde mijn blik af, tegelijk opgelucht en vol afgrijzen.

'Zegt dat je iets?'

Het was een overbelichte foto van een naakt meisje, bleek als sneeuw, broodmager, uitgestrekt op de bladeren. Haar gezicht en hals waren een rampgebied. En ik kende haar. De laatste keer dat ik dat meisje had gezien, had ze een kleurtje van de zon, een glimlach en een hartslag.

O, Olivia. Wat erg.

'Waarom laat u me dat zien?' vroeg ik. Ik kon niet naar die foto kijken. Olivia had het niet verdiend om te worden gedood door wolven. Niemand verdiende het om zo te sterven.

'We hoopten dat jij ons dat kon vertellen,' zei Heifort. Terwijl hij sprak, legde hij nog meer foto's voor me neer, allemaal van het dode meisje, maar vanuit verschillende hoeken genomen. Ik wilde dat hij daarmee ophield. Hij moest ermee ophouden. 'Aangezien ze een paar meter van het grondgebied van Geoffrey Beck is gevonden. Naakt. Nadat ze een behoorlijke tijd vermist is geweest.'

Een blote schouder besmeurd met bloed. Een huid beschreven met aarde. Een handpalm naar de lucht gewend. Ik deed mijn ogen dicht, maar bleef die foto's voor me zien. Ik voelde ze in me graven, binnen in me leven, iets worden wat mijn nachtmerries zou gaan bevolken.

'Ik heb niemand vermoord,' zei ik. Het klonk vals toen ik het zei. Alsof ik het in een taal zei die ik niet sprak, en met een stembuiging die zo verkeerd was dat de woorden samen niet eens logisch klonken.

'O, dit was het werk van wolven,' zei Heifort. 'Die hebben haar gedood. Maar ik denk niet dat die haar ook naakt op die plek hebben achtergelaten.'

Ik opende mijn ogen, maar keek niet naar de foto's. Er hing een prikbord aan de muur met daarop een velletje papier waarop stond S.V.P. MAGNETRON SCHOONMAKEN ALS JE LUNCH ERIN ONTPLOFT. BEDANKT, MANAGEMENT.

'Ik zweer dat ik daar niks mee te maken heb. Ik wist niet waar ze was. Dit heb ík niet gedaan.' Ik had het zware gevoel vanbinnen dat ik wist wie het wel had gedaan. Ik voegde eraan toe: 'Waarom zou ik zoiets doen?'

'Eerlijk, jongen, ik heb geen idee,' zei Heifort. Ik wist niet waarom hij 'jongen' zei, want de rest van zijn toon strookte daar helemaal niet mee. 'Een of andere zieke smeerlap heeft dit gedaan, en ik kan me niet goed in zo iemand verplaatsen. Wat ik wel weet is dit: twee jonge meisjes die jou kenden, zijn in het afgelopen jaar verdwenen. Jij bent de laatste die een van hen heeft gezien. Er is

218

al maanden niets meer van je pleegvader vernomen en jij bent de enige die schijnt te weten waar hij is. Nu ligt er een lijk in de buurt van je huis, naakt en half uitgehongerd, en dat lijkt me iets wat alleen een gestoorde vuilak zou doen. En tegenover me zit een jongen die is mishandeld door zijn ouders, en ik heb gehoord dat je daar behoorlijk gestoord van kunt raken. Zou je daar iets over willen zeggen?'

Zijn stem bleef de hele tijd zacht en vriendelijk. Koenig bekeek een poster van een schip dat nooit ook maar in de buurt van Minnesota was geweest.

Toen Heifort net was begonnen te praten, had er een klein vlekje woede binnen in me gekrast en gedraaid, en naarmate hij doorging, bleef dat vlekje groeien. Na alles wat ik had doorstaan, wilde ik me niet laten reduceren tot een definitie van één zin. Ik keek Heifort aan en hield zijn blik vast. Ik zag zijn ogen een beetje samenknijpen en wist dat mijn goudgele ogen hem van zijn stuk brachten. Ineens voelde ik me volkomen kalm, en ergens in mijn stem hoorde ik echo's van Beck. 'Zat daar ergens een vraag in, agent? Ik dacht dat u wilde dat ik u een alibi gaf, of mijn relatie met mijn vader beschreef, of zou zeggen dat ik alles zou doen voor Grace. Maar het lijkt er verdacht veel op dat u wilt dat ik mijn geestelijke gesteldheid verdedig. Ik weet niet wat u denkt dat ik gedaan heb. Beschuldigt u me van het ontvoeren van meisjes? Of dat ik mijn vader heb vermoord? Of denkt u gewoon dat ik gestoord ben?'

'Hé,' zei Heifort. 'Ik beschuldig je nergens van, Roth. Hou die tienerwoede nou maar onder controle, want niemand beschuldigt je ergens van.'

Ik had er geen spijt van dat ik tegen hem had gelogen als hij nu tegen mij loog. Hij beschuldigde me wel degelijk.

'Wat wilt u dat ik zeg?' Ik duwde alle foto's van het meisje – Olivia – naar hem toe. 'Dat is verschrikkelijk. Maar ik heb er niks mee te maken.'

Heifort liet de foto's liggen. Hij draaide bij in zijn stoel om Koenig veelbetekenend aan te kijken, maar Koenigs gezichtsuitdrukking veranderde niet. Toen draaide hij zich weer naar mij om, waarbij zijn stoel kreunde en klikte. Hij wreef over de wal onder zijn oog. 'Ik wil weten waar Geoffrey Beck en Grace Brisbane zijn, Samuel. Ik heb ervaring genoeg om te weten dat toeval niet bestaat. En weet je wat de gemeenschappelijke factor is tussen al die dingen? Jij.'

Ik zei niets. Ik was niet de gemeenschappelijke factor.

'Nou, ga je meewerken en me hier iets over vertellen, of wil je me dwingen het op de moeilijke manier te doen?' vroeg Heifort.

'Ik heb u niets te vertellen,' zei ik.

Heifort bleef me een hele tijd aankijken, alsof hij wachtte tot mijn gezicht iets zou verraden. 'Ik denk dat je vader je geen dienst heeft bewezen door je die advocatenpraat te leren,' zei hij uiteindelijk. 'Is dat alles wat je te zeggen hebt?'

Ik had nog veel meer te zeggen, maar niet tegen hem. Als Koenig degene was die het had gevraagd, zou ik hebben gezegd dat ik niet wilde dat Grace vermist werd. Dat ik Beck terug wilde. Dat hij niet zomaar mijn pleegvader was, maar mijn vader. Dat ik niet wist wat er met Olivia was gebeurd, maar dat ik gewoon probeerde het hoofd boven water te houden. Ik wilde dat ze me met rust lieten. Dat was alles. Laat me gewoon met rust om me dit zelf te laten uitzoeken.

'Ja,' zei ik.

Heifort keek me fronsend aan. Ik kon niet bepalen of hij me geloofde of niet. Na een korte stilte zei hij: 'Dan zijn we voorlopig wel klaar. William, ontferm je over hem, wil je?'

Koenig knikte kort terwijl Heifort zich afzette van de tafel.

Ik kon iets opgeluchter ademen toen Heifort de gang in was gelopen.

'Ik zal je terugbrengen naar je auto,' zei Koenig tegen me. Hij maakte een gebaar dat betekende dat ik moest opstaan. Dat deed ik, om de een of andere reden verbaasd dat de vloer onder mijn voeten stevig aanvoelde. Mijn benen waren een beetje rubberachtig.

Ik liep de gang in achter Koenig, maar hij stopte toen zijn mobiele telefoon ging. Hij haalde hem uit het vakje aan zijn riem en keek op het schermpje.

'Wacht,' zei Koenig. 'Ik moet even opnemen. Hallo, met William Koenig. Goed, meneer. Wacht. Wát is er gebeurd?'

Ik stopte mijn handen in mijn zakken. Ik voelde me licht in

mijn hoofd: gesloopt door het verhoor, doordat ik niet had gegeten, door de foto's van Olivia. Ik hoorde Heiforts stem door de
open deur van de centrale links van me galmen. De centralisten
lachten om iets wat hij zei. Het was vreemd te denken dat hij
zomaar kon omschakelen: gerechtvaardigde woede over de dood
van dat meisje veranderde van het ene op het andere moment in
grapjes in de kamer ernaast.

Koenig probeerde iemand ervan te overtuigen dat als zijn vrouw,
met wie hij van tafel en bed gescheiden was, zijn auto had meegenomen, dat geen diefstal was omdat het om een gezamenlijk
bezit uit het huwelijk ging.

Ik hoorde: 'Hé, Tom.'

Er waren waarschijnlijk tientallen Toms in Mercy Falls. Maar ik
wist meteen welke het was. Ik herkende de geur van zijn after-
shave en het getintel van mijn huid.

De centrale had een raam naar de gang, en daarachter zag ik
Tom Culpeper. Hij rammelde met de sleutels in zijn jaszak; zo'n
stevige buitenmensenjas die je omschreef als *ruig* en *klassiek* en
vierhonderd dollar en die meestal werd gedragen door mensen die
meer tijd doorbrachten in landrovers dan buiten. Zijn gezicht had
het grijze, uitgezakte aanzien van iemand die niet had geslapen,
maar zijn stem klonk ferm en beheerst. Een advocatenstem.

Ik probeerde te kiezen wat erger was: het risico nemen om met
Culpeper te moeten praten, of de kotsgeur in de keuken trotseren. Ik overwoog me terug te trekken.

Heifort zei: 'Tom! Hé, kerel. Wacht even, dan laat ik je binnen.'
Hij draafde de centrale uit, door de haakse gang die de hoek om
ging naar de ruimte waar Culpeper stond, en opende de deur. Hij
sloeg met zijn hand op Culpepers schouder. Natuurlijk kenden ze
elkaar. 'Ben je hier voor je werk, of gewoon om onrust te stoken?'

'Ik kom voor het rapport van de patholoog-anatoom,' zei Culpeper. 'Wat had die zoon van Geoffrey Beck erover te zeggen?'

Heifort stapte een stukje achteruit, zodat Culpeper langs hem
heen kon kijken en mij zag staan.

'Als je het over de duivel hebt,' zei Culpeper.

Het zou beleefd zijn geweest om hallo te zeggen. Ik zei niets.

'Hoe gaat het met die ouwe van je?' vroeg Culpeper. Zijn toon was diep ironisch, niet alleen omdat duidelijk was dat het hem niet kon schelen, maar ook omdat Culpeper zo ver afstond van iemand die 'die ouwe van je' zou zeggen dat het overduidelijk sarcastisch bedoeld was. Hij voegde eraan toe: 'Ik sta ervan te kijken dat hij niet bij je is.'

Mijn stem klonk stijfjes. 'Hij zou hier zijn als hij kon.'

'Ik heb Lewis Brisbane gesproken,' zei Culpeper. 'Voor juridisch advies. De Brisbanes weten dat ik er voor ze ben als ze me nodig hebben.'

Ik kon me er niet toe zetten de implicaties te overdenken van het feit dat Tom Culpeper optrad als advocaat en vertrouweling van Grace' ouders. In elk geval leek de mogelijkheid op een goede toekomst met hen ontzettend onbereikbaar. De mogelijkheid van wat voor toekomst dan ook leek ontzettend onbereikbaar.

'Je bent echt hersendood, hè?' zei Tom Culpeper verwonderd, en ik besefte dat ik te lang had gezwegen en niet had gemerkt wat mijn gezicht had gedaan terwijl ik me verloor in mijn wanhoop. Hij schudde zijn hoofd, niet zozeer uit wreedheid als wel omdat hij niet wist wat hij met de vreemdheid van ons buitenbeentjes aan moest. 'Ik zal je wat goede raad geven: probeer je te beroepen op krankzinnigheid. God zegene Amerika. Beck heeft altijd van gekken gehouden.'

Heifort, moest ik hem nageven, probeerde zijn lachen in te houden.

Koenig klapte zijn telefoon dicht. Zijn ogen waren samengeknepen.

'Heren,' zei hij, 'ik breng meneer Roth nu terug naar zijn voertuig, behalve als jullie hem nog ergens voor nodig hebben.'

Heifort schudde zijn hoofd, langzaam en gewichtig.

Culpeper draaide zich met zijn handen in zijn zakken naar mij toe. Er klonk geen woede in zijn stem. Natuurlijk niet; hij had alle troeven in handen. 'Als je je vader weer ziet,' zei hij tegen me, 'kun je hem vertellen dat zijn wolven over twee weken allemaal weg zijn. Dat had een hele tijd geleden al moeten gebeuren. Ik weet niet waar jullie dachten dat je mee speelde, maar het is afgelopen.'

En ik zag dat Tom Culpeper me nakeek, maar zonder rancune. Alleen maar een rauwe wond die te vaak was opengepeuterd om nog te genezen. Hoe kon ik hem veroordelen? Hij kende de waarheid niet. Hij kon het niet weten. Hij dacht dat het alleen maar dieren waren, en hij zag ons als onvoorzichtige buren met misplaatste prioriteiten. Maar ik begreep ook dit: het zou niet ophouden totdat we allemaal dood waren.

Koenig pakte mijn arm en keek over zijn schouder naar Culpeper. 'Ik denk dat u de zoon verwart met de vader, meneer Culpeper.'

'Misschien,' zei Culpeper. 'Maar je weet wat ze zeggen over appels en bomen.'

Het punt was dat er best veel waarheid in dat gezegde zat.

Koenig zei: 'Tijd om te gaan.'

38

Grace

Sam kwam laat thuis.

Ik nam me voor om me geen zorgen te maken.

Zonder hem was ik rusteloos en doelloos in Becks huis; als ik een wolf was, voelde ik mijn gebrek aan een doel niet zo. Ik had nooit beseft hoe mijn dag voorheen gevuld was met huiswerk en koken en leuke dingen doen met Rachel en nog meer huiswerk en Olivia en bezoekjes aan de bibliotheek en het repareren van die losse plank op de veranda omdat pa er toch nooit aan toe zou komen. Lezen was een beloning voor werk, en zonder werk scheen ik geen rust te kunnen vinden met een boek, hoewel Becks kelder ermee vol stond.

Het enige waar ik aan had gedacht, was een diploma halen met zulke goede cijfers dat ik me er niet druk over hoefde te maken naar welke universiteit ik zou gaan. En nadat ik Sam had leren kennen, werd hem mens houden aan dat lijstje toegevoegd.

Nu waren geen van die dingen meer van toepassing.

Ik had zoveel vrije tijd dat vrije tijd niets meer betekende. Ik voelde me zoals in de schoolvakanties. Ma had een keer gezegd dat ik niet wist hoe ik me moest ontspannen en dat ik eigenlijk onder narcose moest worden gebracht als ik niet naar school hoefde. Ik had dat destijds overdreven gevonden, maar nu snapte ik het.

Ik waste de zes kledingstukken die ik in Becks huis had, deed de achterstallige vaat in de gootsteen, en uiteindelijk belde ik Isabel omdat ik niemand anders kon bellen, en als ik niet gauw met iemand praatte, zou ik gaan huilen om Olivia en daar had niemand iets aan.

'Waarom zou het een slecht idee zijn om Rachel te vertellen dat ik nog leef?' vroeg ik zodra Isabel opnam.

'Omdat ze gek wordt en dan instort en een scène schopt en uiteindelijk haar ouders erachter komen en ze niet zal liegen en iedereen het dan weet,' zei Isabel. 'Nog meer vragen? Nee.'

'Rachel kan best praktisch zijn.'

'Ze heeft net ontdekt dat de keel van een van haar vriendinnen eruit is gerukt door wolven. Ze zal nu niet praktisch zijn.'

Ik zei niets. Het enige wat mij bij zinnen hield, was dat ik Olivia's dood als iets abstracts bleef zien. Als ik erover begon na te denken hoe het was gebeurd, dat het niet snel kon zijn gegaan, dat ze het niet had verdiend om te sterven – als ik erover begon te denken hoe het had gevoeld om in de sneeuw te liggen terwijl mijn huid van mijn botten werd gestroopt door wolven, me voorstelde dat Sam er niet bij was om ze tegen te houden – kon ik niet geloven dat Isabel dat had gezegd. Ik wilde eigenlijk meteen ophangen. Het enige waardoor ik aan de telefoon bleef, was de wetenschap dat ik helemaal alleen zou zijn met dat beeld van haar dood dat steeds maar weer door mijn hoofd zou malen wanneer ik ophing.

'Althans, zo was ik met Jack. "Praktisch" is geen woord dat ik op mezelf zou hebben toegepast,' vervolgde Isabel.

Ik slikte.

'Grace, vat het niet persoonlijk op. Het is een feit. Hoe eerder je de feiten onder ogen ziet, hoe beter het voor je is. Zet het nu uit je hoofd. Waarom wil je het tegen Rachel zeggen?'

Ik knipperde tot ik weer helder kon zien. Ik was blij dat Cole er niet was.

Hij zag me als nogal een bikkel, en ik wilde hem liever niet van het tegendeel overtuigen. Alleen Sam mocht zien wat voor wrak ik eigenlijk was, want als Sam iets wist, voelde dat alsof ik het wist. Ik zei tegen Isabel: 'Omdat ze mijn vriendin is en ik niet wil dat ze denkt dat ik dood ben. En omdat ik haar wil spreken! Ze is niet zo dwaas als jij denkt.'

'Wat sentimenteel,' zei Isabel, maar niet op een gemene manier. 'Je vroeg waarom het een slecht idee was, en dat heb ik je verteld. Ik ben niet van plan mijn antwoord te veranderen.'

Ik zuchtte. Het klonk hortend en bracht meer ongelukkigheid over dan mijn bedoeling was.

'*Best,*' snauwde Isabel, alsof ik tegen haar had geschreeuwd. 'Praat met haar. Maar kom niet naar mij toe als ze de waarheid niet aankan.' Toen lachte ze om een of ander grapje dat alleen zij snapte, voordat ze doorging: 'Ik zou dat over de wolven maar niet vertellen, alleen dat je nog leeft. Ik bedoel, aangenomen dat je naar me luistert.'

'Ik luister altijd naar je. Behalve als ik dat niet doe.'

'Daar is de oude Grace weer. Dat is beter. Ik begon al te denken dat je een mafketel was geworden.'

Ik glimlachte in mezelf, want meer emotionele waarheid zou ik niet krijgen van Isabel. Toen schoot me iets te binnen. 'Kun je nog iets voor me doen?' vroeg ik.

'Het houdt maar niet op.'

'Nou, ik weet niet hoe ik er anders achter moet komen. Ik weet niet eens of jij erachter kunt komen zonder dat mensen argwaan krijgen. Maar als iemand het kan, ben jij het.'

'Blijf maar komen met die complimenten, Grace. Elk beetje helpt.'

'Je haar is ook heel mooi,' zei ik, en ze lachte haar harde lach. 'Ik wil weten of ik mijn diploma nog kan halen als ik een zomercursus doe.'

'Zou je daar geen mens voor moeten zijn? Niet dat al die slome gasten daar dit jaar mens lijken te zijn.'

'Ik ben op weg,' zei ik. 'Ik ben steeds vaker mens. Ik denk dat het zou kunnen lukken. Zodra ik niet meer vermist word.'

'Weet je wat jij nodig hebt?' vroeg Isabel. 'Een goede advocaat.'

Daar had ik al over nagedacht. Ik wist niet wat de wet in Minnesota over weglopers bepaalde, waar ik ongetwijfeld onder geschaard zou worden. Het leek me ontzettend onredelijk dat ik hierdoor misschien wel een aantekening op mijn strafblad zou krijgen, maar daar zou ik wel overheen komen. 'Ik ken een meisje met een vader die advocaat is.'

Nu lachte Isabel echt. 'Ik zal het uitzoeken,' zei ze. 'Alleen jij zou je druk maken over het afmaken van je school terwijl je in je vrije tijd in een andere diersoort verandert. Het is wel verfrissend om te zien dat sommige dingen nooit veranderen. Nerd. Studiebol. Troeteldier van de leraren. O... troeteldier... dat is wel grappig, nu je een vachtje hebt.'

'Ik ben blij dat ik je heb kunnen vermaken,' zei ik zogenaamd gekwetst.

Isabel lachte weer. 'Ik ook.'

39

Sam

Deze keer gebaarde Koenig dat ik voor in de politiewagen kon plaatsnemen. De auto was warm geworden onder de onophoudelijke aandacht van de zon, en Koenig bestreed de hitte door de airconditioner voluit te zetten. Het was inmiddels zo koud dat er steeds druppeltjes vocht in mijn gezicht belandden. De wolf die nog steeds binnen in me moest zitten, hield zich koest.

Alles rook naar schoonmaakmiddel met dennengeur.

Koenig zette de radio uit. Het was een zender met rockmuziek uit de jaren zeventig.

Ik dacht aan Culpeper die mijn familie zou doodschieten vanuit een helikopter.

Het enige geluid in de auto was af en toe het geknetter van de portofoon die met een clip op Koenigs schouder bevestigd was. Mijn maag knorde hoorbaar, en Koenig boog zich over mijn benen heen en liet de klep van het dashboardkastje op mijn knieën vallen. Er lagen een pakje crackers en twee chocoladerepen in. Ik pakte de crackers.

'Bedankt,' zei ik. Ze waren niet op zo'n manier aangeboden dat dankbaarheid onbehaaglijk voelde.

Koenig keek me niet aan. 'Ik weet dat Heifort het mis had,' zei hij. 'Ik weet wat de gemeenschappelijke factor is, en jij bent het niet.'

Ik besefte dat hij niet in de richting van de boekwinkel reed. We reden weg bij Mercy Falls, niet ernaartoe.

'Wat dan wel?' vroeg ik. Er hing iets van verwachting in de lucht. Hij had *Beck* kunnen zeggen, of *Boundary Wood*, of eigenlijk van alles.

Maar ik dacht niet dat hij dat ging doen.

'De wolven,' zei Koenig.

Ik hield mijn adem in. De stem van de centralist kwam knetterend en onduidelijk over de portofoon. 'Eenheid zeventien?'

Koenig drukte op een knopje op de portofoon en leunde met zijn hoofd naar zijn schouder. 'Ik ben onderweg met een passagier. Ik meld me zodra ik vrij ben.'

'Begrepen,' antwoordde ze.

Hij wachtte even, en toen zei hij, nog altijd zonder naar mij te kijken: 'Zeg nu de waarheid, Sam, want er is geen tijd meer om eromheen te draaien. Vertel me nu de waarheid, niet wat je Heifort hebt verteld. Waar is Geoffrey Beck?'

De banden klonken luid op de weg. We waren ver bij Mercy Falls vandaan. Bomen vlogen langs ons heen en ik dacht terug aan de dag dat ik naar de viswinkel was gereden om Grace op te halen. Het leek wel een miljoen jaar geleden. Ik kon hem niet vertrouwen, vergeet het maar. Hij kon nooit voorbereid zijn op de waarheid, en zelfs al was hij dat wel, dit was onze hoofdregel: we vertelden niemand over onszelf. Vooral geen politieagent die erbij had gestaan terwijl ik werd beschuldigd van ontvoering en moord.

'Ik weet het niet,' mompelde ik. Amper hoorbaar boven het geluid van de weg uit.

Koenig vertrok zijn lippen tot een streep en schudde zijn hoofd. 'Ik was erbij tijdens de eerste wolvenjacht, Sam. Dat was een illegale actie en ik heb er spijt van. De hele stad stikte in Jack Culpepers dood. Ik was erbij toen ze de wolven door de bossen naar het meer dreven. Ik zag die avond een wolf en dat ben ik nooit meer vergeten. Ze gaan die wolven uit de bossen drijven en ze allemaal afschieten vanuit de lucht, Sam, en ik heb de papieren gezien die het bewijzen. Ik zal het je nog een keer vragen, en jij gaat me de waarheid vertellen omdat jij en de wolven geen andere opties meer hebben behalve mij. Vertel op, Sam. *Waar is Geoffrey Beck?'*

Ik sloot mijn ogen.

Achter mijn oogleden zag ik het lichaam van Olivia. En ik zag Tom Culpepers gezicht.

'Hij is in Boundary Wood.'

Koenig liet zijn adem langdurig, sissend tussen zijn tanden ontsnappen.

'Grace Brisbane ook,' zei hij. 'Toch?'

Ik opende mijn ogen niet.

'En jij,' zei Koenig. 'Jij was daar ook. Zeg maar dat ik gek ben. Zeg maar dat ik het mis heb. Zeg maar dat ik me vergiste toen ik die avond een wolf zag met de ogen van Geoffrey Beck.'

Nu deed ik wel mijn ogen open. Ik moest zien hoe zijn gezicht stond. Hij keek recht naar voren door de voorruit, met zijn wenkbrauwen naar elkaar toe getrokken. De onzekerheid maakte hem jonger, maakte het uniform minder intimiderend.

'U hebt het niet mis,' zei ik.

'Hij heeft geen kanker.'

Ik schudde mijn hoofd. Koenig draaide zijn hoofd niet, maar hij knikte lichtjes, voornamelijk in zichzelf.

'Er zijn geen aanwijzingen over Grace Brisbane, niet omdat ze verdwenen is, maar omdat ze...' Koenig brak zijn zin af. Hij kon het niet zeggen.

Ik besefte dat ik een heleboel liet afhangen van dit moment. Of hij die zin afmaakte of niet. Of hij de waarheid inzag zoals Isabel had gedaan of dat hij hem wegduwde of verdraaide om te passen in een of andere religie, of hem veranderde om te passen in een minder vreemde kijk op de wereld, zoals mijn ouders hadden gedaan.

Ik bleef hem aankijken.

'Omdat ze een wolf is.' Koenig hield zijn blik op de weg, maar hij draaide zijn handen om het stuur heen en weer. 'We kunnen haar of Beck niet vinden omdat ze wolven zijn.'

'Ja.'

Koenig schudde zijn hoofd. 'Mijn vader vertelde me vroeger wolvenverhalen. Hij zei dat hij op school een vriend had gehad die weerwolf was, en wij lachten hem altijd uit. We konden nooit bepalen of hij een verhaaltje vertelde of de waarheid.'

'Het is waar.' Mijn hart bonsde, nu ons geheim tussen ons in hing. In het licht van zijn verdenkingen begon ik ineens elk gesprek dat ik ooit met Koenig had gevoerd in mijn hoofd af te spelen. Ik probeerde te bepalen of het veranderde hoe ik tegen hem aankeek, en dat was niet zo.

'Waarom... Ik kan niet geloven dat ik dit vraag, maar waarom blijven ze wolven als de hele roedel straks wordt uitgeroeid?'

'Het is onvrijwillig. Afhankelijk van de temperatuur. Wolf in de winter, mens in de zomer. Elk jaar minder tijd als mens, en uiteindelijk blijven we voor altijd wolf. We houden onze menselijke gedachten niet vast als we veranderen.' Ik fronste mijn voorhoofd. Deze uitleg werd elke dag dat we Cole hadden minder waar. Het was een merkwaardig desoriënterend gevoel, dat iets waarop je zo lang had vertrouwd begon te veranderen, alsof je ontdekte dat de zwaartekracht op de maandagen niet meer werkte. 'Dat is uitgesproken versimpeld. Maar het is de basisregel.' Het voelde ook raar om *uitgesproken versimpeld* te zeggen; die frase gebruikte ik alleen omdat Koenig zo formeel sprak.

'Dus Grace...'

'Wordt vermist omdat ze nog onstabiel is in dit weer. Wat zou ze tegen haar ouders moeten zeggen?'

Koenig dacht even na. 'Word je als weerwolf geboren?'

'Nee, goeie ouwe techniek uit de griezelfilms. Een beet.'

'En Olivia?'

'Vorig jaar gebeten.'

Koenig snoof zachtjes. 'Ongelooflijk. Ik wist het. Ik bleef maar dingen ontdekken die me daarnaar terugleidden, en ik kon het niet geloven. En toen Grace Brisbane uit het ziekenhuis verdween en alleen dat bebloede ziekenhuishemd achterliet... Ze zeiden dat ze stervende was, dat ze met geen mogelijkheid op eigen kracht kon zijn vertrokken.'

'Ze moest veranderen,' zei ik zachtjes.

'Iedereen op het bureau verdacht jou. Ze zoeken al die tijd al naar manieren om je aan het kruis te nagelen. Tom Culpeper het meest van allemaal. Hij laat Heifort en alle anderen naar zijn pijpen dansen.' Nu klonk hij een beetje bitter, en daardoor ging ik hem heel anders bekijken. Ik kon hem zien zonder zijn uniform, thuis, terwijl hij een biertje uit de koelkast haalde, de hond aaide, televisiekeek. Een echte persoon die losstond van de geüniformeerde identiteit die ik hem had toegekend. 'Ze zouden je hier heel graag om zien hangen.'

'Nou, geweldig,' zei ik. 'Want het enige wat ik kan doen, is zeggen dat ik niks heb gedaan. Totdat Grace stabiel genoeg wordt om weer op te duiken. En Olivia...'

Koenig zweeg even. 'Waarom hebben ze haar gedood?'

Mijn hoofd was vol met Shelby, haar blik op mij door het keukenraam, de wanhoop en woede die ik daar dacht te hebben gezien. 'Ik denk niet dat het er meerdere waren. Er is één wolvin die achter alle problemen zit. Ze heeft Grace ook al eens aangevallen. Zij was ook degene die Jack Culpeper aanviel. De anderen zouden geen meisje doden. Niet in de zomer. Er zijn andere manieren om aan voedsel te komen.' Ik moest mijn best doen, heel nadrukkelijk, om de herinnering aan het verwoeste lichaam van Olivia van me af te zetten. We reden een paar minuten in stilte verder.

'Goed, dit is de situatie,' zei Koenig, en ik vond het nu wel charmant om te constateren dat hij als een politieman klonk, ongeacht wat hij zei. 'Ze hebben toestemming om de roedel uit te roeien. Veertien dagen is niet lang. Jij zegt nu dat sommige van hen waarschijnlijk voor die tijd niet zullen veranderen, en sommige kunnen helemaal niet meer veranderen. Dan hebben we het dus over massamoord.'

Eindelijk. Het was een opluchting, en doodeng, om te horen dat Culpepers plan zo werd omschreven. 'En we hebben hier niet veel opties. Je zou kunnen bekendmaken wat de wolven echt zijn, maar...'

'Dat lijkt me geen goed idee,' zei ik snel.

'... ik wilde zeggen dat me dat niet haalbaar lijkt. Als we in Mercy Falls bekendmaken dat we een roedel wolven hebben met een ongeneeslijke, besmettelijke ziekte, net nadat we hebben ontdekt dat ze een meisje hebben gedood...'

'Zal dat niet goed vallen,' voltooide ik.

'De andere optie is om te proberen dierenbeschermingsorgani-
saties te motiveren om de roedel te redden; gewoon als wolven.
Dat is niet gelukt in Idaho, en ik denk dat het ook veel te kort dag
is, maar...'

Ik zei: 'We hebben overwogen ze te verhuizen.'

Koenig bleef roerloos zitten. 'Ga door.'

Ik struikelde over mijn woorden. Koenig was zo nauwkeurig en
logisch dat ik het gevoel had dat ik dat moest evenaren. 'Ergens verder weg bij mensen. Maar dan... het zou de situatie kunnen verer-
geren, behalve als we weten hoe de mensen daar zijn. En ik weet
niet hoe de roedel zich zal gedragen op een nieuwe plek, zonder
grenzen. Ik weet niet of ik moet proberen Becks huis te verkopen
om een stuk land te kunnen kopen, of wat. Ik heb niet genoeg geld
om een heel territorium te kopen. Wolven zwerven ontzettend ver,
kilometers ver. Dus er is altijd een kans op problemen.'

Koenig trommelde met zijn vingers op het stuur, zijn ogen samengeknepen. Er verstreek een lang moment van stilte. Ik was er
blij mee. Ik had het nodig. De gevolgen van mijn bekentenis aan
Koenig leken onvoorspelbaar.

'Ik denk maar even hardop,' zei Koenig uiteindelijk, 'maar ik
heb een stuk land, een paar uur verderop in de Boundary Waters.
Het was van mijn vader, maar ik heb het pas geërfd.'

Ik begon: 'Ik... weet niet...'

'Het is een schiereiland,' viel Koenig me in de rede. 'Behoorlijk groot, ook. Vroeger was het een resort, maar dat is gesloten
vanwege oude familieruzies. Het uiteinde ervan is met een hek
afgesloten. Het is niet zo'n best hek, op sommige plekken alleen
maar prikkeldraad tussen de bomen, maar dat zou je kunnen
versterken.'

Hij keek naar mij op hetzelfde moment dat ik naar hem keek,
en ik wist dat we allebei dachten: *dit zou het weleens kunnen zijn.*

'Ik denk niet dat een schiereiland, zelfs als het omvangrijk is,
groot genoeg zou zijn om de hele roedel te ondersteunen. We zouden ze moeten bijvoeren,' zei ik.

'Dan voer je ze bij,' zei Koenig eenvoudig.

'Kampeerders?' vroeg ik.

'Het ligt tegen een mijngebied aan,' antwoordde Koenig. 'Het mijnbouwbedrijf is al niet meer actief sinds zevenenzestig, maar ze verkopen het land niet. Er is een reden waarom het resort het niet redde.'

Ik beet op mijn lip. Het kostte me moeite om in hoop te geloven. 'We zouden ze er nog wel op de een of andere manier naartoe moeten krijgen.'

'Stilletjes,' adviseerde Koenig me. 'Tom Culpeper zal verhuizen niet als alternatief zien voor hun dood.'

'En snel,' zei ik. Ik dacht eraan hoe lang Cole al tevergeefs probeerde wolven te vangen, en hoe lang het zou duren om een stuk of twintig wolven te vangen, en hoe we ze zo ver naar het noorden moesten vervoeren.

Koenig zweeg een tijdje. Uiteindelijk zei hij: 'Misschien is het geen goed idee. Maar je kunt het als optie zien.'

Een optie. Een optie betekende een haalbare mogelijkheid, en ik wist niet of het dat wel was. Maar wat hadden we anders?

40

Grace

De eindeloze dag eindigde toen Sam thuiskwam met een pizza en een onzekere glimlach. Bij de pizza vertelde hij alles wat Koenig had gezegd. We zaten in kleermakerszit op de grond in zijn kamer, met zijn bureaulamp en de kerstverlichting aan en de pizzadoos tussen ons in. De bureaulamp stond naast het schuine dak, en door de manier waarop de muur het licht weerkaatste, kreeg de kamer een warme, grotachtige sfeer. De cd-speler bij Sams bed stond zachtjes aan en een rokerige stem zong onder begeleiding van een piano.

Sam beschreef alles wat er was gebeurd, en hij maakte bij alles vegende bewegingen met zijn vingers over de vloer, alsof hij onbewust het ene uit de weg veegde voordat hij het volgende vertelde. Alles was een soort puinhoop en ik voelde me volkomen op drift, maar ik bleef toch steeds denken hoe graag ik naar hem keek in dit zachtgele licht. Hij was niet meer zo zacht als toen ik hem net kende, niet meer zo jong, maar de hoeken van zijn gezicht, zijn snelle gebaren, zoals hij zijn onderlip naar binnen zoog om na te denken voordat hij verderging... Ik was op alles even verliefd.

Sam vroeg wat ik ervan vond.

'Waarvan?'

'Alles. Wat moeten we doen?'

Hij had verbazingwekkend veel vertrouwen in mijn vermogen om het allemaal logisch te beredeneren. Het was zoveel om te verwerken: Koenig, die het geheim van de wolven had geraden, dat het idee van verhuizen plausibel was, de gedachte om het lot van ons allemaal toe te vertrouwen aan iemand die we amper kenden. Hoe wisten we zeker dat hij ons geheim zou bewaren?

'Ik heb nog een stuk pizza nodig voordat ik daarop kan antwoorden,' zei ik. 'Wilde Cole trouwens niet?'

'Hij zei dat hij aan het vasten was. Ik denk niet dat ik wil weten waarom. Maar hij leek niet ongelukkig.'

Ik trok de korst van een stuk pizza; Sam nam wat ervan over was. Ik zuchtte. Het idee om uit Boundary Wood te vertrekken was ontmoedigend. 'Ik denk dat het niet permanent zou hoeven zijn. De wolven op het schiereiland, bedoel ik. We kunnen later een beter idee verzinnen, als dat met die jacht is overgewaaid.'

'We moeten ze eerst het bos uit krijgen.' Hij sloot de pizzadoos en streek met zijn vinger over het logo.

'Zei Koenig dat hij zou helpen je uit de problemen te krijgen? Ik bedoel, wat mijn vermissing betreft? Hij weet nu dat je me niet hebt ontvoerd en vermoord,' zei ik. 'Kan hij iets doen om ervoor te zorgen dat ze je met rust laten?'

'Weet ik niet. Dat heeft hij niet gezegd.'

Ik probeerde de frustratie uit mijn stem te houden; ik was niet gefrustreerd om hém. 'Lijkt dat je niet nogal belangrijk?'

'Misschien wel. Maar de wolven hebben nog twee weken. Ik kan me later nog zorgen maken over het zuiveren van mijn naam. Ik denk niet dat de politie iets kan vinden om me van te beschuldigen,' zei Sam. Maar hij keek me niet aan.

'Ik dacht dat de politie je niet meer verdacht,' zei ik. 'Ik dacht dat Koenig het wist.'

'*Koenig* weet het. Verder niemand. Hij kan niet zomaar zeggen dat ik onschuldig ben.'

'Sam!'

Hij haalde zijn schouders op zonder me aan te kijken. 'Ik kan er nu niks aan doen.'

De gedachte dat hij werd verhoord op een politiebureau deed

236

me pijn. Het idee dat mijn ouders dachten dat hij in staat was me iets aan te doen, deed nog meer pijn. En de mogelijkheid dat hij zou worden aangeklaagd wegens moord was ondenkbaar.

Toen kreeg ik een idee.

'Ik moet het mijn ouders vertellen,' zei ik. Ik dacht aan mijn gesprek met Isabel eerder die dag. 'Of Rachel. Of iemand. Ik moet iemand laten weten dat ik nog leef. Geen dode Grace, geen moordmysterie.'

'En je ouders zullen begripvol zijn,' zei Sam.

'Ik weet niet hoe ze zullen reageren, Sam! Maar ik laat je niet zomaar... zomaar naar de gevangenis gaan.' Ik maakte een prop van mijn servet en smeet die kwaad naar de pizzadoos. We hadden op het nippertje kunnen voorkomen dat we elkaar kwijtraakten; het was ontstellend om te denken dat we na al dat andere misschien gescheiden zouden worden door een volkomen door mensen veroorzaakte, onwetenschappelijke gebeurtenis. En daar zat Sam, met een schuldbewust gezicht, alsof hij dacht dat hij verantwoordelijk was geweest voor mijn zogenaamde dood. 'Hoe erg mijn ouders ook zijn, dat is erger.'

Sam keek me aan. 'Vertrouw je ze?'

'Sam, ze vermoorden me heus niet,' snauwde ik. Ik zweeg en sloeg mijn handen voor mijn neus en mond terwijl mijn adem in een schok naar buiten kwam.

Sams gezicht veranderde niet. Het servet, dat hij heel nauwgezet aan stukjes had zitten scheuren, lag stil in zijn handen.

Nu bedekte ik mijn hele gezicht. Ik kon niet naar hem kijken. 'Sorry, Sam,' zei ik. 'Het spijt me.' De gedachte aan zijn gezicht, onveranderlijk, zijn blik strak en wolfachtig... Ik voelde dat de tranen zich uit mijn ogen persten.

Ik hoorde de vloer kraken toen hij opstond en haalde mijn handen van mijn gezicht. 'Ga alsjeblieft niet weg,' fluisterde ik. 'Het spijt me.'

'Ik heb een cadeautje voor je,' zei Sam. 'Ik heb het in de auto laten liggen. Ik ga het even halen.' Hij raakte mijn kruin aan terwijl hij zachtjes naar buiten liep en de deur achter zich sloot.

En dus voelde ik me nog steeds het naarste mens op de hele wereld toen hij me de jurk gaf. Hij zat als een boeteling op zijn knieën voor me en keek aandachtig naar mijn gezicht terwijl ik de jurk uit het tasje haalde. Even dacht ik dat het frivool ondergoed zou zijn, en ik was opgelucht en op de een of andere manier ook wel teleurgesteld toen het een mooie zomerjurk bleek te zijn. Ik scheen mijn emoties de laatste tijd niet in de hand te hebben.

Ik streek de bovenkant plat met mijn hand, trok de stof glad en keek naar de dunne bandjes. Het was een jurk voor een warme, zorgeloze zomer, die nu nog heel ver weg leek. Ik keek naar Sam en zag dat hij op de binnenkant van zijn lip beet en wachtte op mijn reactie.

'Jij bent de liefste jongen die er bestaat,' zei ik. Ik had dit niet verdiend en voelde me vreselijk. 'Je had niks voor me hoeven te kopen. Ik vind het al fijn om te weten dat je aan me denkt wanneer ik niet bij je ben.' Ik stak mijn hand uit en legde die tegen zijn wang. Hij draaide zijn gezicht en kuste mijn handpalm; zijn lippen tegen de binnenkant van mijn hand deden iets binnen in me ineen knijpen. Mijn stem klonk wat lager toen ik vroeg: 'Zal ik hem even gaan passen?'

In de badkamer had ik een paar minuten nodig voor ik erachter was hoe ik hem moest aantrekken, hoewel er niets ingewikkelds aan was. Ik was het niet gewend om jurken te dragen en had het gevoel dat ik niets aanhad. Ik ging op de rand van de badkuip staan om in de spiegel te kijken en probeerde me voor te stellen waardoor Sam bij het zien van die jurk had gedacht: *Koop die voor Grace.* Was het omdat hij dacht dat ik hem mooi zou vinden? Omdat hij hem sexy vond? Omdat hij iets voor me had willen kopen en dit toevallig het eerste was wat hij was tegengekomen? Ik wist niet zeker waarom het uitmaakte of hij aan een verkoopster had gevraagd wat zijn vriendin mooi zou vinden in plaats van dat hij de jurk had zien hangen en zich mij erin had voorgesteld.

In de spiegel vond ik mezelf eruitzien als een universiteitsstudente, zelfverzekerd en mooi. Overtuigd van wat haar lichaam het beste tot zijn recht zou laten komen. Ik streek het voorpand van de jurk glad; de rok kriebelde plagerig langs mijn benen. Ik kon net de welving van mijn borsten zien. Ineens leek het me heel dringend dat ik terugging naar de kamer zodat Sam me kon zien. Het leek me heel dringend dat hij naar me keek en me aanraakte.

Maar toen ik terugkwam bij zijn kamer en in de deuropening stond, geneerde ik me plotseling. Sam zat op de vloer, leunde met zijn ogen dicht tegen het bed en luisterde naar de muziek, ver weg van deze kamer, maar hij opende zijn ogen zodra ik de deur achter me dichtdeed. Ik trok een gezicht en verstrengelde mijn vingers op mijn rug.

'Wat vind je ervan?' vroeg ik.

Hij krabbelde overeind.

'O,' zei hij.

'Het enige wat ik niet voor elkaar kreeg, was hem aan de achterkant dicht te maken,' zei ik.

Sam haalde diep adem en liep naar me toe. Ik voelde mijn hart tekeergaan, hoewel ik niet begreep waarom. Hij pakte de koorden aan de zijkant van de jurk op en sloeg zijn armen om me heen. In plaats van ze vast te binden, liet hij de koorden vallen en drukte zijn handen tegen mijn rug, en ze voelden warm aan door het dunne katoen van de jurk. Het voelde alsof er niets tussen zijn vingertoppen en mijn huid zat. Hij legde zijn gezicht tegen mijn hals. Ik hoorde hem ademen; elke ademhaling klonk afgemeten, ingehouden.

Ik fluisterde: 'Dus je vindt het wel wat?'

En ineens kusten we elkaar. Het leek zo lang geleden dat we elkaar zo hadden gekust, alsof het dodelijk serieus was; even dacht ik alleen maar: ik heb net pizza gegeten, tot ik besefte dat Sam ook pizza had gegeten. Sam schoof zijn handen naar voren en legde ze op mijn heupen, plooide de stof en wiste mijn twijfels weg doordat zijn vingers stram waren van verlangen. Alleen maar dat, alleen maar de warmte van zijn handen door de jurk heen, op mijn heupen, was voldoende om mijn binnenste te laten draaien. Ik was zo strak opgewonden dat het pijn deed. Een zucht ontsnapte aan mijn lippen.

'Ik kan ophouden,' zei hij, 'als je er niet klaar voor bent.'

'Niet doen,' zei ik. 'Niet ophouden.'

En zo, knielend op het bed, bleven we elkaar kussen, en hij bleef me aanraken, voorzichtig, alsof hij me nooit eerder had aangeraakt. Het was alsof hij zich niet kon herinneren welke vorm ik eerder had gehad en die nu opnieuw ontdekte. Hij voelde op de

239

plek waar mijn schouderbladen tegen de stof van de jurk drukten. Ging met zijn handpalm over mijn schouders. Zijn vingers streken over de welving van mijn borsten boven het decolleté van de jurk. Ik sloot mijn ogen. Er waren andere dingen op de wereld die onze aandacht vereisten, maar op dit moment kon ik alleen maar denken aan mijn benen en aan Sams handen die eroverheen streken onder mijn jurk, die de stof omhoogduwden als zomerse wolken om me heen. Toen ik mijn ogen opende, mijn handen boven op Sams handen gedrukt, lagen er honderd schaduwen onder ons. Elk daarvan was Sam of ik, maar het was onmogelijk te bepalen welke wie was.

41

Cole

Dit nieuwe mengseltje voelde als vergif.

Ergens na middernacht stapte ik naar buiten. Het was zo zwart als de dood aan de andere kant van de achterdeur, maar ik luisterde even om zeker te weten dat ik alleen was. Mijn maag voelde strak van de honger, een gevoel dat tegelijkertijd pijnlijk en productief was. Concreet bewijs dat ik aan het werk was. Het vasten had me bibberig en waakzaam gemaakt, een wreed soort high zijn. Ik legde mijn notitieboek met de details van mijn experimenten op het trapje, zodat Sam zou weten waar ik was gebleven als ik niet terugkwam. De bossen sisten tegen me.

Zij sliepen niet, al deden alle anderen dat wel.

Ik zette de naald tegen de binnenkant van mijn pols en sloot mijn ogen.

Mijn hart ging nu al tekeer als dat van een konijn.

De vloeistof in de spuit was kleurloos als spuug en dun als een leugen. In mijn aderen was het scheermesjes en zand, vuur en kwik. Een mes kerfde in elke wervel van mijn rug. Ik had precies drieëntwintig seconden de tijd om me af te vragen of ik mezelf deze keer echt had vermoord, en nog elf om te beseffen dat ik hoopte van niet.

Nog drie seconden had ik de tijd om te wensen dat ik in bed was gebleven. Dan bleven er nog twee over om te denken: *allemachtig*.

Ik barstte uit mijn mensenlichaam, spleet mijn huid zo snel dat ik hem van mijn botten voelde glijden. Mijn hart ontplofte. Boven me draaiden de sterren en stelden scherp. Ik graaide naar de trap, de muur, de grond, alles wat niet bewoog. Mijn notitieboek gleed van de traptree af, mijn lichaam viel mee, en toen rende ik.

Ik had het gevonden. Het mengsel dat ik zou gebruiken om Beck uit zijn wolvenlijf te rukken.

Als wolf was ik nog steeds bezig te genezen, groeiden gewrichten weer naar elkaar toe, hechtte huid zichzelf dicht over mijn ruggengraat, vonden cellen zichzelf opnieuw uit bij elke reuzenstap die ik zette. Ik was een onvoorstelbare machine. Dit wolvenlichaam hield me in leven, terwijl het tegelijkertijd mijn menselijke gedachten vertraagde en van me stal.

Ik ben Cole St. Clair.

Een van ons moest in staat zijn om gedachten vast te houden als we de wolven wilden verhuizen. Moest in elk geval genoeg kunnen onthouden om de wolven te verzamelen, ze naar één plek te krijgen. Er moest een manier zijn om een wolvenbrein ervan te overtuigen vast te houden aan een simpel doel.

Cole St. Clair.

Ik probeerde eraan vast te houden. Ik wilde het vasthouden. Wat had het voor zin om mezelf te laten veranderen, om de wolf een paar ogenblikken te verslaan, als ik de triomf ervan niet mocht vasthouden?

Cole.

Er was niets wat deze bossen te zeggen hadden dat ik niet kon horen.

De wind gierde langs mijn oren terwijl ik rende. Mijn poten waren zelfverzekerd op de afgevallen takken en door doornstruiken, mijn nagels klikten als ik over kale rotsen schoot. De grond viel beneden me weg, dook een greppel in, en ik zeilde eroverheen. Halverwege mijn sprong besefte ik dat ik niet alleen was. Zes lijven sprongen met me mee, als lichte vormen in de donkere nacht. Ze identificeerden zich met hun geur, specifieker dan namen. Mijn roedel. Omringd door die andere wolven was ik zelfverzekerd, overtuigd, onoverwinnelijk. Tanden klapten speels bij mijn oor en beelden flitsten tussen ons heen en weer: de greppel die uitgroeide tot een ravijn. De zachte grond waar een stoffig konijnenhol wachtte om te worden uitgegraven. De hemel, zwart en eindeloos boven ons.

Sam Roths gezicht.

Ik aarzelde.

De beelden vervloeiden, moeilijker te vangen terwijl de meeste wolven me achterlieten. Mijn gedachten strekten zich uit om vast te houden aan het concept van een naam en een gezicht. *Sam Roth*. Ik ging langzamer rennen, met het beeld en de woorden in mijn kop totdat ze geen verband meer met elkaar hielden. Toen een van de wolven terugkwam om tegen me aan te botsen, hapte ik naar hem tot hij snapte dat ik geen zin had om te ravotten. De andere wolf likte aan mijn kin en bevestigde mijn dominantie. Even later hapte ik weer naar hem, gewoon om een beetje rust te krijgen.

Ik liep terug in de richting waar ik vandaan was gekomen, mijn neus tegen de grond en mijn oren gespitst. Ik zocht iets wat ik niet helemaal begreep.

Sam Roth.

Ik verplaatste me langzaam door het donkere bos, voorzichtig. Als ik al iets deed, dan joeg ik op een verklaring voor dat beeld dat me was toegeworpen: een mensengezicht.

Mijn rug prikte toen mijn haren overeind kwamen, snel en onverklaarbaar.

Toen raakte haar lijf me.

De witte wolvin begroef haar tanden in mijn nekhaar terwijl ik wankelde onder haar gewicht en mijn evenwicht probeerde te bewaren. Ze had me verrast, en ze had me niet goed beet, dus wierp ik haar grauwend van me af. We cirkelden om elkaar heen. Haar oren stonden rechtop, luisterend naar mijn bewegingen; de duisternis verborg me. Haar witte vacht viel op als een wond. Alles aan haar houding was agressief. Ze rook niet bang, maar ze was niet groot. Ze zou wel inbinden, en anders zou het gevecht niet lang duren.

Ik had haar onderschat.

Toen ze de tweede keer tegen me aan beukte, sloeg ze haar poten om mijn schouders als in een omhelzing en vonden haar tanden houvast onder mijn kaakbot. Haar grip kwam dichter bij mijn luchtpijp, werd zekerder. Ik liet me door haar op mijn rug duwen, zodat ik met mijn achterpoten in haar buik kon trappen. Dat verbrak haar houvast heel even. Ze was snel, efficiënt, onbevreesd. Ze kreeg mijn oor te pakken en de warmte begon al uit me te stralen voordat ik het vocht van het bloed voelde. Toen ik bij haar wegdraaide, leek het alsof mijn huid afscheurde tussen haar tanden. We beukten tegen elkaar aan, borst tegen borst. Ik greep haar keel, plooide huid en vacht tussen mijn tanden en hield uit alle macht vast. Ze ontsnapte aan mijn greep alsof ze van water was.

Nu had ze de zijkant van mijn gezicht te pakken, en haar tanden schraapten over bot. Ze kreeg een betere greep, en die maakte het verschil.

Mijn oog.

Ik krabbelde wanhopig achteruit en probeerde haar af te schudden voordat ze mijn gezicht verwoestte, mijn oog verwoestte. Ik had geen trots. Ik jankte, legde mijn oren plat en probeerde me te onderwerpen, maar ze ging gewoon door.

Er kwam een grauw uit haar keel die door mijn schedel trilde. Mijn oog zou ervan ontploffen als zij het niet eerst met haar tanden doorboorde.

Haar tanden schoven dichterbij. Mijn spieren trilden. Zetten zich schrap voor de pijn.

Ineens jankte ze en liet me los. Ik week achteruit, schudde met mijn kop, bloed bedekte de zijkant van mijn gezicht terwijl mijn oor nog gilde van pijn. Voor me kroop de witte wolvin nederig ineen voor een grote grijze wolf. Een zwarte wolf stond vlak achter hem, met zijn oren agressief omhoog. De roedel was teruggekomen.

De grijze wolf draaide naar me toe, en achter hem zag ik de oren van de witte wolvin meteen omhoogkomen uit hun stand van overgave. Zonder zijn blik stond alles aan haar stijf van de opstandigheid. Alles aan haar zei: *Ik geef het op, voorlopig, maar alleen omdat jij erbij staat.* Haar ogen bleven strak op mij gericht.

Het was een dreigement, begreep ik nu. Ik moest in de roedel een plek beneden haar innemen, anders zou ik op een dag weer met haar moeten vechten. Misschien zou de roedel er dan niet zijn om haar tegen te houden.

Ik was er niet klaar voor om in te binden.

Ik staarde terug.

De grijze wolf zette een paar passen naar me toe en zond me beelden van mijn gehavende gezicht. Hij snuffelde voorzichtig aan mijn oor. Hij was behoedzaam; ik rook steeds minder naar wolf en steeds meer naar wat ik was als ik geen wolf was. Mijn vreemde lichaam werkte er hard aan om mijn gezicht te genezen en me terug te trekken naar mijn menselijke gestalte. Het was niet koud genoeg om me in deze huid te houden.

De witte wolvin staarde me nog steeds aan.

Ik voelde dat ik niet veel tijd meer had. Mijn brein strekte zich weer uit.

Naast me gromde de grijze wolf. Ik schrok totdat ik besefte dat het tegen de wolvin gericht was. Hij stapte bij me weg, nog steeds grommend, en nu gromde de zwarte wolf ook. De wolvin ging achteruit. Eén stap, toen nog een. Ze lieten me achter. Er trok een rilling door mijn lichaam, die eindigde vlak onder mijn oog, dat prikte. Ik veranderde. De grijze wolf – Beck – hapte naar de witte wolvin en duwde haar verder bij me vandaan.

Ze redden me.

De witte wolvin keek me voor de laatste keer aan. *Deze keer.*

42

Isabel

Ik wachtte het hele weekend tot Grace zou bellen en me zou uitnodigen in Becks huis, en toen ik eindelijk besefte dat ze waarschijnlijk wachtte tot ik mezelf zou uitnodigen, zoals gebruikelijk, was het maandag. Inmiddels was Coles doos met gevaarlijk speelgoed binnengekomen en had ik het idee opgevat dat ik die kon langsbrengen en meteen Grace kon zien. Dan was het niet alsof ik er speciaal heen ging voor Cole. Ik wist wat goed voor me was. Zelfs als het me niet beviel.

Toen Cole de voordeur van Becks huis opendeed, droeg hij geen shirt en zweette een beetje. Hij zag eruit alsof hij met zijn blote handen iets had afgegraven en had een vage blauwe plek bij zijn linkeroog. Zijn gezicht was een en al glimlach, breed en goedmoedig. Hij was zonder twijfel indrukwekkend, ook al zat zijn haar alsof hij net uit bed kwam en droeg hij alleen een joggingbroek. Er was iets onmiskenbaar theatraals aan Cole, zelfs al was zijn podium platvloers.

'Goeiemorgen,' zei hij. Hij tuurde naar de warme dag. 'Het is zo Minnesota hier. Ik had het nog niet gemerkt.'

Het was een prachtige dag, zo'n perfecte lentedag die zich in Minnesota schijnbaar probleemloos tussen weken van ijskoud weer of midden tijdens een zomerse hittegolf leek te kunnen persen. Het rook naar de buxussen die in een ongelijkmatige rij voor het huis waren geplant.

'Het is geen morgen meer,' zei ik. 'Je spullen liggen in de auto. Je zei niet wat voor verdovingsmiddelen, dus heb ik de zwaarste gekocht die ik kon vinden.'

Cole wreef met zijn vuile hand over zijn borst en strekte zijn nek alsof hij vanaf de drempel kon zien wat ik bij me had. 'Wat ken je me toch goed. Kom binnen, ik was net een verse pot koffie aan het zetten. Ik kan wel wat opwekkends gebruiken. Ik héb me een nacht gehad.'

Er knetterde muziek in de woonkamer achter hem. Niet te geloven dat Grace in hetzelfde huis was. 'Ik weet niet of ik wel binnenkom,' zei ik.

Cole lachte, een heel ridderlijk lachje waarmee hij mijn reactie afdeed als onzin, en liep op blote voeten naar mijn suv. 'Voorin of achterin?'

'Kofferbak.' Het was geen reusachtige doos en ik had hem best zelf kunnen dragen, maar ik zag liever Coles armen eromheen.

'Kom maar mee naar mijn werkplaats, meisje,' zei Cole.

Ik liep achter hem aan naar binnen. Het voelde er koeler dan buiten en het rook alsof er iets was aangebrand. De jankend luide muziek had een ritme dat door de zolen van mijn schoenen omhoog trilde; ik moest bijna schreeuwen om het te overstemmen. 'Waar zijn Sam en Grace?'

'Ringo is een paar uur geleden met de auto vertrokken. Hij moet Grace hebben meegenomen. Ik weet niet waar ze naartoe zijn.'

'Heb je dat niet gevraagd?'

'We zijn niet getrouwd,' zei Cole, en hij voegde er op nederige toon aan toe: 'Nog niet.'

Hij schopte de deur achter zich dicht, met zijn armen om de doos heen, en zei: 'Keuken.'

Terwijl de muziek voor een chaotische soundtrack zorgde, ging ik voorop naar de keuken, waar de aangebrande geur het sterkst was. Het leek er wel een rampgebied. Het aanrecht stond vol glazen, stiften, injectiespuiten, boeken en een opengescheurde zak suiker. Alle kastjes waren bedekt met foto's van de wolven van

Mercy Falls in hun menselijke lichaam. Ik probeerde niets aan te raken.

'Wat staat er aan te branden?'

'Mijn hersens,' antwoordde Cole. Hij schoof de doos op het laatste vrije plekje op het aanrecht naast de magnetron. 'Sorry voor de troep. We eten vanavond amitriptyline.'

'Weet Sam dat je zijn keuken in een drugslab hebt veranderd?'

'Het heeft het goedkeuringscertificaat van Sam Roth, ja. Wil je koffie voordat we die valstrik gaan opzetten?'

Er knarste suiker onder de hakken van mijn laarzen. 'Ik heb niet gezegd dat ik je zou helpen met opzetten.'

Cole bekeek de binnenkant van een mok voordat hij die voor me op het keukeneiland zette en er koffie in schonk. 'Ik lees tussen de regels door. Suiker? Melk?'

'Ben je high? Waarom heb je nooit een shirt aan?'

'Ik slaap naakt,' zei Cole. Hij deed melk en suiker in mijn koffie. 'Naarmate de dag vordert trek ik steeds wat meer aan. Je had me een uur geleden moeten zien.'

Ik loerde hem aan.

'En ik ben niet high,' zei hij. 'Het krenkt me dat je dat moest vragen.' Hij zag er niet gekrenkt uit.

Ik nam een slok koffie. Het was niet heel smerig. 'Waar werk je nou echt aan?'

'Iets waarmee ik Beck niet vermoord,' zei hij. Hij slaagde erin zowel achteloos als bezitterig naar de chemicaliën in de keuken te kijken. 'Weet je wat fantastisch zou zijn? Als je me vanavond het lab bij jou op school binnensmokkelde.'

'Je bedoelt inbreken?'

'Ik bedoel dat ik een microscoop nodig heb. Het aantal wetenschappelijke ontdekkingen dat ik kan doen met een onderzoekslab van lego en Play-Doh is beperkt. Ik heb echte spullen nodig.'

Ik keek hem aan. Deze energieke en zelfverzekerde Cole was moeilijk te weerstaan. Ik fronste mijn wenkbrauwen. 'Ik ga je niet helpen inbreken bij mij op school.'

Cole stak zijn hand uit. 'Best. Dan wil ik graag mijn koffie terug.'

Ik kreeg pas in de gaten hoe hard ik had moeten praten om de muziek te overstemmen toen het tussen twee nummers door even stil was en ik normaal kon praten. 'Nu is hij van mij,' zei ik, precies wat hij in de winkel tegen mij had gezegd. 'Ik kan je misschien wel helpen de kliniek van mijn moeder in te komen.'

'Je bent een *Mensch*,' zei hij.

'Ik heb geen idee wat dat betekent,' antwoordde ik.

'Ik ook niet. Sam zei het laatst. Het klonk wel leuk.'

Dat was zo ongeveer alles wat je over Cole hoefde te weten. Hij zag iets wat hij niet helemaal begreep, vond het wel wat, en eigende het zich gewoon toe.

Ik groef in mijn tasje. 'Ik heb nog wat anders voor je meegebracht.'

Ik gaf hem een gegoten Mustang-autootje, zwart en glanzend.

Cole pakte het aan en zette het op zijn handpalm. Hij bleef stilstaan; ik had niet gemerkt dat hij dat tot dan toe niet had gedaan. Even later zei hij: 'Ik wed dat deze zuiniger rijdt dan mijn echte.'

Hij reed ermee over de rand van het keukeneiland en maakte er een zacht, oplopend motorgeluid bij. Aan het eind van het keukenblad moest hij ermee de lucht in. Hij zei: 'Maar jij mag er niet in rijden.'

'Een zwarte auto staat me toch niet,' zei ik.

Ineens stak Cole zijn hand uit en greep mijn pols vast. Mijn ogen werden groot. 'Jou staat alles. Een perfecte tien, Isabel Culpeper.'

Hij begon te dansen. En ineens, omdat Cole danste, danste ik ook. Deze Cole was nog overtuigender dan de vorige. Coles glimlach maakte het echt, een fysiek voorwerp gemaakt van zijn armen om me heen en zijn lange lichaam tegen het mijne gedrukt. Ik was gek op dansen, maar ik was me er altijd van bewust geweest dat ik danste, bewust van wat mijn lichaam deed. Nu, met de bonkende muziek en Cole die met me danste, werd alles onzichtbaar behalve de muziek. Ík was onzichtbaar. Mijn heupen waren de galmende bas. Mijn handen op Cole waren het gegil van de synthesizer. Mijn lichaam was niets anders dan het harde, pulserende ritme van het nummer. Mijn gedachten waren flitsen tussen de neerslagen door.

maat:

mijn hand tegen Coles buik gedrukt

maat:

onze heupen tegen elkaar aan

maat:

Coles lach

maat:

we waren één persoon

Zelfs de wetenschap dat Cole hier goed in was omdat dit vroeger zijn beroep was geweest, maakte het niet minder geweldig. Bovendien probeerde hij niet geweldig te zijn zonder mij; elke beweging van zijn lichaam diende om ons samen te laten bewegen. Er was geen ego, alleen de muziek en ons lichaam. Toen het nummer eindigde, stapte Cole hijgend achteruit, met een scheef lachje op zijn gezicht. Ik snapte niet dat hij kon stoppen. Ik wilde dansen tot ik niet meer op mijn benen kon staan. Ik wilde mijn lichaam tegen het zijne drukken tot ze niet meer van elkaar losgingen.

'Je bent verslavend,' zei ik tegen hem.

'Jij kunt het weten.'

43

Sam

Omdat Grace vandaag steviger in haar vel zat, gingen we op pad.

Ze dook omlaag in de auto toen ik de Dollar Parade in rende om een paar sokken en T-shirts voor haar te kopen en vervolgens de supermarkt in ging om de dingen te kopen van het boodschappenlijstje dat ze had gemaakt. Ik schepte genoegen in het gewone, in de schijn van routine. Het werd alleen verpest door de wetenschap dat Grace vastzat in de auto, officieel vermist, en dat ik vastzat aan Boundary Wood, nog steeds verbonden met de roedel, en we allebei gevangenen waren in Becks huis, wachtend tot onze straf zou worden omgezet.

We namen de boodschappen mee naar huis, ik vouwde Grace' lijstje om tot een papieren kraanvogel en hing hem bij de andere aan het plafond in mijn slaapkamer. Hij strekte zich uit naar het raam in de luchtstroom uit het ventilatierooster, maar toen ik er met mijn schouder tegenaan botste, was het touwtje alleen lang genoeg om verstrikt te raken met dat van de kraanvogel ernaast.

'Ik wil naar Rachel toe,' zei Grace.

'Oké,' antwoordde ik. Ik had mijn sleutels al in mijn hand.

We gingen ver voor het einde van de schooldag naar Grace' oude school, en we bleven samen zwijgend zitten wachten tot de bel ging. Zodra het zover was, dook Grace op de achterbank, uit het zicht.

Het had iets merkwaardigs en verschrikkelijks, zitten bij haar oude school tot de leerlingen van de hogere klassen in groepjes naar buiten begonnen te komen om op de bussen te wachten. Ze liepen in groepjes van twee en drie. Overal zag ik felle kleuren: fluorescerende tassen aan schouders, felle kleuren shirts met teammotto's, frisgroene boombladeren bij de parkeerplaats. Hun gesprekken waren geluidloos met de autoramen dichtgedraaid, en zonder geluid leek het alsof ze met hun lichaamstaal konden communiceren. Er werd veel in de lucht gestompt, met schouders tegen elkaar gebotst, hoofden in de nek gegooid van het lachen. Woorden hadden ze niet nodig, als ze bereid waren lang genoeg te zwijgen om zonder woorden te leren spreken.

Ik keek naar het klokje op het dashboard. We waren hier pas een paar minuten, maar het leek veel langer. Het was een mooie dag, eerder zomer dan lente, zo'n dag waarop de strakblauwe lucht hoog en ver weg leek. De leerlingen bleven de school uit stromen, maar ik zag geen bekenden. Het was een eeuwigheid geleden dat ik had gewacht tot Grace uit school kwam, toen ik me nog moest verstoppen voor het weer.

Ik voelde me zoveel ouder dan zij allemaal. Het waren de hogere klassen, dus sommigen van hen waren ongetwijfeld van mijn leeftijd, wat me onvoorstelbaar leek. Ik kon me niet voorstellen dat ik tussen hen zou lopen, met mijn rugzak over mijn schouder, om op een bus te wachten of naar mijn auto te lopen. Ik had het gevoel dat ik nooit zo jong was geweest. Was er een alternatief universum waarin een Sam Roth nooit de wolven had ontmoet, nooit zijn ouders had verloren, nooit uit Duluth was weggegaan? Hoe zou die Sam eruitzien op weg naar school, als hij wakker werd op kerstochtend, zijn moeder op de wang kuste bij de diploma-uitreiking? Zou die Sam zonder littekens een gitaar hebben, een vriendin, een goed leven?

Ik voelde me net een voyeur. Ik wilde weg.

Maar daar kwam ze aan. Rachel droeg een rechte bruine jurk met een gestreepte paarse legging eronder en liep alleen naar de andere kant van de parkeerplaats, in een soort grimmige mars. Ik draaide mijn raampje omlaag. Hoe ik dit ook deed, het zou lijken op een stukje uit een detectiveroman. *De jongen riep haar vanuit zijn auto. Ze liep naar hem toe; ze wist dat hij verdacht werd door de politie, maar hij had altijd aardig geleken...*

'Rachel!' riep ik.

Rachels ogen werden groot en het duurde een hele tijd voordat ze haar gezicht in een wat aardigere uitdrukking wist te plooien. Ze bleef een meter of drie van mijn raampje staan, haar voeten tegen elkaar en haar handen om allebei de riemen van haar rugzak.

'Hoi,' zei ze. Ze keek behoedzaam, of droevig.

'Kan ik je even spreken?'

Rachel keek achterom naar de school, en toen weer naar mij. 'Tuurlijk,' zei ze. Ze kwam niet dichterbij. Die afstand stak me. Het betekende ook dat ik alles wat ik tegen haar zei over drie meter parkeerplaats zou moeten schreeuwen, en dat kon niet.

'Vind je het erg om eh... wat dichterbij te komen?' vroeg ik.

Rachel haalde haar schouders op, maar ze kwam niet dichterbij.

Ik liet de motor draaien, stapte uit en sloot het portier achter me.

Rachel bewoog zich niet toen ik naar haar toe liep, maar haar wenkbrauwen doken wat dichter naar haar ogen.

'Hoe gaat het met je?' vroeg ik zachtjes.

Rachel keek me aan, haar onderlip stevig tussen haar tanden. Ze zag er zo ontzettend verdrietig uit dat ik me niet kon voorstellen dat Grace' besluit om hierheen te komen fout was.

'Ik vind het zo erg van Olivia,' zei ik.

'Ik ook,' zei Rachel. Ze zei het heel dapper. 'Het gaat niet goed met John.'

Het duurde even voor ik me herinnerde dat John Olivia's broer was.

'Rachel, ik ben hier vanwege Grace.'

'Wat is er met Grace?' Haar stem klonk behoedzaam. Ik wilde dat ze me vertrouwde, maar vermoedde dat ze daar geen reden toe had.

Ik trok een grimas en keek naar de leerlingen die in de bus stapten. Het leek wel een reclamespot voor een school: perfect blauwe hemel, schitterend groene bladeren, knalgele schoolbussen. Rachel paste in dat plaatje; die strepen zagen eruit alsof je ze bij een postorderbedrijf moest bestellen. Rachel was Grace' vriendin. Grace dacht dat ze wel een geheim kon bewaren. En niet zomaar een geheim, maar óns geheim. Al vertrouwde ik op Grace' oordeel, het viel me verrassend zwaar om de waarheid prijs te geven. 'Ik moet eerst weten of je een geheim kunt bewaren, Rachel.'

'Ze zeggen een paar heel nare dingen over je, Sam,' zei Rachel.

Ik zuchtte. 'Weet ik. Ik heb het gehoord. Ik hoop dat je weet dat ik Grace nooit iets zou aandoen, maar... je hoeft mij niet te vertrouwen, Rachel. Ik wil alleen weten of, als het om iets belangrijks gaat, iets heel belangrijks, je een geheim zou kunnen bewaren. Wees eerlijk.'

Ik kon zien dat ze haar behoedzaamheid wílde laten varen.

'Ik kan een geheim bewaren,' zei ze.

Ik beet op mijn lip en sloot heel even mijn ogen.

'Ik denk niet dat jij haar vermoord hebt,' zei ze heel nuchter, alsof ze zei dat ze niet dacht dat het vanavond zou gaan regenen omdat het onbewolkt was. 'Als dat helpt.'

Ik opende mijn ogen. Het hielp inderdaad. 'Oké. Luister. Dit klinkt gestoord, maar... Grace leeft nog, ze is nog steeds hier in Mercy Falls, en het gaat goed met haar.'

Rachel boog zich naar me toe. 'Hou je haar gevangen bij jou thuis in de kelder?'

Het erge was dat het eigenlijk wel een beetje zo wás. 'Grappig, Rachel. Ik hou haar niet tegen haar wil vast. Ze verstopt zich en wil nog niet naar buiten komen. Het is een beetje een moeilijke situatie om...'

'O, god, je hebt haar zwanger gemaakt,' zei Rachel. Ze gooide haar handen in de lucht. 'Ik wist het. Ik wíst het.'

'Rachel,' zei ik. 'Rach. *Rachel.*'

Ze praatte nog steeds. '... alles waar we het vroeger altijd over hadden en toch, gebruikt ze haar hersens? Nee. Ze...'

'Rachel,' zei ik. 'Ze is niet zwanger.'

Ze keek me aan. Ik geloof dat we allebei een beetje moe werden van dit gesprek. 'Oké. Wat dan?'

'Nou, dat zal een beetje lastig te geloven zijn. Ik weet niet goed hoe ik het moet vertellen. Misschien kun je het beter van Grace zelf horen.'

'Sam,' zei Rachel, 'we hebben allemaal seksuele voorlichting gehad.'

En toen vertelde ik het haar, in één woordenstroom. 'Rachel, nee. Ze zei dat ik "Barend met de brede borstkas" tegen je moest zeggen. Geen idee wat dat betekent, maar ze zei dat je dan zou weten dat zij het was.'

Ik kon die woorden op haar zien inwerken terwijl ze de betekenis ervan tot zich liet doordringen en overwoog of ik daar misschien op snode manieren achter was gekomen. Behoedzaam vroeg ze: 'Waarom vertelt ze me dit dan niet zelf?'

'Omdat je niet naar de auto wilde komen!' zei ik. 'Zij kan de auto niet uit, en ik wel. Ze wordt vermist, weet je nog wel? Als je naar de auto was gekomen toen ik je riep, zou ze vanaf de achterbank naar je hebben gezwaaid.'

Toen ze nog steeds aarzelde, wreef ik met mijn handen over mijn gezicht. 'Luister, Rachel, loop er gewoon naartoe en kijk zelf. Ik blijf hier wel staan. Dan is het niet mogelijk dat ik je op je kop tik met een bierfles en je in de kofferbak gooi. Voel je je dan beter?'

'Als je wat verder weg gaat staan misschien,' zei Rachel. 'Sorry, Sam, maar ik kijk televisie. Ik weet hoe die dingen gaan.'

Ik drukte mijn vingers tegen mijn neusbrug. 'Oké. Bel mijn mobiele telefoon. Hij ligt in de auto. Zij zit in de auto. Zij neemt op, en dan kun je haar zelf spreken. Je hoeft er niet voor in de buurt te komen.'

Rachel pakte haar mobieltje uit het zijvakje van haar rugzak. 'Wat is je nummer?'

Ik ratelde het af en zij tikte het in, met snelle vingers.

'Hij gaat over,' zei ze.

Ik wees naar de Volkswagen. Door het gesloten portier was vaag mijn mobiele telefoon te horen.

'Er neemt niemand op,' zei Rachel beschuldigend. Op dat moment ging het raampje aan de bestuurderskant omlaag en keek Grace naar buiten vanaf de passagiersstoel.

'Allemachtig,' zei ze op een luide fluistertoon, 'jullie maken iedereen achterdochtig als jullie daar zo blijven staan. Stappen jullie nog in, of hoe zit dat?'

Rachel had ogen als schoteltjes.

Ik stak mijn handen naast mijn hoofd in de lucht. 'Geloof je me nu?'

'Ga je nog vertellen waarom ze undercover is?' antwoordde Rachel.

Ik gebaarde naar Grace. 'Ik denk dat het beter is als zij dat doet.'

44

Grace

Ik had gedacht dat alleen míj zien al voldoende voor Rachel zou zijn.

Het feit dat ik nog leefde, leek me een behoorlijk sterke aanwijzing dat Sam onschuldig was, maar Rachel bleef onzeker. Het kostte me een paar minuten om haar naar de auto te krijgen, zelfs nadat ze mij erin had zien zitten.

'Dat je Grace hebt, betekent nog niet dat ik hier zeker van ben,' zei Rachel, die twijfelend naar het geopende achterportier keek. 'Misschien heb je haar wel paddo's gevoerd in je kelder en wil je bij mij hetzelfde doen.'

Sam keek om naar de school, zijn lichte ogen samengeknepen tegen de warme zon. Hij dacht waarschijnlijk hetzelfde als ik: namelijk dat vrijwel iedereen in Mercy Falls hem wantrouwde, en dat als iemand hem achter aan de parkeerplaats zag staan met een onzeker uitziend meisje, het vervelend kon worden. Hij zei: 'Ik weet niet zo goed hoe ik die aantijging moet weerleggen.'

'Rachel, ik zit niet onder de drugs,' zei ik. 'Stap nou maar in.'

Rachel keek me fronsend aan en blikte toen weer naar Sam. 'Pas als je vertelt waarom je je verborgen houdt.'

'Dat is nogal een lang verhaal.'

Rachel sloeg haar armen over elkaar. 'Vat maar samen.'

'Er is echt, echt uitleg bij nodig.'

Rachel kwam niet in beweging. *Vat maar samen.*

Ik zuchtte. 'Rachel, ik verander steeds in een wolf. Niet door het lint gaan.'

Ze wachtte tot ik zou uitweiden, tot ik iets logisch zou zeggen. Maar ik kon het niet gemakkelijker voor haar maken, niet als ik moest *samenvatten.*

'Waarom zou ik door het lint gaan?' vroeg Rachel. 'Alleen omdat jij een gek bent die gestoorde dingen zegt? Natuurlijk verander je in een wolf. En ik verander in een zebra. Kijk maar naar die strepen, die zijn er het restant van.'

'Rachel,' zei Sam vriendelijk, 'ik beloof je dat het allemaal veel beter te begrijpen is als ze het uitlegt. Als je Grace de kans geeft... ergens waar ze *privacy* heeft... Vreemd zal het blijven, maar niet onmogelijk.'

Rachel staarde hem verbijsterd aan, en keek toen weer naar mij. 'Sorry, Grace. Maar het lijkt me echt niet zo'n geweldig idee als hij me meeneemt naar zijn hol.' Ze stak haar hand naar Sam uit, die ernaar keek alsof het een wapen was. Ze wiebelde met haar vingers en voegde eraan toe: 'Laat mij rijden.'

'Rijden... naar mijn huis?' vroeg Sam.

Rachel knikte.

Sam leek van zijn stuk gebracht, maar ik moest hem nageven dat zijn stem niet veranderde. 'Waarom is dat anders dan wanneer ik rij?'

'Weet ik niet! Dan voel ik me geruster.' Haar hand wachtte nog steeds op de sleutel. 'In de film rijdt ook niemand zich naar zijn eigen dood toe.'

Sam keek mij aan. Zijn gezicht zei: *Grace, help!*

'Rachel,' zei ik op ferme toon. 'Kun je wel schakelen?'

'Nee,' zei Rachel. 'Maar ik leer snel.'

Ik wierp haar een blik toe. 'Rachel.'

'Grace, je moet toch toegeven dat dit behoorlijk raar is. Jij bent verdwenen uit het ziekenhuis en Olivia is... En dan komt Sam plotseling met jou aanzetten en, nou, die paddo's klinken steeds aannemelijker, vooral als je over wolven begint. De volgende stap is dat Isabel Culpeper komt opdagen en zegt dat iedereen zal worden ontvoerd door buitenaardse wezens. Dat kan ik echt niet aan in mijn kwetsbare emotionele toestand. Ik denk dat...'

Ik zuchtte. 'Rachel.'

'Best,' zei ze. Ze gooide haar rugzak op de achterbank en stapte in.

Terwijl we naar Becks huis reden, met Sam achter het stuur, ik naast hem en Rachel op de achterbank, kreeg ik plotseling en om onverklaarbare redenen heimwee, begon ik ineens ontzettend te verlangen naar mijn verloren leven. Ik kon niet bedenken wat ik dan zo verschrikkelijk miste – vast niet mijn ouders, die ik niet vaak genoeg had gezien om te missen – tot ik besefte dat de emotie in gang werd gezet door de zoete aardbeiengeur van Rachels shampoo. Dát miste ik. Middagen en avonden met Rachel, boven in haar kamer of als we de keuken bij mij thuis overnamen of als we met Olivia meegingen op haar fotografie-uitstapjes. Het was niet echt heimwee, maar persoonswee. Levenswee.

Ik draaide me om naar de achterbank en stak mijn hand naar Rachel uit, maar mijn vingers waren net niet lang genoeg om haar aan te raken. Ze zei niets, maar pakte mijn hand en hield hem stevig vast. Zo bleven we de rest van de rit zitten, ik half gedraaid en zij een beetje naar voren gebogen, onze handen op de rugleuning van mijn stoel. Sam zei ook niets, behalve *O, sorry* toen hij verkeerd schakelde en de auto een beetje schokte.

Eenmaal thuis vertelde ik haar alles, het hele verhaal, vanaf het moment dat de wolven me van de schommel sleurden tot de dag dat ik bijna was doodgegaan in mijn eigen bloed. En alles daartussen. Sam zag er zenuwachtiger uit dan ooit, maar ik maakte me geen zorgen. Vanaf het moment dat ik Rachels hand had gepakt in de auto had ik geweten dat Rachel in dit vreemde, nieuwe leven een van de dingen was die ik zou kunnen vasthouden.

45

Isabel

Ik was tegen misdrijven als een overtreding volstond. Het gebruik van het schoollab zou inbraak zijn geweest. Het gebruik van een van de reservesleutels van het kantoor van mijn moeder was alleen maar wederrechtelijke betreding. Het was gewoon gezond verstand. Ik had mijn suv op de parkeerplaats van de supermarkt aan de overkant gezet, zodat mensen die langs de kliniek reden niets ongewoons zouden zien. Ik had een uitstekende crimineel kunnen zijn.

Misschien werd ik dat nog wel. Ik was nog jong en het was mogelijk dat een studie geneeskunde er niet in zat.

'Maak niks stuk,' zei ik tegen Cole terwijl ik hem liet voorgaan. Misschien was dat in het geval van Cole St. Clair wel een vergeefse smeekbede. Hij beende de gang door en bekeek de posters aan de muren.

De kliniek voor mensen met lage inkomens was een parttime-project van mijn moeder, die ook in het plaatselijke ziekenhuis werkte. Toen mijn moeder de kliniek pas had geopend, had ze de muren behangen met kunst waar ze thuis geen plaats voor had of waar ze op uitgekeken was. Ze wilde dat de kliniek een huiselijke sfeer kreeg, had ze gezegd toen we pas in Mercy Falls waren. Toen Jack was overleden, had ze veel kunst uit ons huis weggegeven, en toen ze over die periode heen was, had ze de stukken uit de kliniek teruggehaald om ze weer thuis op te hangen. Nu was de kliniek grotendeels aangekleed in een stijl die ik omschreef als *laat-farmaceutische periode.*

'Helemaal naar het einde en dan rechts,' zei ik. 'Niet daar. Dat is het toilet.'

Het middaglicht begon af te nemen toen ik de deur achter ons op slot deed, maar dat maakte niet uit. Toen ik de zoemende TL-balken aandeed, werd het kliniektijd, waar alle tijden hetzelfde zijn. Ik had altijd tegen ma gezegd dat, als ze de kliniek echt een 'huiselijke sfeer' wilde geven, echte gloeilampen een stuk zouden helpen om het meer op een huis te laten lijken dan een supermarkt.

Cole was al in het kleine lab van mijn moeder verdwenen, en ik liep langzaam achter hem aan. Ik had gespijbeld om het pakket bij Cole af te leveren, maar ik had niet uitgeslapen; ik was vroeg opgestaan om te gaan hardlopen. Vervolgens had ik Cole geholpen zijn ontzettend industrieel uitziende valkuil in te richten, ervoor wakend dat ik niet in het zinkgat zou vallen waaruit ze Grace hadden gered. En nu was ik weer hier, nadat ik had gewacht tot de kliniek gesloten was om erin te kunnen, terwijl ik mijn ouders had verteld dat ik naar een vergadering van de leerlingenraad ging. Ik was wel aan een pauze toe. Bovendien hadden we niet bijzonder veel gegeten en voelde ik me een beetje een martelaar voor de zaak van de weerwolven. Ik bleef bij de receptie staan om in het koelkastje onder de balie te kijken. Ik haalde er twee flesjes sap uit en nam die mee. Sap was beter dan niets.

In het lab zat Cole al op een stoel, voorovergebogen over de tafel met de microscoop erop. Hij hield zijn ene hand omhoog, wijzend naar het plafond. Al snel besefte ik dat hij in zijn vinger had geprikt en zijn hand omhooghield om het bloeden te stelpen.

'Wil je een pleister misschien, of vind je het best om het Vrijheidsbeeld na te doen?' vroeg ik. Ik zette het sap naast hem neer, maar bedacht me. Ik draaide het dopje eraf en hield de fles voor zijn mond zodat hij een slok kon nemen. Hij zwaaide met zijn bebloede vinger als een soort dankjewel.

'Ik kon geen pleisters vinden,' zei Cole. 'Of eigenlijk heb ik niet gezocht. Is dit methanol? O, kijk, inderdaad.'

Ik pakte een pleister voor hem en rolde een andere stoel naast die van hem. Ver hoefde ik overigens niet te rollen. Het kamertje waar het lab in was gemaakt, was eigenlijk de opslagruimte, vol laden en schappen met monsters van medicijnen, dozen met watjes, wattenstokjes en tongspatels, flessen medicinale alcohol en waterstofperoxide. Naast de urineonderzoeksmachine, een microscoop en een centrifuge voor bloedbuisjes was er niet veel ruimte voor twee stoelen en twee lichamen.

Cole had wat van zijn bloed op een objectglaasje gesmeerd en tuurde ernaar door de microscoop.

'Wat zoek je?' vroeg ik.

Hij gaf geen antwoord; zijn wenkbrauwen lagen vlak boven zijn ogen in een uitdrukking van diepe overpeinzing en ik vermoedde dat hij me niet eens had gehoord. Ik vond het wel fijn om hem zo te zien, niet acterend, alleen maar... als Cole, zo intens als hij kon.

Hij verzette zich niet toen ik zijn hand pakte en het bloed eraf veegde.

'Ongelooflijk,' zei ik. 'Wat heb je gebruikt om die wond te maken, een botermes?' Ik deed de pleister erop en liet zijn hand los. Die gebruikte hij meteen om aan de knoppen van de microscoop te draaien.

De stilte leek eeuwig te duren, maar het was waarschijnlijk slechts een minuut.

Cole ging achteroverzitten zonder mij aan te kijken. Hij lachte, kort en hijgerig van ongeloof, maakte een tentje met zijn vingers en legde zijn vingertoppen tegen zijn lippen.

'Jezus,' zei hij, en toen lachte hij weer dat korte lachje.

Ik vond het irritant. 'Wát?'

'Nou... kijk zelf maar.' Cole schoof zijn stoel achteruit en trok de mijne naar de plek achter de microscoop. 'Wat zie je?'

Ik zou geen moer kunnen zien, omdat ik niet wist waar ik naar op zoek was. Maar ik gaf hem zijn zin. Ik zette mijn oog tegen de microscoop en keek erdoor. En Cole had gelijk: ik zag meteen wat hij had gezien. Er lagen tientallen rode bloedlichaampjes onder de lens, kleurloos en normaal. Er waren ook twee rode stippen te zien.

Ik ging achteruit. 'Wat is dat?'

'Dat is de weerwolf,' zei Cole. Hij draaide met korte rukken heen en weer in zijn stoel. 'Ik wist het. Ik wíst het.'

'Wát wist je?'

'Ofwel ik heb malaria, of zo ziet de wolf eruit. Rondhangend in mijn cellen. Ik wíst wel dat het zich gedroeg als malaria. Ik wist het. Jezus!'

Hij stond op, had niet de rust om te blijven zitten.

'Geweldig, je bent een genie. Wat betekent dat voor de wolven? Kun je het genezen, net als malaria?'

Cole keek naar een schema aan de muur. Het was een afbeelding van de groeistadia van een foetus, in felle kleuren die sinds de jaren zestig niet meer waren vertoond.

Hij wuifde met zijn hand naar me. 'Malaria is niet te genezen.'

'Doe niet zo achterlijk,' zei ik. 'Ze genezen zo vaak mensen van malaria.'

'Nee,' zei Cole, en hij ging met zijn vinger over de omtrek van een van de foetussen. 'Ze zorgen er alleen voor dat je er niet aan doodgaat.'

'Dus jij bedoelt dat er geen remedie is,' zei ik. 'Maar er is wel een manier om te voorkomen dat ze... Je hebt al voorkomen dat Grace doodging. Ik begrijp niet wat je hier dan voor onthulling hebt.'

'Sam. Sam is de onthulling. Dit is gewoon de bevestiging. Ik moet meer onderzoek doen. Ik heb papier nodig,' zei Cole, terwijl hij mij aankeek. 'Ik moet...'

Hij brak zijn zin af toen zijn euforie langzaam afnam. Het voelde als een anticlimax, dat we hierheen waren gekomen voor een halfbakken wetenschappelijke onthulling die ik niet echt begreep. En dat we na sluitingstijd in de kliniek waren, deed me denken aan die keer dat Grace en ik Jack hierheen hadden gebracht. Het haalde dat gevoel van mislukking en verlies terug, en eigenlijk wilde ik me het liefst thuis in bed oprollen.

'Eten,' stelde ik voor. 'Slapen. Dat is wat ik nodig heb. Als de sodemieter weg hier.'

Cole keek me fronsend aan alsof ik 'eenden' en 'yoga' had geopperd.

Ik stond op en keek hem aan. 'Anders dan jullie met je razende wolfbesmetting moet ik morgen weer naar school, vooral aangezien ik vandaag heb gespijbeld om bij jou te zijn.'

'Waarom ben je kwaad?'

'Ik ben niet kwaad,' zei ik. 'Ik ben moe. Ik wil alleen maar naar huis, geloof ik.'

Het idee om naar huis te gaan klonk eigenlijk ook niet zo geweldig.

'Je bent wel kwaad,' zei hij. 'Ik ben er bijna, Isabel. Ik heb bijna iets. Ik denk dat ik... dat ik er heel dichtbij ben. Ik moet Sam spreken. Als hij met me wil praten.'

En toen was hij ineens een vermoeide, knappe jongen, geen rockster met tienduizenden fans die zich afvroegen waar hij zat of een genie met een brein zo groot dat het zich verzette als het werd gebruikt en daarom naar manieren zocht om zichzelf pijn te doen.

Terwijl ik naar hem keek, had ik het gevoel dat ik iets van hem nodig had, of van iemand, en dat betekende waarschijnlijk dat hij ook iets van mij nodig had, of van iemand, maar de onthulling was net als kijken naar vlekken op een objectglaasje. Weten dat het iets voor iemand betekende, wilde niet zeggen dat het iets voor jou betekende.

Op dat moment hoorde ik een bekend geluid; de klik van het slot op de deur aan het eind van de gang toen de grendel eraf ging. Er kwam iemand aan.

'Shit, shit, shit!' siste ik. Ik had twee seconden om een plan te bedenken. 'Pak je spullen en ga onder tafel zitten!' Cole greep zijn objectglaasje, zijn sap en de verpakking van zijn pleister, en ik controleerde of hij onder tafel zat voordat ik het licht in de kamer uitdeed en bij hem onder tafel schoof.

De deur aan het einde van de gang ging met een trage reeks plofgeluiden open en sloeg toen zwaar weer dicht. Ik hoorde de geërgerde zucht van mijn moeder, zo luid en dramatisch dat we het helemaal in het lab konden horen. Ik hoopte dat ze zich alleen maar ergerde omdat ze dacht dat iemand het licht in de gang aan had gelaten.

Er was niets van Cole te zien behalve de glans van zijn ogen in het donker, doordat het licht vanuit de gang erin werd weerspiegeld. Er was niet veel ruimte onder het werkblad, dus zaten we knie aan knie, voet boven op voet, onmogelijk te bepalen welke adem van wie was. We bleven allebei volkomen stil zitten en luisterden naar mijn moeder. Ik hoorde haar hakken naar een van de eerste ruimtes klikken; waarschijnlijk de receptie. Ze bleef daar een tijdje en schuifelde wat rond. Cole verschoof zijn voet zodat mijn laars niet tegen zijn enkelbot drukte. Ik hoorde iets in zijn schouder klikken toen hij zich bewoog. Hij zette zijn ene arm schrap tegen de muur achter me. Op de een of andere manier was mijn hand tussen zijn benen terechtgekomen, dus trok ik hem terug.

We wachtten.

Mijn moeder zei, heel duidelijk: 'Verdomme.' Ze liep door de gang naar een van de onderzoeksruimtes. Ik hoorde geritsel van papieren. Het was zo zwart als de slaap in de kleine ruimte onder de tafel, zo donker dat mijn ogen er niet aan konden wennen, en het voelde alsof we samen meer benen hadden dan eigenlijk zou moeten. Mijn moeder liet papieren vallen; ik hoorde ze zoeven en tikken terwijl ze zich over de vloer verspreidden en tegen de onderzoekstafel belandden. Deze keer vloekte ze niet.

Cole kuste me. Ik had moeten zeggen dat hij moest ophouden, stil moest blijven zitten, maar ik wilde het. Ik bewoog me niet van mijn plek, ineengedoken tegen de muur, maar liet me gewoon door hem kussen, en nog eens. Het was het soort kus waar je een hele tijd van moest bijkomen. Als je al onze kussen, vanaf het allereerste moment dat we elkaar kenden, op objectglaasjes onder de microscoop zou leggen, dan wist ik vrij zeker wat je zou vinden. Zelfs een expert zou niets zien bij de eerste, en dan bij de volgende het begin van iets – vrij onbetekenend, eenvoudig vernietigd – en dan meer en meer totdat hij uiteindelijk bij deze aankwam, iets wat zelfs een ongeoefend oog zou opmerken. Bewijs dat we waarschijnlijk nooit van elkaar genezen zouden raken, maar misschien konden we voorkomen dat we eraan doodgingen.

Ik hoorde de voetstappen van mijn moeder één seconde voordat het licht in het lab aanging. Toen een diepe zucht.

'Isabel, waarom?'

Cole boog zich opzij, en dus waren we net twee buidelratten

achter een vuilnisbak toen ze achteruitstapte om naar ons te kijken. Ik zag dat ze snel een controlerondje deed: we hadden al onze kleren aan, niets was verfomfaaid, we waren niet bezig onszelf ergens mee te injecteren. Ze keek naar Cole; Cole glimlachte loom naar haar terug.

'Jij... Jij bent van...' begon mijn moeder. Ze tuurde naar hem.

Ik verwachtte dat ze NARKOTIKA zou zeggen, hoewel ik nooit had gedacht dat ze daar fan van zou zijn. Maar ze zei: 'De jongen van de trap. Bij ons thuis. Die naakte. Isabel, toen ik zei dat ik niet wilde dat je onder ons dak zulke dingen deed, bedoelde ik niet dat je naar de kliniek moest gaan. Waarom zit je onder die tafel? O, ik wil het niet weten. Ik wil het gewoon niet weten.'

Ik had eigenlijk niets te zeggen.

Mijn moeder wreef over haar wenkbrauw met een hand waarin ze een ingevuld formulier vasthield. 'God, waar is je auto?'

'Aan de overkant,' zei ik.

'Natuurlijk.' Ze schudde haar hoofd. 'Ik zal niet tegen je vader zeggen dat ik je hier heb gezien, Isabel. Maar alsjeblieft, laat...' Ze definieerde niet wat ik zou moeten laten. In plaats daarvan gooide ze mijn halflege flesje sap in de vuilnisbak bij de deur en deed het licht weer uit. Haar voetstappen verdwenen door de gang, en toen klonk het ploffen van de buitendeur die open- en dichtging. Het knarsen van het nachtslot.

In het donker was Cole onzichtbaar, maar ik voelde hem nog steeds naast me. Soms hoef je iets niet te zien om te weten dat het er is.

Er kriebelde iets op mijn huid; het duurde even voor ik in de gaten had dat Cole met zijn Mustang-autootje over mijn arm reed. Hij lachte, zacht en aanstekelijk, alsof er nog steeds een reden was om stil te doen. Hij draaide de auto om bij mijn schouder en reed terug naar mijn hand, en de bandjes slipten een beetje over mijn huid terwijl hij lachte.

Ik vond dat het meest waarachtige wat ik ooit van Cole St. Clair had gehoord.

46

Sam

Ik besefte pas hoe gewend ik was geraakt aan het gebrek aan routine toen we er weer een hadden. Ons leven nam, nu Grace weer in het huis was en Coles wetenschappelijke verkenningstocht meer richting kreeg, een schijn van normaliteit aan. Ik begon weer overdag te leven. De keuken werd opniew een plek om te eten; op het aanrecht maakten de flesjes medicijnen en gekrabbelde aantekeningen langzaam plaats voor dozen ontbijtgranen en koffiemokken met kringen onderin.

Grace veranderde maar eens in de drie dagen, en dan slechts voor een paar uur, en ze kwam beverig terug naar bed nadat ze zich gedurende die tijd in de badkamer had opgesloten. De dagen voelden op de een of andere manier korter wanneer de nacht en slapen een vast schema volgden. Ik ging naar mijn werk, verkocht boeken aan fluisterende klanten en kwam thuis met het gevoel van een veroordeeld man die een paar dagen uitstel van executie had gekregen. Cole besteedde zijn dagen aan pogingen om wolven te vangen en viel elke avond in een andere slaapkamer in slaap. 's Morgens betrapte ik Grace erop dat ze bakken met oude muesli neerzette voor de twee wasberen, en 's avonds betrapte ik haar erop dat ze mijmerend naar universiteitswebsites keek en met Rachel kletste. We joegen allemaal iets ongrijpbaars en on-mogelijks na.

De wolvenjacht was vrijwel elke avond op het journaal.

Maar ik was... niet helemaal gelukkig. Bijna gelukkig. Ik wist dat dit niet echt mijn leven was; het was een geleend leven. Een leven dat ik tijdelijk droeg totdat ik dat van mezelf op de rit had. De datum van de wolvenjacht leek ver weg en onwerkelijk, maar was onmogelijk te vergeten. Dat ik niet kon bedenken wat ik eraan kon doen, betekende nog niet dat er niets hoefde te gebeuren.

Op woensdag belde ik Koenig en vroeg of hij me een route-beschrijving kon geven naar het schiereiland, zodat ik de moge-lijkheden daar grondig kon onderzoeken.

Dat is wat ik zei: 'grondig onderzoeken'. Koenig scheen dat effect op me te hebben.

'Ik denk,' zei Koenig, met een nadruk op *denk* wat aangaf dat hij eigenlijk *weet* bedoelde, 'dat het beter zou zijn als ik je daarheen bracht. Ik zou niet willen dat je naar het verkeerde schiereiland gaat. Zaterdag heb ik wel een gaatje.'

Ik besefte pas dat hij een grapje had gemaakt toen we hadden opgehangen, en toen vond ik het jammer dat ik niet had ge-lachen.

Op donderdag belde de krant. Wat had ik te zeggen over de zaak van de vermiste Grace Brisbane?

Niets, dat was wat ik erover te zeggen had. Of eigenlijk, wat ik de vorige avond tegen mijn gitaar had gezegd, was:

je kunt geen meisje verliezen dat al jaren kwijt is

hou op met zoeken

hou op met zoeken

Maar het liedje was nog niet gereed voor publieke consumptie, dus hing ik op zonder nog iets te zeggen.

Op vrijdag zei Grace dat ze met Koenig en mij meeging naar het schiereiland. 'Ik wil dat Koenig me ziet,' zei ze. Ze zat op mijn bed sokken bij elkaar te zoeken terwijl ik verschillende manieren uit-probeerde om handdoeken op te vouwen. 'Als hij weet dat ik nog leef, is er ook geen vermissingszaak.'

De onzekerheid vormde een onverteerbare knoop in mijn

maag. De mogelijkheden die door zo'n actie ontstonden, leken snel en fel te groeien. 'Hij zal zeggen dat je terug moet gaan naar je ouders.'

'Dan gaan we bij ze langs,' zei Grace. Ze gooide een sok met een gat erin naar het voeteneinde van het bed. 'Eerst het schiereiland, dan zij.'

'Grace?' zei ik, maar ik wist niet zeker wat ik eigenlijk vroeg.

'Ze zijn toch nooit thuis,' zei ze roekeloos. 'Als ze thuis zijn, dan was het voorbestemd dat ik met ze moest praten. Sam, kijk niet zo. Ik ben het zat om... *niets te weten*. Ik kan me niet ontspannen, wachtend tot de bijl zal vallen. Ik wil niet dat mensen je verdenken van... van wat het dan ook is dat ze denken dat je gedaan hebt. Dat je me hebt ontvoerd. Me hebt vermoord. Wat dan ook. Ik kan tegenwoordig niet veel rechtzetten, maar dat wel. Ik kan er niet tegen als ze zo over je denken.'

'Maar je ouders...'

Grace maakte een reusachtige bal van sokken zonder wederhelft tussen haar handen. Ik vroeg me af of ik al die tijd zonder het te weten had rondgelopen met sokken die niet bij elkaar pasten. 'Ze hebben nog maar een paar maanden tot ik achttien word, Sam, en dan hebben ze niets meer te zeggen over wat ik doe. Ze kunnen het hard spelen en me voor altijd kwijtraken zodra ik jarig ben, of ze kunnen zich redelijk opstellen en dan hebben we op een dag weer een normale relatie met ze. Misschien. Klopt het dat pa je een stomp heeft gegeven? Cole zegt dat hij je heeft geslagen.'

Ze zag het antwoord op mijn gezicht.

'Ja,' zei ze, en ze zuchtte, de eerste aanwijzing dat dit onderwerp haar verdriet deed. 'En daarom zal ik geen moeite hebben dat gesprek met ze te voeren.'

'Ik haat confrontaties,' mompelde ik. Het was waarschijnlijk het meest overbodige wat ik ooit had gezegd.

'Ik snap niet,' zei Grace, terwijl ze haar benen strekte, 'hoe het kan dat iemand die nooit sokken schijnt te dragen, er zoveel heeft die niet bij elkaar passen.'

We keken allebei naar mijn blote voeten. Ze stak haar hand uit alsof ze mijn tenen zou kunnen bereiken. Ik pakte haar hand en kuste haar handpalm. Haar hand rook naar boter en meel en thuis.

'Oké,' zei ik. 'We doen het zoals jij wilt. Eerst Koenig, en dan je ouders.'

'Het is beter om een plan te hebben,' zei ze.

Ik wist niet of dat waar was. Maar het voelde wel zo.

47

Isabel

Ik was het verzoek van Grace om onderzoek naar zomercursussen te doen niet vergeten, maar het kostte me tijd om uit te vissen hoe ik dat het beste kon uitvogelen. Ik kon moeilijk doen alsof het voor mezelf was, en hoe nauwkeuriger mijn vragen werden, hoe meer argwaan ik zou wekken.

Uiteindelijk stuitte ik bij toeval op de oplossing. Toen ik mijn rugzak leeghaalde, vond ik een oud briefje van mevrouw McKay, mijn lievelingslerares van vorig jaar. Dat zei nog niet veel, maar toch. Dit briefje dateerde uit mijn 'problematische periode' – de woorden van mijn moeder – en mevrouw McKay schreef erin dat ze me graag wilde helpen als ik dat goedvond. Het herinnerde me eraan dat mevrouw McKay goed was in vragen beantwoorden zonder wedervragen te stellen.

Helaas vond iedereen dat van mevrouw McKay, dus stond er altijd een rij bij haar lokaal nadat de laatste bel was gegaan. Ze had geen kantoor, alleen maar het Engelse lokaal, dus voor een buitenstaander zag het eruit alsof vijf leerlingen dolgraag naar binnen wilden om zich in Chaucer te verdiepen.

De deur ging open en dicht toen Hayley Olsen de klas verliet en het meisje voor me naar binnen ging. Ik zette een stap naar voren en leunde tegen de muur. Ik hoopte dat Grace besefte hoeveel ik voor haar overhad.

Ik had nu thuis kunnen zijn en nietsdoen. Dagdromen. De kwaliteit van mijn dagdromen was de laatste tijd exponentieel toegenomen.

Er naderden voetstappen achter me, gevolgd door een geluid van een rugzak die de grond raakte. Ik keek om.

Rachel.

Rachel was net een karikatuur van een tiener. De manier waarop ze zich presenteerde, had iets ontzettends zelfbewusts: de strepen, de eigenzinnige jurken, de vlechten en knotjes die ze in haar haar draaide.

Alles aan haar zei *eigenwijs, grappig, mal, naïef.* Maar je had onschuld en je had geprojecteerde onschuld. Ik had tegen geen van beide iets, maar ik wilde wel graag weten waar ik mee te maken had. Rachel wist maar al te goed hoe ze wilde dat mensen haar zagen, en dat schotelde ze hun voor. Ze was niet achterlijk.

Rachel zag me kijken, maar deed alsof haar neus bloedde. Mijn argwaan was al gewekt.

'Dat ik jou hier toch tegenkom,' zei ik.

Rachel grimaste ongeveer net zo lang als een filmbeeld; zo snel dat het nauwelijks waarneembaar was. 'Ja, dat is gek.'

Ik boog me naar haar toe en dempte mijn stem. 'Je bent toch niet toevallig hier om over *Grace* te praten, hè?'

Haar ogen werden groot. 'Ik loop al bij iemand, maar dat gaat jou niks aan.'

Ze was goed.

'Tuurlijk. Dat geloof ik graag. Dus je gaat niet naar binnen om iets op te biechten bij mevrouw McKay over haar of de wolven,' zei ik. 'Want dat zou zo onvoorstelbaar stom zijn dat ik er geen woorden voor weet.'

Ineens klaarde Rachels blik op. 'Je weet het.'

Ik schonk haar alleen maar een blik.

'Dus het is echt waar.' Rachel wreef over haar bovenarm en bestudeerde de vloer.

'Ik heb het gezien.'

Rachel zuchtte. 'Wie weet het nog meer?'

'Niemand. En zo blijft het, toch?'

De deur ging weer open en dicht. De leerling voor mij ging naar binnen; ik was de volgende. Rachel maakte een geërgerd geluid. 'Luister, ik heb mijn boeken voor Engels niet gelezen! Daarom ben ik hier. Niet voor iets over Grace. Wacht. Dat betekent dat jij hier wél vanwege haar bent.'

Ik wist niet hoe ze tot die conclusie was gekomen, maar dat veranderde niets aan het feit dat ze gelijk had. Een halve seconde overwoog ik Rachel te vertellen dat Grace me had gevraagd navraag te doen naar zomercursussen, voornamelijk omdat ik het haar wilde inpeperen dat Grace mij als eerste had vertrouwd en omdat ik in die dingen nu eenmaal oppervlakkig was, maar het zou niet veel zin hebben.

'Ik wil alleen maar iets over cijfers weten,' zei ik.

We bleven staan in die onbehaaglijke stilte van mensen die een gemeenschappelijke kennis hebben, maar niet veel meer delen. Er liepen leerlingen langs aan de andere kant van de gang, en ze lachten en maakten rare geluiden omdat het jongens waren. Dat deden schooljongens nu eenmaal. De school rook nog steeds naar burrito's. Ik dacht na over mijn methode van vragenstellen bij mevrouw McKay.

Terwijl Rachel tegen de muur leunde en naar de kluisjes aan de overkant van de gang keek, zei ze: 'De wereld lijkt er groter door, vind je ook niet?'

De naïviteit van die vraag ergerde me. 'Het is gewoon een andere manier van doodgaan.'

Rachel bekeek mijn profiel. 'Dat krengerige is echt je standaardinstelling, hè? Maar dat werkt alleen maar zolang je jong en mooi bent. Daarna kun je alleen nog maar geschiedenisles geven.'

Ik keek haar aan en kneep mijn ogen tot spleetjes. Ik zei: 'Datzelfde kan ik zeggen over *eigenzinnigheid*.'

Rachel glimlachte heel, heel breed, haar onschuldigste lach tot nu toe. 'Dus eigenlijk vind je me mooi.'

Oké, Rachel was wel in orde. Ik zou haar niet de voldoening schenken van een glimlach terug, maar ik voelde dat mijn ogen

273

me verraadden. De deur ging open. We keken elkaar aan. Qua bondgenoten kon Grace het slechter treffen.

Toen ik naar binnen stapte bij mevrouw McKay, dacht ik dat Rachel eigenlijk wel gelijk had. De wereld leek met de dag groter.

48

Cole

Weer een dag, weer een nacht. We – Sam en ik – waren in de Quik-Mart een paar kilometer van het huis, en de hemel boven ons was zwart als de hel. Mercy Falls zelf lag nog anderhalve kilometer verderop; dit pompstationsupermarktje diende vooral voor de o-shit-ik-ben-melk-vergeten-momenten. En dat was precies waarvoor wij bij de QuikMart waren. Althans, daarom was Sam er. Deels omdat we geen melk hadden, en deels omdat ik begon te ontdekken dat Sam niet ging slapen als niemand hem daartoe opdracht gaf, en ik was niet van plan dat te doen. Normaal gesproken zou dat de taak van Grace zijn, maar Isabel had net gebeld met het exacte model helikopter dat de scherpschutters zouden gebruiken en we waren allemaal een beetje gespannen.

Grace en Sam hadden een of andere woordeloze ruzie gehad, met alleen hun ogen, en toen had zij gewonnen, want zij was scones gaan maken en Sam was mokkend op de bank gaan zitten met zijn gitaar. Als zij en Sam ooit kinderen kregen, dan zouden die uit zelfverdediging allergisch zijn voor gluten.

Voor scones had je melk nodig.

Dus was Sam hier voor melk, omdat de winkel om negen uur sloot.

Ik was in de QuikMart omdat, als ik nog één seconde langer in Becks huis bleef, ik iets zou stukmaken. Ik ontdekte elke dag meer over de wetenschap achter de wolven, maar de jacht naderde met rasse schreden. Over een paar dagen zouden mijn experimenten net zoveel zin hebben als medisch onderzoek naar de dodo.

In de winkel wees ik naar een rek met condooms; Sam schonk me een volkomen droge blik. Hij had er te veel of te weinig gebruikt om er de humor van in te zien.

Ik liet hem achter en dwaalde door de gangpaden van de winkel, vol nerveuze energie.

Dit stomme supermarktje voelde als de echte wereld. De echte wereld, maanden nadat ik NARKOTIKA had vermoord door samen met Victor te verdwijnen. De echte wereld waarin ik lachte naar bewakingscamera's en ze ergens misschien naar me teruglachten. Countrymuziek jankte zachtjes uit luidsprekers naast het bordje voor het toilet (ALLEEN VOOR BETALENDE KLANTEN). De grote ruiten waren beschilderd met de groenzwarte nacht die je alleen bij pompstations aantrof. Alleen wij waren wakker, verder niemand, en ik was nooit wakkerder geweest. Ik bekeek chocoladerepen die beter klonken dan smaakten, bladerde uit gewoonte door roddelbladen om te zien of ik erin stond, keek naar de rekken met veel te dure verkoudheidsmiddeltjes die niet langer de macht hadden om mijn vermogen om te slapen of rijden te beïnvloeden, en besefte dat er in deze winkel niets stond wat ik wilde hebben.

In mijn zak voelde ik het gewicht van het zwarte Mustang-autotje dat Isabel me had gegeven. Ik bleef er maar aan denken. Ik pakte het autootje uit mijn zak en reed ermee over de rekken naar Sam toe, die met zijn handen in zijn jaszakken voor het melkschap stond. Hoewel de melk vlak voor hem stond, droeg zijn gezicht een ongerichte frons en werden zijn gedachten in beslag genomen door een probleem ergens anders.

'Halfvol is een mooi compromis tussen mager en vol, als je niet kunt kiezen,' zei ik. Ik wilde eigenlijk dat Sam me naar de Mustang vroeg, dat hij wilde weten wat ik daar in vredesnaam mee deed. Ik dacht aan Isabel, aan de flesjes in de koelkastdeur, aan voor de eerste keer in een wolf veranderen, aan de zwarte hemel die buiten tegen de vensters duwde.

Sam zei: 'Onze tijd raakt op, Cole.'

Het elektronische belletje op de deur van de QuikMart hield hem tegen voordat hij meer zei, of ik antwoordde. Ik draaide me niet om, maar door een of ander instinct kwam het haar in mijn nek overeind. Sam had ook niet omgekeken, maar ik zag dat zijn gezichtsuitdrukking was veranderd. Verscherpt. Dáárop had ik onbewust gereageerd.

In mijn hoofd kwamen herinneringen boven. Wolven in het bos, hun oren gespitst en draaiend, ineens alert. De lucht scherp in onze neus, de geur van herten op de bries, tijd om te jagen. De woordeloze afspraak dat het tijd was voor actie.

Bij de toonbank hoorde ik het geroezemoes van stemmen toen degene die net was binnengekomen en de winkelbediende elkaar begroetten. Sam legde zijn hand op de greep van het koelvak, maar opende het niet. Hij zei: 'Misschien hebben we toch geen melk nodig.'

Sam

Het was John Marx, Olivia's oudere broer.

Met John praten was me nooit makkelijk afgegaan; we kenden elkaar amper, en elke ontmoeting was gespannen geweest. En nu was zijn zus dood en werd Grace vermist. Ik wilde dat we hier niet waren gekomen. Maar ik kon niet anders dan me normaal blijven gedragen.

John stond niet helemaal bij de kassa; hij keek naar de kauwgom. Ik sloop naar de toonbank naast hem. Ik rook alcohol, wat deprimerend was, want John had de vorige keren zo jong geleken.

'Hoi,' zei ik amper verstaanbaar, zodat ik het maar gezegd had.

John gaf het mannenknikje, een korte ruk met zijn hoofd. 'Hoe gaat-ie.' Het was geen vraag.

'Vijf dollar eenentwintig,' zei de winkelbediende. Hij was een kleine man die altijd zijn blik neergeslagen hield. Ik telde briefjes uit en keek niet naar John. Ik hoopte vurig dat hij Cole niet zou herkennen. Ik keek naar de bewakingscamera, die naar ons allemaal keek.

'Wist je dat dit Sam Roth is?' vroeg John. Er viel een stilte, totdat de winkelbediende in de gaten kreeg dat John het tegen hem had.

Hij wierp een snelle blik op mijn maar al te herkenbare gouden ogen en toen weer op het geld dat ik op de toonbank had gelegd voordat hij beleefd antwoordde: 'Nee, dat wist ik niet.'

Hij wist wel wie ik was. Dat wist iedereen. Ineens vond ik de winkelbediende aardig.

'Bedankt,' zei ik terwijl ik mijn wisselgeld aanpakte, dankbaar voor meer dan alleen de munten. Cole zette zich naast me af van de toonbank. Tijd om te gaan.

'Ga je niks zeggen?' vroeg John aan mij. Ik hoorde ellende in zijn stem.

Mijn hart verkrampte toen ik me naar hem toe draaide. 'Ik vind het heel erg van Olivia.'

'Vertel maar waarom ze dood is,' zei John. Hij deed een wankele stap in mijn richting. Een walm alcohol – hard, puur en recent gedronken, naar de geur te oordelen – kwam op me af. 'Vertel maar waarom ze daar was.'

Ik stak mijn hand uit, de handpalm naar de grond. Een soort *Dat is wel dichtbij genoeg.* 'John, ik weet n...'

John sloeg mijn hand weg, en op dat moment zag ik Cole rusteloos bewegen. 'Lieg niet. Ik weet dat jij het was. Ik wéét het.'

Dit was een beetje makkelijker. Ik kon niet liegen, maar hiervoor hoefde dat ook niet.

'Ik was het niet. Ik had er niets mee te maken dat zij daar was.'

'Praten jullie buiten maar verder!' zei de winkelbediende.

Cole opende de deur. De nachtlucht waaide naar binnen.

John greep mijn T-shirt op mijn schouder vast. 'Waar is Grace? Waarom nu juist mijn zus, en waarom Grace? Waarom zij, jij smerige...'

En ik zag in zijn gezicht of hoorde in zijn stem of voelde in die greep op mijn shirt wat hij ging doen. Dus toen hij uithaalde, tilde ik mijn arm op en weerde hem af. Meer kon ik niet doen.

Ik was niet van plan met hem te vechten, niet hierom. Niet nu hij zoveel verdriet had geslikt dat hij met dubbele tong sprak.

'Oké, naar buiten,' zei de winkelbediende. 'Nu. Doeg! Fijne avond nog!'

'John,' zei ik, en mijn arm bonsde waar zijn vuist was beland. De adrenaline pompte door me heen: Johns bezorgdheid, Coles spanning, mijn eigen alertheid die haar voedde. 'Sorry. Maar dit zal niet helpen.'

'Dat heb je verdomd goed,' zei John, en hij dook op me af.

Plotseling stond Cole tussen ons in. 'We zijn klaar hier,' zei hij. Hij was niet langer dan ik of John, maar torende toch boven ons uit. Hij keek naar mijn gezicht, peilde mijn reactie. 'Laten we geen toestanden maken in die man z'n winkel.'

Op een armlengte afstand aan de andere zijde van Cole staarde John me aan, met holle ogen als een standbeeld. 'Ik mocht je wel, toen ik je voor het eerst zag,' zei hij. 'Kun je je dat voorstellen?'

Ik was misselijk. 'Kom mee,' zei ik tegen Cole. En tegen de winkelbediende zei ik: 'Nogmaals bedankt.'

Cole wendde zich af van John, met strakgespannen bewegingen.

Net toen de deur dichtzwaaide, kwam Johns stem achter ons aan. 'Iedereen weet wat je gedaan hebt, Sam Roth.'

De nachtlucht rook naar benzine en houtrook. Ergens brandde een vuurtje. Ik had het gevoel dat de wolf binnen in me in mijn maag gloeide.

'Mensen slaan jou wel graag,' zei Cole, nog steeds vol energie. Mijn stemming voedde zich met die van Cole en andersom en we waren wolven, allebei. Ik voelde me energiek en gewichtloos. De Volkswagen stond niet ver weg; aan het eind van de parkeerplaats. Er zat een lange, bleke kras van een sleutel aan de bestuurderskant. Nu wist ik in elk geval dat het geen toeval was dat ik John was tegengekomen.

Een fluorescerende weerspiegeling van het supermarktje fonkelde op de lak. We stapten geen van beiden in.

'Jij moet het doen,' zei Cole. Hij had het portier aan de passagierskant geopend, was op de treeplank gaan staan en leunde over het dak naar me toe. 'Jij moet degene zijn die de wolven wegleidt. Ik heb het geprobeerd, maar ik kan als wolf geen gedachten vasthouden.'

Ik keek hem aan. Mijn vingers tintelden. Ik had de melk op de toonbank laten staan. Ik bleef maar denken aan John die naar me uithaalde, Cole die tussen ons sprong, de nacht die binnen in me leefde. Zoals ik me nu voelde, op dit moment, kon ik niet zeggen *Nee, dat kan ik niet*, want alles leek mogelijk.

'Ik wil niet terug. Dat kan ik niet doen,' zei ik.

Cole lachte, maar het was slechts één *ha*. 'Uiteindelijk verander je toch, Ringo. Je bent nog niet volledig genezen. Dan kun je net zo goed de wereld redden als je toch bezig bent.'

Ik wilde zeggen: *Dwing me hier alsjeblieft niet toe*, maar wat voor betekenis zou dat hebben voor Cole, die zichzelf ergere dingen had aangedaan?

'Jij neemt aan dat ze naar mij luisteren,' zei ik.

Cole haalde zijn handen van het dak van de Volkswagen; wolken van vingerafdrukken verdampten binnen enkele seconden. 'We luisteren allemaal naar jou, Sam.' Hij sprong op de grond. 'Jij praat alleen niet altijd tegen ons.'

49

Grace

Op zaterdag kwam agent Koenig naar het huis om ons naar het schiereiland te brengen.

We keken allemaal toe terwijl hij de oprit op kwam, glurend vanuit de ramen in de woonkamer. Het was spannend en ironisch om een politieman uit te nodigen nadat we zo lang hadden geprobeerd de politie te ontlopen. Net alsof Mowgli de tijger Shere Khan uitnodigde voor een kopje thee en biscuitjes. Koenig kwam om twaalf uur aan, gekleed in een schoon donkerrood poloshirt en een spijkerbroek waarvan ik vermoedde dat hij die gestreken had. Hij reed in een smetteloze grijze Chevy-truck die hij misschien ook wel gestreken had. Hij klopte aan – een efficiënt *klop, klop, klop* dat me om de een of andere reden deed denken aan hoe Isabel lachte – en toen Sam ging opendoen, stond Koenig daar met zijn handen netjes voor zijn buik gevouwen, alsof hij wachtte op zijn vriendinnetje.

'Kom binnen,' zei Sam.

Koenig stapte over de drempel, nog steeds met zijn ene hand professioneel om de andere geslagen. Het leek wel een leven lang geleden dat ik hem voor het laatst had gezien, toen hij in diezelfde houding voor onze klas had gestaan terwijl een stel leerlingen hem bestookten met vragen over de wolven. Olivia had zich naar me toe gebogen en gezegd dat hij een schatje was. Nu stond hij hier in de gang, en Olivia was dood.

Olivia was dood.

Ik begon die lege blik te begrijpen die Sam kreeg als iemand iets over zijn ouders zei. Ik voelde helemaal niets als ik dacht *Olivia is dood.* Ik voelde me net zo verdoofd als Sams littekens.

Ik besefte dat Koenig mij had gezien.

'Hallo,' zei ik.

Hij haalde diep adem, alsof hij zich voorbereidde op een duik. Ik had er heel wat voor over om te weten wat hij dacht. 'Nou, oké dan,' zei hij. 'Daar ben je.'

'Ja,' antwoordde ik. 'Hier ben ik.' Cole stapte achter me de keuken uit en Koenigs wenkbrauwen doken omlaag boven zijn ogen. Cole glimlachte terug, met een harde, zelfverzekerde glimlach. Herkenning gleed langzaam over Koenigs gezicht.

'Natuurlijk,' zei Koenig. Hij sloeg zijn armen over elkaar en wendde zich naar Sam. Hoe hij zijn armen ook bewoog of hoe hij ook stond, iets aan Koenig wekte de indruk dat hij moeilijk omver te duwen zou zijn. 'Wonen er nog meer vermiste personen onder je dak? Elvis? Jimmy Hoffa? Amelia Earhart? Ik weet het liever meteen, voordat we verdergaan.'

'Dit is het wel,' zei Sam. 'Voor zover ik weet. Grace wil graag mee, als dat goed is.'

Koenig dacht erover na.

'En jij?' vroeg hij aan Cole. 'Als je mee wilt, moet ik ruimte maken in de auto. En het is een lange rit. Als jullie een kleine blaas hebben, zou ik nog maar even naar het toilet gaan.' En dat was dat. Nu de basisregels voor vandaag waren vastgesteld – ik was een parttime wolf, Cole was een vermiste rockster – ging hij over tot de orde van de dag.

'Ik ga niet mee,' antwoordde Cole. 'Ik heb mannenwerk te doen.'

Sam wierp Cole een waarschuwende blik toe. Waarschijnlijk had die te maken met het feit dat de keuken er eindelijk weer als een keuken uitzag en dat Sam dat graag zo wilde houden.

Coles antwoord was raadselachtig. Als Cole niet uit zijn dak ging, leek hij altijd een beetje mysterieus. 'Neem je telefoon mee. Voor het geval ik je moet bereiken.'

Sam wreef met zijn vingers over zijn mond alsof hij controleerde of hij zich wel goed geschoren had. 'Brand het huis niet plat.'

'Oké, mama,' antwoordde Cole.

'O, kom mee,' zei ik.

Het was een vreemde rit. We kenden Koenig helemaal niet, en hij wist niets over ons, behalve wat niemand anders wist. Het werd nog lastiger doordat hij vriendelijk was op een heel vormeloze manier waarvan we nog niet zeker wisten of we er blij mee waren. Het was moeilijk om tegelijkertijd dankbaar en spraakzaam te zijn.

Dus zaten we met ons drieën op de voorbank: Koenig, Sam, ik. De truck rook een beetje naar Dr Pepper. Koenig reed tien kilometer harder dan toegestaan. De weg voerde ons naar het noordoosten, en het duurde niet lang voordat de beschaving achter ons begon te verdwijnen. De hemel boven ons was een aangenaam, onbewolkt blauw, en alle kleuren leken superverzadigd. Als het winter was geweest, herinnerde deze plek zich dat niet.

Koenig zei niets maar wreef alleen met zijn hand over zijn kortgeschoren haar. Hij zag er niet helemaal uit als de Koenig die ik me herinnerde, deze jonge vent die ons naar een afgelegen plek reed in zijn eigen truck, met een shirt in warenhuis-donkerrood. Ik had niet verwacht dat ik in dit stadium op zo iemand zou vertrouwen. Naast me oefende Sam een gitaarakkoord op mijn bovenbeen. Schijn kon bedriegen, overpeinsde ik.

Het bleef stil in de truck. Na een tijdje begon Sam over het weer. Hij dacht dat het vanaf nu vrij aardig weer zou blijven. Koenig zei dat hij waarschijnlijk gelijk had, maar dat je nooit wist wat Minnesota voor je in petto had. Ze kon je verrassen, zei hij. Ik merkte dat ik het leuk vond dat hij naar Minnesota verwees als een 'zij'. Het leek Koenig toeschietelijker te maken, op de een of andere manier. Koenig vroeg Sam wat zijn plannen met de universiteit waren, en Sam zei dat Karyn hem een fulltimebaan had aangeboden in de boekwinkel en dat hij daarover nadacht. Dat was geen schande, merkte Koenig op. Ik dacht aan toelatingseisen en hoofdvakken en bijvakken en succes uitgedrukt met een velletje papier en wilde dat ze van onderwerp veranderden.

Dat deed Koenig. 'En St. Clair?'

'Cole? Beck heeft hem gevonden,' zei Sam. 'Het was een geval van liefdadigheid.'

Koenig keek opzij. 'Voor St. Clair of voor Beck?'

'Dat vraag ik me tegenwoordig ook vaak af,' antwoordde Sam. Hij en Koenig keken elkaar even aan, en ik merkte verbaasd op dat Koenig naar Sam keek als een gelijke, of misschien niet meteen een gelijke, maar in elk geval als een volwassene. Ik was zo vaak alleen met Sam dat reacties van andere mensen op hem en op ons samen me vaak schokten. Ik kon me moeilijk voorstellen hoe één jongen zoveel verschillende reacties kon ontlokken aan andere mensen. Het was alsof er veertig verschillende versies van Sam waren. Ik had altijd aangenomen dat iedereen mij hetzelfde zag, maar nu vroeg ik me af: bestonden er ook veertig verschillende versies van Grace?

We schrokken allemaal toen Sams telefoon ging in mijn tas – een tas met een paar extra kleren voor het geval ik veranderde en een boek voor het geval ik met iets anders bezig moest zijn – en Sam zei: 'Wil jij even opnemen, Grace?'

Ik aarzelde toen ik het nummer op het schermpje niet herkende. Ik liet het aan Sam zien toen de telefoon weer overging. Hij schudde verwonderd zijn hoofd.

'Opnemen?' vroeg ik, en ik kantelde mijn hand alsof ik het toestel openklapte.

'New York,' zei Koenig. Hij keek weer naar de weg. 'Dat is het netnummer van New York.'

Die informatie maakte Sam niet veel wijzer. Hij haalde zijn schouders op.

Ik klapte het toestel open en zette het tegen mijn oor. 'Hallo?'

De stem aan de andere kant van de lijn klonk luchtig en mannelijk. 'O... ja. Hallo. Is Cole in de buurt?'

Sam keek me knipperend met zijn ogen aan en ik begreep dat hij de stem ook kon verstaan.

'Ik denk dat je het verkeerde nummer hebt,' zei ik. Meteen begonnen mijn hersens te verwerken wat dit betekende: Cole had met Sams telefoon iemand gebeld. Naar huis? Zou Cole dat hebben gedaan?

De stem bleef onverstoorbaar. Hij klonk loom en glad, als een klont smeltende boter. 'Nee, dat is het niet. Maar ik begrijp het wel. Je spreekt met Jeremy. We zaten samen in een band.'

'Met die persoon die ik niet ken,' antwoordde ik.

'Ja,' zei Jeremy. 'Ik wil graag dat je iets doorgeeft aan Cole St. Clair, als je zo vriendelijk zou willen zijn. Vertel hem alsjeblieft dat ik hem het beste geschenk ter wereld heb gegeven, en dat ik er behoorlijk wat moeite voor heb moeten doen, dus ik zou het op prijs stellen als hij niet gewoon het papier eraf scheurde en het dan wegsmeet.'

'Ik luister.'

'Over achttien minuten wordt dat geschenk uitgezonden bij Vilkas. Coles ouders zullen er ook naar luisteren, daar heb ik voor gezorgd. Heb je dat?'

'Vilkas? Op welke zender zit die?' vroeg ik. 'Niet dat ik iets toegeef.'

'Ik ken hem wel,' zei Koenig zonder op te kijken van de weg. 'Rick Vilkas.'

'Die is het,' zei Jeremy, die hem had gehoord. 'Iemand daar heeft een uitstekende smaak. Weet je zeker dat Cole niet in de buurt is?'

'Hij is er echt niet,' zei ik.

'Wil je me één ding vertellen? Toen ik onze onverschrokken held Cole St. Clair voor het laatst zag, was hij er niet zo best aan toe. Je zou zelfs kunnen zeggen dat hij er heel slecht aan toe was. Ik wil alleen maar weten: is hij gelukkig?'

Ik dacht na over wat ik van Cole wist. Ik dacht erover na wat het betekende dat hij een vriend had die zoveel om hem gaf. Cole kon nooit door en door verschrikkelijk zijn geweest als iemand uit zijn oude leven zoveel om hem gaf. Of misschien was hij voordat hij verschrikkelijk werd wel zo geweldig dat zijn vriend hem er niet om had laten vallen. Ergens veranderde dat hoe ik over Cole dacht, en ergens ook niet.

'Hij is op weg.'

Het bleef een halve seconde stil, en toen vroeg Jeremy: 'En Victor?'

Ik zei helemaal niets. Jeremy ook niet. Koenig zette de radio aan, met het volume laag gedraaid, en begon af te stemmen.

285

Jeremy zei: 'Ze zijn allebei al heel lang dood. Ik was erbij. Heb je weleens een vriend zien doodgaan in zijn eigen huid? Ahh. Nou, je kunt niet alle doden weer tot leven wekken. *Hij is op weg.*' Het duurde een halve tel voordat ik besefte dat hij mijn eerdere antwoord herhaalde. 'Daar doe ik het mee. Zeg dat hij naar Vilkas luistert, als je wilt. Hij heeft mijn leven veranderd. Dat zal ik niet vergeten.'

'Ik heb niet gezegd dat ik wist waar hij was,' zei ik.

'Weet ik,' antwoordde Jeremy. 'En dat zal ik ook niet vergeten.'

De telefoon werd stil in mijn hand. Ik keek Sam aan. De bijna-zomerzon scheen fel in zijn gezicht en maakte zijn ogen schokkend, spookachtig goudgeel. Een halve seconde vroeg ik me af of zijn ouders hem ook zouden hebben geprobeerd te vermoorden als hij bruine ogen had gehad, of blauwe. Iedere andere zoon die geen wolvenogen had gehad.

'Bel Cole,' zei Sam.

Ik belde naar Becks huis. De telefoon bleef maar overgaan, en net toen ik het wilde opgeven, hoorde ik een klik en een tel later: *'Da?'*

'Cole,' zei ik, 'zet de radio aan.'

50

Cole

Toen alles begon, en met alles bedoel ik het léven, was zelfmoord een grap. *Als ik bij jou in die auto moet stappen, snij ik mijn polsen door met een botermes.* Het was net zo echt als een eenhoorn. Nee, nog minder echt. Het was net zo echt als de explosie rondom een tekenfilmcoyote. Honderdduizend mensen dreigen elke dag dat ze zelfmoord gaan plegen en maken honderdduizend andere mensen aan het lachen, omdat het net als in een tekenfilm grappig is en niets betekent. Alweer vergeten voordat je de televisie uitzet. Toen werd het een ziekte. Iets wat andere mensen kregen, als ze ergens woonden waar het zo smerig was dat ze de infectie onder hun nagels kregen. Het was *geen prettig gespreksonderwerp voor aan tafel, Cole,* en net als de griep gingen alleen zwakke mensen eraan dood. Als je eraan was blootgesteld, praatte je er niet over. Je zou andere mensen hun eetlust kunnen bederven.

Pas op het voortgezet onderwijs werd het een mogelijkheid. Geen onmiddellijke, niet als *Het is een mogelijkheid dat ik dat album ga downloaden omdat de gitaar zo vet klinkt dat ik ervan wil dansen,* maar een mogelijkheid op de manier waarop mensen zeggen dat ze later brandweerman willen worden, of astronaut, of een accountant die elk weekend overwerkt terwijl zijn vrouw vreemdgaat met de bezorger van DHL. Het werd een mogelijkheid als *Misschien ben ik dood als ik later groot ben.*

Het leven was een taart die er lekker uitzag in de vitrine bij de bakker, maar die veranderde in zaagsel en zout als ik hem opat.

Ik zag er goed uit toen ik zong: *einde.*

Pas vanaf NARKOTIKA werd zelfmoord een doel. Een beloning voor geleverde diensten. Tegen de tijd dat ze NARKOTIKA konden uitspreken in Rusland, Japan en Iowa, was alles belangrijk en tegelijkertijd niets, en ik was het beu om uit te vissen hoe het kon dat allebei die dingen waar waren. Ik was een jeukplek waar ik zo hard aan had gekrabd dat het bloedde. Ik had me ten doel gesteld het onmogelijke te doen, wat dat ook mocht zijn, maar ik was erachter gekomen dat leven met mezelf het onmogelijke was. Zelfmoord werd een uiterste houdbaarheidsdatum, de dag waarna ik niet langer mijn best hoefde te doen.

Ik had gedacht dat ik naar Minnesota was gekomen om te sterven.

Om kwart over twee 's middags had Rick Vilkas net zijn eerste reclameonderbreking gehad. Hij was een muziekgod die ons live had laten spelen tijdens zijn programma en toen had gevraagd of ik een poster wilde signeren voor zijn vrouw, die volgens hem alleen wilde vrijen met op de achtergrond ons nummer 'Sinking Ship (Going Down)'. Ik had *Deining is goed* onder mijn foto geschreven en mijn naam erbij gezet. Rick Vilkas op de radio was een vertrouweling, je beste vriend bij een biertje, die op gedempte toon een geheim aan je toevertrouwde en je een por in je ribben gaf met zijn elleboog.

Nu klonk zijn stem door de luidsprekers in Becks woonkamer intiem. 'Iedereen die naar dit programma luistert weet – verdomd, iedereen die naar de radio luistert weet het – dat Cole St. Clair, leadzanger van NARKOTIKA en verrekt goeie songwriter al eh, wat is het, bijna een jaar wordt vermist. Tien maanden? Zoiets. O, ik weet het, ik weet het... Mijn producer zit met zijn ogen te draaien. Zeg wat je wilt, vriend, hij heeft misschien een hoop verpest, maar hij kon wel nummers schrijven.'

Daar was het, mijn naam op de radio. Ik wist zeker dat ik in het afgelopen jaar vaak genoeg op de radio was genoemd, maar dit was de eerste keer dat ik het zelf hoorde. Ik wachtte tot ik iets zou voelen – spijt, schuldgevoel, verdriet – maar er kwam niets. NAR-KOTIKA was een ex-vriendinnetje en een foto van haar kon niet langer emoties in me oproepen.

Vilkas ging door: 'Nou, het lijkt erop dat we nieuws hebben, en wij zijn de eersten die ermee komen. Cole St. Clair is niet dood, mensen. Hij wordt niet gevangen gehouden door een bende fans en ook niet door mijn vrouw. We hebben hier een verklaring liggen van zijn manager, die zegt dat St. Clair een medische complicatie had vanwege drugsmisbruik – hadden jullie kunnen bedenken dat de leadzanger van NARKOTIKA drugs gebruikte? – en dat hij met zijn bandgenoot naar het buitenland was voor een incognito behandeling en afkickkuur. Hier staat dat hij weer in Amerika is, maar dat hij graag met rust gelaten wil worden terwijl hij overweegt wat hij "hierna gaat doen". En dat is het dan, mensen. Cole St. Clair. Hij leeft nog. Nee, nee, bedank me nog maar niet. Bedank me later maar. Laten we hopen op een reünietour, hè? Zou mijn vrouw blij mee zijn. Neem alle tijd die je nodig hebt, Cole, als je luistert. De rock wacht wel.'

Vilkas draaide een nummer van ons. Ik zette de radio uit en wreef over mijn mond. Mijn benen waren verkrampt doordat ik gehurkt voor de stereo had gezeten.

Zes maanden geleden zou ik me niets ergers hebben kunnen voorstellen. Ik had niets liever gewild dan dat mensen dachten dat ik vermist of dood was, behalve misschien om écht vermist of dood te zijn.

Op de bank achter me zei Isabel: 'Dus nu ben je officieel herboren.'

Ik zette de radio weer aan zodat ik het einde van het nummer nog kon horen.

Mijn hand lag open op mijn knie, en het voelde alsof de hele wereld op mijn handpalm lag. Het voelde alsof ik uit de gevangenis was ontsnapt.

'Ja,' zei ik. 'Het lijkt erop.'

51

Sam

Zodra ik het schiereiland zag, wist ik dat het de oplossing was.

Niet dat de ingang nou zo gunstig was. Er waren wandjes van ruwe boomstammen gemaakt met de woorden KNIFE LAKE LODGE erin gebrand, en aan weerskanten daarvan stond een palissade-hek. Koenig vloekte zachtjes terwijl hij met het cijferslot op het hek prutste totdat het openging, en toen liet hij ons de plek zien waar het palissadehek overging in een draadhek dat ongeveer om de meter tegen de dennen was vastgeniet. Hij was beleefd en nuchter, als een makelaar die potentiële klanten een duur stuk land laat zien.

'En hoe zit het aan de waterrand?' vroeg ik. Naast me sloeg Grace een mug plat. Er waren er een heleboel, ondanks de kilte. Ik was blij dat we zo vroeg op de dag waren gekomen, want de lucht hier had tanden.

Koenig gaf een ruk aan het draadhek; het bleef stevig aan de ruige bast van een den zitten. 'Het loopt een paar meter het meer in. Had ik dat al gezegd? Wil je gaan kijken?'

Ik wist niet of ik dat wel wilde. Ik wist niet waar ik naar uit-keek. Boven me zong een lijster, die klonk als een roestige schom-mel die in beweging was gezet. Een stukje verder weg hoorde ik een andere vogel zingen als iemand met een rollende *r*, en daarachter nog een vogel die kwetterde, en daarachter nog een; het soort dichte, eindeloze lagen van bomen en vogels die je kreeg als er binnen een omtrek van honderden vierkante kilometer geen menselijke bewoning was. Terwijl ik in dat oude coniferenbos stond, lang geleden verlaten door mensen, rook ik een kudde herten en rondsluipende bevers en kleine knaagdieren die de rotsige aarde omwoelden, en er kroop een zenuwachtige opwinding door mijn aderen terwijl ik me meer wolf voelde dan ik me in lange tijd gevoeld had.

'Ik wel,' zei Grace. 'Als het mag.'

'Daarvoor zijn we hier,' zei Koenig, en hij liep tussen de bomen door, met vaste tred zoals altijd. 'Vergeet niet jezelf na te kijken op teken als we klaar zijn.'

Ik liep achter hen aan, liet Grace kijken naar de concrete details van het leven terwijl ik door het bos liep en me probeerde voor te stellen dat de roedel hier was. Dit bos was dicht en lastig om doorheen te lopen; de grond was begroeid met varens die kuilen en stenen aan het oog onttrokken. Het hek was voldoende om grote dieren buiten te houden, dus anders dan in Boundary Wood waren hier geen natuurlijke paden door de ondergroei uitgesleten. De wolven zouden hier geen concurrentie hebben. Geen gevaar. Koenig had gelijk; als de wolven moesten worden verhuisd, dan kon je je geen betere plek wensen.

Grace kneep in mijn elleboog. 'Sam,' zei ze ademloos, alsof ze misschien wel hetzelfde had gedacht als ik. 'Heb je die lodge al gezien?'

'Ik keek naar de varens,' zei ik.

Ze pakte mijn arm vast en lachte, een klaterende, blije lach die ik lang niet had gehoord. 'Varens,' herhaalde ze, en ze omhelsde mijn arm. 'Gekkerd. Kom hierheen.'

Elkaars hand vasthouden voelde bizar met Koenig erbij, mogelijk omdat het het eerste was waar hij naar keek toen we op de open plek aankwamen waar de lodge stond. Hij had een honkbalpet opgezet om de horzels van zich af te houden op het open terrein – daardoor leek hij om de een of andere reden formeler – en stond voor een verbleekte houten hut die in mijn ogen enorm was. Het was een en al ramen en ruwe planken en zag eruit als iets wat een toerist voor ogen had als hij aan Minnesota dacht.

'Is dat de lodge?'

Koenig ging voorop en schopte bladeren van het betonnen pad naar het gebouw. 'Ja. Vroeger was hij een stuk mooier.'

Ik had een klein hutje verwacht; nee, niet eens verwacht, er alleen maar op gehoopt. Een of ander overblijfsel van het vroegere leven van het resort, waar leden van de roedel in konden schuilen als ze mens werden. Toen Koenig het over een 'resort' had gehad, had ik niet gedacht dat hij dat echt meende. Ik had gedacht dat hij zijn failliete familiebedrijf in zijn verhaal wat had aangedikt. Dit moest behoorlijk indrukwekkend zijn geweest toen het pas was gebouwd.

Grace liet mijn hand los om op onderzoek uit te gaan.

Ze tuurde door een stoffige ruit naar binnen, haar handen om haar gezicht tegen het glas gedrukt. Er hing een tak klimop op haar hoofd; de rest kroop tegen de zijkant van de lodge omhoog. Ze stond in enkeldiep onkruid dat was opgeschoten in de spleet tussen het betonnen pad en de fundering. Daartussen stak zij heel netjes af, in een schone spijkerbroek, een windjack van mij en met haar blonde haar over haar schouders. 'Ik vind het er heel fraai uitzien,' zei Grace, waarmee ze me voor altijd voor zich innam.

Ze scheen Koenig er ook mee voor zich in te nemen. Zodra hij besefte dat ze het niet sarcastisch bedoelde, zei hij: 'Ach, het gaat wel. Er is hier alleen geen elektriciteit, niet meer. Je zou het misschien weer kunnen laten aansluiten, maar dan krijg je elke maand bezoek van de meteropnemer.'

Grace, met haar gezicht nog tegen het glas gedrukt, zei: 'O, dat klinkt als het begin van een griezelfilm. Maar dat is wel een grote haard daarbinnen, of niet? Je zou het hier best bewoonbaar kunnen maken zonder elektriciteit, als je het slim aanpakt.' Ik ging naast haar staan en drukte mijn gezicht ook tegen het raam.

Binnen zag ik een grote, schemerige kamer met een enorme open haard. Alles zag er grijs en verlaten uit: kleden die kleurloos waren van het stof, een dode plant in een pot, een opgezette dierenkop die van ouderdom onherkenbaar was geworden. Het was een verlaten hotellobby, een kiekje van de *Titanic* op de bodem van de oceaan. Ineens leek een kleine hut veel hanteerbaarder.

'Is het goed als ik de rest van het land ga bekijken?' vroeg ik, bij het glas vandaan stappend. Ik trok Grace voorzichtig weg bij de klimop; het was gifsumak.

'Ga je gang,' zei Koenig. Na een korte stilte zei hij: 'Sam?' Hij zei het op een voorzichtige manier, die me het idee gaf dat wat hij nu ging zeggen me niet zou bevallen.

'Ja, meneer?' vroeg ik. Dat *meneer* glipte eruit voordat ik er erg in had, en Grace keek niet eens mijn kant op maar bleef naar Koenig kijken. Het kwam door de manier waarop hij *Sam?* had gezegd.

'Geoffrey Beck heeft je wettelijk geadopteerd, correct?'

'Ja,' zei ik. Mijn hart maakte een ruk in mijn borst bij die vraag, niet omdat het een leugen was, maar omdat ik niet snapte waarom hij dat vroeg. Misschien bedacht hij zich en wilde hij ons toch niet helpen. Ik probeerde nonchalant te klinken. 'Hoezo?'

'Ik probeer te bepalen of ik wat hij jou heeft aangedaan als een misdrijf zie,' zei Koenig.

Hoewel we ver van alle context vandaan waren, hier in Nergenshuizen, Minnesota, wist ik wat hij bedoelde. Dit: ik, vastgepind in een berg sneeuw voor een doodgewoon huis, met hete wolvenadem in mijn gezicht. Nu ging mijn hart echt tekeer. Misschien was hij wel nooit van plan geweest om ons te helpen. Misschien was deze hele tocht, alle gesprekken die we hadden gevoerd, erop gericht om Beck verdacht te maken. Hoe moest ik weten waar dit om ging? Mijn gezicht gloeide; misschien was het naïef van me geweest om te denken dat een politieagent ons zomaar zou helpen.

Ik hield Koenigs blik vast, hoewel mijn hartslag snel ging. 'Hij kon niet weten dat mijn ouders zouden proberen me te vermoorden.'

'Ah, maar dat maakt het nog verfoeilijker, denk ik,' antwoordde Koenig, zo snel dat hij moest hebben geweten waarmee ik zou komen. 'Als zij niet hadden geprobeerd je te vermoorden en zichzelf buitenspel hadden gezet, wat was dan zijn bedoeling geweest? Ontvoering? Zou hij je hebben ontvoerd als zij het hem niet gemakkelijk hadden gemaakt?'

Grace kwam tussenbeide. 'Je kunt iemand niet aanklagen voor iets wat hij misschien zou hebben gedaan.'

Ik keek haar even aan. Ik vroeg me af of zij dacht wat ik dacht.

Koenig vervolgde: 'Maar hij heeft die twee wolven er wel toe aangezet om Sam aan te vallen, met de bedoeling hem kwaad te doen.'

'Geen kwaad,' mompelde ik, maar ik wendde mijn blik af.

Koenigs stem klonk ernstig. 'Ik zie wat hij jou heeft aangedaan als kwaad. Zou jij naar het kind van een ander toe lopen, Grace, en het bijten?'

Grace trok een gezicht.

'En jij, Sam? Nee? Het feit dat het grootste deel van de wereld niets weet van het wapen dat Geoffrey Beck op je heeft gebruikt, maakt het nog niet minder een geweldsdaad.'

Aan de ene kant wist ik dat hij gelijk had, maar aan de andere kant stond de Beck die ik kende, de Beck die me had gemaakt tot wie ik was. Als Grace mij een goed mens vond, een grootmoedig mens, dan kwam dat doordat ik dat had geleerd van Beck. Als hij een monster was, dan had ik toch ook een monster moeten worden? Al die jaren had ik de feiten gekend van hoe ik bij de roedel was gekomen. De langzaam rijdende auto, de wolven, de dood van Sam Roth, zoon van heel gewone ouders in Duluth, een van hen werkzaam op het postkantoor, de ander op een kantoor waar ze niets deed wat er voor een zevenjarige uitzag als werk. Nu ik als volwassene terugkeek, was die wolvenaanval duidelijk geen ongeluk. En als volwassene wist ik ook dat Beck erachter zat. Dat hij het had *beraamd*; 'beraamd' was zo'n doelgericht woord, lastig te verzachten.

'Heeft hij je nog meer aangedaan, Sam?' vroeg Koenig.

Een lange minuut had ik niet in de gaten wat hij bedoelde. Toen keek ik met een ruk op. 'Nee!'

Koenig keek me alleen maar verwijtend aan. Ik haatte hem toen omdat hij Beck van me afnam, maar ik haatte Beck nog meer omdat hij zich zo gemakkelijk van me liet afnemen. Ik miste goed en kwaad met niets ertussenin.

'Hou op,' zei ik. 'Hou er gewoon over op. Alstublieft?'

'Beck is nu een wolf. Het zou lastig worden hem te vervolgen, en zelfs al deed u dat, ik denk dat hij nu zijn straf al uitzit,' zei Grace zachtjes.

'Het spijt me.' Koenig stak zijn handen omhoog alsof ik een wapen op hem richtte. 'Ik denk als een politieman. Je hebt gelijk. Alleen ik... Laat maar. Het is heel moeilijk van je af te zetten als je erover begint na te denken. Je verhaal. Het verhaal over de roedel. Wil je binnen kijken in de lodge? Ik ga even naar binnen. Ik wil zeker weten dat er niets meer staat waarvoor mijn familie misschien terug wil komen.'

'Ik ga eerst een stukje lopen,' zei ik. Ik voelde me hol van opluchting, omdat Koenig echt was wat hij leek. Alles aan dit plan voelde kwetsbaar. 'Als dat goed is.'

Koenig knikte kort, nog steeds met een verontschuldigend gezicht. Hij probeerde de deurknop. De deur ging zonder meer open en hij keek niet naar ons toen hij naar binnen ging.

Zodra hij verdwenen was, liep ik om naar de achterkant van de lodge, en Grace liep mee nadat ze een teek van haar broekspijp had geplukt en met haar nagel had geplet. Ik had geen idee waar ik naartoe wilde, alleen maar weg, alleen maar verder de wildernis in, alleen maar méér; misschien dat ik het water wilde zien. Een houten plankier leidde dertig meter bij de lodge weg en tussen de bomen door voordat die plaatsmaakten voor varens en doornstruiken. Ik luisterde naar de vogels en onze voetstappen door de ondergroei. De middagzon verfde alles in tinten goud en groen. Ik voelde me heel stil en klein vanbinnen.

'Sam, dit zou kunnen werken,' zei Grace.

Ik keek haar niet aan. Ik dacht aan de vele kilometers autoweg tussen ons en thuis. Becks huis voelde nu al als een weemoedige herinnering. 'Die lodge is eng.'

'We kunnen hem opknappen,' zei Grace. 'Het zou kunnen werken.'

'Weet ik,' zei ik. 'Dat weet ik wel.'

Er verscheen een enorme rotspunt voor ons, en daarachter smallere rotsen die langer waren dan de Volkswagen en plat als dakleien. Grace aarzelde maar even voordat ze tegen de rots opklom. Ik klauterde achter haar aan en samen stonden we nu hoger dan eerst, maar nog steeds niet hoog genoeg om de toppen van de hoogste bomen te zien. Er was alleen dat zoemende gevoel dat je op een hoge plek krijgt, het gevoel dat de grond een beetje bewoog, dat zei dat we dichter bij de lucht waren dan bij de grond. Ik had in Mercy Falls nooit zulke hoge dennen gezien. Eén dennenboom groeide scheef langs de punt van de rots waar we op stonden en Grace ging met haar vingers over de stam, met een verwonderd gezicht. 'Wat mooi.' Ze zweeg, met haar hand tegen de bast, en legde haar hoofd helemaal in haar nek om de top van de boom te kunnen zien. Er was iets heel moois aan haar mond, haar lippen geopend van verbazing, iets heel moois aan de lijn van haar rug en benen, alsof ze thuishoorde op de punt van deze enorme stapel steen op deze afgelegen plek.

Ik zei: 'Jij maakt het gemakkelijk om van je te houden.'

Grace liet haar hand van de boom zakken en draaide zich naar me om. Ze hield haar hoofd een beetje schuin, alsof ik een raadsel had verteld waar ze over moest nadenken. 'Waarom kijk je zo droevig?'

Ik stopte mijn handen in mijn zakken en keek naar de grond bij de rots. Er waren daar wel tien verschillende tinten groen te zien, als je goed keek. Als wolf zou ik er niet één hebben gezien.

'Dit is de plek. Maar ik zal het moeten doen, Grace. Dat wil Cole. We kunnen niet alle wolven vangen, en we hebben niet genoeg mensen om ze op te drijven. De enige kans die we hebben, is als we ze naar buiten leiden, en dat moet een wolf doen die enigszins een menselijk doel voor ogen kan houden. Ik wilde dat Cole het deed. Ik heb daarover nagedacht: als alles eerlijk en logisch ging, zou hij het doen. Hij vindt het fijn om een wolf te zijn; het is zijn wetenschap, zijn speelgoed. Als de wereld een eerlijke plek was, zou hij degene zijn die ze wegleidde. Maar nee. Hij zegt dat hij niets in zijn kop kan houden als hij wolf is. Hij zegt dat hij het wel wil, maar niet kan.'

Ik hoorde Grace ademen, langzaam en behoedzaam, maar ze zei niets.

'Je verandert niet eens meer,' zei ze toen.

Daar kende ik het antwoord op. Met volkomen zekerheid. 'Dat kan Cole oplossen.'

Grace trok mijn ene hand uit mijn zak en legde mijn gekromde

vingers in haar handpalm. Ik voelde haar hartslag, licht en gelijkmatig tegen mijn duim.

'Ik begon ze al heel gewoon te vinden,' zei ik, en ik bewoog
mijn vingers tegen haar huid. 'Ik begon te denken dat ik het nooit
meer zou hoeven doen. Ik begon de persoon die ik was wel oké te
vinden.' Ik wilde haar vertellen dat ik écht niet meer wilde veranderen, dat ik niet eens meer wilde nádenken over veranderen.
Dat ik eindelijk begon te denken aan mezelf in de tegenwoordige
tijd, het leven in beweging in plaats van het behoud van leven.
Maar ik vertrouwde er niet op dat mijn stem me zover zou
brengen. En als ik het hardop toegaf, zou dat niet gemakkelijker
maken wat er gebeuren moest. Dus weer zei ik niets.

'O, Sam,' zei ze. Ze sloeg haar armen om mijn nek en liet me
mijn gezicht tegen haar huid leggen. Ze streek met haar vingers
door mijn haar. Ik hoorde haar slikken. 'Als we...' Maar ze ging
niet verder. Ze kneep alleen zo hard in mijn nek dat mijn adem
zich langs haar lichaam moest persen om te ontsnappen. Ik
kuste haar sleutelbeen en haar haar kriebelde in mijn gezicht.
Ze zuchtte.

Waarom voelde alles als afscheid nemen?

Het bos om ons heen was lawaaiig: vogels die zongen, water dat
klaterde, wind die *sh-sh-sh* fluisterde door de bladeren; dit was het
geluid van de ademhaling van het bos voordat wij arriveerden, en
dat zou zo blijven nadat wij waren vertrokken. De materie van
deze natuurlijke wereld bestond uit onafgebroken, onuitgesproken verdriet, en dat van ons was gewoon een steek in het stiksel.

'Sam.' Koenig stond onder aan de rots. Grace en ik stapten bij
elkaar weg. Ik had een haar van Grace in mijn mond. Ik plukte
hem eruit. 'Je telefoon ging, maar de verbinding werd verbroken
voordat de beller een bericht kon inspreken. Het bereik is hier
slecht en niemand komt er eigenlijk door. Het was je nummer
thuis.'

Cole.

'We moeten maar eens terug,' zei Grace, die al omlaag klom
met dezelfde zelfverzekerdheid waarmee ze omhoog was gekomen. Ze ging naast Koenig staan en samen bekeken ze de rots en
het omringende bos totdat ik ook beneden was.

Koenig maakte een heel licht gebaar met zijn hoofd naar het bos. 'Wat denk je ervan?'

Ik keek Grace aan, dus deed Koenig dat ook. Ze knikte alleen maar.

'Jij ook?' vroeg Koenig aan mij.

Ik glimlachte droevig.

'Dacht ik al,' zei hij. 'Dit is een goeie plek om te verdwijnen.'

52

Cole

In één uur tijd belde ik Sams mobiele telefoon net zo vaak als ik Isabel in twee maanden tijd had gebeld. Met hetzelfde effect. Niets. Ik kon het persoonlijk opvatten, maar ik hield me voor dat ik mijn lesje had geleerd.

Geduld. Het was een deugd.

Het was nooit een van mijn sterkste punten geweest.

Ik belde Sam. De telefoon ging over en over totdat mijn oren bedot werden en elke keer dat hij rinkelde langer leek te duren.

De minuten strekten zich eindeloos uit. Ik zette muziek op, en zelfs de nummers klonken in slow motion. Ik ergerde me elke keer als er een refrein kwam; het voelde alsof ik het al honderd keer had gehoord.

Ik belde Sam.

Niets.

Ik draafde de keldertrap af en weer omhoog naar de keuken. Ik had mijn spullen opgeruimd, grotendeels, maar als blijk van grootmoedigheid en om mezelf af te leiden veegde ik met een natte doek het aanrecht schoon en maakte een bergje van ontsnapte koffieprut en kruimels uit de broodrooster.

Ik belde Sam. Nog meer gerinkel. Ik draafde terug naar de kelder, toen naar mijn voorraad spullen op de slaapkamer. Ik rommelde door alles wat ik in de afgelopen maanden had verzameld, niet omdat ik iets nodig had, maar omdat ik iets wilde doen, mijn handen bezig wilde houden. Mijn voeten renden of ik nu rechtop stond of niet, dus kon ik net zo goed blijven staan.

Ik belde Sam.

Ring, ring, ring, ring. Ring, ring. Ring, ring.

Ik pakte een joggingbroek en een t-shirt en nam ze mee naar de kelder. Ik legde ze op de stoel. Vroeg me af of ik een longsleeve of een trui moest gaan halen. Nee. Een t-shirt was prima. Nee. Misschien toch een trui. Ik pakte een Berkeley-sweater uit een la.

Ik belde Sam.

Niets. *Niets.* Waar zat hij, verdomme?

Ik krabbelde in Becks notitieboek dat nu van mij was. Ik ging terug naar de kelder. Ik controleerde de thermostaat. Ik zette hem zo hoog mogelijk. Ik haalde straalkachels uit de garage. Ik zocht stopcontacten in de kelder op en sloot ze aan. Het was een barbecue daarbeneden. Niet warm genoeg. Het moest zomer worden binnen deze muren.

Ik belde Sam.

Twee keer ging hij over. Drie.

'Cole, wat is er?' Het was Sam. Zijn stem kwam door ruis, onduidelijk, maar hij was het.

'Sam,' zei ik. Ik klonk een beetje gepikeerd, maar vond dat ik daar wel reden toe had. Ik keek naar het lijf van de wolf die op de vloer voor me lag. De verdovingsmiddelen begonnen uitgewerkt te raken. 'Ik heb Beck gevangen.'

53

Sam

Pas toen Cole Beck had gevangen, realiseerde ik me dat het Chinese Dag was. Heel lang had ik geloofd dat Chinese Dag een echte feestdag was. Elk jaar op dezelfde dag in mei namen Ulrik of Paul en wie er verder nog was, mij en Shelby mee voor een dag van festiviteiten – ballon in mijn hand, museumbezoek, proefritjes in mooie auto's die we niet van plan waren te kopen – die eindigde met een groot feestmaal bij de Fortune Garden in Duluth. Ik at niet veel anders dan de loempia's en gelukskoekjes, maar door de associatie met de feestelijke dag was het toch mijn favoriete restaurant. We gingen altijd naar huis met een stuk of tien meeneemdoosjes die wekenlang de koelkast bevolkten. Lang nadat het donker werd, reden we de oprit op en moesten ze me de trap naar mijn slaapkamer op slepen.

Beck ging nooit met ons mee. Paul had daar elk jaar een ander excuus voor.

Hij moet werken en wil dat wij het huis uit zijn of *Hij is pas laat naar bed gegaan* of *Hij viert Chinese Dag nooit.* Ik stond er eigenlijk nooit bij stil.

Er waren op die dag meer dan genoeg andere dingen om mijn aandacht vast te houden. De waarheid was dat ik jong en op mezelf gericht was. Zoals dat gaat als je jong bent, dacht ik niet na over wat mijn voogden deden wanneer ik niet bij hen was. Voor mij was het eenvoudig me voor te stellen dat Beck op die dag hard aan het werk was in zijn kantoor aan huis, als ik er al bij stilstond.

Jarenlang kwam en ging Chinese Dag. Bij zonsopgang opstaan en het huis uit. Naarmate ik ouder werd, begon ik meer details te zien die me op jongere leeftijd waren ontgaan. Als we vertrokken legde Ulrik of Paul altijd de telefoon van de haak, en ze deden de voordeur achter ons op slot alsof er niemand thuis was.

Toen ik dertien of veertien was, viel ik niet langer in slaap zodra we thuis waren. Meestal deed ik alsof ik moe was, zodat ik me kon terugtrekken in mijn kamer met mijn nieuwe boek of iets anders dat ik op die Chinese Dag had gekregen. Ik sloop alleen nog even mijn kamer uit om te plassen voordat ik uiteindelijk het licht uitdeed. Eén keer hoorde ik toen ik mijn kamer uit liep... iets. Ik weet nog steeds niet wat er met dat geluid was waardoor ik in de gang bleef staan. Iets eraan klopte niet, was onbekend.

Dus liep ik voor het eerst zachtjes langs de badkamer naar Becks slaapkamerdeur, die op een kiertje stond. Ik aarzelde, luisterde, omkijkend om zeker te weten dat niemand me zag. En toen zette ik nog een geruisloze stap naar voren zodat ik in Becks kamer kon kijken.

Het lampje op zijn nachtkastje verlichtte zwakjes de kamer. Er stond een bord op de vloer met een onaangeroerde boterham en bruin wordende partjes appel erop, en een volle koffiemok ernaast met een lelijke ring van koffiemelk langs de rand. Verderop, op de vloer tegen het voeteneinde van zijn bed en met zijn rug naar me toe, zat Beck. Zijn houding straalde iets uit wat me schokte, iets wat ik later nooit meer kon vergeten. Hij had zijn knieën tegen zijn borst opgetrokken als een kind en zijn vingers verstrengeld achter zijn hoofd, en hij trok het omlaag tegen zijn lichaam alsof hij zichzelf wilde beschermen tegen een komende ontploffing.

Ik begreep het niet. Toen hoorde ik dat zachte geluid weer en zag ik zijn schouders schudden. Nee, niet zijn schouders, maar zijn hele lichaam, eerder trillen dan schudden, met de onderbroken, stille snikken van iemand die al een tijdje bezig is en zijn krachten spaart voor het lange stuk dat nog moet komen.

Ik weet nog dat ik alleen maar opperste verbazing voelde omdat Beck zoiets binnen in zich kon hebben en dat ik er nooit van had geweten, er nooit ook maar een vermoeden van had gehad. Later zou ik ontdekken dat Beck nog wel meer geheimen had, alleen was dit misschien het best bewaarde.

Ik liet Beck daar alleen met zijn verdriet en ging beneden naar Ulrik, die lusteloos langs televisiekanalen zapte in de woonkamer.

Ik vroeg: 'Wat is er met hem?'

En zo hoorde ik over Becks vrouw, en dat ze was overleden op deze datum in mei, negen jaar eerder. Net voordat ik werd gebeten. Ik legde het verband niet, of anders niet op een manier die ertoe deed.

Nu deed het er wel toe.

54

Sam

Terwijl we de oprit op reden, ging mijn mobiele telefoon weer. Koenig zette de motor niet eens af. Hij zette zijn voet op de rem. Hij keek op zijn horloge en toen in zijn achteruitkijkspiegel terwijl wij uitstapten.

'Komt u nog mee naar binnen?' vroeg Grace aan hem, voorovergebogen. Het was niet eens bij me opgekomen dat hij dat misschien zou willen.

'Nee,' zei Koenig. 'Ik ben er vrij zeker van dat wat daarbinnen gebeurt... Ik wil het liever kunnen ontkennen. Ik heb jullie vandaag niet gezien. Je gaat binnenkort met je ouders praten, correct?'

Grace knikte. 'Ja. Bedankt. Voor alles.'

'Ja,' zei ik. Het was niet echt genoeg. Mijn telefoon ging nog steeds. Het was nog steeds Cole. Ik moest nog meer tegen Koenig zeggen, maar... Beck. Beck was binnen.

'Bel me later maar, als je een beslissing hebt genomen,' zei Koenig. 'En Sam, neem je telefoon op.'

Grace sloot het portier en klopte twee keer op de zijkant van de wagen ten teken dat Koenig kon wegrijden.

'Ik ben er,' zei ik in de telefoon.

'Heeft lang genoeg geduurd,' zei Cole. 'Zijn jullie terug komen lopen?'

'Wat?' vroeg ik. Het middaglicht viel sterk en laag door de dennenbomen; ik moest met mijn ogen knipperen en de andere kant op kijken. Ik dacht dat ik hem niet goed had verstaan. 'Ik sta nu op de oprit.'

Cole zweeg even, voor hij zei: 'Maar goed ook. Schiet op. En als je gebeten wordt, denk eraan: dit was jouw idee.'

Ik vroeg: 'Wil ik het weten?'

'Ik heb misschien de dosis voor hondenverdovingsmiddelen verkeerd ingeschat. Niet alles wat je op internet leest, is waar. Kennelijk hebben wolven meer nodig dan neurotische Duitse herders.'

'Jezus,' zei ik. 'Dus Beck is los in het huis? Loopt hij rond?'

Cole klonk kortaf. 'Ik wil er graag op wijzen dat ik het onmogelijke al voor je heb bewerkstelligd. Ik heb hem het bos uit gekregen. Jíj mag hem je slaapkamer uit zien te krijgen.'

We haastten ons naar de voordeur. In dit licht waren de ramen van het huis spiegels vol zon. Ooit zou dit etenstijd zijn geweest. Ik zou een huis in lopen vol kliekjes uit de magnetron, algebrahuiswerk, Iron Butterfly die uit de luidsprekers beukte en Ulrik die luchtdrum speelde. Beck zou zeggen: 'Iemand heeft eens gezegd dat Europese mannen een uitstekende smaak hebben. Die iemand heeft er niks van begrepen.' Het huis zou bomvol voelen en ik zou me in mijn kamer terugtrekken voor een beetje rust.

Ik miste dat soort lawaai.

Beck. Beck was hier.

Cole maakte een sissend geluid. 'Ben je al binnen? God zegene Amerika en al haar zonen. Waar blijf je zo lang?'

De voordeur zat op slot. 'Hier, praat maar met Grace,' zei ik.

'Mama geeft me vast geen ander antwoord dan papa,' zei Cole, maar ik gaf haar toch de telefoon.

'Praat met hem. Ik moet mijn sleutels pakken.' Ik groef in mijn zak en maakte de voordeur open.

'Hoi,' zei Grace. 'We zijn bijna binnen.' Ze hing op.

Ik duwde de voordeur open en knipperde met mijn ogen om te wennen aan het schemerige licht.

De eerste indruk die ik kreeg, was van rode strepen op de meubels; het schuine middaglicht dat door het raam kwam en strepen trok over de meubels. Geen spoor van Cole of een wolf. Hij was niet boven, ondanks zijn sarcastische antwoord.

Mijn telefoon ging.

'Jemig,' zei Grace, en ze gaf hem aan mij.

Ik hield hem tegen mijn oor.

'Kelder,' zei Cole. 'Volg de geur van aangebrand vlees.'

Ik zag dat de kelderdeur openstond en de hitte sloeg omhoog, de trap op. Zelfs van hieraf rook ik wolf: zenuwen, vochtige bosbodem en groeiende lentedingen. Terwijl ik de trap af liep en het schemerige bruine licht van de kelder betrad, verkrampte mijn maag van ongerustheid. Onder aan de trap stond Cole, met zijn armen over elkaar. Hij kraakte met zijn duim alle knokkels aan zijn rechterhand en begon aan de linker. Achter hem zag ik straalkachels staan, de bron van de verstikkende hitte.

'Eindelijk,' zei Cole. 'Hij was een kwartier geleden een stuk suffer. Waar bleef je nou zo lang? Zijn jullie naar Canada geweest? Moest je de ontbrandingsmotor uitvinden voordat je weg kon?'

'Het was een paar uur rijden.' Ik keek naar de wolf. Hij lag in een onwaarschijnlijke, verdraaide houding die geen enkel dier bij bewustzijn zou aannemen. Half op zijn zij, half op zijn borst. Zijn kop zwalkte heen en weer, zijn ogen waren half dicht en zijn oren hingen slap. Mijn hartslag was onregelmatig en snel, als een mot die zich te pletter vliegt tegen een lamp.

'Harder rijden was een optie geweest,' zei Cole. 'Politieagenten krijgen toch geen bekeuringen.'

'Waarom die kachels?' vroeg ik. 'Daardoor zal hij niet veranderen.'

'Misschien houdt het een carrièreweerwolf een beetje langer mens als dit lukt,' zei Cole. 'Als we niet allemaal eerst worden doodgebeten, wat een reële mogelijkheid is als we nog langer blijven kletsen.'

'Sst,' zei Grace. 'Gaan we dit doen of niet, Sam?'

Ze keek mij aan, niet Cole. Het besluit was aan mij.

Ik hurkte samen met haar neer bij de wolf, en meteen bewogen zijn gewrichten met een ruk. Zijn oren werden alerter en zijn ogen schoten naar de mijne toe. Becks ogen. Beck. *Beck.*

Ik had hoofdpijn. Ik wachtte op dat moment van herkenning bij hem, maar dat bleef uit. Alleen maar die blik en krabbelende, on-gecoördineerde poten terwijl hij zijn verdoofde lichaam probeerde te bewegen.

Ineens leek het hele idee om hem te steken met een naald vol epinefrine en God mocht weten wat nog meer me belachelijk. Deze wolf was zo stevig een wolf dat Beck nooit uit hem kon worden getrokken. Hier waren alleen Becks ogen, zonder Beck erachter. Mijn geest graaide naar een songtekst, iets om me uit dit ogenblik te halen, iets om me te redden.

Lege huizen hebben geen ramen nodig
want niemand kijkt naar binnen
Waarom zou een huis nog ramen moeten hebben
als er niemand meer naar buiten kijkt

Het verlangen om hem weer te zien, hem alleen maar te zíén, als hem, was zo ontzettend sterk. Ik had tot dit moment niet be-seft hoe graag ik dat wilde.

Cole hurkte met de spuit in zijn hand naast ons neer. 'Sam?'

Maar eigenlijk keek hij naar Grace, die naar mij keek.

Meteen speelden mijn hersens die seconde af waarin de blik van de wolf de mijne ontmoette. Zijn blik, zonder enig begrip of rede. We hadden geen idee waar we hier mee te maken hadden. Geen idee wat voor effect de middelen zouden hebben. Cole had al verkeerd gegokt met de dosis Benadryl. Stel dat wat er in die spuit zat Beck doodde? Zou ik daarmee kunnen leven? Ik wist welke keus ik zou maken – hád gemaakt – in dezelfde situatie. Met de keus tussen sterven of de kans hebben om mens te wor-den, had ik het risico genomen. Maar ik had de keus gekregen. Ik had ja of nee kunnen zeggen.

'Wacht,' zei ik. De wolf begon wankel overeind te komen en trok langzaam en waarschuwend de bovenlip van zijn tanden weg.

Maar toen schoot dit door me heen: ik in de sneeuw gedrukt, mijn leven ingeruild voor dit leven, autoportieren die dichtsloe-gen, Beck die het plan had gemaakt om me te bijten, me alles af te nemen. Ik had nooit een keus gehad; het was me gewoon op-gedrongen op een dag die niet anders had hoeven zijn dan elke andere dag in mijn leven. Hij had het besluit voor me genomen. Dus was dit eerlijk. Geen ja of nee toen. Geen ja of nee nu.

Ik wilde dat dit lukte. Ik wilde dat hij mens werd, zodat ik antwoorden kon eisen op alle vragen die ik nooit had gesteld. Ik wilde hem dwingen mens te worden, zodat hij mijn gezicht nog een laatste keer zou zien en kon vertellen waarom hij mij dit had aangedaan, juist mij van alle mensen op de wereld, waarom ik, waarom wie dan ook, waaróm. En ik wilde hem weer zien zodat ik hem kon vertellen dat ik hem zo verschrikkelijk miste.

Ik wilde het.

Maar ik wist niet of híj het wilde.

Ik keek Cole aan. 'Nee. Nee, ik heb me bedacht. Ik kan dit niet. Zo ben ik niet.'

Coles groene ogen, heel fel, hielden de mijne even vast. Toen zei hij: 'Maar ik wel.'

En snel als een slang stak hij de naald in de poot van de wolf.

Cole

'*Cole,*' snauwde Grace. 'Ongelooflijk! Je bent gewoon...'

De wolf maakte een schokkende beweging, strompelde achteruit bij ons weg, en Grace zweeg. De wolf lag te stuiptrekken van de spastische krampen die door zijn lijf trokken, steeds heviger samen met een snel oplopende hartslag. Het was onmogelijk te bepalen of we keken naar zijn dood of zijn wedergeboorte. Er rimpelde een heftige spiertrekking langs de vacht van de wolf en hij rukte zijn kop omhoog in een ruwe, onnatuurlijke beweging. Een traag, steeds hoger gejank kwam uit zijn neusgaten.

Het werkte.

De bek van de wolf ging open in een gebaar van stille pijn.

Sam wendde zijn hoofd af.

Het werkte.

Op dat moment wilde ik dat mijn vader stond toe te kijken, zodat ik kon zeggen: *Moet je dat eens zien. Al die testen van jou waar ik niet voor slaagde, en moet je dit eens zien.* Ik stond ervan in brand.

Met een plotselinge, huiverende beweging liep de wolf achteruit zijn huid uit en viel op de sleetse vloerbedekking onder aan de trap. Geen wolf meer. Hij lag op zijn zij, zijn vingers klauwend in de vloerbedekking, zijn spieren hard en pezig over uitstekende botten. Hij had kleurloze littekens op zijn rug, alsof het een schild was in plaats van huid. Ik was gefascineerd. Het was geen man, het was een beeldhouwwerk van een mensvormig dier, gebouwd op uithoudingsvermogen en de jacht. Sams handen hingen slap langs zijn lichaam. Grace keek mij aan, woedend.

Maar ik keek naar Beck.

Beck.

Ik had hem uit die wolf getrokken.

Ik wandelde met mijn vingers langs de muur tot ik de lichtknop onder aan de trap vond. Terwijl geel licht de kelder overspoelde, de boekenplanken langs de muren verlichtte, trok hij met een ruk zijn arm over zijn ogen. Zijn huid trilde en rimpelde nog steeds, alsof het niet zeker was dat hij in zijn huidige vorm wilde blijven. Met alle straalkachels die stonden te loeien was het verstikkend heet.

De warmte duwde me zo stevig in mijn menselijke huid dat ik me niet kon voorstellen iets anders te zijn. Als deze oven hem niet in zijn menselijke gedaante hield, zou niets werken.

Sam beklom zwijgend de keldertrap om de deur bovenaan dicht te doen zodat het niet zou tochten.

'Je hebt echt geluk dat dat niet verkeerd is afgelopen,' zei Grace op gedempte toon, alleen tegen mij.

Ik trok mijn wenkbrauw naar haar op en keek toen weer naar Beck. 'Hé,' zei ik tegen hem, 'als je daarmee klaar bent, heb ik kleren voor je. Bedank me later maar.'

De man maakte een zacht geluid terwijl hij uitademde en van houding veranderde; het soort geluid dat iemand zonder nadenken maakt als hij pijn heeft. Hij duwde zijn bovenlichaam van de grond met een beweging die meer wolf- dan mensachtig leek, en eindelijk keek hij me aan.

Het was maanden geleden, en ik lag in het lichaam dat ik had verwoest.

Er is een andere uitweg uit dit alles, had hij gezegd. *Ik kan je van deze wereld weghalen. Ik kan je laten verdwijnen. Ik kan je herstellen.*

Na al die tijd – het voelde als jaren geleden dat hij me het weerwolvengif had ingespoten – was hij weer hier. Het was een verdomd mooie manier om de cirkel rond te maken: de man die een weerwolf van mij had gemaakt, was de wolf waar ik een man van had gemaakt.

In zijn ogen was echter duidelijk te zien dat zijn geest nog heel, heel ver weg was. Hij had zich in een merkwaardige, dierlijke houding teruggetrokken, ergens tussen zitten en hurken in, en hij keek me behoedzaam aan. Zijn handen trilden. Ik wist niet of dat door de verandering kwam of doordat ik hem die injectie had gegeven.

'Zeg het maar als je me herkent,' zei ik tegen hem. Ik pakte de joggingbroek en het sweatshirt van de stoel, zonder hem helemaal de rug toe te keren. Ik maakte een prop van de kleren en gooide ze in Becks richting. De kleren *woesjten* zachtjes op de grond voor hem, maar hij schonk er geen aandacht aan. Zijn blik ging van mij naar de boekenplanken achter me en naar het plafond. Ik kon daadwerkelijk de blik erin, heel langzaam, zien overgaan van ontsnappen naar herkenning terwijl hij opnieuw opstartte als Beck de man in plaats van Beck de wolf.

Uiteindelijk trok hij met rukkerige bewegingen de joggingbroek aan en keek naar me. Hij liet het sweatshirt op de vloer liggen. 'Hoe heb je dit gedaan?' Hij wendde zijn blik van me af, alsof hij niet verwachtte dat ik het antwoord zou weten, en keek naar zijn handen, met de vingers gespreid. Hij bekeek ze aan beide kanten, rug en handpalmen, met gefronste wenkbrauwen. Het was zo'n merkwaardig, intiem gebaar dat ik wegkeek. Het deed me om de een of andere reden denken aan Victors begrafenis.

'Cole,' zei hij met een stem die dik en knarsend klonk. Hij schraapte zijn keel, en zijn stem klonk bij de tweede poging wat beter. 'Hoe heb je dit gedaan?'

'Adrenaline.' Dat was het simpelste antwoord. 'En een paar vriendjes van adrenaline.'

'Hoe wist je dat dat zou werken?' vroeg Beck. Voordat ik de kans had om te antwoorden, deed hij dat zelf. 'Je wist het niet. Ik was een experiment.'

Ik antwoordde niet.

'Wist je dat ik het was?'

Liegen had geen zin. Ik knikte.

Beck keek op. 'Gelukkig maar. Er zijn wolven in de bossen die wolf moeten blijven.' Hij leek ineens te beseffen dat Grace tegenover me stond. 'Grace,' zei hij. 'Sam... is het gelukt? Is hij...'

'Het is gelukt,' zei Grace zachtjes. Ze had haar armen strak over elkaar geslagen. 'Hij is mens. Hij is niet meer terugveranderd.'

Beck sloot zijn ogen en legde zijn hoofd in zijn nek; zijn schouders zakten omlaag. Ik zag hem slikken. Het was pure opluchting, en het was moeilijk om aan te zien. 'Is hij hier?'

Grace keek mij aan.

Ik hoorde Sams stem op de trap, maar hij klonk anders dan ik hem ooit had gehoord.

'Ik ben hier.'

Sam

Beck.

Ik kon mijn gedachten niet bij elkaar houden. Ze verspreidden zich over de trap, over de vloer.

hij is een hand op mijn schouder
autobanden die over nat asfalt sissen
zijn stem vertelt over mijn kindertijd
de geur van het bos in mijn straat
mijn handschrift lijkt op het zijne
wolven
hij schreeuwt door het huis, *sam, huiswerk*
sneeuw tegen mijn huid gedrukt
hou vol, zegt hij. *wees niet bang. je bent nog steeds sam*
mijn huid scheurt open
mijn nieuwe bureau voor al mijn boeken
ik heb
mijn handen zweterig op het stuur van zijn auto
dit
eindeloze avonden, allemaal hetzelfde, staand bij de barbecue
nooit
jij bent de beste van het stel, Sam
gewild

55

Grace

Mijn eerste gedachte was dat Sam met Beck moest praten om alle botsende emoties binnen in hem uit te zoeken, en mijn tweede gedachte was dat Cole met Beck moest praten over de verschillende wetenschappelijke ideeën die hij op zichzelf had uitgeprobeerd. Mijn derde gedachte was dat ik de enige scheen te zijn die nog precies wist waarom we met alle geweld met Geoffrey Beck moesten praten.

'Beck,' zei ik, en ik vond het een beetje raar om hem aan te spreken, maar de jongens deden het niet, dus wat moest ik anders, 'het spijt me heel erg dat we je vragen moeten stellen terwijl je je zo voelt.'

Het was duidelijk dat hij pijn had; Cole had hem mens gemaakt, maar het scheelde niet veel. Er hing nog steeds een wolfachtige geur en energie in de kelder; als ik mijn ogen dichtdeed en me met mijn verborgen zintuigen op Beck concentreerde, dacht ik niet dat ik hem voor me zou zien als mens.

'Doe maar,' zei Beck. Zijn blik ging met een ruk naar Cole, naar Sam, en toen weer naar mij.

'Tom Culpeper heeft toestemming gekregen voor een jachtpartij vanuit een helikopter. Over een week.' Ik wachtte tot dat tot hem doordrong, om te kijken of ik nog meer uitleg moest geven.

Beck zei zachtjes: 'Shit.'

Ik knikte. 'We dachten dat we de roedel misschien konden verhuizen. We moeten weten hoe.'

'Mijn dagboek...' Om onverklaarbare reden drukte Beck even zijn hand op zijn schouder en hield hem vast. Hij liet los. Het was moeilijker, schoot me te binnen, om naar iemand te kijken die pijn had dan zelf pijn te hebben.

'Ik heb het gelezen,' zei Cole. Hij stapte dichterbij. Hij leek minder last te hebben van Becks ongemak dan ik; misschien was hij er meer aan gewend om mensen pijn te zien lijden. 'Je schreef dat Hannah ze had weggeleid. Hoe? Hoe hield ze de bestemming in haar hoofd?'

Beck keek omhoog naar Sam, die nog steeds stilletjes op de trap stond, en antwoordde toen: 'Hannah was net als Sam. Ze kon een paar gedachten vasthouden als ze wolf was. Beter dan de rest van ons. Niet zo goed als Sam, maar beter dan ik. Zij en Derek waren twee handen op één buik. Derek was goed in beelden sturen. Zij en Paul verzamelden de wolven, en Derek bleef mens. Hij hield dat beeld van waar we heen gingen in zijn hoofd en stuurde het naar haar door. Zij leidde de wolven. Hij leidde haar.'

'Zou Sam dat kunnen?' vroeg Cole.

Ik wilde niet naar Sam kijken. Ik wist dat Cole al dacht dat hij het kon.

Beck keek me fronsend aan. 'Als een van jullie hem beelden kan sturen terwijl jullie mens zijn.'

Ik keek nu naar Sam, maar zijn gezicht gaf niets prijs. Ik wist niet of de korte, ongecontroleerde momenten meetelden, toen hij me het gouden bos had laten zien terwijl ik mens was, en toen ik hem beelden had laten zien van ons twee samen, die keer dat we in de kliniek waren en hem dat met hersenvliesontsteking besmette bloed inspoten. Dat laatste was er in elk geval dichtbij gekomen, intiem. Ik had pal naast hem gezeten. Het was heel iets anders dan beelden door het raam van de auto naar buiten smijten terwijl we uit het bos vluchtten. Sam weer aan zijn wolvengestalte kwijtraken voor een zo onzeker plan als dit... Het idee beviel me helemaal niet. We hadden zoveel moeite gedaan om hem in dat lichaam te houden. En hij vond het afschuwelijk om zichzelf zo te verliezen.

'Mijn beurt,' zei Beck. 'Mijn beurt voor vragen. Maar eerst een eis. Als ik hier terugverander, laat je me weer het bos in. Wat er ook met de wolven daarbuiten gebeurt, ik wil dat het ook met mij gebeurt. Als zij blijven leven, blijf ik leven. Als zij sterven, sterf ik ook. Is dat duidelijk?'

Ik had verwacht dat Sam zou protesteren, maar hij zei niets. *Niets.* Ik wist niet wat ik moest doen. Naar hem toe gaan? Er stond iets heel afwezigs en angstaanjagends op zijn gezicht te lezen.

'Afgesproken,' zei Cole.

Beck keek niet teleurgesteld. 'Eerste vraag. Vertel me eens over die remedie. Je vraagt of Sam de wolven kan wegleiden, maar hij is mens. Heeft de remedie dan niet gewerkt?'

'Jawel,' zei Cole. 'De hersenvliesontsteking strijdt tegen de wolf. Als ik gelijk heb, zal hij heel af en toe nog wel veranderen. Maar uiteindelijk houdt het op. Evenwicht.'

'Tweede vraag,' zei Beck. Hij grimaste en de pijn stond in de plooien van zijn voorhoofd geschreven voordat zijn gezicht weer opklaarde. 'Waarom is Grace nu een wolf?' Toen hij me scherp naar hem zag kijken, wees hij met een droog gezicht naar zijn neus. Het stelde me op de een of andere manier tevreden dat hij ondanks alles mijn naam nog wist en zich zorgen over me maakte. Het was moeilijk om een hekel aan hem te hebben, zelfs uit naam van Sam; het idee dat hij Sam ooit pijn had gedaan, leek onmogelijk wanneer hij pal voor je stond. Als ík me al zo verscheurd voelde, terwijl ik hem pas een paar keer had ontmoet, dan kon ik begrijpen hoe Sam zich moest voelen.

'Je hebt geen tijd om dat hele antwoord aan te horen,' zei Cole. 'De korte versie: omdat ze is gebeten en dat zich uiteindelijk altijd zal wreken.'

'Oké dan, derde vraag,' zei Beck. 'Kun je haar genezen?'

'De remedie heeft Jack het leven gekost,' reageerde Sam eindelijk. Hij was er niet bij geweest, zoals ik, toen Jack doodging aan hersenvliesontsteking, toen zijn vingers blauw werden omdat zijn hart het begon te begeven.

Coles stem klonk achteloos. 'Hij heeft als mens de hersenvliesontsteking moeten weerstaan. Die strijd valt niet te winnen. Jij hebt het als wolf gedaan.'

Sams aandacht was op Cole gericht, en op niemand anders. 'Hoe weten we dat je gelijk hebt?'

Cole gebaarde groots naar Beck. 'Omdat ik het nog niet mis heb gehad.'

Maar Cole had het wél een keer mis gehad. Alleen bleek hij uiteindelijk toch gelijk te hebben. Dat leek me een belangrijk verschil.

Beck zei: 'Vierde vraag. Waar wil je ze heen verhuizen?'

'Een schiereiland ten noorden van hier,' zei Cole. 'Het is nu eigendom van een politieman. Hij heeft het ontdekt van de wolven en wil helpen. Omdat hij een goed mens is.'

Becks gezicht stond onzeker.

'Ik weet wat je denkt,' zei Cole. 'Ik heb het al besloten: ik ga die grond van hem kopen. Liefdadigheid is geweldig. Een eigendomsbewijs met mijn naam erop is beter.'

Geschrokken keek ik naar Cole, en hij keek naar mij, zijn mond tot een strakke streep vertrokken. We moesten het hier later nog maar eens over hebben.

'Laatste vraag,' zei Beck. Iets aan zijn stem deed me denken aan de eerste keer dat ik hem had gesproken, aan de telefoon, toen ik werd gegijzeld door Jack. Er was zoiets sympathieks aan zijn stem geweest, zoiets vriendelijks, dat het me bijna had gebroken toen niets anders dat deed. En alles aan zijn gezicht nu leek dat te versterken: de eerlijke, vierkante vorm van zijn kaak, de lijnen langs zijn mond en ogen die eruitzagen alsof ze liever zouden lachen, de bezorgde, ernstige stand van zijn wenkbrauwen. Hij wreef met zijn hand door zijn korte kastanjebruine haar en keek toen naar Sam. Hij klonk ontzettend verdrietig.

'Ga je ooit nog tegen me praten?'

Sam

Hier stond Beck, tegenover me, en hij was al op weg tcrug om weer wolf te worden, en elk woord dat ik ooit had gezegd, had me verlaten.

315

'Ik probeer te bedenken wat ik kan zeggen,' zei Beck, met zijn blik op mij gericht. 'Ik heb misschien tien minuten om mijn zoon op te voeden van wie ik niet had verwacht dat hij ouder dan achttien zou worden. Wat moet ik zeggen, Sam? Wat moet ik zeggen?'

Ik hield de trapleuning vast, en mijn knokkels waren wit. Ik was degene die de vragen stelde, niet Beck. Hij was degene met de antwoorden. Wat verwachtte hij van mij? Ik kon geen stap verzetten zonder met mijn voeten in de sporen te gaan staan die hij had achtergelaten.

Beck hurkte bij een van de straalkachels neer, zonder zijn blik van me af te wenden. 'Misschien is er na dit alles niets meer te zeggen. Eh, ik...' Hij schudde zijn hoofd een beetje en keek naar de vloer. Zijn voeten waren bleek, vol littekens. Ze deden me denken aan kindervoeten.

Het was stil in de kelder. Iedereen keek naar mij, alsof de volgende stap aan mij was. Maar zijn vraag was de mijne: wat moest ik zeggen, in tien minuten tijd? Er waren duizend dingen die gezegd moesten worden. Dat ik niet wist hoe ik Grace kon helpen nu ze een wolf was. Olivia is dood, de politie houdt me in de gaten, Cole heeft ons lot in zijn flesjes zitten, wat moeten we doen, hoe kunnen we onszelf redden, hoe moet ik Sam zijn als de winter hetzelfde betekent als de zomer?

Mijn stem klonk schor en laag. 'Was jij degene die reed?'

'Ja,' zei Beck zachtjes. 'Ja, dat zou jij willen weten, hè?'

Ik had mijn handen in mijn zakken. Een deel van me wilde ze eruit halen en mijn armen over elkaar slaan, maar ik wilde niet zenuwachtig overkomen. Grace zag eruit alsof ze bewoog, ook al stond ze stil; alsof ze zich wilde bewegen maar haar voeten er nog niet over uit waren. Ik wilde haar bij me hebben. Ik wilde niet dat ze zijn antwoord hoorde. Ik was gemaakt van onmogelijkheden.

Beck slikte. Toen hij weer naar mij keek, was zijn gezichtsuitdrukking een witte vlag. Overgave aan de waarheid. Hij onderwierp zich aan mijn oordeel. Hij zei: 'Ulrik reed.'

Ik hoorde dat ik een geluid maakte – amper hoorbaar – terwijl ik mijn gezicht afwendde. Ik wilde een van de dozen uit mijn hoofd halen en erin klimmen, maar Beck was degene die me ooit over de dozen had verteld. Dus had ik in plaats daarvan dit:

ik, liggend in de sneeuw, mijn huid gapend open naar de hemel, en er was een wolf, en het was Beck.

Ik kon er niet aan denken.

Ik kon niet ophouden eraan te denken.

Ik sloot mijn ogen, maar het was er nog steeds.

Toen ik een hand op mijn elleboog voelde, gingen mijn ogen open. Het was Grace, die behoedzaam naar mijn gezicht keek en mijn elleboog vasthield alsof hij van glas was.

'Ulrik reed,' herhaalde Beck, en zijn stem werd wat luider. 'Paul en ik waren de wolven. Ik... Ik vertrouwde er niet op dat Ulrik zijn kop erbij kon houden. Paul wilde het niet doen. Ik heb hem gedwongen. Ik weet dat je me niet hoeft te vergeven. Ik heb het zelf ook niet gedaan. Hoeveel goeds ik daarna ook heb gedaan, wat ik jou heb aangedaan zal altijd fout blijven.' Hij zweeg.

Haalde diep, beverig adem.

Ik kende deze Beck niet.

Grace fluisterde in mijn oor: 'Kijk in elk geval naar hem, Sam. Je weet niet wanneer je hem weer zult zien.'

Omdat zij het vroeg, keek ik naar hem.

'Toen ik dacht dat je niet nog een jaar zou hebben, ben ik...' Beck maakte zijn zin niet af. Hij schudde zijn hoofd alsof hij zijn gedachten op een rijtje wilde krijgen. 'Ik had nooit gedacht dat het bos jou eerder zou claimen dan mij. En toen moest ik het nog een keer doen, iemand zoeken die voor ons kon zorgen. Maar luister naar me, Sam. Ik heb die keer geprobeerd het góéd te doen.'

Hij keek nog steeds naar me, wachtend op een reactie. Die had ik niet. Ik stond los van dit alles. Ik was ergens anders. Als ik nu mijn best deed, kon ik wel een verzameling woorden vinden om een songtekst van te maken. Iets wat me zou weghalen van dit moment en me ergens anders zou brengen.

Beck zag het. Hij kende me zoals niemand anders me kende, zelfs Grace nog niet. Hij zei: 'Niet doen... Sam. Ga niet weg. Luister: ik moet je dit vertellen. Ik had elf jaar van herinneringen na te spelen, Sam, elf jaar van die uitdrukking op je gezicht elke keer als je besefte dat je op het punt stond te veranderen. Elf jaar van jouw vragen of het echt dit jaar weer moest. Elf jaar van...'

Hij stopte, sloeg zijn hand voor zijn mond en hield met trillende vingers zijn kin vast. Hij was zoveel mínder dan de Beck die ik de laatste keer had gezien.

Dit was niet de Beck van de zomer. Dit was de Beck van een stervend jaar. Hij had nu niets van kracht in zijn lichaam; het stond allemaal in zijn ogen te lezen.

Ineens klonk Coles stem als een mokerslag door de kamer. 'Sam, je weet dat ik zelfmoord probeerde te plegen toen hij me vond. Ik begon er ook echt goed in te worden.' Zijn blik was op mij gericht, uitdagend en strak. 'Ik zou nu dood zijn als hij er niet was geweest. Hij heeft me niet gedwongen. Victor ook niet. We kozen er allebei zelf voor. Het was niet zoals bij jou.'

Ik wist dat dat waar was. Ik wist dat er twee Coles waren en dat dat waarschijnlijk altijd zo zou blijven: de Cole die het publiek kon laten zwijgen met een glimlach en de Cole die liedjes fluisterde over het vinden van zijn Alpen. En ik wist dat Beck, door Cole van het podium te trekken, op de een of andere manier die tweede, rustigere Cole had blootgelegd en hem een kans op leven had geboden.

En mij ook. Beck had me gebeten, maar het waren mijn ouders geweest, niet hij, die me hadden verwoest. Ik was naar hem toe gekomen als een verfrommeld vel papier dat hij langzamerhand had gladgestreken. Hij had niet alleen Cole opnieuw opgebouwd.

Er waren zoveel verschillende versies van hem. Het waren talloze versies van een lied en ze waren allemaal het origineel, en ze waren allemaal waar, en ze waren allemaal goed. Het had onmogelijk moeten zijn. Moest ik van al die versies houden?

'Oké,' zei Beck, en zijn stem had even nodig om kracht te verzamelen. 'Oké. Als ik maar tien minuten de tijd heb, Sam, dan wil ik dit zeggen. Jij bent niet de beste van het stel. Jij bent meer. Jij bent beter dan ons allemaal. Als ik maar tien minuten heb, zou ik je willen zeggen om de wereld in te gaan en te leven. Ik zou zeggen... pak alsjeblieft je gitaar en zing liedjes voor zo veel mogelijk mensen. Vouw alsjeblieft nog eens duizend van die stomme vogels van je. Kus dat meisje alsjeblieft een miljoen keer.'

Beck brak ineens zijn verhaal af en stak zijn hoofd tussen zijn knieën; hij balde zijn vuisten op zijn achterhoofd. Ik zag de spieren in zijn rug schokken. Zonder zijn hoofd op te tillen fluisterde hij: 'En vergeet mij alsjeblieft. Ik wou dat ik een beter mens was geweest, maar dat was ik niet. Vergeet me alsjeblieft.'

Zijn handen lagen nog steeds met witte knokkels op zijn achterhoofd.

Zoveel manieren om afscheid te nemen.

Ik zei: 'Dat wil ik niet.'

Beck keek op. Zijn hartslag klopte zichtbaar in zijn hals, snel en hard.

Grace liet me los, en ik wist dat het haar bedoeling was dat ik de trap af ging. Ze had gelijk. Ik rende met twee treden tegelijk de trap af.

Beck probeerde op te staan, tevergeefs, op hetzelfde ogenblik dat ik snel neerknielde om hem tegemoet te komen. Onze voorhoofden raakten elkaar bijna. Beck rilde hevig.

Zoveel keren eerder was Beck degene geweest die was neergehurkt om mij tegemoet te komen en had ik rillend op de vloer gezeten.

Ik voelde me toen net zo wankel als Beck nu. Het was alsof ik al mijn papieren herinneringen had uitgevouwen en er onbekende letters op had aangetroffen. Ergens onderweg was de hoop meegevouwen in een van die vogels. Mijn hele leven had ik gedacht dat mijn verhaal was, steeds opnieuw: *Er was eens een jongen, en hij moest alles riskeren om te houden waar hij van hield.* Maar eigenlijk was het verhaal: *Er was eens een jongen, en zijn angst vrat hem levend op.*

Ik was klaar met bang zijn. Het was die avond begonnen, ik en mijn gitaar in de badkuip, en het zou ermee eindigen dat ik weer in een wolf verdween. Ik zou niet bang zijn.

'Verdomme,' fluisterde Beck, zacht als een zucht. De warmte verloor zijn greep op hem. We zaten weer voorhoofd tegen voorhoofd, vader en zoon, Beck en Sam, zoals het altijd was geweest. Hij was elke duivel en elke engel.

'Zeg dat je wilt dat we je genezen,' zei ik.

Becks vingertoppen waren wit en toen rood, en ze duwden tegen de vloer. 'Ja,' zei hij zachtjes, en ik wist dat hij het voor mij zei, alleen voor mij. 'Doe wat ervoor nodig is.' Hij keek opzij. 'Cole, jij bent...'

En toen scheurde zijn huid ineens open, en ik sprong op om de kachel uit de weg te duwen voordat Beck stuiptrekkend tegen de grond sloeg.

Cole stapte naar voren en duwde nog een naald in de holte van Becks elleboog.

En in die halve seconde, terwijl Beck zijn gezicht naar het plafond keerde, terwijl zijn ogen niet veranderden, zag ik mijn eigen gezicht.

56

Cole

epinefrine/ pseudo-efedrine mengsel 7
methode: intraveneuze injectie
resultaat: succesvol
(bijwerkingen: geen)
(opmerking: omgevingsfactoren dicteren nog altijd verandering te-
rug naar wolf)

57

Sam

Ik voelde me vies toen Beck was terugveranderd, alsof ik mede-
plichtig was aan een misdaad. Ik werd zo acuut aan mijn vroegere leven herinnerd – toen ik me had verstopt voor de winter en
toen ik mijn familie nog had – dat ik mijn gedachten voelde weg-
glippen die me hadden moeten beschermen. Ik was niet de enige,
kennelijk: Cole kondigde aan dat hij 'een stukje ging rijden' en
vertrok in Ulriks oude BMW. Toen hij weg was, liep Grace achter
me aan terwijl ik brood ging bakken alsof mijn leven ervan af-
hing. Ik liet haar vervolgens de oven in de gaten houden terwijl
ik ging douchen. Om de herinneringen van me af te schrobben.
Om mezelf eraan te herinneren dat ik voorlopig mijn handen,
mijn menselijke huid en mijn gezicht had.

Ik wist niet hoeveel tijd er was verstreken toen ik de badkamer-
deur open en dicht hoorde gaan.

'Dit is lekker,' zei Grace. Het gesloten toiletdeksel kraakte toen
ze probeerde er comfortabel op te gaan zitten. 'Goed gedaan,
Sam.'

Ik zag haar niet, maar ik rook het brood. Ik was merkwaardig in
verlegenheid gebracht door de wetenschap dat zij in de badkamer
was terwijl ik onder het stromende water stond. Douchen waar zij

bij was leek intiemer dan seks. Ik voelde me duizend keer naakter, zelfs achter het donkere douchegordijn.

Ik keek naar het stuk zeep in mijn handen. Ik bewoog ermee over mijn ribben.

'Bedankt.'

Grace was stil, een paar centimeter bij me vandaan aan de andere kant van het gordijn. Ik kon haar niet zien, dus kon ze mij ook niet zien.

'Ben je al schoon daarbinnen?' vroeg Grace.

'O, god, Grace,' antwoordde ik, en ze lachte.

Even bleef het stil. Ik waste me tussen mijn vingers. Mijn ene vingernagel was gedeukt van het wrijven langs een gitaarsnaar. Ik keek of ik er iets aan moest doen; het was moeilijk om een goede diagnose te stellen in het oranje schemerlicht dat door het douchegordijn drong.

'Rachel zegt dat ze wel met me mee wil morgen, naar mijn ouders,' zei Grace. 'Morgenavond. Dan is ze vrij.'

'Ben je zenuwachtig?'

Ík was zenuwachtig, en ik ging niet eens mee, op verzoek van Grace.

'Weet ik niet. Het moet gewoon gebeuren. Dan ben jij van ze verlost. En ik moet officieel in leven zijn voor Olivia's uitvaart. Rachel zegt dat ze is gecremeerd.' Ze zweeg. Er volgde een lang moment van niets behalve het water op mij en de tegels voordat ze zei: 'Dit brood is echt heerlijk.'

Ik snapte het. Ze wilde een ander onderwerp. 'Ulrik heeft me brood leren bakken.'

'Wat een getalenteerde kerel. Spreekt met een Duits accent én kan brood maken.' Ze porde tegen het douchegordijn; toen het mijn blote heup raakte, deinsde ik nogal onwaardig achteruit. 'Weet je, dat zouden wij ook kunnen zijn, over vijf jaar.'

Ik had geen lichaamsdelen meer die schoon moesten. Ik was een gevangene in de douche, behalve als ik mijn handdoek vanaf hier kon bereiken of Grace kon overhalen me die aan te geven. Ik dacht niet dat ze dat zou doen.

'Brood bakken met een Duits accent?' opperde ik.

'Dat is precies wat ik bedoelde,' zei ze. Ik hoorde de bijtende toon in haar stem. Ik was er blij om. Ik kon wel wat luchtigheid gebruiken.

'Wil je mijn handdoek even aangeven?'

'Kom hem maar halen.'

'Heks,' mompelde ik. Er was nog warm water over. Ik stond eronder en keek naar de oneffen voeg tussen de tegels onder de douchekop. Mijn vingers begonnen te rimpelen en het haar op mijn benen plakte aan elkaar en vormde kletsnatte, v-vormige pijlen in de richting van mijn voeten.

'Sam?' zei Grace. 'Denk je dat Cole gelijk heeft over de remedie? Dat de hersenvliesontsteking werkt als je het krijgt terwijl je wolf bent? Denk je dat ik dat moet proberen?'

Dit was een te moeilijke vraag na deze avond met Beck. Ja, ik wilde dat ze genas. Ik wilde alleen eerst meer bewijs dan alleen mezelf dat het zou werken. Ik wilde iets waardoor ik wist dat het lot van Jack een laag percentage van mogelijke uitkomsten was. Ik had hier alles voor op het spel gezet, maar nu het erop aankwam voor Grace wilde ik niet dat zij hetzelfde deed. Maar hoe kon ze anders ooit een normaal leven leiden?

'Ik weet niet. Ik wil meer informatie.' Het klonk formeel, als iets wat ik tegen Koenig zou zeggen. *Ik verzamel meer gegevens.*

'Ik bedoel, we hoeven ons er toch geen zorgen over te maken tot het weer winter wordt,' zei ze. 'Ik vroeg me alleen af of jij je genezen voelt.'

Ik wist niet wat ik moest zeggen. Ik voelde me niet genezen. Ik voelde me zoals Cole het had verwoord: bijna genezen. Een overlevende van een oorlog, met een fantoombeen. Ik voelde nog steeds de wolf die ik was geweest: levend in mijn cellen, onrustig slapend, wachtend om tevoorschijn te worden gelokt door het weer, een stoot adrenaline of een naald in mijn aderen. Ik wist niet of dat echt was of suggestie. Ik wist niet of ik me op een dag zeker zou voelen in mijn huid en mijn menselijke lichaam heel normaal zou vinden.

'Je ziet er wel genezen uit,' zei Grace.

Alleen haar gezicht was zichtbaar aan de rand van het douchegordijn terwijl ze naar me keek. Zij grijnsde en ik gilde. Grace stak haar hand net ver genoeg naar binnen om de kraan dicht te draaien.

'Ik vrees,' zei ze, terwijl ze het douchegordijn openrukte en me mijn handdoek aangaf, 'dat je met dit soort dingen zult moeten leren leven op je ouwe dag.'

Ik stond daar te druipen en voelde me volslagen belachelijk, met Grace tegenover me, glimlachend en uitdagend. Er zat niets anders op dan me over mijn gêne heen te zetten. In plaats van de handdoek aan te pakken, pakte ik met mijn natte vingers haar kin beet en kuste haar. Water uit mijn haar liep over mijn wangen en over onze lippen. Ik maakte haar shirt helemaal nat, maar dat scheen ze niet erg te vinden. Een leven vol met dit leek me best aantrekkelijk. Ik zei ridderlijk: 'Ik hoop maar dat dat een belofte is.'

Grace stapte op haar sokken de douche in en sloeg haar armen om mijn vochtige borst. 'Het is een garantie.'

58

Isabel

Ik hoorde een zacht geklop op de deur van de tussenhal. Ik stapte over laarzen, een troffel en een zak vogelzaad heen en deed open.

Cole St. Clair stond in het zwarte vierkant van de deuropening, met zijn handen in zijn zakken.

'Vraag me binnen,' zei hij.

59

Grace

Het was helemaal donker tegen de tijd dat Rachel en ik op zondagavond bij het huis van mijn ouders aankwamen. Rachel had geen rijbewijs, dankzij fascinerende rijgewoonten die de politie van Minnesota ten strengste afkeurde, dus had ik haar moeten ophalen. Bij wijze van hallo had ze me een kralentasje laten zien met een smiley op de zijkant, en ze had dunnetjes, wit geglimlacht in het donker. Dat het donker was, dacht ik, maakte het zo surrealistisch om op de oprit van mijn ouders te stoppen. Nu alleen de buitenlamp de voorkant van de klimroos en een hoek van de oprit verlichtte, zag alles aan het huis er nog precies zo uit als de avond dat ik was vertrokken.

Ik trok de handrem aan naast de auto die ik had gekocht van het verzekeringsgeld dat ik voor de vorige uitgekeerd had gekregen; ineens herinnerde ik me een andere avond, toen er een hert door de voorruit van mijn Bronco was gekomen en ik dacht dat ik Sam voor altijd kwijtraakte aan de wolven. Dat leek wel een miljoen nachten, en tegelijkertijd slechts een paar uur geleden. Vanavond voelde als een begin en een eind.

Naast me opende Rachel haar kralentasje met de smiley en haalde er een lipgloss met aardbeiengeur uit. Ze bracht met felle vastberadenheid twee laagjes fruitige bepantsering aan en ritste het stiftje woest weer in het tasje. Toen marcheerden we naar de voordeur, als zusters in de strijd, met het geluid van onze schoenen op de betonnen stoep als enige strijdkreet. Ik had geen sleutel, dus moest ik aanbellen.

Nu ik hier was, aarzelde ik.

Rachel keek naar me. 'Je bent net mijn favoriete oudere zus, en dat slaat nergens op, want je bent net zo oud als ik,' zei ze.

Ik was gevleid, maar zei: 'Rachel, je zegt soms rare dingen.'

We lachten allebei, en bij ons allebei was die lach een onzekere creatie die bijna geen geluid maakte.

Rachel depte haar lippen op haar mouw. In de gelige gloed van de door motten omgeven buitenlamp zag ik sporen dat ze dat eerder had gedaan: een kleine verzameling zoenen op haar manchet.

Ik probeerde te bedenken wat ik zou zeggen. Ik probeerde in te schatten wie er open zou doen. Het was bijna negen uur. Misschien deden ze wel geen van beiden open. Misschien...

Het was pa. Voordat hij de kans had om te reageren, riep mijn moeder vanuit de woonkamer: 'Laat de kat niet naar buiten!'

Pa staarde naar Rachel en toen naar mij. Intussen sloop er een bruin cypers katje zo groot als een konijn om de deurpost heen en schoot achter ons de tuin in. Ik voelde me belachelijk verraden door de aanwezigheid van die kat. Hun enige dochter was verdwenen, en ze hadden me vervangen door een jonge kát?

Het was het eerste wat ik zei. 'Hebben jullie een kat?'

Mijn vader was zo geschokt door mijn verschijnen dat hij eerlijk antwoordde. 'Je moeder voelde zich eenzaam.'

'Katten hebben heel weinig onderhoud nodig.' Het was niet het allerhartelijkste antwoord, maar hij had ook bepaald niet de allerhartelijkste openingszin afgeleverd. Ik had verwacht dat ik sporen van mijn vermissing op zijn gezicht zou zien, maar hij zag eruit zoals altijd. Mijn vader verkocht duur onroerend goed en zag er ook uit alsof hij duur onroerend goed verkocht. Hij had een keurig kapsel uit de jaren tachtig en een glimlach die je tot grote aanbetalingen aanmoedigde.

Ik wist niet wat ik had verwacht. Bloeddoorlopen ogen, wallen, tien jaar erbij in zijn gezicht, een gewichtstoename of -afname;

een of ander concreet bewijs dat de tijd zonder mij verstreken was en het niet gemakkelijk voor hem was geweest. Dat was alles wat ik wilde. Concreet bewijs van hun lijden. Het maakte niet uit wat, als het maar bewees dat ik de verkeerde keus maakte door hen vanavond voor het blok te zetten. Maar er was niets. Ik wilde eigenlijk meteen weer weg.

Ze hadden me gezien. Ze wisten dat ik nog leefde. Mijn werk zat erop.

Maar toen kwam mijn moeder de gang in. 'Wie is dat?' Ze verstijfde. 'Grace?' En haar stem brak op die ene lettergreep, dus wist ik dat ik toch naar binnen zou gaan.

Voordat ik tijd had om te besluiten of ik klaar was voor een omhelzing, kreeg ik er een, mijn moeders armen stevig om mijn nek en mijn gezicht tegen de pluizen van haar trui gedrukt. Ik hoorde haar zeggen: *God dank U Grace dank U.*

Ze lachte of huilde, een van de twee, maar toen ik me losmaakte zag ik geen glimlach of tranen. Haar onderlip trilde. Ik pakte mijn armen beet om ze stil te houden.

Ik had niet verwacht dat terugkomen zo moeilijk zou zijn.

Uiteindelijk zat ik aan de ontbijttafel met mijn ouders tegenover me. Er woonden een heleboel herinneringen aan deze tafel, meestal van toen ik hier in mijn eentje zat, maar toch goede herinneringen. Nostalgisch, in elk geval. De keuken rook raar, naar te veel afhaaleten; de lucht van bewaard en weggegooid eten. Nooit helemaal hetzelfde als de geur die je kreeg wanneer je een keuken daadwerkelijk gebruikte om te koken. De onbekende geur gaf deze ervaring een dromerig tintje; onbekend en vertrouwd tegelijk.

Ik dacht dat Rachel me alleen had gelaten en in de auto zat te wachten, maar na de eerste paar momenten van stilte kwam ze de gang door met de jonge kat onder haar arm. Ze zette hem zonder woorden op de bank en kwam achter me staan. Ze zag eruit alsof ze overal ter wereld liever zou zijn dan hier. Het was moedig van haar, en mijn hart zwol ervan op. Iedereen zou vriendinnen moeten hebben zoals Rachel.

'Dit is schokkend, Grace,' zei mijn vader van de andere kant van de tafel. 'Je hebt ons heel wat laten doorstaan.'

Mijn moeder begon te huilen.

Op dat moment veranderde ik van gedachten. Ik hoefde geen bewijs van hun leed meer te zien. Ik wilde niet zien hoe mijn moeder huilde. Ik had zo lang gehoopt dat ze me hadden gemist, gewenst dat ze zoveel van me hielden dat het pijn zou doen dat ik weg was, maar nu ik het gezicht van mijn moeder zag, vormden schuldgevoel en medeleven een dikke brok in mijn keel. Ik wilde alleen maar dit gesprek achter de rug hebben en terug op weg naar huis zijn. Dit was te moeilijk.

Ik begon: 'Ik wilde jullie heus niet...'

'We dachten dat je dood was,' zei mijn vader. 'En al die tijd was je bij hem. Je hebt ons gewoon laten...'

'Nee,' zei ik. 'Ik ben niet al die tijd bij hem geweest!'

'We zijn gewoon opgelucht dat het goed met je gaat,' zei ma.

Maar pa was nog niet zover. 'Je had kunnen béllen, Grace,' zei hij. 'Je had gewoon kunnen bellen, zodat we wisten dat je nog leefde. Dat was alles wat we nodig hadden.'

Ik geloofde hem. Hij had míj niet echt nodig. Hij had bewijs nodig dat ik bestond.

'De laatste keer dat ik probeerde een gesprek met jullie te voeren, zeiden jullie dat ik Sam niet meer mocht zien totdat ik achttien was, en jullie kletsten gewoon over m...'

'Ik ga de politie bellen om te zeggen dat je hier bent,' zei pa. Hij was al half opgestaan.

'*Pa*,' snauwde ik. 'Ten eerste weten ze dat al. Ten tweede, je doet het weer. Je luistert nog niet naar de helft van wat ik zeg.'

'Ik doe helemaal niks,' zei hij. Hij keek naar Rachel. 'Waarom heb je Rachel meegenomen?'

Rachel schrok een beetje bij het horen van haar naam. Ze zei: 'Ik ben de scheidsrechter.'

Pa stak zijn handen in de lucht alsof hij het opgaf, iets wat mensen doen als ze het niet echt opgeven, en toen drukte hij ze op tafel alsof we een seance hielden en de tafel in beweging begon te komen.

'We hebben geen scheidsrechter nodig,' zei ma. 'Het wordt niet onaangenaam.'

'Jawel,' zei pa. 'Onze dochter is weggelopen van huis. Dat is een misdrijf, Amy. Een echt misdrijf in de ogen van de wet in Minnesota. Ik ga niet doen alsof het niet is gebeurd. Ik ga niet doen alsof ze niet is weggelopen om bij haar vriendje te gaan wonen.'

Ik wist niet zeker waardoor ik op dat moment alles ineens met volkomen helderheid zag. Pa deed alles wat je van een vader zou kunnen verwachten: een automatische instelling die volkomen reactionair was en die hij waarschijnlijk had geleerd van televisieprogramma's en weekendfilms. Ik taxeerde hen: ma ineengedoken met haar nieuwe kat, die van de bank was komen aanlopen en bij haar op schoot was gesprongen, pa die naar me staarde alsof hij me niet herkende. Ja, ze waren volwassen, maar dat was ik ook. Het was net zoiets als wat Rachel had gezegd, dat ik wel haar oudere zus leek. Mijn ouders hadden me grootgebracht op een manier waardoor ik zo snel mogelijk volwassen zou worden, dus dan moesten ze niet beledigd zijn als ik dat ook werd.

Ik drukte mijn handen ook op tafel, een kopie van pa's houding.

En toen zei ik wat ik al heel lang wilde zeggen. 'En ík ga niet doen alsof ik niet bijna ben doodgegaan in jouw auto, pa.'

'O, kom op toch,' zei hij.

Mijn maag deed pijn van verontwaardiging. 'Nee, ik kóm niet op. Het is maar een symptoom. Je was vergeten dat je een kind in de auto had. En voor die tijd werd ik door wolven van de schommel gesleurd terwijl ma boven aan het schilderen was. En ja, ik heb mijn vriendje hier in mijn bed laten slapen, maar het duurde weken voordat jullie dat merkten. Hadden jullie überhaupt in de gaten dat ík hier sliep? Jullie hebben me dertig kilometer vrije teugel gegeven. Dachten jullie nu echt dat ik die niet zou gebruiken?'

Rachel bracht als een razende een nieuw laagje lipgloss aan.

'Oké,' zei ma. De kat kroop om haar nek. Ze trok hem van zich af en gaf hem aan Rachel, wat volgens mij tegen de scheidsrechtersregels 'was. Maar Rachel keek wel blijer met die kat in haar armen.

'Oké. Waar staan we nu? Ik wil niet meer ruziën. God, Lewis. Ik wil geen ruzie met haar maken. Ik dacht dat ze dood was.'

Pa's lippen vormden een dunne streep, maar hij hield zijn mond stijf dicht.

Ik haalde diep adem en bereidde me voor. Ik moest dit op de juiste manier verwoorden.

'Ik ga het huis uit.'

'Geen sprake van,' zei pa meteen.

'En daarom ga ik het huis uit,' antwoordde ik. 'Jullie hebben niet ineens het recht om me voor te schrijven wat ik wel en niet mag. Jullie kunnen niet simpelweg wachten tot ik begin mijn eigen familie en mijn eigen leven en mijn eigen geluk uit te kiezen en dan zeggen: nee, Grace, dat mag niet. Word maar weer een eenzame, ongelukkige leerling met alleen maar goede cijfers! Dat is niet eerlijk. Het zou anders zijn als jullie er voor me waren geweest, zoals de ouders van Rachel of van Sam.'

Mijn vader trok een gezicht. 'Die hem hebben geprobeerd te vermoorden?'

'Nee, ik bedoel Beck,' zei ik. Ik dacht aan die middag, Beck en Sam, hoofd tegen hoofd, die stille band zo sterk dat hij zichtbaar was voor omstanders. Ik dacht aan Sams gebaren, hoe hij zijn handen achter zijn hoofd legde, dat hij die gebaren van Beck had overgenomen. Ik vroeg me af of ik iets van mijn ouders in me had, of dat ik volledig bij elkaar was gesprokkeld uit boeken en van televisie en van leraren op school. 'Sam zou doen wat Beck hem vroeg, omdat Beck er altijd voor hem is geweest. Weet je wie er altijd voor mij is geweest? Ik. Een gezin van één persoon.'

'Als je denkt dat je mij kunt overtuigen,' zei mijn vader, 'vergeet het dan maar. En de wet staat aan mijn kant, dus je hóéft me niet te overtuigen. Je bent zeventien. De beslissingen zijn niet aan jou.'

Rachel maakte een geluid waarvan ik dacht dat het een scheidsrechtersreactie was, maar het bleek alleen de kat te zijn die in haar hand beet.

Ik had niet echt verwacht dat ik pa makkelijk zou kunnen overhalen. Het ging nu om het principe, zag ik, en pa zou zich daarvan niet laten afbrengen.

Mijn maag verkrampte weer, en terwijl de zenuwen omhoog kropen naar mijn mond zei ik op lagere toon: 'Dit is mijn aanbod. Ik ga een zomercursus doen om mijn diploma te halen, en daarna ga ik naar de universiteit. Als jullie me nu het huis uit laten gaan, zal ik nog met jullie praten nadat ik achttien ben geworden. Of jullie kunnen de politie bellen en me dwingen hier te blijven. Dan zal ik in dat bed slapen en me aan al jullie spiksplinternieuwe regeltjes houden, en dan, als de klok middernacht slaat op mijn verjaardag, is die kamer boven leeg en kom ik nooit meer terug. Denk maar niet dat ik een grapje maak. Kijk in mijn ogen. Jullie weten dat ik het meen. En praat me niet van de wet, pa! Jij hebt Sam geslágen. Welke wet geeft je dat recht?'

Mijn maag was een rampgebied. Ik moest mezelf dwingen om mijn mond te houden, om geen woorden de leegte in te duwen.

Het was volkomen stil aan tafel. Mijn vader wendde zijn gezicht af en keek uit het raam naar de veranda aan de achterkant, hoewel er niets dan duisternis te zien was. Rachel aaide als een dolle de kat, en die spinde alsof hij zijn ribben zou splijten, zo luid dat de hele keuken werd gevuld door het geluid. Mijn moeders vingers rustten op de rand van de tafel, haar duim en wijsvinger tegen elkaar aan gedrukt, terwijl ze haar handen heen en weer bewoog alsof ze een onzichtbare wollen draad afmat.

'Ik heb een compromis,' zei ze. Pa loerde naar haar, maar zij keek niet terug.

De teleurstelling zakte zwaar over me heen. Ik kon me geen enkel compromis voorstellen dat in de verste verte acceptabel zou zijn.

'Ik luister,' zei ik op vlakke toon.

'Amy!' riep pa. 'Een compromis? Dat kun je niet menen. Dat hebben we niet nodig.'

'Jouw manier werkt niet!' snauwde ma.

Pa wierp ma een blik toe waaruit een heleboel woede en teleurstelling sprak.

'Onvoorstelbaar dat je dit goedkeurt,' zei hij.

'Ik keur niks goed. Ik heb met Sam gesproken, Lewis. Je had het mis over hem. Dus nu ben ik aan de beurt.' Tegen mij zei ze: 'Dit is mijn voorstel. Jij blijft hier wonen totdat je achttien bent, maar we behandelen je als een volwassene. Je mag met Sam omgaan en je hoeft niet op tijd thuis te komen, als je maar...' ze zweeg even terwijl ze ter plekke haar voorwaarden verzon '... je zomercursus blijft doen en je blijft richten op je universiteitsdoe-

333

len. Sam mag hier niet logeren, maar hij mag hier voor mijn part de hele dag rondhangen, en wij zullen proberen hem beter te leren kennen.'

Ze keek pa aan. Zijn mond bewoog, maar hij haalde alleen zijn schouders op. Ze keken allebei naar mij.

'O...' zei ma. 'En je moet wel met ons blijven praten als je achttien bent geworden. Dat is er ook onderdeel van.'

Ik drukte mijn vingers tegen mijn lippen, met mijn ellebogen op tafel. Ik wilde mijn nachten met Sam niet opgeven, maar het was een eerlijk compromis, vooral omdat ik geen enkele mogelijkheid tot een compromis had gezien.

Maar wat als ik veranderde? Ik kon hier pas weer komen wonen als ik zeker wist dat ik stabiel was. Dat moest al snel zijn. Misschien nu al? Ik wist het niet. Coles remedie zou te laat komen om mij van nut te zijn.

'Hoe weet ik dat jullie straks niet gaan proberen de regels weer te veranderen?' vroeg ik, om tijd te rekken. 'Sam is bijvoorbeeld geen punt van onderhandeling. Ik hou hem. Voor eeuwig en altijd. Dat moeten jullie maar meteen weten. Hij is de ware.'

Pa trok weer een gezicht, maar zei niets. Tot mijn stomme verbazing knikte ma een beetje. 'Oké. Ik heb al gezegd dat we ons best zouden doen. En je niet zouden verbieden met hem om te gaan.'

'En geen klappen meer,' merkte Rachel op. Ik wierp haar een blik toe. Ik vond het een beetje vals spelen, wachten tot het conflict was uitgewoed en dan de scheidsrechter gaan uithangen.

'Juist,' zei ma. 'Grace, wat vind je ervan?'

Ik keek om me heen: van hieraf zag ik de keuken en het ontbijthoekje, en het gaf me een raar gevoel. Ik had gedacht dat dit de laatste keer zou zijn dat ik hier kwam. Dat het zou uitlopen op een vette ruzie en dat ik dat boek zou dichtslaan en het nooit meer zou inkijken. Het idee om terug te gaan naar dit huis en weer in mijn oude leven te stappen was tegelijkertijd een opluchting en een uitputtingsslag. Ik dacht aan Sams angst om weer te veranderen net nu hij had gedacht er klaar mee te zijn, en ik begreep hem ontzettend goed.

'Ik... Ik moet erover nadenken,' zei ik. 'Ik wil er een nachtje over slapen.'

'Kun je er hier geen nachtje over slapen?' vroeg ma.

Rachel schudde haar hoofd. 'Nee, want ze moet mij toch nog naar huis brengen. De scheidsrechter heeft gesproken.'

Ik stond op zodat het geen optie meer was. Ik begreep niet waarom mijn maag nog steeds gloeide van de zenuwen terwijl het ergste achter de rug was. 'Ik zal erover nadenken en kom dan terug om erover te praten.'

Ma stond ook op, zo snel dat de kat ervan schrok en siste in Rachels armen, met een klein geluidje als een nies. Ma liep om de tafel heen en omhelsde me weer; een strakke, raar passende knuffel die me deed beseffen dat ik me niet kon herinneren wanneer ze dat, behalve vandaag, voor het laatst had geprobeerd. Ik wist niet helemaal waar ik haar terug moest omhelzen, nu het moment daar was. Ze leek een en al borsten en haar, dus... kneep ik maar een beetje in zijn algemeenheid.

'Kom je wel terug?' vroeg ze in mijn oor.

'Ja,' zei ik, en ik meende het echt.

Pa stond op en gaf me een half-om-de-schouderknuffel, alsof hij wist dat ik ook een en al borsten en haar zou zijn als hij wat beters zou proberen.

'Hier, de kat,' zei Rachel, en ze gaf mijn moeder het beestje terug.

'Bedankt dat je haar hebt teruggebracht,' zei ma. Ik kon niet achterhalen of ze het over de kat of over mij had.

Rachel haalde haar schouders op en haakte haar arm door de mijne. 'Dat is wat ik doe.' En daarmee sleepte ze me het huis uit naar de auto. Mijn ouders bleven in de deuropening staan kijken, en ze zagen er merkwaardig troosteloos uit terwijl wij achteruitreden en de weg op draaiden. Ik voelde me uitgelaten en ziek. Het bleef één minuut stil in de auto.

Toen zei Rachel: 'Ongelooflijk dat ze je hebben vervangen door een kat.'

Ik lachte, en ik kreeg er de kriebels van. 'Hou op, schei uit. Bedankt dat je bent meegekomen. Ik bedoel, dank je. Ze waren redelijk omdat jij erbij was.'

'Ze waren redelijk omdat ze dachten dat je dood was. Gaat het... wel met je, Grace?'

Ik had verkeerd geschakeld en de auto knarste tot ik hem in de juiste versnelling kreeg. Ik was niet zo geweldig met een schakel-bak, en plotseling leek het me te veel moeite om er mijn aandacht bij te houden. Mijn maag kneep weer samen op hetzelfde moment dat er een rilling over mijn armen kroop, en ik besefte dat wat ik had aangezien voor zenuwen, icts ergers was.

'O nee,' zei ik, terwijl de misselijkheid door mijn buik rolde. 'Ik moet stoppen. Sorry, maar ik...'

De nachtelijke weg was verlaten. Ik gaf een ruk aan het stuur, reed de auto de berm in en opende het portier. Prompt gaf ik over achter de auto. Rachels gezicht was bleek in de schemering; ik had niet gemerkt dat ze was uitgestapt.

Ze wapperde met haar handen. 'Wat moet ik doen? Ik kan niet schakelen!'

Ik begon nu te rillen, met harde, onwillekeurige bevingen waardoor mijn tanden klapperden. 'Rach, ik vind het zo, zo erg. Je moet...' Ik stopte om me op te rollen tegen de zijkant van de auto. O god, wat haatte ik dit gedeelte. Mijn botten braken. *Nee, nee, nee.*

'Wát moet ik? Grace, je maakt me bang. O nee. O nee!' Het drong ineens tot Rachel door wat er aan de hand was.

'Bel Sam,' wist ik uit te brengen. 'Zeg dat ik ben veranderd en dat hij je moet komen halen. Cole kan... ugh. Cole kan de andere auto besturen... o... Rachel... ga... wacht in de auto. Niet...'

Mijn knieën wilden me niet meer overeind houden. Ze werden slap, bereidden zich voor om zich om te vormen. Ik was ineens bang voor wat ze zou denken als ze me zag veranderen. Ze moest in de auto wachten. Ze moest niet kijken... Het zou alles tussen ons verpesten. Mijn huid voelde als die van een ander. Ik dacht dat ik er nu al verschrikkelijk moest uitzien.

Maar Rachel omhelsde me, met een enorme knuffel om mijn lichaam en met haar wang tegen mijn strakke wang. Ik stonk naar wolf en ik moest eruitzien als een monster, en zij omhelsde me zo stevig dat ik het boven de pijn uit voelde. Ze was zo dapper dat er een traan uit mijn oog ontsnapte.

'Doet het pijn?' fluisterde Rachel, en ze liet me los.

Ik schudde heftig mijn hoofd. Ik balde mijn vuisten tegen mijn lichaam. 'Ik hou alleen maar van je en ik ga... ik ga...'

'In een wolf veranderen,' zei Rachel. 'Ik weet het.' Ze veegde haar neus af met de rug van haar hand. 'Dat effect heb ik wel vaker op mensen.'

Ik probeerde nog iets te zeggen, maar ik verloor mijn houvast. De sterren waren fel boven me, en ik herinnerde me weer een andere nacht: ik en Sam onder de sterren, kijkend naar het noorderlicht. In mijn hoofd werden de roze lichtjes van de aurora borealis de lichtjes van het dashboard, weerspiegeld in elk gebroken stuk van de ingeklapte voorruit van mijn Bronco, met Sam en ik erachter toen we afscheid namen, en toen was ik alleen, in stukken gebroken, scherp als glas, iets nieuws geworden.

60

Sam

Het was behoorlijk onthutsend om zomaar een nacht slapen met Grace te moeten missen; zomaar, terwijl ik ver weg was van waar ze was veranderd. Toen ik Rachel thuis had gebracht, wilde ik haar gaan zoeken, maar Cole overtuigde me ervan dat dat geen zin had; ze zou niet naar mij toe komen, en als ze was veranderd in de buurt van het huis van haar ouders zou ze in elk geval weten waar ze was. Ik dacht niet dat ik zonder haar in slaap zou kunnen vallen, maar toen Cole me uit het hoofd had gepraat om naar de plek te rijden waar Rachel haar had achtergelaten, lag ik in mijn bed en staarde naar mijn papieren vogels en kerstlampjes en deed alsof ik alleen maar wachtte tot Grace ook naar bed kwam. De lange dag strekte zich achter me uit, en toen ik alles wat er was gebeurd niet meer tegelijk in mijn hoofd kon vasthouden, vond de slaap me.

Ik droomde dat ik rondliep in huis, van kamer naar kamer ging. Alle kamers waren leeg, maar het was een volle, ademende leegte, alsof ik elk moment iemand kon zien staan als ik me omdraaide. Het huis zelf voelde bewoond – niet vroeger, maar nu – alsof de bewoners alleen maar naar buiten waren gegaan om te kijken wat voor weer het was en dadelijk weer zouden terugkomen. De slaapkamers vertoonden in elk geval wel tekenen van leven: op elk bed lag een koffer of een rugzak vol kleren, met schoenen er netjes naast gezet, persoonlijke dingen klaargelegd en wachtend om te vertrekken. Op Ulriks bed lagen zijn laptop en zijn scheerapparaat. Op dat van Paul lagen een stapeltje plectrums en een paar zelfgebrande dvd's van films waar ik nog nooit van had gehoord. Zelfs in de kamer met het stapelbed lagen spullen op de bedden: Dereks oortelefoon bungelde over zijn camera, en Melissa's schetsboek lag naast haar schoenen. Becks bed was leeg.

Ik ging van kamer naar kamer en deed overal het licht uit. Vaarwel tegen Becks kamer, nooit bewoond. Vaarwel tegen Ulriks kamer, waar we griezelfilms hadden gekeken op zijn laptop. Ik ging naar beneden zonder het licht in mijn eigen kamer aan te doen. Vaarwel tegen de woonkamer, waar ik een keer met Grace op de bank had gezeten, bijna een wolf, waar Isabel had geholpen Coles toeval te beëindigen. Ik deed het licht uit. Vaarwel tegen de gele kamer waar Cole logeerde en waar Jack was gestorven. Lichten uit in de badkamer die ik tien jaar had gemeden. Vaarwel tegen de keuken, met de foto's van ons op elk kastje geprikt en geplakt, duizend glimlachende gezichten, allemaal oprecht. Ik deed het licht uit en ging naar de kelder.

En hier, in Becks bibliotheek, omringd door boeken, waren Becks spullen die niet op zijn kamer hadden gelegen: zijn koffer en zijn schoenen stonden op de voetenbank bij zijn leesstoel. Zijn stropdas lag er netjes opgevouwen naast en daarnaast lag een cd met verstrikte takken op het hoesje. De titel stond in de enig beschikbare witruimte gekrabbeld: *Nog steeds bezig te ontwaken.*

Overal om me heen was Beck, die leefde in al die boeken die hij had gelezen. Hij bewoonde elke bladzijde. Hij was iedere held, iedere schurk, ieder slachtoffer en iedere dader. Hij was het begin en eind van alles.

Die letzte aller Türen
Doch nie hat man
an alle schon geklopft
(De laatste van alle deuren
maar nog nooit heeft men
op allemaal al geklopt)

Dit was het laatste vaarwel. Ik deed het licht uit.

Er was nog maar één plek over. Langzaam beklom ik de trap naar de begane grond en toen naar de bovenverdieping. Ik liep door de gang naar mijn kamer. Binnen hingen mijn papieren vogels trillend aan hun touwtjes, gevangen in het voorgevoel van een aardbeving. Ik kon elke herinnering zien die de vogels bevatten, beelden die over hun vleugels speelden als op een televisie, en allemaal zongen ze vrolijke liedjes die ik eerder had gezongen. Ze waren prachtig en bang, rukten aan de touwtjes om vrij te zijn.

'Slecht nieuws, Ringo,' zei Cole. 'We gaan er allemaal aan.'

Ik werd wakker door het geluid van de telefoon.

De adrenaline schoot door mijn half slapende lichaam bij dat plotselinge geluid, en de eerste heldere gedachte was, hoe onverklaarbaar ook: *O nee, niet hier.*

Een halve tel later besefte ik dat het geluid alleen maar de telefoon was, en ik kon me niet voorstellen waarom ik dat had gedacht. Ik nam op.

'Sam?' zei Koenig.

Hij klonk heel, heel wakker.

'Ik had je eerder moeten bellen, maar ik had nachtdienst en ik... Het maakt niet uit.' Koenig haalde hoorbaar adem. 'De jacht is vervroegd.'

'Het... wat?' Ik dacht dat ik misschien nog sliep, maar mijn kraanvogels hingen volkomen stil.

Koenig zei, een beetje luider: 'Het is morgen. Zonsopgang. Vijf uur zevenenveertig. De helikopter kwam ineens beschikbaar en ze hebben het verplaatst. Kom je bed uit.'

Dat hoefde hij geen twee keer te zeggen. Ik had het gevoel dat ik nooit meer zou kunnen slapen.

61

Isabel

Ik sliep net niet helemaal toen de telefoon ging.

Het was even na middernacht en ik probeerde voornamelijk uit zelfverdediging te slapen. De spanningen liepen hoog op in huize Culpeper naarmate de datum van de jacht en het dreigement van Californië dichterbij kwamen, en mijn ouders hielden weer een van hun schreeuwwedstrijden die ik de laatste paar weken zo ontzettend had gemist. Het klonk alsof mijn moeder won – ze brulde althans rakere dingen dan mijn vader in de afgelopen twintig minuten had gedaan – maar het klonk ook alsof die twee nog wel een paar rondjes te gaan hadden.

Dus zat mijn slaapkamerdeur dicht en had ik mijn oortelefoon in, om witte ruis te maken met agressieve songteksten. Mijn kamer was een roze met witte cocon die minder schril leek door het gebrek aan zonlicht. Omringd door mijn spullen had het iedere dag van ieder jaar sinds we hier woonden kunnen zijn. Ik kon naar beneden gaan, de gang door lopen en tegen Jack schreeuwen omdat hij mijn hond niet had uitgelaten terwijl ik weg was. Ik kon mijn vrienden in Californië bellen die me nog kenden en plannen smeden om terug te keren en om universiteitscampussen in de buurt van hun huis onveilig te maken. Dat de kamer zo onveranderd was en dat de nacht zulke trucs met me kon uithalen, was innemend en afschrikwekkend tegelijk.

Maar goed, ik miste het bijna toen mijn mobieltje ging.

Op het schermpje stond: Becks huis.

'Hoi,' zei ik.

'Raad eens wat die klootzak van een vader van je nu weer heeft geflikt?' Cole klonk een beetje buiten adem.

Ik had geen zin om te antwoorden. Dit was niet bepaald hoe ik had gehoopt dat mijn volgende telefoontje met Cole zou beginnen.

'Hij heeft ons genaaid,' zei Cole zonder op antwoord te wachten. 'Over de motorkap van een buitenlandse auto. De jacht begint bij zonsopgang. Ze hebben hem vervroegd.'

Alsof het een seintje was geweest, ging de vaste telefoon in de standaard op mijn nachtkastje. Ik pakte hem niet op, maar zelfs van deze afstand zag ik de naam van de beller: LANDY, MARSHALL.

Dat betekende dat mijn vader en ik min of meer precies hetzelfde gesprek zouden gaan voeren op hetzelfde moment, met twee verschillende mensen.

De ruzie beneden was opgehouden. Het duurde een hele tijd voor dat tot me doordrong.

'Wat gaan jullie doen?' vroeg ik.

'Nou, eerst ga ik Sam functioneel maken,' zei Cole. 'Grace is vanavond veranderd en loopt in het bos, dus hij is helemaal gek.'

Nú was ik klaarwakker. Ik trok het oordopje dat nog in mijn oor zat eruit en ging rechtop zitten. 'Loopt Grace buiten? Dat is niet acceptabel.'

Het was meer dan 'niet acceptabel'. Grace versus de weledelgeboren heer Thomas Culpeper, dat was geen veldslag die ik wilde meemaken, want ik wist hoe het zou aflopen.

'Weet ik, prinses,' zei Cole gespannen. 'Wat ik graag wil dat jij doet, is dat je naar je vader gaat en zegt dat hij nu meteen moet bellen om dit tegen te houden.'

Maar ik wist ook hoe dat zou aflopen.

'Dat gaat niet lukken,' antwoordde ik. 'Dit is nu groter dan hij.'

'Kan. Me. Niet. Schelen,' zei Cole langzaam en geduldig, alsof ik een kind was. 'Zoek die smeerlap op en zorg dat hij ophoudt. Ik weet dat je het kunt.'

Ik voelde dat ik stekelig werd van zijn toon. 'Oké, ten eerste hoef jij mij niet te vertellen wat ik moet doen. En ten tweede? Het enige wat er gebeurt, is dat ik naar beneden ga, hem zonder reden woest maak, en misschien, als ik echt geluk heb, gaat hij zich dan afvragen hoe het komt dat ik plotseling zo verrekte vriendelijk over de wolven denk, en misschien open ik dan wel een beerput waar ik de rest van het jaar mee blijf zitten. En weet je wat hij zal zeggen? Dat hij het nu niet meer in de hand heeft. Het wordt tijd dat jij je ding doet.'

'Míjn ding? Mijn ding zou alleen werken als Grace hier was om het te laten slagen. Zonder Grace heb ik alleen maar een emotioneel instabiele wolf en een Volkswagen.'

Het huis was stil als het graf vergeleken met het geschreeuw van daarnet. Ik probeerde me voor te stellen dat ik naar beneden ging en mijn vader voor het blok zette over die jacht. Het was te belachelijk om zelfs maar te overwegen.

'Ik doe het niet, Cole.'

'Je bent het me verschuldigd om het te proberen.'

'Verschuldigd?' Ik lachte hard en kort. Even gingen mijn gedachten langs alle ontmoetingen die we ooit hadden gehad en probeerde ik te bedenken of er enige waarheid school in wat hij had gezegd. Ik kon niets bedenken. Eigenlijk was hij mij iets verschuldigd, en niet zo'n beetje ook. 'Waarom ben ik jou iets verschuldigd?'

Coles stem was volkomen vlak. 'Die smeerlap van een vader van je heeft Victor vermoord en hem voor mijn neus gesmeten.'

Ik voelde mijn gezicht warm worden.

'Ik ben hém niet. Ik ben jou geen ene moer verschuldigd, Cole St. Clair. Ik had misschien voordat je dat zei nog willen overwegen om met mijn vader te gaan praten, maar nu kun je doodvallen.'

'O, dat is lekker. Volwassen manier om met je problemen om te gaan. Zoek een kleinigheidje, maak er een hele heisa van, en het is iemand anders z'n probleem. Je bent echt een kind van je vader.'

Dat deed pijn, dus lachte ik hem uit. 'Moet jij zeggen. Het enige wat me hieraan verbaast, is dat je opmerkelijk nuchter klinkt. Als het verkeerd gaat, kun je altijd nog zelfmoord plegen, hè?'

Hij hing op.

Mijn hart ging als een razende tekeer, mijn huid gloeide, en ineens voelde ik me licht in mijn hoofd. Ik ging achterover zitten en sloeg mijn handen voor mijn mond. Mijn kamer zag er nog precies zo uit als voor zijn telefoontje. Ik gooide mijn telefoon naar de muur. Toen hij halverwege was, besefte ik dat mijn vader me zou vermoorden als ik hem stukmaakte, maar hij smakte tegen de muur en gleed op de grond zonder dat er stukken afvielen. Hij zag er nog net zo uit als daarstraks.

Er was niets veranderd. Niets.

62

Sam

Cole stormde als een spijkerbom de keuken in. Het was bijna één uur 's nachts, en over vierenhalf uur zouden de wolven een voor een worden afgeschoten.

'Dat wordt niks, Ringo. Culpeper kan het niet afblazen.' Er was iets chaotisch in zijn ogen te zien wat niet in zijn stem doorklonk.

Ik had niet gedacht dat Culpeper zou luisteren, maar het leek me stom om het niet in elk geval te proberen. 'Komt Isabel hierheen?' Mijn stem klonk normaal, tot mijn verbazing, als een opname van mij die werd afgespeeld als de echte ik zijn stem kwijt was.

'Nee,' zei Cole. Dat was alles. Amper een woord. Alleen maar deel van een uitademing. Hij trok de koelkast zo wild open dat de sauzen in de deur tegen elkaar rammelden. De koude lucht kroop de koelkast uit en dwarrelde om mijn enkels. 'Dus moeten wij het doen. Komt je vriend Koenig?'

Het zou leuk zijn geweest: iemand die praktisch was en aan de positieve kant van de wet stond, met oneindig veel minder emotionele betrokkenheid dan ik, dat klonk als een geweldig iemand om erbij te hebben. 'Hij had het ontdekt omdat hij aan het werk was. Zijn dienst eindigt pas om zes uur.'

'Perfecte timing.' Cole greep een handvol flesjes en spuiten en dumpte ze voor me op het keukeneiland. Ze rolden en draaiden in misvormde cirkels over het werkblad. 'Hier zijn onze opties.'

Mijn oren piepten. 'Meer dan één?'

'Drie, om precies te zijn,' zei Cole. Hij wees naar de middeltjes. 'Dit verandert jou in een wolf. Dit verandert mij in een wolf. Dit geeft ons allebei een toeval.'

Eigenlijk waren er geen drie opties. Er was er maar één. Er was er altijd maar één geweest. Ik zei: 'Ik moet erheen om haar te halen.'

'En de rest?'

'Eerst zij.' Het was het verschrikkelijkste wat ik ooit had moeten zeggen. Maar al het andere was een leugen. Zij was het enige wat ik me had herinnerd als wolf, toen er niets anders was. Zij was het enige waarvan ik wist dat ik het zou vasthouden. Moest vasthouden. Ik zou de anderen ook redden als het kon, maar Grace kwam op de eerste plaats.

Ik dacht niet dat ik erg overtuigend was geweest, maar Cole knikte. Zijn knik maakte het echt, en nu het een plan was, voelde ik me misselijk. Mijn oren begonnen te zoemen en er verschenen stippeltjes langs de randen van mijn gezichtsveld. Ik moest een wolf worden. Niet ergens in de verre toekomst, maar nu.

'Oké, dan hier nog een keer het plan. Ik ga naar het meer,' zei Cole. Nu was hij de generaal, en hij stopte de spuit die hem in een wolf zou veranderen in een zak van zijn cargobroek, wijzend op een denkbeeldige kaart in de lucht om te laten zien waar we heen gingen. 'De parkeerplaats bij Two Island Lake. Daar wacht ik op je. Op jou. Op Grace. Iedereen die je mee kunt krijgen. En dan moeten we echt ver voor zonsopgang over dat kale stuk terrein aan die kant van het bos zijn. Anders zijn jullie net vissen in een regenton, zonder enige dekking. Ben je er klaar voor?'

Hij moest het herhalen. Ik dacht aan zitten in de badkuip met mijn gitaar, zingend: 'Nog bezig te ontwaken.' Ik dacht aan Grace toen ik de jurk over haar hoofd had getrokken. Ik dacht aan Cole die me vertelde dat iedereen naar me luisterde, maar dat ik niet altijd iets zei. Ik dacht aan alles wat me míj maakte en hoe bang ik was het kwijt te raken.

Ik zou het niet kwijtraken.

'Ja.'

Er was geen tijd meer.

Buiten trok ik zorgvuldig mijn kleren uit en bleef staan terwijl Cole tegen de spuit tikte tot de luchtbelletjes erin naar boven kwamen. Het was verrassend licht buiten; de maan zou pas over een week vol zijn, maar er hingen lage wolken en mist die het beetje licht dat er was overal heen verspreidden.

Het gaf de bossen achter het huis een spookachtig en oneindig aanzien.

'Zeg eens wat je denkt,' zei Cole. Hij pakte mijn arm en draaide mijn handpalm naar de lucht. Mijn littekens waren bobbelig en lelijk in het maanlicht.

Ik dacht: Grace' hand in mijn hand, Beck trillend in de kelder, Victor begraven, mens worden. Ik dacht: ergens is Grace misschien ook wel naar mij op zoek. Ik richtte me op de gedachten die ik mee wilde nemen. 'Ik ben Sam Roth. Ik zoek Grace. Zoek de wolven. Breng ze naar het meer.'

Cole knikte. 'Dat hoop ik maar, verdomme. Oké, deze moet in een ader. Blijf stilstaan. Zeg het nog eens. Wacht, zeg eerst nog even waar je sleutels zijn.'

Mijn hart bonsde van de zenuwen, angst en hoop. 'In mijn zak.'

Cole keek omlaag.

'Ik heb mijn broek niet meer aan,' zei ik.

Cole keek naar de drempel. 'Nee, dat klopt. Oké. Nú stil blijven staan.'

'Cole,' zei ik. 'Als ik niet...'

Hij hoorde de toon van mijn stem. 'Nee. Ik zie je aan de overkant.'

Cole streek over een ader, van mijn littekens naar de binnenkant van mijn elleboog. Ik sloot mijn ogen. Hij schoof de naald onder mijn huid.

347

63

Sam

Eén seconde, een deel van een seconde, een fractie van een ademhaling, veegde de pijn al mijn gedachten bij me weg. Mijn aderen smolten. Mijn lichaam vond zichzelf opnieuw uit, zette nieuwe koersen uit, bereidde nieuwe botten voor terwijl het de andere tot stof vermaalde. Er was geen enkel deel van mij waar niet over te onderhandelen viel.

Ik was de pijn vergeten. Hier zat geen genade in. De eerste keer dat ik was veranderd, was ik zeven geweest. Mijn moeder was de eerste geweest die het zag gebeuren. Ik kon me nu zelfs haar naam niet meer herinneren.

Mijn ruggengraat kraakte.

Cole smeet de spuit op de grond.

Het bos zong in de taal die ik alleen als wolf kende.

De laatste keer dat ik dit had gedaan, had ik Grace' gezicht voor me gehad. De laatste keer dat ik dit had gedaan, was het een afscheid geweest.

Genoeg. Geen afscheid meer.

Ik ben Sam Roth. Ik zoek Grace.

64

Isabel

Nadat Cole had opgehangen, kostte het me vijf minuten om te bedenken dat wat hij had gezegd niet zo erg was als ik had gedacht. Het kostte me tien minuten om te bedenken dat ik hem meteen had moeten terugbellen. Het kostte me vijftien minuten om te ontdekken dat hij zijn telefoon niet opnam. Twintig om te bedenken dat ik dat over zijn zelfmoord niet had moeten zeggen. Vijfentwintig om te beseffen dat het misschien wel het laatste was geweest wat ik ooit tegen hem had gezegd.

Waarom had ik het gezegd? Misschien had Rachel gelijk met haar opmerking over mijn krengerigheid.

Ik wilde dat ik wist hoe ik mijn wapens op *verdoven* in plaats van *uitbenen* moest zetten.

Het kostte me een halfuur om te beseffen dat ik niet met mezelf zou kunnen leven als ik niet iets tegen die jacht probeerde te doen.

Ik belde Coles nummer en toen dat van Sam nog een laatste keer – niets – en toen ging ik naar beneden. In mijn hoofd oefende ik wat ik tegen mijn vader zou zeggen. Eerst argumenten, dan smeekbeden, en uiteindelijk de rechtvaardiging voor mijn zorgen waardoor het niet terug te voeren zou zijn op Sam en Beck. Ik wist dat ik daarmee bij mijn vader nergens zou komen. Ik zou trouwens sowieso nergens komen.

Maar dan kon ik tenminste tegen Cole zeggen dat ik het had geprobeerd. Dan zou ik me misschien niet zo rot voelen.

Ik vond het verschrikkelijk. Ik vond dit verschrikkelijk. Ik vond het verschrikkelijk om me zo rot te voelen vanwege iemand anders. Ik drukte mijn hand tegen mijn rechteroog, maar de traan bleef veilig binnen.

Het was donker in huis. Ik moest op weg naar beneden op lichtknoppen slaan. Er was niemand in de keuken. Niemand in de woonkamer. Uiteindelijk trof ik mijn moeder in de leeskamer, ontspannen onderuit hangend op de leren bank met een glas witte wijn in haar hand. Ze keek naar een realityserie over een ziekenhuis. Normaal gesproken zou ik de ironie van zoiets wel grappig hebben gevonden, maar nu kon ik alleen maar denken aan het laatste wat ik tegen Cole had gezegd.

'Ma,' zei ik. Ik probeerde nonchalant te klinken. 'Waar is pa?'

'Hm?' Iets aan dat *hm* richtte me, gaf me een vaster gevoel. De wereld stortte niet in. Mijn moeder zei nog steeds *hm* als ik haar iets vroeg.

'Mijn vader. Het schepsel waarmee je hebt gepaard om mij te maken. Waar is hij?'

'Je moet niet zo raar praten,' zei mijn moeder. 'Hij is naar de helikopter.'

'De. Helikopter.'

Mijn moeder keek amper weg van de televisie. Er lag niets nieuws in mijn toon waar ze van opkeek. 'Marshall heeft een plekje voor hem geregeld. Hij zegt dat je vader zo goed kan schieten dat het geen verspilde ruimte is. God, ik zal blij zijn als dit allemaal achter de rug is.'

'Pá vliegt mee in de helikopter waarmee ze de wolven gaan afschieten,' zei ik. Langzaam. Ik voelde me ontzettend stom. Natuurlijk zou mijn vader in de frontlinie willen meevliegen met een olifantengeweer. Natuurlijk zou Marshall dat voor hem regelen.

'Ze vertrekken op een onchristelijk tijdstip,' zei ma, 'dus is hij nu al weg om met Marshall koffie te gaan drinken. En dus heb ik de macht over de tv.'

Ik was te laat. Ik had te lang staan dubben, en nu was ik te laat. Ik kon niets meer doen.

Cole had gezegd: *Je bent het me verschuldigd om het te proberen.*

Ik vond nog steeds niet dat ik hem iets verschuldigd was. Ervoor zorgend dat mijn moeder niets merkte van de klauwende ongerustheid in mijn maag, liep ik de leeskamer uit en terug door het huis. Ik pakte mijn witte jack, mijn autosleutel en mijn mobiele telefoon en duwde de achterdeur open. Nog niet zo lang geleden had Cole daarbuiten gestaan als wolf, met zijn groene ogen op de mijne gericht. Ik had hem verteld dat mijn broer dood was. Dat ik geen aardig mens was. Hij had alleen maar naar me gekeken, zonder met zijn ogen te knipperen, opgesloten in dat lichaam dat hij voor zichzelf had gekozen.

Alles was veranderd.

Toen ik vertrok, drukte ik het gaspedaal zo hard in dat de wielen slipten in het grind.

65

Sam

Ik ben Sam Roth. Ik zoek Grace. Zoek de wolven. Breng ze naar het meer. Ik ben Sam Roth. Ik zoek Grace. Zoek de wolven. Breng ze naar het meer.

Ik schoot in galop de bossen in. Mijn poten bonsden op de rotsen; mijn passen vraten kilometers. Elke zenuw binnen in me stond in brand. Ik hield mijn gedachten vast als een armvol papieren kraanvogels. Strak genoeg om ze te houden. Niet zo strak dat ik ze plette.

Ik ben Sam Roth. Ik zoek Grace. Zoek de wolven. Breng ze naar het meer. Ik ben Sam Roth. Ik zoek Grace. Zoek de wolven. Breng ze naar het meer.

Er waren duizend dingen te horen. Tienduizend dingen te ruiken. Honderd miljoen aanwijzingen van talloze vormen van leven in deze bossen. Maar ik zocht niet naar talloos. Ik zocht er één.

Ze stond achterover tegen me aan geleund, snoof de geuren van een snoepwinkel op. Alle kleuren die ik nu niet kon zien, waren op de muren en etiketten om ons heen geschilderd.

Ik ben Sam. Ik zoek Grace. Zoek de wolven. Breng ze naar het meer.

De nacht was helder onder een halfvolle maan; het licht weer-

352

kaatste op een paar laaghangende wolken en rafelige flarden mist. Ik kon eindeloos ver voor me uit kijken. Maar mijn zicht zou me niet helpen. Af en toe vertraagde ik mijn pas en luisterde. Haar gehuil. Dat was voor mij, dat wist ik zeker.

De wolven huilden; ik stond bij haar raam en keek naar buiten. We waren vreemden en we kenden elkaar als een pad waar we elke dag overheen liepen.

Niet op de grond slapen, zei ze.

Ik ben Sam. Ik zoek Grace. Zoek de wolven. Breng ze.

Er waren nu ook andere stemmen die reageerden op haar roep. Het was niet moeilijk om ze te onderscheiden. Het was wel lastig om te onthouden waaróm ik ze moest onderscheiden.

Haar ogen, bruin en ingewikkeld, in een wolvengezicht.

Ik ben Sam. Ik zoek Grace. Zoek de wolven.

Ik aarzelde toen mijn poten weggleden op natte klei en ik wegglibberde. Vlakbij hoorde ik iets in water vallen.

Achter in mijn kop siste een stem me toe. Iets hieraan was gevaarlijk. Ik vertraagde, behoedzaam, en daar was het: een enorme kuil, met water waarin je kon verdrinken onderin. Ik trippelde eromheen voordat ik weer luisterde. Het was stil geworden in het bos. Mijn geest struikelde en zwalkte, verlangend naar... Ik legde mijn kop in mijn nek en huilde, met een langgerekt, trillend geblaf dat de pijn binnen in me hielp verzachten. Even later hoorde ik haar stem en rende ik verder.

Ik zoek Grace. Zoek de wolven.

Een zwerm vogels schoot voor me op, uit hun rust opgeschrokken door mijn dolle vaart. Ze vlogen de lucht in, wit tegen het zwart, en iets aan de veelheid van die vormen, het identieke strekken van hun vleugels, hoe ze boven me hingen, flapperend in de wind en met fonkelende sterren erachter, deed me ergens aan denken.

Ik probeerde het uit alle macht te pakken te krijgen, maar het glipte bij me weg. Het verlies voelde verpletterend, hoewel ik niet kon bedenken wat ik had verloren.

Ik zoek Grace.

Dat zou ik niet kwijtraken. Dat zou ik niet kwijtraken.

Zoek Grace.

Er waren dingen die je niet van me kon afnemen. Dingen die ik met geen mogelijkheid kon opgeven.

Grace.

66

Cole

Twee uur vierendertig in de nacht.

Ik was alleen.

Het meer strekte zich uit naast de parkeerplaats, het stille water weerspiegelde een perfect beeld van de imperfecte maan. Ergens aan de andere kant van het water lag het perceel van de Culpepers.

Daar ging ik niet aan denken.

Twee uur vijfendertig.

Ik was alleen.

Het was mogelijk dat Sam niet kwam.

Isabel

Het was drie uur eenentwintig in de nacht en er was niemand in Becks huis. Ik vond een stapel kleren en een lege injectiespuit bij de achterdeur, en binnen lag Sams mobiele telefoon op het keukeneiland; geen wonder dat er niemand had opgenomen. Ze waren weg. Ze hadden precies gedaan wat ik zei dat ze moesten doen: ze waren begonnen met Coles plan zonder enige hulp van mijn kant. Ik liep door de kamers beneden, mijn laarzen klikten op de hardhouten vloer, maar als er iemand was geweest dan hadden ze ongetwijfeld inmiddels wel geantwoord.

Aan het eind van de gang was de kamer waarin Jack was gestorven. Ik reikte naar binnen en deed het licht aan. Meteen kreeg de kamer die afgrijselijke kleur geel die ik me van de vorige keer herinnerde. Het was duidelijk dat dit nu Coles slaapkamer was. Een joggingbroek lag slordig op de vloer. Glazen en borden en pennen en papier bedekten elk beschikbaar horizontaal vlak. Het bed was niet opgemaakt, en op een bult van de verfrommelde sprei lag een ingebonden leren boekje, een soort dagboek of agenda.

Ik klom in bed – het rook zoals Cole had geroken, die dag dat hij was langsgekomen en zijn best had gedaan om lekker te ruiken – en ging op mijn rug liggen, denkend aan Jack die híér was gestorven. Het was moeilijk om de herinnering boven te halen, en hij was niet sterk genoeg om emotie mee te brengen. Dat gaf me tegelijkertijd een opgelucht en een droevig gevoel; ik raakte Jack kwijt.

Na een tijdje stak ik mijn hand uit en pakte het dagboek. Er zat een pen tussen als bladwijzer. Het idee dat Cole zijn privégedachten misschien wel had opgeschreven, kwam me vreemd voor; ik dacht niet dat hij echt eerlijk kon zijn, zelfs niet op papier.

Ik sloeg het open en bekeek vluchtig de bladzijden. Het was tegelijkertijd niets van wat ik had verwacht en alles.

Eerlijkheid, maar geen emoties. Een nietszeggende chronologie van Coles leven in de afgelopen maand. Woorden sprongen me tegemoet.

Toeval. Rillingen. Matig succes. Oncontroleerbaar beven van handen, ca. twee uur. Veranderd gedurende zevenentwintig minuten. Vreselijk overgeven; misschien vasten?

Het was het ongeschrevene dat ik in dit dagboek zocht. Niet wat ik nodig had, maar waar ik naar verlangde. Ik bladerde verder om te zien of zijn aantekeningen uitgebreider werden, maar dat was niet zo. Ik vond echter wel wat ik nodig had, op de laatste pagina: *Ontmoeten bij parkeerplaats Two Island, dan via 169 en naar noorden bij Knife Lake.*

Het zou me tijd kosten om uit te zoeken waar hij bedoelde bij Two Island Lake; het was er ontzettend groot. Maar nu wist ik waar ik moest beginnen.

67

Grace

En nu, eindelijk, was hij er, zoals ik me hem herinnerde, na al die tijd.

Ik stond in een bosje met bomen met een witte bast toen hij me vond. Mijn gehuil had twee andere roedelleden gelokt tegen de tijd dat we elkaar in het zicht kregen. Hoe dichter we bij elkaar kwamen, hoe onrustiger ik werd; het kostte me moeite om te huilen in plaats van te janken. De anderen probeerden me te troosten, maar ik bleef ze beelden tonen van zijn ogen, probeerde... iets over te brengen. Ik kon niet geloven dat het echt zijn stem was. Pas toen ik zijn ogen zag.

En toen was hij daar, hijgend, onzeker. Hij draafde de open plek op en aarzelde toen hij de twee andere wolven bij me zag.

Maar kennelijk herkenden ze zijn geur, en een veelheid aan beelden flitste tussen ons heen en weer: hoe hij speelde, hoe hij joeg, hoe hij tussen de roedel rende. Ik rende op hem af met mijn staart omhoog en mijn oren gespitst, uitgelaten en trillend. Hij wierp me een beeld toe dat zo sterk was dat ik abrupt bleef staan. Het waren de bomen om ons heen, de witte boomstammen met de zwarte striemen erop, de bladeren vielen omlaag en er stonden mensen tussen. Ik gooide een beeld terug van mezelf terwijl ik hierheen rende om hem te zoeken, me op zijn stem richtte om de weg te vinden.

Weer gooide hij me datzelfde beeld toe.

Ik begreep het niet. Was dit een waarschuwing? Kwamen de mensen eraan? Was het een herinnering? Had hij ze gezien?

Het beeld verschoof, verdraaide: een jongen en een meisje met bladeren in hun handen, het beeld doordrenkt van verlangen. De jongen had de ogen van mijn wolf. Iets binnen in me deed pijn.

Grace.

Ik jankte zachtjes.

Ik begreep het niet, maar voelde nu die bekende steek van verlies en leegte binnen in me.

Grace.

Het was een geluid dat niets en alles betekende.

Mijn wolf stapte behoedzaam naar me toe, wachtend tot mijn oren overeind kwamen voordat hij aan mijn kin likte en aan mijn oren en snuit snuffelde. Ik had het gevoel dat ik een heel leven op hem had gewacht; ik trilde ervan. Ik kon niet ophouden me tegen hem aan te drukken, met mijn neus tegen zijn wang te porren, maar dat gaf niet, want hij was net zo vasthoudend. Voor genegenheid moest je elkaar aanraken en stoeien.

Nu stuurde hij me eindelijk een beeld dat ik wel kon begrijpen: wij tweeën, met onze kop achterover, samen zingend, roepend naar de andere wolven in het bos. Er zat een ondertoon van drang achter, van gevaar. Dat waren allebei dingen die ik kende.

Hij legde zijn kop in zijn nek en huilde. Het was een langgerekte, vurige kreet, droevig en helder, en het gaf me meer begrip van dat woord *Grace* dan ik van zijn beelden had gekregen. Even later opende ik mijn bek en huilde mee.

Samen waren onze stemmen luider. De andere wolven drukten zich tegen ons aan, snuffelend, jankend en uiteindelijk meehuilend. Er was geen plek in het bos waar je ons niet zou horen.

68

Cole

Het was kwart over vijf 's morgens.

Ik was zo moe dat ik me niet kon voorstellen dat ik zou slapen. Ik was zo moe dat mijn handen trilden en ik lichtpuntjes aan de randen van mijn gezichtsveld zag, en beweging waar geen beweging was.

Sam was er niet.

Wat een vreemde wereld was dit, dat ik hier was gekomen om alles aan mezelf te verliezen en dat ik in plaats daarvan alles had verloren behalve mezelf. Het was mogelijk dat ik één molotovcocktail te veel over Gods hek had gegooid. Het zou wel een goddelijk ironische straf zijn om me eindelijk te leren om dingen te geven en dan alles te verwoesten waar ik om gaf.

Ik wist niet wat ik zou doen als dit mislukte. Ik besefte dat ik ergens tijdens dit hele proces was gaan denken dat Sam hier echt toe in staat was. Er was geen enkel deel van me geweest, zelfs geen klein stukje, dat iets anders had geloofd, en dus was het gevoel dat ik nu in mijn borst had er een van teleurstelling en verraad.

Ik kon niet terug naar dat lege huis. Het was niets zonder de mensen erin. En ik kon ook niet terug naar New York. Dat was al heel lang mijn thuis niet meer. Ik was een man zonder land. Ergens in de afgelopen tijd was ik de roedel geworden.

Ik knipperde met mijn ogen en wreef erin. Ik zag weer beweging langs de rand van mijn gezichtsveld: drijvertjes, troostprijzen in plaats van werkelijk zicht in dit schemerige licht. Ik wreef nog eens en legde mijn voorhoofd op het stuur.

Maar de beweging was er echt.

Het was Sam, die met zijn gele ogen behoedzaam naar de auto keek.

En achter hem stonden de wolven.

69

Sam

Alles hieraan voelde verkeerd. We waren in de openheid, we stonden opeengepakt, we waren te dicht bij het voertuig. Mijn nekharen kwamen instinctief omhoog. Het licht van de maan gloeide binnen de mist en maakte de wereld kunstmatig licht. Een paar wolven wilden achteruitdeinzen naar de duisternis tussen de bomen, maar ik begon te rennen en dreef ze terug naar het meer. Kortstondige beelden flitsten door mijn kop: wij, bij het meer, allemaal samen. Ik en zij. *Grace.*

Grace. Zoek de wolven. Het meer.

Ik had die dingen gedaan. En nu? Er was geen *en nu*.

Grace rook mijn onrust. Ze snuffelde aan mijn snuit en leunde tegen me aan, maar ik werd niet gerustgesteld.

De roedel was rusteloos. Ik moest me weer losmaken om een paar weglopers terug te drijven naar het meer. De witte wolvin – Shelby – grauwde naar me, maar ze viel niet aan. De wolven bleven naar het voertuig kijken; er zat een persoon in.

En nu, en nu?

Ik werd verscheurd door het onbekende.

Sam.

Ik bewoog me met een ruk. De herkenning trok door me heen.

Sam, luister je?

Toen, heel duidelijk, een beeld. Van de wolven die over de weg renden, vrijheid verderop, en iets... iets dreigends erachter.

Ik draaide met mijn oren, op zoek naar de bron van die informatie. Ik keek weer naar het voertuig; mijn blik werd opgevangen door de strakke blik van de jongeman. Weer kreeg ik dat beeld door, deze keer nog duidelijker. Er dreigde gevaar. De roedel rennend over de weg. Ik pakte dat beeld over, verscherpte het en gooide het de andere wolven toe.

Grace' kop kwam met een ruk omhoog terwijl ze mijn werk deed: ze hield een wolf tegen die terug wilde tussen de bomen. Over twintig bewegende lijven heen ontmoette ik haar blik en hield die heel even vast.

In mijn poten voelde ik de trilling van iets onbekends. Iets wat dichterbij kwam.

Grace gooide me een beeld toe. Een suggestie. De roedel, met mij voorop om hen weg te leiden van de naderende dreiging achter ons. Zij ernaast, om ze achter me aan te drijven.

Ik kon het beeld dat me vanuit de auto werd toegezonden niet wantrouwen, want het ging gepaard met dit, steeds opnieuw: *Sam*. En dat maakte het goed, ook al kon ik het concept niet helemaal in mijn kop houden.

Ik stuurde een beeld naar de roedel. Geen verzoek. Een bevel: dat we vertrokken. Dat ze achter me aan moesten komen.

Eigenlijk zou Paul, de zwarte wolf, de bevelen moeten geven en ieder ander zou gestraft moeten worden voor zijn brutaliteit.

Even gebeurde er niets.

Toen begonnen we te rennen, vrijwel tegelijkertijd. Het leek alsof we op jacht waren, alleen was wat we achtervolgden te ver weg om te zien.

Alle wolven luisterden naar me.

363

70

Cole

Het werkte.

Zodra ik echter begon te volgen in de Volkswagen, verspreidden ze zich en duurde het een tijdje voordat ze weer bij elkaar terugkwamen. Het werd bijna licht; we hadden geen tijd om ze te laten wennen aan de auto. Dus stapte ik uit en gooide zo goed mogelijk beelden naar ze toe – ik begon er beter in te worden, hoewel ik wel dicht bij ze moest zijn – en rende te voet verder. Niet stompzinnig dicht bij ze; ik bleef grotendeels in de berm lopen om me te kunnen oriënteren, en zij liepen tientallen meters voor me. Ik probeerde alleen dicht genoeg in de buurt te blijven om hun richting in de gaten te kunnen houden. Ik kon niet geloven dat ik eerder nog hun traagheid had vervloekt. Als ze minder verward waren geweest, had ik ze nooit kunnen bijhouden. Maar ik rende met hen mee, bijna weer een lid van de roedel, terwijl zij onder het afnemende maanlicht draafden. Ik wist niet zeker wat er zou gebeuren als ik moe werd. Op dit moment, gedreven door adrenaline, kon ik het me niet voorstellen.

Zelfs de cynicus in me moest toegeven dat het een spektakel was om de wolven te zien springen en duiken en buitelen en tegen elkaar drommen. En vooral om Sam en Grace te zien.

Ik kon beelden naar Sam sturen, dat wel, maar het kostte hem overduidelijk moeite om ze te begrijpen. Sam en Grace, echter, allebei wolven, hadden hun connectie; Sam hoefde amper zijn kop te draaien en Grace hield al in om een wolf aan te sporen die was blijven staan om een interessante geur te onderzoeken. Of Grace ving een van mijn beelden op en vertaalde het voor Sam met een zwieper van haar staart, en ineens veranderden ze dan van richting zoals ik het wilde. En hoewel de roedel een urgentie in zich had, raakten Sam en Grace elkaar tijdens het rennen steeds aan, snuffelden aan elkaar, botsten tegen elkaar aan. Alles wat ze als mensen hadden, was vertaald.

Maar we hadden het volgende probleem: ten noorden van Boundary Wood lag een groot, vlak stuk land waar alleen struikachtige boompjes groeiden. Zolang de wolven over dat stuk naar het volgende beboste gedeelte liepen, vormden ze eenvoudige doelwitten. Ik was er een keer langsgereden en toen had de afstand niet zo groot geleken. Maar dat was toen ik in een auto zat en negentig kilometer per uur reed. Nu haalden we te voet misschien tien tot twaalf kilometer per uur. En de rand van de horizon begon roze te worden terwijl de zon overwoog op te komen. Te snel. Of misschien waren wij te laat. De struikjes strekten zich mijlenver voor ons uit. De wolven zouden het kale terrein nooit kunnen oversteken voordat de zon opkwam. Het enige wat ik kon doen, was hopen dat de helikopter traag op gang kwam. Dat hij aan de andere kant van Boundary Wood begon en zich meer zorgen maakte over waarom daar geen wolven meer leken te zijn. Als we geluk hadden, zou het zo gaan. Als de wereld eerlijk was.

71

Isabel

Tegen de tijd dat ik de Volkswagen vond, achtergelaten op de parkeerplaats bij het meer, kwam de zon op. Ik schold op Cole omdat hij Sams telefoon thuis had laten liggen, omdat hij de auto had laten staan, maar toen zag ik dat de roedel een chaos van sporen had achtergelaten op de bedauwde ondergrond. Meer wolvenafdrukken dan ik ooit eerder had gezien. Hoeveel waren dat er? Tien wolven? Twintig? De struiken waren geplet waar ze hadden gewacht, en toen leidden de sporen de weg op. Net zoals in het dagboek had gestaan. Over de 169.

Ik was zo uitgelaten dat ik op het juiste spoor zat dat ik me aanvankelijk niet realiseerde wat het betekende dat ik de sporen zo duidelijk kon zien. De zon kwam op, dus hadden we niet veel tijd meer. Nee, we hadden al geen tijd meer, behalve als de wolven ver bij het bos vandaan waren. Er lag een groot, lelijk stuk kaal terrein langs de 169 die wegleidde van Boundary Wood en Mercy Falls. Als de wolven daar werden onderschept, zouden ze volkomen blootstaan aan mijn vader en zijn ambitieuze geweer.

Het enige waar ik aan kon denken, was dat alles goed zou komen als ik de wolven maar kon bereiken. Dus racete ik in mijn suv verder over de weg. Ik had het ijskoud, besefte ik; al was het niet eens zo koud, gewoon de normale kilte van de vroege ochtend, maar ik kon het niet warm krijgen. Ik zette de verwarming hoog en omklemde het stuur. Er was geen verkeer; wie zou er nu op deze plattelandsweg zijn bij zonsopgang, behalve wolven en de mensen die erop joegen? Ik wist niet zeker in welke categorie ik dan thuishoorde.

En daar, plotseling, waren de wolven. In het schemerlicht van de zonsopgang waren ze donkere vlekken tegen de met struiken begroeide ondergrond, alleen maar zichtbaar als verschillende tinten grijs en zwart toen ik dichterbij kwam. Natuurlijk bevonden ze zich pal in het midden van dat kale stuk grond, uitgestrekt in lange, ordelijke rijen van twee en drie, als perfecte doelwitten. Toen ik naderde, zag ik de wolf die Grace was vooraan – de vorm van haar lichaam, de lengte van haar poten en hoe ze haar kop hield, waren onmiskenbaar – en naast haar Sam. Ik zag een witte wolf en een kort, verwarrend moment lang dacht ik dat het Olivia was. Toen herinnerde ik het me weer en besefte ik dat het Shelby moest zijn, de gestoorde wolvin die ons zo lang geleden naar de kliniek was gevolgd. De andere wolven waren vreemden voor me. Gewoon wolven.

En daar, ver voor me uit, mee rennend langs de kant van de weg, een mens. De laagstaande zon rekte zijn schaduw honderd keer langer uit dan hij zelf was. Cole St. Clair, die mee rende met de wolven. Af en toe moest hij om rommel langs de weg stappen en soms sprong hij een paar passen over de greppel en weer terug. Hij stak zijn armen uit om in evenwicht te blijven terwijl hij sprong, zonder zich te generen, als een kind. Het gebaar van Cole die met de wolven mee rende, had iets zo gróóts dat het laatste wat ik tegen hem had gezegd maar door mijn hoofd bleef spoken. De schande warmde me op waar al het andere niet werkte.

Ik had een nieuw doel. Ik zou hem zeggen dat het me speet als dit voorbij was. Het viel me toen pas op dat er iets in mijn dashboardkastje lag te rammelen. Ik drukte mijn hand op het dashboard en toen tegen het deurpaneel, in een poging te ontdekken wat het was.

En toen besefte ik dat het helemaal niet van de binnenkant van de suv kwam. Ik draaide het raampje omlaag.

Vanuit de richting van de bossen hoorde ik het geluid van helikopterwieken die steeds dichterbij door de lucht zwiepten.

Cole

Het volgende gedeelte ging zo snel dat ik de gebeurtenissen niet echt kon volgen of begrijpen.

Er klonk een *womp womp womp* van een helikopter, en het geluid was twee keer zo snel als het getrommel van de hartslag in mijn oren. Het was snel, vergeleken met ons, en laag, en luider dan een explosie. In dit licht stak hij zwart af tegen de hemel; zelfs als mens vond ik het net een monster. Hij voelde als de dood. Iets binnen in me prikkelde, een behoedzaam voorgevoel. Het tempo van de wieken kwam precies overeen met een van mijn oude nummers, en de tekst ervan kwam ongevraagd in mijn hoofd op. *Ik ben vervangbaar.*

De wolven reageerden onmiddellijk. Het geluid bereikte hen als eerste en ze begonnen grillig te bewegen, naar elkaar toe drommend en zich weer verspreidend. Toen de helikopter dichterbij kwam, draaiden ze onder het rennen hun kop omhoog. Nu trokken ze hun staart tussen hun poten en legden hun oren plat.

Doodsangst.

Er was geen enkele dekking. De mensen in de helikopter hadden mij niet gezien, of anders interesseerde het ze niet. Sams kop was half naar mij toe gedraaid, luisterend naar mijn aanwijzingen. Grace was vlakbij en probeerde de paniekerige wolven bij elkaar te houden. Ik bleef het beeld uitzenden dat ze naar de bossen aan de andere kant van dit open terrein moesten, maar de bomen leken ver weg en onbereikbaar.

Ik keek naar de wolven, de helikopter en de grond, en probeerde een nieuw plan te bedenken, iets wat hen in de komende twintig seconden kon redden. Ik zag Shelby achter aan de groep. Ze hapte naar Beck, die de wolven vanuit de achterhoede opdreef. Hij hapte terug, maar ze hield niet op. Net als een mug keerde ze steeds weer terug. Ze was zo lang niet in staat geweest om iemand in de roedel uit te dagen vanwege hem, en nu hij was afgeleid, sloeg ze toe.

Zij en Beck bleven verder achter op de rest van de roedel. Ik wilde dat ik beter had gevochten toen ik haar de vorige keer in het bos was tegengekomen. Ik wilde dat ik haar had gedood.

Sam voelde op de een of andere manier aan dat Beck achterbleef, en dus hield hij ook in en liet Grace de leiding overnemen. Zijn blik was op Beck gericht.

Het geluid van de helikopter was zo luid, zo allesoverstemmend, dat het voelde alsof ik nooit iets anders had gehoord. Ik stopte met rennen.

En toen begon het allemaal te snel te gaan. Sam grauwde naar Shelby, en zij liet Beck staan alsof ze het nooit op hem voorzien had gehad. Even dacht ik dat Sams gezag de overhand had gekregen.

Toen dook ze op hem af.

Ik dacht dat ik een waarschuwing had gestuurd. Ik had een waarschuwing moeten sturen.

Het zou hoe dan ook te laat zijn geweest, zelfs als ze naar me hadden geluisterd.

Rondom hen spoot aarde omhoog, alle kanten op, en voordat ik begreep wat het was, viel Beck neer. Hij krabbelde op, beet naar zijn rug, viel weer om. Er klonk nog meer geknetter, amper hoorbaar bij het lawaai van de helikopter, en deze keer ging hij neer en bleef liggen. Zijn lijf was een wrak, aan stukken.

Ik kon er niet bij stilstaan. Beck. Hij stuiptrekte, hapte, krabbelde zonder op te staan. Hij veranderde niet. Hij was stervende. Zijn lijf was te verwoest om zichzelf te genezen.

Ik kon er niet naar kijken.

Ik kon niet wegkijken.

Sam kwam met een ruk tot stilstand en ik zag zijn bek een gejammer vormen dat ik van hieraf niet kon horen. We waren allebei verlamd; Beck kon niet sterven.

Hij was een reus.

Hij was dood.

Gebruikmakend van het feit dat Sam afgeleid was, dook Shelby weer tegen zijn flank aan en werkte hem tegen de grond. Ze rolden om en kwamen besmeurd met modder weer overeind. Ik probeerde Sam beelden te sturen, te zeggen dat hij haar moest afschudden en door moest rennen, maar hij luisterde niet, ofwel omdat hij niets anders zag dan Beck of omdat Shelby al zijn aandacht opeiste.

Ik had haar moeten doden.

Voor hen uit vloog de helikopter nog steeds langzaam achter de andere wolven aan. Er volgde nog een ontploffing van aarde, en toen nog een, maar deze keer vielen er geen wolven. Ik had maar één tel om te denken *Misschien blijft Beck de enige* toen een wolf in het midden van de roedel halverwege een pas omviel, omrolde en schokte. Het duurde een paar lange minuten voordat de twee geweren in de helikopter de klus hadden afgemaakt.

Dit was een ramp.

Ik had de wolven het bos uit geleid om langzaam, een voor een, te worden afgeschoten. De dood in zeven trage kogels.

De helikopter maakte een bocht. Ik zou graag hebben gedacht dat hij de jacht opgaf, maar ik wist dat ze gewoon een rondje vlogen om beter op de wolven te kunnen mikken. De roedel was ver uiteengedreven van angst; nu Sam met Shelby vocht, kwamen zij bijna niet meer vooruit. Ze waren zo dicht bij het bos. Ze konden de beschutting bereiken, als ze maar doorrenden. Ze hadden alleen even wat tijd nodig zonder dat die helikopter hen de stuipen op het lijf joeg.

Maar we hádden geen tijd. En nu Sam en Shelby waren afgescheiden van de rest van de roedel, wist ik dat zij als volgende aan de beurt waren.

Ik zag nog steeds voor me hoe Beck was gestorven.

Dat kon ik niet met Sam laten gebeuren.

Ik dacht niet eens na. Mijn schaduw die zich voor me uitstrekte, groef in de zak van mijn cargobroek op hetzelfde moment dat ik dat ook deed. Ik trok de spuit eruit, rukte met mijn tanden het dopje eraf en stak hem in mijn ader. Geen tijd om erover na te denken. Geen tijd om me ridderlijk te voelen. Alleen maar... een snelle, hortende golf van pijn door me heen en toen de stille stuwing van de adrenaline die hielp de verandering te versnellen. Ik was een wereld van pijn, en toen was ik een wolf en rende ik.

Shelby. Dood Shelby. Red Sam.

Dat was alles wat ik hoefde te onthouden, en de woorden glipten al weg toen ik me met al mijn kracht op Shelby stortte. Ik was niets anders dan mijn kaken en mijn grauw. Mijn tanden haakten zich om haar oog, net zoals ik van haar had geleerd. Ze draaide en hapte, wist dat het me deze keer ernst was. Er zat geen woede in mijn aanval. Alleen maar meedogenloze vastberadenheid. Zo had ons eerdere gevecht moeten zijn.

Bloed vulde mijn mond, van Shelby of van mezelf doordat ik op mijn tong had gebeten.

Ik smeet Sam een beeld toe. *Loop door.* Ik wilde hem vooraan hebben, bij Grace. Ik wilde hem bij mij weg hebben, terug bij de roedel, een van velen in plaats van een solitair, stilstaand doelwit.

Waarom ging hij niet? *LOOP DOOR.* Ik kon er geen echt verzoek van maken. Er waren manieren om hem te overtuigen, maar mijn gedachten konden ze niet langer op een rijtje krijgen. Toen stuurde Grace een beeld naar ons terug. De roedel, stuurloos en verspreid, de bossen zo dichtbij maar zonder hem zo ver buiten bereik. De helikopter keerde terug. Beck was dood.

Ze waren doodsbang. Sam. Ze hadden hem nodig. Zíj had hem nodig.

Hij wilde mij niet achterlaten.

Ik liet Shelby los om naar hem te grauwen met alles wat ik in me had. Zijn oren gingen heen en weer, en toen was hij weg. Alles in me wenste dat ik met hem mee ging.

Shelby dook naar voren om Sam achterna te gaan, maar ik smeet haar weer neer. We rolden over het zand en de stenen. Ik had aarde in mijn bek en ogen. Ze was woest. Steeds opnieuw stuurde ze me dezelfde beelden, overstelpte me bijna met het gewicht van haar angst, jaloezie, woede. Ze bleef me die beelden sturen. Hoe ze Sam doodde. Hoe ze Grace doodde. Hoe ze zich een weg vocht naar de top van de roedel.

Ik greep haar keel beet. Ik schepte geen vreugde in deze wraak. Ze kronkelde, maar ik hield vast, omdat het moest.

72

Grace

De roedel was volkomen gedesoriënteerd. Aanvankelijk had mijn wolf me beelden gestuurd, en vreemd genoeg kwamen ze ook van de jongen die met ons mee rende. Nu hadden we geen van beide, en ik moest de andere wolven zo goed mogelijk weer in het gareel krijgen, maar ik was hém niet. Ik had zelf nog maar pas geleerd een wolf te zijn. Hij moest degene zijn die hen naar elkaar toe trok. Maar zijn ellende zoemde te luid in mijn kop om ruimte over te laten voor iets anders. *Beck, Beck, Beck,* waarvan ik nu ineens begreep dat het de naam was van de eerste wolf die was neergegaan. Mijn wolf wilde teruggaan naar Becks lichaam, maar ik had de beelden al gezien. Zijn lijf was verwoest, er was weinig waaraan je nog kon zien dat hij ooit had geleefd. Hij was er niet meer.

Het donderende voertuig, dat zwart afstak tegen de lucht, kwam met een oorverdovend lawaai weer dichterbij. Het was een ontspannen roofdier dat de tijd nam om ons te benaderen.

In paniek stuurde ik mijn wolf een beeld toe van de roedel die onder onze leiding rustiger werd en ontsnapte in de dekking van de bomen. Al die tijd rende ik om de dichtstbijzijnde wolven heen, probeerde ze weer in beweging te krijgen, duwde ze in de richting van het bos. Terwijl mijn wolf op me af kwam rennen, vormden de beelden die hij me stuurde een muur van plaatjes en geluiden die ik niet kon interpreteren. Ik ving er slechts één van de honderd op. Het was allemaal met elkaar verweven, en ik snapte er niets van.

En nog steeds kwam dat monster van boven de bomen aan.

Mijn wolf stuurde me een dringende, losse gedachte.

Cole. Shelby.

Misschien door de kracht van die gedachte, of misschien omdat de zon me verwarmde en ik binnen in me een schaduw voelde van iemand die ik voorheen was, wist ik wie hij bedoelde.

Ik keek achterom, nog steeds half zijdelings rennend om mijn vaart niet te verliezen. Daar waren Cole en Shelby, verwikkeld in een adembenemend fel gevecht. Ze waren bijna te ver weg om duidelijk te zien, helemaal onder aan de glooiende helling waar we op liepen. Maar er was niets wat mijn uitzicht versperde toen het zwarte schepsel achter hen in de lucht brulde. Er klonk een reeks ploffen, amper te onderscheiden van het gerommel boven ons, en toen liet Shelby Cole los.

Hij krabbelde achteruit terwijl zij in het wilde weg om zich heen hapte. Vlak voordat ze neerviel, wendde ze zich naar mij toe. Haar gezicht was een rode massa, of misschien was er een rode massa waar haar gezicht vroeger zat.

De helikopter kwam brullend, laag aanvliegen.

Een tel later viel Cole ook.

73

Isabel

Eigenlijk had ik nooit echt geloofd dat het zover kon komen.

Cole.

De witte wolvin trappelde nog steeds met één zwakke achterpoot, maar Cole... Cole lag roerloos op de plek waar hij was gevallen.

Mijn hart plofte in mijn borst. Kleine explosies van aarde volgden de schoten van mijn vader verderop in de roedel. Sam en Grace galoppeerden nu in volle vaart naar de bomen die ze nooit zouden bereiken. De rest van de roedel holde achter hen aan.

Mijn eerste gedachte was een egoïstische. *Waarom van al die wolven nou net Cole? Waarom nou net degene om wie ik geef?*

Maar toen zag ik dat de grond bezaaid lag met lichamen, dat Cole slechts een van de zes was die waren gevallen. En hij had het zichzelf op de hals gehaald, toen hij zag dat Sam in gevaar verkeerde. Hij had geweten wat er kon...

Ik was te laat.

De helikopter maakte een bocht om een achterblijver te volgen. De zon was een felle rode schijf aan de rand van de horizon; hij glinsterde op het kenteken aan de zijkant van de helikopter. De deur stond open en achter de piloot zaten twee mannen met hun geweren op de grond gericht, aan elke kant één. Een van hen was mijn vader.

Ineens wist ik het.

Ik kon... Ik kon Cole niet redden.

Maar ik kon Sam en Grace wel redden. Ze waren bijna bij het bos.

Zo, zo dichtbij. Ze hadden nog maar een paar seconden nodig.

De achterblijver was dood. Ik wist niet wie het was. De helikopter draaide langzaam terug om nog een keer aan te vliegen. Ik keek om naar Cole; ik had niet beseft hoezeer ik hoopte dat hij zou bewegen tot ik zag dat hij nog steeds roerloos lag.

Ik kon niet zien waar hij was geraakt, maar ik zag wel dat er bloed om hem heen lag, en hij was plat en klein en zag er heel, heel on-beroemd uit. Hij was in elk geval niet het wrak dat sommige andere wolven waren. Daar had ik niet tegen gekund.

Het moest snel zijn gegaan. Ik hield me voor dat het snel was gegaan.

Mijn adem stokte in mijn borst.

Ik moest er niet aan denken. Ik moest er niet aan denken dat hij dood was.

Maar ik deed het toch.

En ineens kon het me niet meer schelen dat mijn vader kwaad op me zou worden, dat het een miljoen problemen zou veroorzaken, dat het elk beetje vooruitgang dat we leken te hebben bereikt weer zou tenietdoen.

Ik kon dit tegenhouden.

Terwijl de helikopter weer kwam aanvliegen, smeet ik mijn suv de weg af en het terrein met struiken op, rijdend over een heuveltje langs de weg. De auto was waarschijnlijk nooit echt bedoeld geweest om mee offroad te rijden, en hij stuiterde en maakte geluiden alsof hij uit elkaar viel en er zielen uit de hel uit het chassis probeerden te ontsnappen, en ik dacht dat er waarschijnlijk een as zou breken, als zoiets al mogelijk was.

Ondanks het gerammel en gehots was ik sneller dan de wolven, en dus reed ik dwars tussen ze door, recht tussen twee roedelleden door, joeg ze uiteen en dwong ze voor me uit. Meteen stopten de schoten. Stof woei achter me op in enorme wolken, waardoor de helikopter niet meer te zien was. Verderop zag ik de wolven achter Sam en Grace aan het bos in springen, de een na de ander. Het voelde alsof mijn hart zou exploderen.

Het stof daalde rondom me neer. De helikopter zweefde boven me. Ik haalde diep adem, opende mijn zonnedak en keek naar boven. Er zweefde nog steeds stof in de lucht, maar ik wist dat mijn vader me vanuit de open zijkant van de helikopter had gezien. Zelfs zo hoog in de lucht kende ik dat gezicht. De schok, het afgrijzen en de schaamte, alles tegelijk.

Ik wist niet wat er nu ging gebeuren.

Ik wilde huilen, maar ik bleef alleen maar staren totdat de allerlaatste wolf in het bos was verdwenen.

Mijn telefoon zoemde op de stoel naast me. Een sms van mijn vader.

ga daar weg

Ik sms'te terug.

jij eerst

74

Sam

Ik veranderde zonder enige ceremonie terug in een mens. Alsof het geen wonder was.

Alleen maar dit: de zon op mijn rug, de warmte van de dag, de weerwolf die zijn koers volgde door mijn veranderlijke aderen en toen Sam, de mens.

Ik was bij de lodge, en Koenig stond te wachten. Zonder iets over mijn naaktheid te zeggen, reikte hij me een T-shirt en joggingbroek aan uit zijn auto.

'Er staat een pomp achter, als je je wilt wassen,' zei hij, hoewel ik niet vuil kon zijn. De huid die ik nu droeg, was vers gemaakt.

Ik liep toch naar de achterkant van de lodge, verwonderde me over mijn passen, mijn handen, mijn trage menselijke hartslag. Toen het water uit de oude metalen pomp begon te stromen, zag ik dat mijn handpalmen en knieën toch vuil waren omdat ik op de grond had gezeten toen ik veranderde.

Ik schrobde mijn huid, trok de kleren aan en dronk een beetje water. Inmiddels kwamen mijn gedachten wervelend bij me terug, en ze waren wild en aanzwellend en onzeker. Het was me gelukt. Ik had de roedel hierheen geleid, ik was weer terugveranderd naar mezelf, ik was een wolf geweest en was trouw aan mezelf gebleven, of misschien niet helemaal aan mezelf, maar in elk geval aan mijn hart.

Het was onmogelijk, maar hier stond ik, bij de lodge en in mijn eigen huid.

En toen zag ik Becks dood weer voor me, en mijn adem was een rollend schip op zee, onregelmatig en gevaarlijk.

Ik dacht aan Grace in het bos, wij allebei als wolf. Het gevoel van naast haar rennen, te hebben waar ik al die jaren over had gedroomd voordat ik haar goed had gekend als meisje. De uren die we samen als wolven hadden doorgebracht, waren precies geweest zoals ik ze me had voorgesteld, zonder woorden die in de weg konden staan. Ik had zulke winters gewild, maar ik wist nu dat we voorbestemd waren, alweer, om die koude maanden gescheiden van elkaar door te brengen. Geluk was een scherf die tussen mijn ribben geramd zat.

En dan Cole.

Dit onmogelijke was alleen maar mogelijk gemaakt dankzij hem. Ik sloot mijn ogen.

Koenig kwam naar me toe bij de pomp. 'Gaat het?'

Ik opende langzaam mijn ogen. 'Waar zijn de anderen?'

'In het bos.'

Ik knikte. Ze waren waarschijnlijk op zoek naar een veilig plekje om uit te rusten.

Koenig sloeg zijn armen over elkaar. 'Goed gedaan.'

Ik keek het bos in. 'Bedankt.'

'Sam, ik weet dat je hier nu niet over wilt nadenken, maar ze zullen terugkomen voor de dode wolven,' zei hij. 'Als je ze wilt...'

'Grace verandert straks ook,' zei ik. 'Ik wil op haar wachten.'

De waarheid was dat ik Grace nodig had. Ik kon daar niet heen zonder haar. En meer dan dat, ik moest haar zíén. Ik kon niet op mijn wolvenherinneringen vertrouwen dat ze het goed maakte totdat ik haar met eigen ogen zag.

Koenig drong niet aan. We gingen de lodge in, en toen haalde hij nog een set kleding uit de auto en legde ze als een soort offergave buiten voor de deur. Hij keerde terug met een piepschuim beker koffie, terwijl hij er zelf ook een dronk. Het smaakte afgrijselijk, maar ik dronk het toch op, te dankbaar voor zijn vriendelijke gebaar om te weigeren.

Ik ging in een van de stoffige stoelen van ons nieuwe huis zitten, mijn hoofd steunend op mijn handen, kijkend naar de vloer en bladerend door mijn wolvenherinneringen.

Ik herinnerde me het laatste wat Cole tegen me had gezegd: *Ik zie je aan de overkant.*

En toen werd er zachtjes geklopt, en het was Grace, gekleed in een iets te groot T-shirt en een joggingbroek. Alles wat ik tegen haar had willen zeggen – *We zijn Cole kwijt. Beck is dood. Jij leeft nog* – loste op op mijn tong.

'Dank u,' zei Grace tegen Koenig.

'Mensenlevens redden,' zei Koenig, 'is mijn werk.'

Toen liep ze naar mij toe en omhelsde me stevig, terwijl ik mijn gezicht tegen haar hals drukte. Na een poosje stapte ze achteruit en zuchtte. 'Laten we ze gaan halen.'

75

Sam

Vergeleken met onze tocht van die ochtend kostte het nauwelijks tijd om terug te komen naar het terrein waar de helikopter ons had gevonden.

En daar lag Beck; zijn lichaam was een wrak. Er lagen allerlei inwendige organen waarvan ik nooit had gedacht dat hij ze had aan de buitenkant.

'Sam,' zei Grace tegen me.

Zijn lichaam was zo plat en dun, alsof er niets meer in zat. En misschien was dat ook wel zo. Misschien was het allemaal weggevaagd in de knal. Maar die stukken. Die hij met zich mee had gesleept voordat hij stierf. Ik dacht aan de vogel die Shelby had gedood op onze oprit.

Sam.

Zijn bek stond open, de tong lag over de tanden. Niet zoals bij een hijgende hond, maar op een vreemde, onnatuurlijke manier. Door de hoek van zijn tong kreeg ik het idee dat zijn lijf stijf moest aanvoelen. Net als een hond die was aangereden door een auto, eigenlijk, alleen maar een dood lijf.

sam

zeg

maar zijn ogen
iets
het lichaam had zijn ogen
sam
en ik had nog zoveel tegen hem te zeggen
je maakt me bang

Ik zou me wel redden. Ik redde me wel. Het was alsof ik al die tijd had geweten dat hij dood zou gaan. Dood zou zijn. Dat we zijn lijf zo zouden aantreffen, verwoest en ongedaan gemaakt, dat hij weg zou zijn en we nooit meer zouden herstellen wat gebroken was. Ik zou niet gaan huilen, want dit was gewoon hoe het zou zijn. Hij zou weg zijn, maar hij was al eerder weggeweest en dit zou niet anders voelen, dit absolute weg zijn, dit voor altijd weg zijn, dit weg zijn zonder hoop op lente en warm weer om hem bij me terug te brengen.

Ik zou niets voelen omdat er niets te voelen viel. Ik had het idee dat ik dit moment al duizend keer had meegemaakt, zo vaak dat ik er geen energie of emotie meer voor kon oproepen. Ik probeerde het idee uit in mijn hoofd, *Beck is dood, Beck is dood, Beck is dood*, wachtend op tranen, op gevoel, op wat dan ook.

De lucht om ons heen rook naar de lente, maar voelde als de winter.

Grace

Sam stond daar maar, trillend, met zijn handen langs zijn lichaam, zwijgend starend naar het lijf aan onze voeten. Ik zag iets vreselijks in zijn gezicht en de ene na de andere geluidloze traan rolde over mijn wangen.

'Sam,' smeekte ik. 'Alsjeblieft.'

Sam zei: 'Het gaat wel.'

En toen zakte hij gewoon zwakjes op de grond in elkaar. Hij was een opgerolde vorm, met zijn handen achter zijn hoofd trok hij zijn gezicht naar zijn knieën toe, het huilen zo ver voorbij dat ik niet wist wat ik moest doen.

Ik hurkte bij hem neer en sloeg mijn armen om hem heen. Hij beefde en beefde, maar er kwamen geen tranen.

'Grace,' fluisterde hij, en in dat ene woord hoorde ik zoveel pijn. Hij streek steeds opnieuw met zijn hand door zijn haar, greep een handvol vast en liet het weer los, eindeloos. 'Grace, help me. Help me.'

Maar ik wist niet wat ik moest doen.

76

Grace

Met Koenigs telefoon belde ik Isabel.

Sam, Koenig en ik hadden een uur lang tussen de struiken door gelopen en de morbide taak verricht van het tellen van de wolvenlichamen en kijken of Sam ze herkende. Zeven wolven waren dood, inclusief Beck. We waren nog niet bij het lichaam van Shelby of Cole aanbeland.

Sam stond een stukje verderop en keek het bos in, zijn vingers verstrengeld tegen zijn achterhoofd. Zoals altijd was het een gebaar dat ontzettend Sam was, maar ook Beck. Ik wist niet of ik dat ooit tegen Sam had gezegd. Ik wist niet of het zou helpen of hem alleen maar meer verdriet zou doen als ik het nu zou zeggen.

'Isabel,' zei ik.

Isabel zuchtte alleen.

'Ik weet het. Hoe gaat het met jou, daar?'

Isabels stem klonk merkwaardig. Misschien had ze gehuild. 'O, zoals gebruikelijk. Ik heb huisarrest voor de rest van mijn leven, en dat is zeg maar tot volgende week, want daarna gaan ze me vermoorden. Ik ben nu op mijn kamer omdat ik het schreeuwen beu ben.' Dat verklaarde haar stem.

'Sorry,' zei ik.

'Dat hoef je niet te zeggen. Ik kwam een beetje laat, hè?'

'Maak jezelf geen verwijten, Isabel. Ik weet dat je dat graag doet, maar je was de wolven niets verschuldigd, en toch was je er.'

Ze zei lange tijd niets, en ik vroeg me af of ze me geloofde. Uiteindelijk zei ze: 'Ze sturen me naar Californië om bij mijn oma te gaan wonen totdat het huis hier is verkocht.'

'Wát?'

Ik sprak zo scherp dat Sam fronsend mijn kant op keek.

Isabels stem klonk volkomen vlak. 'Ja. Na het eindexamen stap ik met mijn spullen in het vliegtuig. Isabel Culpeper. Dit is haar nobele einde. Terug naar Californië met de staart tussen de benen. Vind je het zwak van me dat ik er niet gewoon vandoor ga?'

Nu was het mijn beurt om te zuchten. 'Als je je ouders kunt vasthouden, moet je hierin meegaan. Je ouders houden van je, ook al is je vader een eikel. Dat betekent niet dat ik wil dat je weggaat.' Isabel in Californië? 'Onvoorstelbaar. Weet je zeker dat ze zich niet meer bedenken?'

Ze snoof. Het was een rauw geluid, een nieuwe wond.

'Bedank haar van me,' zei Sam.

'Sam zegt bedankt.'

Isabel lachte. *Ha. Ha. Ha.* 'Omdat ik de staat uit ga?'

'Omdat je ons leven hebt gered.'

Even zeiden we allebei niets. Ergens op het meer hoorde ik de kreet van een fuut. Als ik niet had geweten dat ik hier vanochtend was geweest, zou ik het me niet meer hebben herinnerd. Als wolf zag alles aan deze plek er anders uit.

'Niet van iedereen,' zei Isabel.

Ik wist niet wat ik daarop moest zeggen, want het was waar. Het was nog steeds niet haar schuld, maar ik kon niet zeggen dat het niet waar was. In plaats daarvan zei ik: 'We zijn op dat veld. Waar lag Coles... eh... waar is hij...'

Ze viel me in de rede. 'Er is een heuveltje langs de weg. Daar zou je mijn bandensporen nog moeten zien. Hij lag er een paar meter voor. Ik moet ophangen. Ik moet...'

De verbinding werd verbroken.

Ik zuchtte, klapte het toestel dicht en gaf de informatie door. Samen volgden we haar aanwijzingen, en die leidden ons naar Shelby's lichaam. Het was verbazingwekkend intact, behalve haar gezicht, dat zo verwoest was dat ik het niet kon verdragen ernaar te kijken. Er was een heleboel bloed. Ik wilde medelijden met haar voelen, maar het enige wat ik kon denken, was: *zij is de reden dat Cole dood is.*

'Eindelijk is ze weg,' zei Sam. 'Ze is gestorven als wolf. Ik denk dat ze daar blij om zou zijn.'

Overal om Shelby's lichaam heen was het gras geplet en zat het onder de rode vegen. Ik wist niet hoe ver hiervandaan Cole was gestorven. Was dit zijn bloed? Sam slikte en keek naar haar, en ik wist dat hij langs het monster keek en iets anders zag. Ik kon dat niet.

Koenig mompelde iets over dat hij moest bellen en liep een eindje bij ons weg.

Ik raakte Sams hand aan. Hij stond in zoveel bloed dat het leek alsof hij zelf gewond was geraakt. 'Gaat het wel?'

Hij wreef over zijn armen; het begon weer af te koelen nu de zon onderging. 'Ik vond het niet verschrikkelijk, Grace.'

Hij hoefde het niet uit te leggen. Ik herinnerde me nog hoeveel vreugde ik had gevoeld toen ik hem als wolf op me af zag komen rennen, ook al kon ik me met geen mogelijkheid zijn naam herinneren. Ik herinnerde me nog dat ik beelden met hem had uitgewisseld aan het hoofd van de roedel. Ze vertrouwden hem allemaal, net als ik. Ik zei zachtjes: 'Omdat je er beter in was.'

Hij schudde zijn hoofd. 'Omdat ik wist dat het niet voor altijd was.'

Ik raakte zijn haar aan en hij boog zijn hoofd om me te kussen, stil als een geheim. Ik leunde tegen zijn borst en samen bleven we zo staan, beschut tegen de kou. Na een paar lange minuten stapte Sam achteruit en keek naar het bos. Even dacht ik dat hij luisterde, maar natuurlijk zouden er nu geen wolven meer huilen in Boundary Wood.

Hij zei: 'Dit is een van de laatste gedichten die Ulrik me uit mijn hoofd heeft laten leren.

Endlich entschloss sich niemand
und niemand klopfte
und niemand sprang auf
und niemand öffnete
und da stand niemand
und niemand trat ein
und niemand sprach: willkommen
und niemand antwortete: endlich.'

'Wat betekent dat?' vroeg ik.

Aanvankelijk dacht ik niet dat Sam zou antwoorden. Hij kneep zijn ogen samen tegen de avondzon, kijkend naar de bossen waar we een eeuwigheid geleden naartoe waren ontsnapt en toen naar de bossen waar we vroeger woonden, nog een eeuwigheid daarvoor. Hij was zo'n andere persoon dan degene die ik voor het eerst had ontmoet toen hij bloedend bij onze achterdeur lag. Die Sam was verlegen geweest, naïef, goedaardig, verloren in zijn liedjes en woorden, en ik zou altijd van die versie van hem blijven houden. Toch was het goed, deze verandering. De oude Sam zou dit niet hebben kunnen overleven. Wat dat betreft gold hetzelfde voor de Grace die ik toen was.

Sam zei, kijkend naar Boundary Wood:

'Uiteindelijk nam niemand een besluit
en niemand klopte aan
en niemand sprong op
en niemand deed open
en er stond niemand
en niemand kwam binnen
en niemand zei: welkom
en niemand antwoordde: eindelijk.'

Onze avondschaduwen waren lang als bomen, nu niets ze blokkeerde. Het leek wel alsof we op een andere planeet stonden, hier op dit struikachtige terrein, waarin ondiepe plassen water ineens oranje en roze opgloeiden met precies dezelfde kleur als de zonsondergang. Ik wist niet waar ik nog meer moest zoeken naar Coles lichaam. Er was nergens om ons heen een spoor van te zien, behalve dan zijn bloed dat op grassprieten was gespetterd en in plasjes op de grond lag.

'Misschien heeft hij zich naar het bos gesleept,' zei Sam op vlakke toon. 'Het instinct zou hem influisteren dat hij zich moest verstoppen, zelfs als hij stervende was.'

Mijn hartslag versnelde. 'Denk je...'

'Er ligt te veel bloed,' antwoordde Sam. Hij keek me niet aan. 'Moet je zien hoeveel. Denk maar terug: ik kon mezelf niet eens genezen van dat ene schot in mijn nek. Hij kan zich niet hebben hersteld. Ik hoop alleen... Ik hoop alleen dat hij niet bang was toen hij stierf.'

Ik zei niet wat ik dacht: maar we waren allemaal bang geweest.

Samen speurden we de bosrand af, voor alle zekerheid. Zelfs toen het donker werd, bleven we zoeken, omdat we allebei wisten dat we toch meer op onze neus afgingen dan op onze ogen.

Maar er was geen spoor van hem. Uiteindelijk had Cole St. Clair gedaan wat hij het beste kon.

Verdwijnen.

77

Isabel

Toen we pas in dit huis woonden, was de pianokamer de enige kamer die ik mooi vond. Ik vond het afschuwelijk dat we vanuit Californië waren verhuisd naar een staat die zo ver van allebei de oceanen lag als maar kon in ons land. Ik haatte de kou, de muffe geur van het huis en de enge bossen eromheen. Ik had het verschrikkelijk gevonden dat mijn kwade broer er nog kwader door was geworden. Ik haatte de schuine wanden in mijn slaapkamer en dat de trap kraakte en dat er altijd mieren in de keuken liepen, hoe duur de apparatuur er ook was.

Maar de pianokamer vond ik prachtig. Het was een ronde kamer die half uit ramen bestond en half uit lambrisering die donkerrood was geschilderd.

In die kamer bevonden zich alleen de piano, drie stoelen en een kroonluchter die onvoorstelbaar genoeg niet kitsch was, gezien de rest van de verlichtingsarmaturen in het huis.

Ik speelde geen piano, maar zat graag op de kruk, met mijn rug naar de piano, om uit de ramen naar het bos te kijken. Van binnenuit leek het niet eng, van een veilige afstand. Er woonden misschien wel monsters, maar niets wat op kon tegen twintig meter tuin, tweeënhalve centimeter glas en een Steinway. De beste manier om de natuur te ervaren, vond ik destijds. Ik had toen nog dagen dat ik dat de beste manier vond om ermee om te gaan.

Vanavond liep ik mijn slaapkamer uit, ontweek mijn ouders die op gedempte toon met elkaar praatten in de bibliotheek, en sloop de pianokamer in. Ik sloot de deur heel zachtjes en ging in kleermakerszit op de kruk zitten. Het was nacht, dus buiten de ramen was niets te zien dan het cirkeltje gras dat verlicht werd door de lamp bij de achterdeur. Het maakte me niet uit dat ik de bomen niet kon zien.

Er woonden daar geen monsters meer.

Ik trok mijn sweater met capuchon om me heen en mijn benen tegen mijn borst, zijdelings op de kruk. Het voelde alsof ik het altijd koud had gehad, hier in Minnesota. Ik bleef maar wachten tot het zomer werd, maar het leek nooit helemaal zover te komen.

Californië klonk op dit moment niet als een vreselijk idee. Ik wilde mezelf ingraven in het zand en een winterslaap houden totdat ik me niet meer zo hol vanbinnen zou voelen.

Toen mijn telefoon ging, schrok ik zo dat mijn elleboog tegen de toetsen van de piano stootte, die een diepe, pijnlijke bons maakten. Ik was vergeten dat ik mijn telefoon nog in mijn zak had.

Ik trok hem eruit en keek op het schermpje. Sams mobiele nummer. Ik voelde me niet echt in staat om te klinken als de Isabel die zij kenden. Konden ze me niet één nacht rust geven?

Ik zette het toestel tegen mijn oor. 'Wat?'

Ik hoorde niets aan de andere kant van de lijn. Ik keek op het schermpje of ik wel bereik had. 'Ja? Hallo? Is daar iemand?'

'Da.'

Ik had geen botten meer in mijn lijf. Ik gleed van de kruk af, probeerde de telefoon stil tegen mijn oor te houden, probeerde mijn hoofd rechtop te houden, want mijn spieren voelden veel te slap om dat te kunnen. Mijn hart bonsde zo pijnlijk in mijn oren dat het even duurde voor ik besefte dat, als hij nog meer had gezegd, ik het niet zou hebben verstaan.

'Jíj,' grauwde ik, omdat ik niets anders kon bedenken. Ik wist zeker dat de rest van de zin nog wel zou komen. 'Ik ben me kapot geschrokken!'

Hij lachte, dat lachje dat ik ook in de kliniek had gehoord, en ik begon te huilen.

'Nu hebben Ringo en ik nog meer gemeen,' zei Cole. 'Je vader heeft op ons allebei geschoten. Hoeveel mensen kunnen dat nou zeggen? Stik je ergens in?'

Ik overwoog op te staan van de vloer, maar mijn benen trilden te erg. 'Ja. Ja, dat is precies wat ik aan het doen ben, Cole.'

'Ik vergat te zeggen dat je die inderdaad aan de lijn had.'

'Waar wás je?'

Hij maakte een smalend geluid. 'In het bos. Om mijn milt weer te laten aangroeien of zoiets. En stukken van mijn bovenbenen. Ik weet niet zeker of mijn betere delen nog werken. Je mag gerust langskomen en een blik onder de motorkap werpen.'

'Cole,' zei ik, 'ik moet je wat vertellen.'

'Ik heb het gezien,' antwoordde hij. 'Ik weet wat je hebt gedaan.'

'Het spijt me.'

Hij zweeg even. 'Dat weet ik.'

'Weten Sam en Grace dat je nog leeft?'

Cole zei: 'De vreugdevolle reünie met hen komt straks. Ik moest jou eerst bellen.'

Even koesterde ik me in die laatste zin. Onthield hem, zodat ik hem later steeds opnieuw in mijn hoofd kon afspelen.

'Mijn ouders sturen me terug naar Californië om wat ik heb gedaan.' Ik wist geen andere manier om het te zeggen dan het er maar gewoon uit te gooien.

Cole antwoordde een tijdje niet.

'Ik ben weleens in Californië geweest,' zei hij uiteindelijk. 'Best een magische plek. Een droge hitte, vuurmieren en grijze import-auto's met dikke motoren. Ik stel me jou voor naast een sier-cactus. Je ziet er heerlijk uit.'

'Ik heb tegen Grace gezegd dat ik niet terug wil.'

'Leugenaar. Je bent toch een echte Californische meid,' zei hij. 'Hier ben je maar een astronaut.'

Ik verbaasde mezelf door te lachen.

'Waarom lach je?'

'Omdat jij me pas zo'n veertien seconden kent, en zeven daarvan waren we aan het zoenen, en toch weet je meer over me dan al mijn vrienden hier op deze achterlijke plek,' zei ik.

Cole dacht daar even over na. 'Nou, mijn mensenkennis is uitstekend.'

Alleen al om het idee dat hij met Sams mobieltje in Becks huis zat, in leven, moest ik glimlachen, en glimlachen, en toen begon ik te lachen en kon niet meer ophouden. Mijn ouders mochten de rest van mijn leven kwaad op me blijven.

'Cole,' zei ik. 'Raak dit nummer niet kwijt.'

78

Grace

Ik herinnerde me dat ik in de sneeuw lag, een klein vlekje rood dat koud werd, omringd door wolven.

'Weet je zeker dat het hier is?' vroeg ik aan Sam. Het was oktober, de koude nachtlucht had het groen uit de bladeren getrokken en de struiken rood en bruin gekleurd. We stonden op een kleine open plek. Het was er zo nauw dat, als ik in het midden stond en mijn armen uitstak, ik met de ene hand een berk kon aanraken en met de andere de takken van een den, en dat deed ik ook.

Sams stem klonk overtuigd. 'Ja, dit is het.'

'Ik dacht dat het groter was.'

Ik was toen natuurlijk kleiner geweest, en het had gesneeuwd; alles lijkt veel groter in de sneeuw. De wolven hadden me van de schommel hierheen gesleurd, me op de grond gepind, me een van hen gemaakt. Ik was bijna dood geweest.

Ik draaide langzaam rond, wachtend op herkenning, een flashback, iets wat erop zou duiden dat dit echt de plek was. Maar het bos om me heen bleef een doodgewoon bos en de open plek bleef een doodgewone open plek. Als ik in mijn eentje aan het wandelen was geweest, zou ik er waarschijnlijk met één of twee stappen doorheen zijn gelopen en had ik het niet eens als een open plek gezien.

Sam schuifelde met zijn voeten door de bladeren en varens. 'Dus je ouders denken dat je naar... Zwitserland gaat?'

'Noorwegen,' corrigeerde ik. 'Rachel gaat er echt heen, en ik ga zogenaamd met haar mee.'

'Denk je dat ze je geloven?'

'Ik zou niet weten waarom niet. Rachel bleek heel goed te zijn in misleiding.'

'Verontrustend,' zei Sam, hoewel hij niet verontrust klonk.

'Ja,' beaamde ik.

Wat ik niet zei, maar wat we allebei wisten, was dat het niet ontzettend belangrijk was of ze me geloofden of niet. Ik was achttien en had van de zomer mijn diploma gehaald, zoals ik had beloofd, en ze hadden zich netjes gedragen tegenover Sam en me de dagen en avonden met hem laten doorbrengen, zoals zij hadden beloofd, en nu was ik vrij om naar de universiteit te gaan of het huis uit te gaan als ik wilde. Mijn koffer was ook echt gepakt en lag in de kofferbak van Sams auto die op de oprit van mijn ouders stond. Alles wat ik nodig had om te vertrekken.

Het enige probleem was de winter. Ik voelde hem bewegen in mijn armen en benen, knopen draaien in mijn maag, me verleiden om in een wolf te veranderen. Ik kon niet naar de universiteit, niet het huis uit gaan, zelfs niet naar Noorwegen, totdat ik zeker wist dat ik mens kon blijven.

Ik keek naar Sam, die op zijn hurken met zijn handen door de bladeren op de grond zocht. Iets had zijn blik getrokken terwijl hij er met zijn voet doorheen ging.

'Weet je nog, dat mozaïek bij het huis van Isabel?' vroeg ik. Sam vond wat hij zocht, een felgeel blad in de vorm van een hart. Hij ging staan en draaide het rond aan de lange steel. 'Ik vraag me af wat daarmee gaat gebeuren, nu het huis leegstaat.'

Even zwegen we allebei, terwijl we dicht bij elkaar stonden op de kleine open plek met de bekende sfeer van Boundary Wood om ons heen. De bomen hier roken als nergens anders, vermengd met houtrook en de wind die aankwam over het meer. De bladeren fluisterden naar elkaar op een manier die subtiel verschilde van die van de bladeren op het schiereiland.

In deze takken zaten herinneringen verstrikt, rood en stervend in de koude nachten, zoals die andere bomen dat niet hadden.

Op een dag, nam ik aan, zouden die bossen thuis zijn en zouden dit de vreemde bossen zijn.

'Weet je zeker dat je dit wilt doen?' vroeg Sam zachtjes.

Hij doelde op de spuit vol bloed, besmet met hersenvliesontsteking die in de lodge op me wachtte. Dezelfde bijna-remedie die Sam had geholpen en Jack het leven had gekost. Als Coles theorieën klopten en ik de hersenvliesontsteking te lijf ging als wolf, dan zou dat langzamerhand tegen de weerwolf binnen in me gaan vechten en me voor altijd mens maken. Als Cole het mis had en Sams overleven toeval was geweest, dan maakte ik ontzettend weinig kans.

'Ik vertrouw Cole,' zei ik. Tegenwoordig was hij een grote kracht, een groter mens dan toen ik hem voor het eerst ontmoette. Sam had gezegd dat hij blij was dat Cole zijn macht aanwendde voor het goede in plaats van het kwade. Ik was blij dat hij de lodge in zijn kasteel veranderde. 'Al het andere dat hij heeft ontdekt, klopte ook.'

Een deel van mij voelde ook een steek van verlies, want soms vond ik het heerlijk om een wolf te zijn. Ik genoot van het gevoel dat ik de bossen kénde, dat ik er deel van uitmaakte. De volkomen vrijheid ervan. Maar een groter deel van mij haatte de vergetelheid, de verwarring, de pijn van meer willen weten maar dat niet kunnen. Hoezeer ik er ook van hield om een wolf te zijn, ik was liever Grace.

'Wat ga jij doen als ik weg ben?' vroeg ik.

Zonder te antwoorden reikte Sam naar mijn linkerhand, en ik liet hem die pakken. Hij draaide de steel van het blad als een felgele ring om mijn vinger. We bewonderden hem allebei.

'Ik ga je missen,' zei hij. Sam liet het blad los en het dwarrelde tussen ons in op de grond. Hij zei niet dat hij bang was dat Cole het mis had, hoewel hij dat wel degelijk was.

Ik draaide me om zodat ik met mijn gezicht naar het huis van mijn ouders stond. Ik kon het niet zien door de bomen; misschien zou het in de winter zichtbaar zijn, maar voorlopig ging het schuil achter de herfstbladeren. Ik sloot mijn ogen en snoof de geur van de bomen nog een keer op. Dit was een afscheid.

'Grace?' zei Sam, en ik opende mijn ogen.

Hij stak zijn hand naar me uit.

Nawoord

Het is een beetje vreemd om afscheid te nemen van een wereld waarin ik bijna vier jaar heb gewoond, een serie die mijn leven behoorlijk ingrijpend heeft veranderd, maar zo is het nu eenmaal.

Nu ik aan het eind ben gekomen, leek dit me een goed moment om iets te vertellen over de delen van mijn verhaal die werkelijk bestaan, ook buiten de bladzijden van de boeken.

Ten eerste de wolven.

Ik heb in deze serie geprobeerd recht te doen aan het werkelijke gedrag van wolven (hoewel ik niemand zou aanbevelen er een te kussen). Voor lezers die meer willen weten over wolvengedrag kan ik de documentaire *Living With Wolves* aanbevelen als startpunt. De rollen van Ulrik en Paul en Salem zijn allemaal standaardrollen in een echte wolvenroedel: de vredestichter, de alfa en de omega. De dynamiek van een echte roedel is fascinerend.

Wat ook echt is, is dat de plek die wolven in onze wereld innemen onderwerp is van veel discussie. De jacht die Tom Culpeper hielp organiseren, is gebaseerd op echte wolvenjachten die worden gehouden in het westen van de Verenigde Staten en Canada, waar bosbeheerders en wolven proberen een evenwicht te vinden. De feiten blijven bestaan – wolven zijn prachtige maar sterke roofdieren, en mensen zijn jaloerse hoeders van hun territorium en broodwinning – dus er zullen nog meer wolven hun einde vinden door het geweer van een jager of in de schaduw van een helikopter voordat dit allemaal voorbij is.

Ten tweede Mercy Falls, Minnesota.

Ik heb van veel lezers gehoord dat ze het niet op de kaart konden vinden, en dat spijt me. *Huiver* speelde zich oorspronkelijk af in Ely, Minnesota, een bestaand plaatsje, en toen in Bishop, Minnesota, wat niet bestaat, en uiteindelijk in Mercy Falls.

In mijn hoofd ligt Mercy Falls in de buurt van Ely en de Boundary Waters. Buiten mijn hoofd ligt het nergens in de buurt, want het bestaat niet.

Dat deel van Minnesota heeft wel een heel echte populatie grijze wolven.

Andere echte plekken in de boeken zijn de snoepwinkel (gebaseerd op Wythe Candy in Williamsburg, Virginia), de Crooked Shelf (gebaseerd op Riverby Books in Fredericksburg, Virginia), en Bens Visbenodigdheden (hoewel ik niet onthul waar de winkel waarop die gebaseerd is zich bevindt, om de identiteit te beschermen van de zweterige eigenaar daar).

Ten derde, de mensen.

Sommige personages zijn min of meer gebaseerd op echte mensen. Demetra de geluidstechnicus is een echte persoon, hoewel ze in het echt geen grote neus heeft en ook geen vrouw is. Grace' ouders zijn echt, maar niet de mijne. En Ulrik is een echte persoon, maar geen weerwolf.

Ten vierde, de gedichten.

Als Sams favoriet komt Rilke het meest voor, maar ik heb ook gebruikgemaakt van Mandelstam, Roethke, Yeats en andere Duitse dichters.

En uiteindelijk de liefde.

Vele, vele lezers hebben me geschreven en smachtend gevraagd naar de aard van de relatie tussen Sam en Grace, en ik kan je verzekeren dat dat soort liefde echt bestaat. Wederzijdse, respectvolle, blijvende liefde is absoluut bereikbaar, zolang je je maar voorneemt met minder geen genoegen te nemen.

Dit is dan het afscheid van Mercy Falls. Het wordt tijd om andere onverkende werelden te gaan opzoeken.

Dankwoord

Het wordt onmogelijk om iedereen te bedanken die heeft geholpen deze reeks te laten ontstaan, dus neem van mij aan dat dit alleen het topje van de ijsberg is.

Ik moet Scholastic bedanken omdat ze de serie zo ontzettend hebben gesteund en zo tolerant waren ten aanzien van mijn eigenaardigheden. Met name mijn redacteur David Levithan, omdat hij geen dorpelingen met hooivorken achter me aan stuurde toen ik alles weggooide; de altijd lachende Rachel Coun en de rest van marketing voor hun dierlijke sluwheid; Tracy van Straaten, Becky Amsel en Samantha Grefe voor koekjes, gezond verstand en sanitaire stops; Stephanie Anderson en het productieteam, die me er slimmer laten uitzien dan ik ben; Christopher Stengel voor altijd onberispelijke designs; het onvoorstelbare team van buitenlandse rechten met Rachel Horowitz, Janelle DeLuise, Lisa Mattingly en Maren Monitello – het valt niet mee om me vijfduizend kilometer van huis het gevoel te geven dat ik thuis ben, maar zij krijgen het elke keer weer voor elkaar.

En buiten Scholastic ook een paar mensen.

Laura Rennert, mijn agent, wier stem aan de telefoon altijd klinkt als het gezonde verstand dat bij me terugkeert.

Brenna Yovanoff, omdat ze naast de gewonde gazelle bleef staan toen alle signalen het tegenovergestelde adviseerden.

De mensen bij Loewe – Jeannette Hammerschmidt, Judith Schwemmlein en Marion Perko – omdat ze op het allerlaatste moment mijn huid hebben gered. Ik ben jullie meer koekjes schuldig dan ik kan meenemen in het bagagevak boven een vliegtuigstoel.

Carrie Ryan en Natalie Parker, omdat ze zo snel hebben gelezen en me afwisselend een klopje op mijn schouder of een tik op mijn vingers gaven als ik het nodig had.

Mijn ouders en familie, omdat ze weten wanneer 'Ga weg, ik ben aan het werk!' eigenlijk betekent 'Help alsjeblieft babysitten!' en wanneer het betekent 'Red me en neem me mee om chimichanga te gaan eten!' Kate vooral; je weet dat jij de lezer bent voor wie ik schrijf.

Tessa, jij was net zo toegewijd aan dit project als ik, en dat terwijl het ons nooit cadeautjes stuurde op onze jubilea. Dat zal ik nooit vergeten.

Ed, die thee voor me zette en me liet slapen als ik nachten had doorgehaald en die met me mee leed en zweette. Dit is allemaal jouw schuld, weet je, want hoe had ik ooit een verhaal over liefde kunnen schrijven als jij er niet was geweest?

En uiteindelijk, Ian. Je zult dit nooit lezen, maar ik moet het toch zeggen: dank je dat je me hielp herinneren.

Lees ook van Maggie Stiefvater:

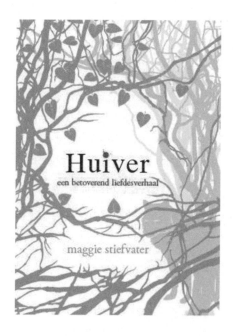

Al jaren doet Grace niets liever dan de wolven in het bos achter haar huis observeren. Er is één wolf met goudkleurige ogen – haar wolf – die haar hart sneller doet kloppen. Maar elk jaar verdwijnt hij bij het aanbreken van de zomer, om pas bij de eerste vorst weer tevoorschijn te komen.

Die zomer ontmoet Grace Sam, een jongen met goudkleurige ogen die haar direct de adem beneemt. Hij is haar wolf, ze weet het, ze voelt het. Als de winter nadert moet Sam vechten omdat hij de wolf in hem voelt groeien, maar de liefde van Grace niet wil verliezen...

ISBN 978 90 488 0253 1

Lees ook van Maggie Stiefvater:

Sam heeft veel moeten doorstaan om mens te worden. Grace
heeft haar hart verloren aan de knappe Sam. Hun liefde voor elkaar is sterk, maar ze zullen moeten vechten om bij elkaar te blijven. Sam kijkt terug op zijn wolvenverleden, terwijl Grace onzeker is over haar toekomst...

ISBN 978 90 488 0723 9